W0401666

V. S. Gerling

Tag X

Thriller

Bookspot
EDITION 211

1. Auflage

Lektorat: Sarah-Janina Hannemann
Korrektorat: Sylvia Kling
Satz/Layout: Martina Stolzmann
Covergestaltung: Nele Schütz Design, München
Druck: CPI – Clausen & Bosse, Leck
Made in Germany
ISBN 978-3-95669-143-0
www.bookspot.de

Für Karoline, Eveline, Emely und Basti

Prolog

Die beiden Männer trafen sich in einem Loft in Berlin-Mitte. Sie hatten das komplette Gebäude mit allen acht Wohnungen vor einigen Jahren über eine Strohfirma gekauft, aufwendig renoviert, aber nicht vermietet, da sie es selbst nutzen wollten. Die zwei Männer befanden sich in einer der obersten Wohnungen, die zu einem High-Tech-Büro umfunktioniert worden war.

Der ältere der beiden betrat einen der Büroräume und ging auf den an einem Computer sitzenden Mann zu.

Der drehte sich zu seinem Besucher um und grinste. »Ich bin drin.«

Drei einfache Worte mit enormer Tragweite.

Bedeuteten sie doch nichts anderes, als dass es ihnen endlich gelungen war, das komplette Netzwerk des Verteidigungsministeriums zu infiltrieren. Nun war es ihnen möglich, jeden Bereich einzusehen, jedes Dokument zu lesen, sämtlichen E-Mail-Verkehr zu kopieren.

Egal, wie viele Firewalls vor unbefugtem Zugriff schützen sollten.

Für sie gab es ab sofort keine Geheimnisse mehr.

Natürlich würde es nicht genügen, nur *drin* zu sein.

Der Ältere beugte sich vor und blickte auf den Monitor. »Ich will einen Test. Einen eindrucksvollen, beängstigenden Beweis dafür, dass wir wirklich alles unter unserer Kontrolle haben.«

»Mit oder ohne Kollateralschäden?«

»Ich sagte eindrucksvoll und beängstigend. Reicht das nicht?«

»Doch, natürlich. Und ich denke, ich habe da genau das Richtige.«

Er gab ein paar Befehle in einen anderen Computer ein und ging über den Tor-Browser online. Nutzte man diesen Zugang zum Internet, surfte man vollkommen anonym und niemandem war es möglich, den Standort des Rechners zu ermitteln. Darüber hinaus hatte man durch den speziellen Browser Zugang zum Dark Net, dem Ort, an dem es alles gab. Waffen, Drogen, Kinder – hier war alles möglich und alles käuflich zu erwerben.

Er zeigte dem Älteren, was er vorhatte und der nickte zustimmend.

Es war entschieden.

Der Test würde am nächsten Tag erfolgen.

Und er würde *wahrhaft* beängstigend sein.

• • •

Der Eurofighter war eine beeindruckende technische Leistung. Mit einer Höchstgeschwindigkeit von Mach 2,4, was in etwa einer Geschwindigkeit von rund 2 500 Kilometern pro Stunde entsprach, und einer maximalen Flughöhe von fast 11 000 Metern galt er trotz seines fortgeschrittenen Alters als High-Tech-Kampfjet.

Im Cockpit war alles digitalisiert und computergesteuert.

Den meisten Piloten hatte das nicht gefallen, da sie befürchteten, keine eigenen Entscheidungen mehr treffen zu können. Allerdings hatten Simulationen gezeigt, dass in über neunzig Prozent der Übungsfälle der Computer die richtige Entscheidung traf.

Der Pilot kam auf sechzig Prozent.

Im Ernstfall konnte diese Differenz zwischen Sieg und Niederlage entscheiden.

Das System hatte Zugriff auf eine zentrale Datenbank, in der alle denkbaren Verteidigungsfälle simuliert wurden und abhängig vom Bedrohungsgrad gespeichert waren.

Auf Basis dieser Liste wurden die besten Gegenmaßnahmen ausgewählt. Dabei konnten auch mehrere unterschiedliche Bedrohungen gleichzeitig berücksichtigt werden.

Die Zone der Bedrohung und ihre Ortungsreichweite wurden auf einem Display im Helm des Piloten dargestellt.

Waren weder ein Ausweichen noch eine Unterdrückung des Gegners möglich, wurde vom System die beste Angriffsgeometrie gewählt, um die Eigensignatur und die Schussmöglichkeiten des Gegners zu reduzieren. Hierfür war eine Zusammenarbeit zwischen Navigationscomputer, Angriffscomputer und dem *Defensive-Aids-Computer* notwendig. Der gesamte Datenverkehr verlief mit einer Geschwindigkeit von 1 000 Mbit pro Sekunde.

Weitaus schneller, als jeder Mensch rechnen oder reagieren könnte.

Tobias Streif war einer der besten Piloten der Deutschen Luftwaffe. Deshalb war er auch Ausbilder. Stationiert war der fünfunddreißigjährige Streif im Fliegerhorst Laage, südlich von Rostock. Er gehörte zum taktischen Luftwaffengeschwader 73, dessen Hauptauftrag die Ausbildung aller Eurofighter-Piloten der Luftwaffe war. Außerdem wurden im Rahmen eines Kooperationsvertrages mit der Republik Österreich die österreichischen Eurofighter-Piloten in Laage ausgebildet. Streifs Rufname lautete *Eagle One*. Heute stand ein normaler Routineflug von sechzig Minuten Dauer an. Streif erhielt die Startfreigabe, beschleunigte den Jet und hob ab. Er flog eine sanfte Kehre in Richtung Nord-Ost und stieg auf 2 000 Meter Höhe. Dieser Flug war für Streif nichts Besonderes und würde ihn zu keiner Zeit an seine Belastungsgrenzen führen. Dennoch trug er seinen Anti-G-Anzug.

Diese High-Tech-Kluft verhinderte, dass das Blut bei starken G-Kräften zu stark in die Beine absackte.

Auf dem Erdboden herrschten 1 G. Das war der normale Zustand. Bei einer Achterbahnfahrt war der Körper für kurze Zeit dem vierfachen der Erdbeschleunigung, also 4 G, ausgesetzt.

Dauert diese Belastung länger als nur ein paar Sekunden an, wird sie selbst für Trainierte zum Kraftakt.

Die Durchblutung des Gehirns sinkt. Bei 1 G muss das Herz das Blut etwa dreißig Zentimeter hoch pumpen. Bei 6 G werden aus dreißig Zentimetern ein Meter und achtzig. Das hat zur Folge, dass oben im Gehirn fast kein Blut mehr ankommt.

Ab einer Belastung von 5 G wird das Blut von der Körpermitte in die Beine gedrückt. Bei 7 G beginnt der Puls zu rasen. 9 G hält selbst ein durchtrainierter Pilot nicht länger als fünfzehn Sekunden aus, ohne das Bewusstsein zu verlieren.

Streif flog nun in einer Höhe von 2 000 Metern und beschleunigte den Kampfjet auf Mach 1, also rund 1 235 Stundenkilometer.

Er wollte eine Kurve in Richtung Süd-West fliegen und anschließend auf 4000 Meter ansteigen, als er bemerkte, dass der Jet nicht auf seine Befehle reagierte. Schlimmer noch: Ohne dass er etwas getan hatte, beschleunigte der Jet auf fast 1 500 Stundenkilometer.

»Was zum Teufel …«

Plötzlich hob sich die Nase des Jets in die Höhe.

Streif sah automatisch auf den Höhenmesser.

Der Jet stieg steil nach oben und beschleunigte weiter.

Sehr schnell war er 7 G ausgesetzt.

Dann waren es 8 G, schließlich 9 G.

Streif versuchte verzweifelt, die Maschine unter Kontrolle zu bringen, aber ohne Erfolg.

»*Eagle One* an Bodenstation …«, nuschelte er undeutlich in das im Helm installierte Mikrofon. Er kam nicht mehr dazu, den Funkspruch zu beenden.

Sein Kopf sackte nach unten und er verlor das Bewusstsein.

Als Streifs Vitalwerte, die elektronisch an die Bodenstation übertragen wurden, zeigten, dass er ohne Bewusstsein war, stabilisierte sich der Jet wie von Geisterhand auf einer Höhe von 8 000 Metern und sank stetig weiter ab. Schließlich steuerte der Jet in Richtung Nord-Nord-Ost und flog in einer Höhe von 5 000 Metern in Richtung Hansestadt Rostock.

Als er über dem Hafen der Stadt war, begann der Sturzflug.

Der endete erst, als der Jet mit einer Geschwindigkeit von fast 1 800 Stundenkilometern auf dem Gelände einer Getreidefirma einschlug und in einem gigantischen Feuerball verbrannte.

Erster Teil

1

»Wir werden die einfach nicht los, oder?«
Patrick Ebel

Wir erfuhren von dem Absturz des Eurofighter, als Helen, Patrick und ich von einer Besprechung mit unserem Wirtschaftsprüfer zurück ins Büro fuhren.

»Ich hoffe, du hast dir Notizen gemacht«, sagte ich an Helen gewandt. »Ich habe nämlich kein Wort verstanden von dem, was der Typ uns gesagt hat.«

»Ich habe ihn verstanden«, meinte Patrick, der hinten saß.

Helen grinste.

»Dann erkläre mir doch bitte in einfachen Worten, was er gesagt hat«, bat ich ihn.

»Uns geht's finanziell gut«, sagte Patrick.

Helen nickte. »Sehr gut sogar.«

»Okay, so gut, dass er uns empfiehlt, Geld auszugeben. Finde ich komisch.«

»Besser, wir kaufen neue Computer, als dass wir dem Finanzamt Geld in den Rachen werfen«, sagte Helen.

»Das will ich auch nicht«, gab ich zu.

Helen hörte wohl etwas im Radio, das ihre Aufmerksamkeit erregte, und machte lauter.

Der Sprecher erklärte gerade mit neutraler Stimme, dass in Rostock ein Kampfjet aus noch ungeklärten Gründen in den Hafen der Stadt gestürzt sei. Es hatte viele Tote und Schwerverletzte gegeben.

»Wie furchtbar …«, sagte Helen.

»Investieren ist immer besser, als unnötig Steuern zu bezahlen«, gab Patrick Auskunft.

Ich sah ihn im Rückspiegel an. »Wenn du willst, dass Daniela bei dir bleibt, dann solltest du in Zukunft bei solchen

Nachrichten entweder angemessen oder aber gar nicht reagieren. Auf keinen Fall aber solltest du so einen Spruch wie eben raushauen.«

»Äh … okay …?«

»Ich mein ja nur. Frauen reagieren da sehr sensibel.« Ich blickte zu Helen. »Ist doch so, oder?«

Ihr Blick sprach Bände.

»Ihr seid echt zwei Experten«, sagte Helen.

Die Nachrichten wurden unterbrochen, da mein Handy klingelte. Selbst aus den Augenwinkeln erkannte ich Helens spöttisches Grinsen. Wahrscheinlich erwartete sie nun den nächsten Beweis dafür, dass ich ein technischer Rohrkrepierer war. Grund für ihre Vorfreude waren diverse … Auseinandersetzungen zwischen mir und der Freisprecheinrichtung. Aber ich hatte vorgesorgt. Patrick hatte mich in die Geheimnisse der Technik eingeweiht.

Ich tippte also einfach auf das grüne Hörersymbol auf meinem Lenkrad. »Eichborn.«

»Nicolas, ich bin's, Rainer.«

»Rainer …«, sagte ich langsam. »Rainer … etwa *der* Rainer? Der Innenminister-Rainer?«

»Hör auf mit dem Scheiß und komme bitte ins Büro von Kernberger.«

»Oh. Okay. Ich bin nicht alleine.«

»Wer ist bei dir?«

»Helen und Patrick.«

»Sehr gut. Ich brauche euch alle. Hier. Jetzt.«

Er legte auf.

»Klingt ernst«, sagte ich.

»Wir werden die einfach nicht los, oder?«, meinte Patrick.

Ich schüttelte den Kopf. »Nein. Wollen wir die denn … *loswerden*?«

»*Können* wir sie überhaupt loswerden?«, fragte Helen.

»Natürlich könnten wir. Wenn wir *wollten*«, meinte Patrick.

Ich war verwirrt. »Also wollen wir nicht, oder wie?«

»Lass uns einfach hinfahren«, schlug Helen vor.

2

»Warum ist das nicht publik geworden?«
Helen Eichborn

Als wir die Zentrale des Amtes für Innere Sicherheit erreichten und man uns zu Kernberger durchließ, überkam mich ein klein wenig Wehmut. Hier hatte ich mal gearbeitet und es schien Jahrzehnte her zu sein. Tatsächlich waren gerade einmal drei Jahre vergangen.

Kernberger und Innenminister Schranz erwarteten uns bereits ungeduldig.

Wir gingen in Kernis Büro und setzten uns dazu. Vor Schranz lag eine dünne Akte.

Sie trug den Titel *Tag X*.

Ich sah von Kernberger zu Schranz und erkannte, dass beiden nicht nach einem lockeren Spruch zumute war.

Sie wirkten überaus besorgt.

Als Schranz das Wort ergriff, verstanden wir, warum das so war. »Wenn der Inhalt dieser Akte zutrifft und der Plan umgesetzt wird, dann ... nun, dann wäre unser Land nicht mehr dasselbe ...«

Wow, was für eine Einleitung.

Es kostete Schranz sichtlich Mühe, seinen Blick von der geschlossenen Akte loszureißen.

»Ich habe schon mit vielen Weltverbesserern und Verschwörungstheoretikern zu tun gehabt. Aber das hier ...« Er nickte in Richtung Akte. »... das ist wirklich ernst und wir dürfen das unter keinen Umständen auf die leichte Schulter nehmen.«

Ich rutschte unruhig auf meinem Stuhl hin und her. Es war gar nicht so lange her, da hatten wir in Kooperation mit dem BKA und Auszubildenden der Bundestagspolizei einen Anschlag auf die komplette Legislative verhindert. Und nun schien es weiterzugehen ...

Schranz blickte auf und sah uns der Reihe nach an. »Es begann vor etwa drei Jahren. Da häuften sich die Fälle von Waffendiebstahl bei der Bundeswehr. G3, Walther, Munition. Einige der verschwundenen Waffen tauchten wieder auf. Aber viele blieben verschwunden. Das ist bei der Bundeswehr nicht unbedingt etwas Ungewöhnliches, aber, wie erwähnt, die Fälle häuften sich. Dann verschwanden auch noch Maschinengewehre.«

»Über was für eine Zahl sprechen wir?«, wollte Patrick wissen.

»Inzwischen sind über einhundertfünfzig G3, zehn Maschinengewehre, einhunderttausend Schuss Munition und zwanzig Walther PPK verschwunden.«

Patrick pfiff leise durch die Zähne. »Das ist eine Menge.«

»Warum ist das nicht publik geworden?«, wollte Helen wissen.

»Die haben wohl aufgrund der letzten Skandale gedacht, es wäre besser, das intern zu regeln«, antwortete Schranz.

»Wir sind aber nicht wegen geklauter Waffen hier, richtig?«, hakte ich nach.

»Nein. Aber der Reihe nach; neben den Waffen verschwanden auch EPAs. Und zwar unfassbar viele. Hunderte Kilos von Verpflegungspaketen sind abhandengekommen.«

Ich zuckte mit den Schultern. »Das ist nun wirklich kein Verlust.«

Schranz ignorierte meinen Kommentar. »Die große Zahl verschwundener Waffen und Munition alleine sind schon Grund genug, beunruhigt zu sein. Dann aber trat jemand an mich heran und erzählte mir eine Geschichte, die ich im ersten Moment für vollkommen abwegig gehalten habe. Das ist jetzt zwei Monate her.«

Also kurz nachdem wir den Anschlag mit Ebola mehr oder weniger verhindert hatten, konstatierte ich.

»Der Mann heißt Olaf Böttcher. Er ist Major und arbeitet im Einsatzführungsstab 7 des Bundesministeriums für Verteidigung.« Er sah uns an, wohl um zu prüfen, ob wir wussten, was dieser Stab tat.

Keiner von uns hatte eine Ahnung, deshalb erklärte er uns den Sachverhalt.

»Diese Abteilung ist zuständig für sämtliche Operationen der Spezialkräfte und für die nationale Krisenvorsorge.«

»Spezialkräfte?«

Schranz nickte. »Ja. KSK, Fernspäher, Fallschirmjäger. Einheiten dieser Kategorie.«

»Wäre nicht laut Dienstvorschrift der logische Schritt ein Gespräch mit dem Verteidigungsminister gewesen?«, fragte Helen.

»Ja. Aber er kam mit seinem Verdacht zu mir. Und das zeigt, wie brisant die Angelegenheit ist.«

»Weil er vermutet, dass, was auch immer da in dieser Akte steht, der Verteidigungsminister darin verstrickt ist«, kombinierte ich.

»So ist es«, bestätigte Schranz und sah dabei mehr als unglücklich aus. »Leider gibt es Indizien, die diesen Verdacht erhärten.«

Ich blickte zu der Akte und plötzlich schoss mir ein Gedanke durch den Kopf. »Tag X, Waffen und Nahrung. Da bereiten sich ein paar Typen auf den Weltuntergang vor«, platzte es aus mir heraus.

»Wenn es nur das wäre ...«, sagte Schranz und mir wurde eiskalt.

»Aber ich glaube nicht, dass der Verteidigungsminister zu einem Prepper geworden ist. Bei aller Liebe, das kann ich mir nun gar nicht vorstellen«, sagte Helen entschieden.

Unter einem Prepper verstand man jemanden, der sich auf die drohende Apokalypse vorbereitete, indem er Lebensmittel hortete und Bunker baute. Der Begriff Prepper stammte aus dem Englischen und leitete sich ab von *to be prepared*, also vorbereitet sein.

Ich gab Helen recht. »Ich schätze ihn auch nicht so ein.«

»Ganz so einfach ist es auch nicht«, sagte Schranz und öffnete die Akte. »Vor einigen Jahren haben sich ehemalige Elitesoldaten zu einem Verein zusammengeschlossen. Sie trafen sich zu Grillabenden und tauschten alte Kriegsgeschichten aus.«

Patrick unterbrach ihn. »Woher wissen Sie die Dinge, die Sie uns gerade erzählen?«

»Von einem ehemaligen KSK-Soldaten, der Mitglied dieses Vereins war. Er hat ihn verlassen, als die Ansichten, die dort diskutiert worden waren, etwas zu radikal wurden.«

»Wo ist dieser Mann jetzt?«, fragte Patrick nach.

»Er ist tot. Bei einem Autounfall ums Leben gekommen.«

Ich hob die Augenbrauen. »War es ein Unfall?«

»Wir gehen davon aus, dass es kein Unfall war«, schaltete sich Kerni ein.

»Also Mord. Jemand hat einen ungeliebten Zeugen ausgeschaltet«, schloss Patrick. »Was wiederum bedeuten kann, dass die wissen, dass ihr Vorhaben aufgeflogen ist.«

Schranz schüttelte den Kopf. »Ich glaube nicht, dass die davon ausgehen, dass sie aufgeflogen sind.«

»Okay«, sagte ich. »Und warum nicht?«

»Ganz einfach: Weil sie nicht aufgeflogen sind. Würden sie

davon ausgehen, hätten sie heute den Kampfjet nicht abstürzen lassen.«

Wir sahen ihn völlig entgeistert an.

»Alles deutet darauf hin, dass der Jet manipuliert worden ist. Vor allem die letzten Worte des Piloten waren diesbezüglich sehr aufschlussreich. Die wurden nämlich live übertragen und konnten nicht manipuliert werden.«

»Und damit wäre die These, es würde sich um harmlose Prepper handeln, vom Tisch«, fügte Helen an.

Ich sah zu Schranz. »Wie in Gottes Namen kann man einen Kampfjet manipulieren?«

»Wir wissen es nicht«, sagte Schranz niedergeschlagen. »Noch nicht.«

»Dieser Major Böttcher, wie ist er denen auf die Spur gekommen?«, wollte Patrick wissen.

»Zum einen ist ihm aufgefallen, dass die Waffendiebstähle eher lax behandelt worden sind. Zum anderen ist man an ihn auf eine sehr subtile Art herangetreten.«

»Wer ist an ihn herangetreten?«, fragte Patrick nach.

»Der von mir erwähnte Verein.«

»Die wollten ihn ins Boot holen?«

»Sie haben seine Bereitschaft eruiert, Mitglied zu werden, ja.«

»Dann soll er doch beitreten«, schlug Patrick vor. »Ihr hättet dann jemanden, der Informationen sammeln kann.«

Kerni nickte langsam. »Wir denken darüber nach.«

»Was hindert euch daran?«, wollte Helen erstaunt wissen.

Schranz räusperte sich. »Er ist zwar Offizier, hat aber keinerlei Erfahrung, was verdeckte Einsätze betrifft.«

»Er ist also mehr Beamter als Soldat«, stellte ich fest.

»Richtig«, bestätigte Schranz.

»Und was wollen die dann von ihm?«, wollte Helen wissen.

»Er arbeitet in einer sehr wichtigen Position und ist ein aufgehender Stern im Ministerium. Wir gehen davon aus, dass sie ihn lieber auf ihrer Seite wissen als auf der anderen.«

»Okay«, sagte Patrick. »Es wird Zeit, uns zu erklären, warum wir hier sind.«

Schranz und Kerni wechselten einen schnellen Blick.

Dann ergriff Schranz das Wort. »Was wisst ihr über die Befugnisse und Möglichkeiten unserer Cyber-Abwehr?«

Ich blickte zu Helen und Patrick, zuckte dann mit den Schultern. »Nichts.«

»Okay. Es ist so, dass unsere Befugnisse, was die Abwehr von Cyberangriffen betrifft, eher ... suboptimal ist. Soll heißen, wir können vieles tun, um Angriffe zu verhindern. Aber wenn es denn zu einer Attacke kommt, können wir de facto nur zusehen. Es ist uns nicht gestattet, den Angriff zurückzuverfolgen, geschweige denn, einen Gegenangriff zu starten.«

»Also geht ihr davon aus, dass sich jemand in das System des Jets gehackt hat?«, fragte Patrick.

Schranz nickte unglücklich. »Ja, so ist es.«

»Und die Cyber-Abwehr des Bundes ist ein zahnloser Tiger«, sagte Helen kopfschüttelnd.

»Und da kommen wir ins Spiel, nehme ich an«, sagte ich leise.

»Richtig. Da kommt ihr ins Spiel. Mit euch rechnet keiner.«

»Du meinst, mit unseren Methoden, nicht wahr?«, wollte Helen wissen.

Kernberger und Schranz nickten nahezu synchron.

Das sah lustig aus, war es aber nicht.

3

»Können Sie diesen Plan entwerfen?«
Nicolas Eichborn

Es gab Dinge, die besprach man nicht am Telefon. Auch Mails waren ungeeignet. Man konnte niemals wissen, wer alles mithörte oder -las.

Deshalb machten Patrick und ich uns umgehend in einer Linienmaschine der Fluglinie Emirates auf den Weg nach Thailand. Unser Ziel war die Insel Ko Nang Yuan, auf der Hagedorn, der Architekt, lebte und wohl auch arbeitete.

Wir hatten ihn bei unserem letzten Treffen dazu genötigt, in Zukunft mit uns zusammenzuarbeiten, nachdem er für eine Terrorgruppe einen Plan entworfen hatte, wie diese an das Ebola-Virus herankommen konnten. Der Plan hatte funktioniert und das Virus wurde im Bundestag freigesetzt.

Gott sei Dank war der Anschlag jedoch nicht in dem von den Terroristen erhofften Umfang erfolgreich gewesen. Unter anderem deshalb, weil Hagedorn uns behilflich gewesen war.

Die Kooperation zwischen ihm und uns beschränkte sich darauf, uns zu verständigen, falls jemand mit dem Wunsch an ihn herantreten sollte, zum Beispiel an waffenfähiges Uran heranzukommen.

Nun aber wollten wir etwas vollkommen anderes von ihm.

Und ich war wirklich gespannt, wie er auf unseren Wunsch reagieren würde.

Als wir uns Stunden später gegenübersaßen, kam ich sofort zur Sache.

»Ich möchte, dass Sie einen Plan entwerfen, wie man die aktuelle Bundesregierung stürzen kann. Und zwar so, dass es nicht nach einem absichtlich herbeigeführten Sturz aussieht.

Darüber hinaus möchten wir, dass die Bevölkerung dem Sturz der amtierenden Regierung und den Änderungen des bestehenden Systems begeistert zustimmt.«

Er sah mich ausdruckslos an. »Und wie genau würde diese Änderung des Systems aussehen?«

»Eine gute Frage. Auf jeden Fall gäbe es einen Wechsel von Demokratie zur Autokratie. Ob nun ein Politiker oder ein Militär die Führung übernimmt, kann ich nicht sagen.«

Hagedorn schwieg eine Weile. Schließlich sah er zuerst zu Patrick, dann zu mir. »Das ist kein Planspiel, oder? Da steckt eine tatsächliche Bedrohung dahinter.«

»Richtig.«

»Hat das vielleicht etwas mit dem Absturz des Kampfjets zu tun?«

Ich nickte. »Wieder richtig.«

»Was zum Teufel ist in Deutschland los?«

Wir erklärten ihm, was Schranz uns erzählt hatte. Als wir geendet hatten, schwiegen wir eine Weile.

Schließlich ergriff Hagedorn wieder das Wort. »Wie hoch geht das?«

»Wir vermuten, bis auf Ministerebene.«

Er machte eine wegwerfende Handbewegung. »Das meinte ich nicht. Politiker spielen in diesem Szenario eine untergeordnete Rolle, glauben Sie mir. Viel mehr interessiert mich die Frage, wie es um Verfassungsschutz, MAD und andere Behörden bestellt ist.«

»Sie meinen …«

»Ich meine nicht, ich bin davon überzeugt, dass diese Behörden involviert sind.«

»Können Sie diesen Plan entwickeln?«

Er nickte. »Ja, das kann ich.«

»Gut, denn anschließend möchte ich, dass Sie einen Plan entwerfen, wie wir das alles verhindern können.«

4

»Es könnte funktionieren.«
Clemens Hagedorn

Die Insel Ko Nang Yuan lag vor der Südost-Küste von Thailand im Golf von Thailand und war der größeren Insel Koh Tao vorgelagert. Es gab auf der kleinen Insel ein Resort, das ausschließlich von Tauchern genutzt wurde. Es gehörte ihm, er hatte es vor einigen Jahren über einen Strohmann gekauft. Hagedorn hatte diesen Ort zu seinem Refugium gemacht und sich dorthin zurückgezogen.

Sein eigenes kleines Reich lag versteckt im Inneren der Insel.

Dort saß er auf der Holzterrasse und dachte nach.

Wie würde er es anstellen, die herrschenden Mächte der Bundesrepublik zu stürzen?

Und das, ohne dass es zu Aufständen kam.

Die Bevölkerung musste auf Seiten derer stehen, die den Umsturz durchführten.

Im Idealfall würden sie die Putschisten sogar aktiv unterstützen.

Das würde nur dann gelingen, wenn die Deutschen ihr Vertrauen in die Regierung verloren.

Nicht nur in die Regierung, dachte Hagedorn, vielmehr in das komplette Konstrukt der Bundesrepublik.

In die Demokratie.

Hagedorn spürte, wie sehr ihn diese Aufgabe faszinierte.

Dieser Plan war mit keinem anderen vergleichbar, den er in der Vergangenheit entwickelt hatte.

Zunächst müsste man das Vertrauen in die amtierende Regierung in seinen Grundfesten erschüttern.

Und zwar nachhaltig.

Das gelang am besten, wenn es offensichtlich wurde, dass

die Regierung nicht in der Lage war, die Bevölkerung zu schützen. Dies wiederum hieß, dass eine stete Abfolge von Anschlägen das Land erschüttern müsste. Immer und immer wieder über einen längeren Zeitraum – Hagedorn veranschlagte hierfür mindestens zwölf Monate – müsste das Land von Terroranschlägen mit vielen Opfern unter der Zivilbevölkerung heimgesucht werden.

Das alleine war schon eine Herausforderung, da durch die seit Jahren herrschende islamistische Bedrohung die Sicherheitskräfte sehr viel aufmerksamer waren als zuvor. Auch die elektronische Überwachung war weiter fortgeschritten.

Aber für jedes Problem gab es eine Lösung.

Kameras konnten abgeschaltet werden.

Einsatzkräfte konnte man ablenken.

Während die Anschläge das Land verunsicherten und zermürbten, musste es eine Stimme geben, die immer lauter wurde. Diese Stimme, das war Hagedorn klar, gehörte zu der Person, die oben an der Spitze der Verschwörung stehen musste. Nicht ganz oben, aber dicht dran.

Plötzlich fiel ihm der Anschlag mit Ebola ein.

Es war den Behörden gelungen, den Anschlag weitestgehend unter den Teppich zu kehren. Natürlich war es der Öffentlichkeit nicht entgangen, dass *etwas* geschehen war.

Aber wie ernst die Lage gewesen war, erfuhr niemand, der nicht daran beteiligt gewesen war.

Hagedorn war sich sicher; dieser versuchte Anschlag passte exakt ins Schema.

Er machte sich eine Notiz.

Diesen Punkt würde er mit Eichborn besprechen müssen.

Zurück zu der Stimme, die immer lauter wurde.

Diese Person, Hagedorn schloss nicht aus, dass es sich dabei auch um eine Frau handeln konnte, musste eine in der breiten Öffentlichkeit bekannte Persönlichkeit sein.

Auf keinen Fall ein Politiker.

Schon gar nicht jemand, der mit der rechten Szene in Verbindung gebracht werden konnte.

Ein Geschäftsmann vielleicht.

Oder ein Schauspieler.

Auf jeden Fall aber eine Person, die keine Leichen im Keller hatte. Nichts, was sie in Misskredit bringen könnte.

Diese Person würde die Stimme der Menschen werden.

Hagedorn machte sich erneut eine Notiz. Vielleicht war der- oder diejenige schon in Erscheinung getreten.

Um diese Person herum müssten sich weitere Prominente sammeln.

Der Mensch war ein Herdentier und je größer diese Gruppe werden würde, je mehr bekannte Persönlichkeiten sich ihr anschließen würden, desto eher entstand daraus eine Bewegung.

Man brauchte nur an den arabischen Frühling denken.

Natürlich würden auch die Medien eine große Rolle spielen.

Hagedorn notierte sich diesen Punkt und unterstrich ihn zweimal.

Die öffentlich-rechtlichen Sender stellten ein Problem dar. Von ihnen wäre eine wohlwollende Berichterstattung eher nicht zu erwarten. Sie müssten vielleicht nicht gänzlich ausgeschaltet, zumindest aber unter Kontrolle gebracht werden. Idealerweise erlitten sie schon vorher einen enormen Imageschaden. In gewissen Kreisen nannte man sie schon Lügenpresse. Diesen negativen Trend galt es zu forcieren, sodass ihr Wort immer weniger Gewicht hatte und immer mehr angezweifelt wurde.

Anders die sozialen Medien.

Hier gab es weitaus weniger Zensur. Auf ihnen konnte man seine Botschaft in die Welt hinausposaunen, ohne Gefahr laufen zu müssen, sofort zensiert zu werden. Hier konnte man mit gefälschten Profilen virtuelle Gruppen mit hunderttausenden Sympathisanten aufbauen.

Eine schlagkräftige virtuelle Armee.

Mit Sicherheit gab es auf Facebook und Twitter schon entsprechende Anstrengungen.

Der Druck auf die Regierung würde immer größer werden, die Anschläge würden nicht nachlassen.

Jetzt müsste man den Menschen einen weiteren Schlag versetzen.

Ihre Sicherheit war schon nicht mehr gewährleistet, aber der zweite Schritt würde ihr Vermögen in Gefahr bringen. Schwierig, aber nicht unmöglich.

Demonstrationen würden die Folge sein.

Und genau hier gäbe es die nächste Eskalation, die das Fass zum Überlaufen bringen würde.

Einsatzkräfte würden damit beginnen, auf Demonstranten zu schießen.

Es würde viele Tote und Verletzte geben.

Dann müssten gewisse Personen gezielt ausgeschaltet werden.

Vor allem Personen, die dazu in der Lage wären, das Ruder im letzten Moment noch herumzureißen. Die es schaffen könnten, die drohende Katastrophe aufzuhalten.

Jetzt würde das Stadium eintreten, in dem die Menschen keine Freiheit mehr wollten, sondern nur noch Sicherheit.

Die Initialzündung für Neuwahlen.

Natürlich dürfte der Kandidat nicht wirken, als wäre er die deutsche Version eines Diktators. Nach außen müsste Deutschland immer noch wirken wie eine Demokratie. Alleine schon deshalb, um die verbündeten Staaten weltweit nicht zu beunruhigen. Immerhin war die Bundesrepublik noch immer die drittgrößte Wirtschaftsmacht der Welt. Viele

Länder waren abhängig von Deutschland. Und Deutschland war natürlich auch auf andere Staaten angewiesen. Sanktionen jeder Art galt es zu vermeiden.

Der Rest wäre reine Formsache.

Hagedorn lehnte sich zurück und schüttelte langsam den Kopf.

Der Plan könnte tatsächlich funktionieren.

Die Einsatzkräfte, die das Feuer auf die Demonstranten eröffnen würden, wären natürlich keine richtigen Polizisten. Sie würden nur so aussehen.

Nur wer würde das bei dem Chaos bemerken?

Niemand.

So würde er es machen.

Und genau so würde es funktionieren.

Es gab bei diesem Plan nur ein einziges Problem: die Zeitfrage.

Hagedorn schloss die Augen und erstellte in seinen Gedanken einen Ablaufplan, der aus fünf Phasen bestand. Schließlich öffnete er sie wieder und begann damit, alles niederzuschreiben.

Phase 1: Das Netzwerk. Einer musste den Anfang gemacht haben. Und der hatte als erstes damit begonnen, ein Netzwerk aufzubauen. Möglicherweise verfügte diese Person bereits über eines und musste es nur bereinigen und ausbauen. Dauer mindestens drei Jahre.

Phase 2: Rekrutierung. Anwerben und Aufbau der Truppen. Dauer mindestens drei Jahre.

Phase 3: Infiltrieren von wichtigen Institutionen wie Ministerien, Unternehmen und Medien. Dauer mindestens vier Jahre.

Phase 4: Installation einer bekannten Persönlichkeit als Sprachrohr der Verschwörung. Dauer unbekannt, da Hagedorn keinerlei Informationen über die Person besaß, die alles eingeleitet hatte. Je größer das bereits am Anfang existierende Netzwerk gewesen war, desto schneller wäre der Ablauf der nächsten Phasen. Er konnte hier nur spekulieren.

Phase 5: Umsetzung. In dieser Phase waren sie noch nicht, das war sicher.

Hagedorn stand auf, ging ins Haus und wählte die Nummer von Eichborn.

»Ja?«

»Ich bin fertig. Sie müssten ein paar Sachen überprüfen, von denen ich denke, dass sie schon angefangen haben. Wenn das so ist, haben wir ein echtes Problem. Es könnte funktionieren. Aber mir ist gerade klar geworden, dass das schon seit vielen Jahren vorbereitet wird.«

5

»Wissen Sie, was er damit gemeint hat?«
Saskia Kleinert

Nachdem Hagedorn uns den Plan sowie einen ausführlichen Bericht zugesandt hatte, mussten wir uns erst einmal von dem Schock erholen, den uns Hagedorns Erkenntnisse verpasst hatte.

Eigentlich war es ja logisch, dass man eine Verschwörung solchen Ausmaßes nicht über Nacht aus dem Boden stampfte. Aber erst wenn einem schließlich bewusst wurde, was alles im Vorweg organisiert werden musste, wie viel Energie und Geld jemand investiert hatte, wurde einem so richtig klar, um was es hier eigentlich ging.

Patrick sah mich an. »Ich sehe es wie Hagedorn: Wir befinden uns heute zwischen Phase drei und vier.«

»Aber wie passen da der Anschlag mit dem Virus vor drei Monaten und der Absturz des Jets hinein? Würde das nicht eher in die fünfte Phase gehören?«, wollte Helen wissen.

Patrick schüttelte den Kopf. »Nein. Wenn du erst in der fünften Phase damit beginnst, die Bevölkerung zu ängstigen, hast du einfach zu viel Zeit vergeudet. Diese Nadelstiche setzt du schon früher. Und dann holst du zu den richtig großen Schlägen aus.«

Helen schüttelte sich. »Furchtbarer Gedanke ...«

Schließlich machten Helen, Patrick, Günter Maria Helmes und ich uns an die Arbeit.

Herauszufinden, ob der Ebola-Anschlag von Bruno Sander zu einer weitaus gewaltigeren Verschwörung gehört hatte, war dabei mit Sicherheit die größte Herausforderung.

Bruno Sander, der sich selbst als Anführer des Fürstentums Germania ansah und eine stattliche Anzahl von Jüngern um sich geschart hatte, war der führende Kopf des Anschlages mit dem tödlichen Virus gewesen.

Hagedorn, den man auch *den Architekten* nannte, weil er todsichere Pläne für Verbrechen geplant hatte, war auch für die Planung des Diebstahls von Ebola-Erregern verantwortlich gewesen.

Später, als Hagedorn erfahren hatte, dass das Virus in Deutschland freigesetzt werden sollte, hatte er uns nützliche Tipps gegeben, die dazu geführt hatten, dass wir Schlimmeres verhindern konnten.

Sander war erst vor ein paar Wochen zu einer langjährigen Haftstrafe verurteilt worden, die er in der JVA Moabit absitzen würde. Es war mehr als fraglich, ob er unsere Fragen beantworten würde.

Wir teilten die Aufgaben untereinander auf.

Patrick würde sich auf die Suche nach einer berühmten und beliebten Person machen, die in das Anforderungsprofil des Menschen passte, von der der Architekt der Meinung war, sie würde die Stimme des Volkes werden.

Helmes übernahm die Recherche in den sozialen Medien.

Er sollte versuchen, die Gruppen zu finden, die sich möglicherweise schon formiert hatten.

Helen und ich würden uns um Bruno Sander kümmern.

Aber bevor wir das taten, wollten wir mit der Person sprechen, die ihn verraten hatte.

Saskia Kleinert war Ärztin und hatte dem inneren Kreis von Bruno Sander angehört.

Bis sie erfuhr, dass ihr Chef das Ebola-Virus in Deutschland einsetzen wollte.

Es war Patrick gelungen, sie umzudrehen, sodass sie Sander und den Rest des engsten Kreises verraten hatte. Sie selbst kam straffrei davon.

Da Sanders Anwalt Berufung gegen das Urteil eingelegt hatte, musste Saskia Kleinert noch ein bisschen länger warten, bis sie ihr neues Leben im Ausland starten konnte.

Sie wohnte immer noch in einem sicheren Haus und hatte rund um die Uhr Polizeischutz.

Wir verständigten Kerni davon, dass wir mit ihr sprechen mussten, und er veranlasste das Nötige, damit wir zu ihr vorgelassen wurden.

Wir fuhren sofort los und erreichten das Haus eine halbe Stunde später. Nachdem wir dem Beamten, der vor dem Tor Wache hielt, unsere Ausweise gezeigt hatten, durften wir bis vor das Haus fahren.

Wir betraten es und ein weiterer Beamter brachte uns in das Wohnzimmer, wo Saskia Kleinert schon auf uns wartete. Sie hatte etwas an Gewicht verloren, aber es schien ihr gut zu gehen.

Sie lächelte uns zur Begrüßung an. »Ich hätte nicht gedacht, dass wir uns noch einmal sehen«, sagte sie.

Wir gaben uns die Hand und nahmen Platz.

»Es gibt natürlich einen Grund, weshalb wir Sie sprechen wollten«, sagte Helen. »Es sind Dinge geschehen, die möglicherweise in direktem Zusammenhang mit dem Ebola-Anschlag stehen.«

Saskia Kleinert sah Helen aufmerksam an. »Was für Dinge?«

»Zum Beispiel der Absturz des Jets vor drei Tagen«, antwortete ich.

Sie blinzelte irritiert. »Das verstehe ich nicht«, sagte sie. »Wie kann es da einen Zusammenhang geben?«

Helen beugte sich vor. »Saskia, hat Bruno Sander irgendwann vor dem Anschlag mal darüber gesprochen, dass bald etwas sehr Großes passieren würde?«

Man konnte förmlich hören, wie sie sich konzentrierte und versuchte, die vergangenen Jahre vor ihrem geistigen Auge zu rekapitulieren.

Schließlich nickte sie langsam.

»Bruno hat sich in den letzten Jahren verändert«, begann sie mit leiser, stockender Stimme zu erzählen. »Früher war er ... mitteilsamer gewesen; hat uns, also seinen inneren Kreis, viel mehr mit einbezogen. Aber irgendwann hörte das auf. Und er war immer öfter auf Reisen. Wir wussten nie, wann er wieder einmal verschwinden würde, oder wo er hinwollte. Das war schon komisch.«

Sie schwieg eine Weile und schien ganz weit weg zu sein. Helen und ich sagten nichts, da wir sie bei ihrer kleinen Zeitreise nicht stören wollten.

Plötzlich riss sie die Augen auf. »Torben hat ihn vor vielleicht ein- oder eineinhalb Jahren mal damit konfrontiert. Also damit, dass er ständig verschwand und niemand wusste, wohin. Schließlich war Torben ja für seine Sicherheit verantwortlich. Und die konnte er nicht sicherstellen, wenn Bruno wiederholt ohne das Wissen von uns anderen abtauchte. Und da hat Bruno etwas gesagt …«

Helen und ich hingen an ihren Lippen. Sehnsüchtig darauf wartend, dass sie weitersprach.

Gott sei Dank tat sie das auch.

»Er sagte sinngemäß: Eines Tages, und der ist nicht mehr weit weg, werdet ihr verstehen, um was es hier wirklich geht. Und dann würde sich alles ändern.«

Helen und ich wechselten einen beunruhigten Blick.

Aber Kleinert war noch nicht fertig. »Und er hat noch etwas gesagt; wir alle werden dann unseren Platz in den Geschichtsbüchern bekommen.« Sie schüttelte den Kopf. »Wissen Sie, was er damit gemeint hat?«

Oh ja, das wussten wir.

6

»Wir brauchen eine Komm-aus-dem-Gefängnis-frei-Karte.«
Nicolas Eichborn

»Es birgt ein ungemeines Risiko, mit Sander zu sprechen«, meinte Patrick, als Helen und ich mit ihm beim Abendessen zusammensaßen.

»Warum?«, wollte Helen wissen.

»Wenn wir mit ihm reden, dann doch wohl, um an Informationen heranzukommen, was die Drahtzieher der Verschwörung betrifft. Tun wir das, verraten wir ihm damit, dass wir von dieser Verschwörung wissen. Ich gehe davon aus, dass Sander trotz seiner Haft auch im Gefängnis Kontakte nach draußen hat. Es wäre ein Leichtes für ihn, diese Personen, die wir finden müssen, zu warnen. Wenn das geschieht, haben wir nichts gewonnen, aber eine Menge verloren.«

»Verdammt«, sagte ich leise.

»Welche Optionen haben wir?«, wollte Helen wissen.

»Der Innenminister weiß natürlich ganz genau, warum er uns an den Ermittlungen teilhaben lässt. Wir sind nicht an Dienstvorschriften gebunden. Allerdings dürfte es auch für uns Konsequenzen haben, wenn wir gegen die Rechte Bruno Sanders verstoßen. Wir könnten wohl dafür sorgen, dass man Sander an einen besonderen Ort bringt, wo wir ihn in Ruhe verhören können. Und wo er keinen Kontakt zur Außenwelt hätte. Aber wenn Sanders Anwalt davon erfährt, macht der uns die Hölle heiß. Die Staatsanwaltschaft müsste dann ein Ermittlungsverfahren gegen uns einleiten. Da kann auch der Innenminister nichts machen.«

»Wenn der Anwalt davon erfährt ...«, sagte ich nachdenklich.

Helen sah mich prüfend an. »Was brütest du aus?«

»Alles in mir sträubt sich gegen diesen Gedanken, aber was wäre, wenn wir Sander Straffreiheit versprechen können. Er müsste ins Ausland gehen und dürfte niemals nach Deutschland zurückkehren. Irgendetwas in der Art. Natürlich nur dann, wenn er uns hilft.«

»Puh«, sagte Helen. »Das gefällt mir überhaupt nicht. Ich traue diesem Scheißkerl nicht weiter, als ich ihn schmeißen könnte.«

»Geht mir genauso«, gab ich zu.

»Darüber hinaus glaube ich kaum, dass die Staatsanwaltschaft da mitmachen würde«, warf Patrick ein.

»Da wäre ich mir nicht so sicher. Bei dem, was uns hier droht, würden die wahrscheinlich noch ganz andere Sachen tun«, sagte ich.

Helen blickte zu Patrick. »Aber trotzdem gehst du davon

aus, dass sie uns schlachten würden, wenn wir Sanders Grundrechte missachten?«

»Vielleicht sollten wir einfach fragen«, schlug ich vor.

»Eine schriftliche Erklärung sollte es schon sein«, meinte Helen.

Ich nickte. »Wir brauchen eine *Komm-aus-dem-Gefängnis-frei-Karte.*«

»Wer, wenn nicht der Innenminister, könnte uns die ausstellen?«, sagte Helen.

»Dann rufe ich ihn doch einfach an, oder?«, wollte ich von den beiden wissen.

Sie nickte und ich wählte Schranz' Handynummer.

Eine Stunde später saßen wir in Kernis Büro. Mit dabei waren Innenminister Schranz, Kerni und der Generalbundesanwalt, Harald Trenkel.

Der erklärte uns als erstes, warum er da war. »Nach Paragraph 120 Abs. 2 Satz 1 Nr. 3a GVG kann ich die Verfolgung von Straftätern an mich ziehen, wenn die Tat nach den Umständen geeignet ist, die innere Sicherheit der Bundesrepublik Deutschland zu beeinträchtigen, und dem Fall eine besondere Bedeutung zukommt. Und das scheint hier eindeutig zuzutreffen.«

»Unbedingt«, versicherte ich.

»Der Innenminister hat mich in einem Briefing vollumfänglich über die Bedrohung in Kenntnis gesetzt und ich bin gespannt, was Sie alle zur Lösung des Problems beitragen können«, sagte Trenkel und nickte mir aufmunternd zu.

Wo lernen diese Leute nur, so zu reden ...?

»Wir haben herausgefunden, dass Bruno Sander möglicherweise über Informationen verfügen könnte, die uns auf die Spur der Drahtzieher dieser Verschwörung bringen könnten«, sagte ich in der Hoffnung, dass er mit meinem einfachen Deutsch zurechtkommen würde.

Es schien, als würde er auf meinen Worten herumkauen, um zu testen, ob sie genießbar waren.

»*Möglicherweise* und *könnten* sind keine Begriffe, die mich in Ekstase versetzen«, sagte er müde lächelnd.

»Es ist ja auch nicht mein Job, Sie in Ekstase zu versetzen, Herr Trenkel«, sagte ich und bekam dafür von Helen einen Fußtritt unterm Tisch. »Ich sage das so zurückhaltend, weil ich keine falschen Hoffnungen wecken will. Wir sind davon überzeugt, dass Sander über diese Informationen verfügt. Wir denken aber auch, dass er trotz Inhaftierung Kontakt zur Außenwelt hat. Vor allem über seinen Anwalt, der ihn regelmäßig besucht. Deshalb raten wir davon ab, ihn in Moabit zu befragen. Merkt er, dass wir über die Verschwörung Bescheid wissen, erfahren das die Drahtzieher umgehend.«

»Und dann?«, fragte Trenkel nach.

Helen antwortete. »Dann gibt es zwei Möglichkeiten. Entweder sie ziehen sich zurück, oder aber Phase fünf wird vorgezogen. Und dann bricht hier Chaos aus.«

»Ich verstehe ...«, murmelte Trenkel.

»Was schlagt ihr vor?«, wollte Schranz wissen.

»Wir sind uns ehrlich gesagt uneins. Fakt ist: Sander weiß etwas. Aber wird er mit uns reden? Das ist die große Frage. Und hier steht es zwei zu eins dagegen.«

»Wie würde die Befragung denn stattfinden?«, erkundigte sich Schranz.

Ich sah von Schranz zu Trenkel. »Wir müssten Sander zunächst aus dem Gefängnis holen und an einen anderen Ort bringen. Nur so können wir sicherstellen, dass er nach unserer Besprechung mit niemandem außerhalb der Gefängnismauern Kontakt aufnimmt. Na ja, und dann müssten wir es ihm schmackhaft machen, uns seine Geheimnisse zu verraten.«

»Ich nehme an, mit *schmackhaft machen* meinen Sie Straffreiheit«, stellte Trenkel fest.

»Ja. Und möglicherweise eine neue Identität sowie eine Starthilfe für einen Neuanfang im Ausland.«

Trenkel zog die Augenbrauen zusammen. »Und wer garantiert uns, dass das, was er sagt, auch der Wahrheit entspricht? Es ist doch auch möglich, dass er davon überzeugt ist, ohnehin in absehbarer Zeit entlassen zu werden. Nämlich dann, wenn seine Kameraden die Macht übernommen haben.«

Oh, daran hatten wir gar nicht gedacht. Ganz schön schlau, dieser Trenkel.

Dass keiner von uns eine spontane und kluge Antwort parat hatte, war ihm Antwort genug.

»Vergessen Sie Sander. Zu viel Unabwägbarkeiten. Darüber hinaus würde die Begleitumstände einer Befragung dieses Subjektes eine enorme Rechtsbeugung bedeuten.« Er lehnte sich zurück und sah Schranz an. »Und das kann und will ich nicht zulassen.«

Wir machten uns auf den Weg zurück ins Büro. Helen fuhr, ich saß auf dem Beifahrersitz und Patrick hatte es sich hinten bequem gemacht.

»Eigentlich bin ich froh, dass Trenkel uns das mit dem Verhör von Sander verboten hat«, sagte ich und blickte dabei aus dem Seitenfenster.

Helen starrte geradeaus und nickte. »Zumal wir nicht bedacht haben, dass Sander darauf spekuliert, ohnehin demnächst frei zu kommen.«

»Ja«, sagte ich und malte Muster in die beschlagene Seitenscheibe. »Das war peinlich.«

»Ihr seid auch nur Menschen«, meinte Patrick.

Ich drehte mich zu ihm um. »Ach, und du nicht, oder was?«

Er hob erstaunt die Augenbrauen. »Doch, natürlich. Warum fragst du das?«

»Weil du auch nicht darauf gekommen bist.«

Er dachte kurz darüber nach. »Stimmt.«

»Na dann.« Ich sah wieder aus dem Seitenfenster und malte weiter.

»Und jetzt?«, wollte Helen wissen.

»Jetzt warten wir auf den Gegenplan von Hagedorn.«

»Du bist bereit zu warten?«, kam es aus dem Fond des Wagens.

»Bereit? Eher nicht. Ich hasse es zu warten. Aber was bleibt uns denn anderes übrig?«

Patrick schwieg. Aber als ich mich zu ihm umdrehte, wirkte er auf mich, als würde er an einer Idee arbeiten.

Ich hoffte, dass das so war, denn wir hatten keine Ahnung, wie viel Zeit wir noch hatten.

7

»Und diese Person finde ich richtig verdächtig.«
Patrick Ebel

Wir erreichten unsere Zentrale und als wir feststellten, dass Günter noch am Arbeiten war, entschlossen wir uns für eine spontane Besprechung.

Wir gaben Günter eine kurze Zusammenfassung unseres Treffens mit dem Generalbundesanwalt und dem Innenminister. Im Anschluss daran berichtete Günter uns von seiner Suche nach auffälligen Gruppen in den sozialen Medien.

»Habt ihr eine Vorstellung, wie viele Gruppen es alleine bei Facebook gibt, in denen über Dinge gesprochen wird, die den Parametern entsprechen, die wir aufgestellt haben?«

Wir schüttelten alle den Kopf.

»Es sind Zigtausende.«

»Oh …«, sagte ich.

»Ja genau: *Oh*«, maulte Helmes. »Da wird man wahnsinnig, wenn man sich durch diese ganze zerebrale Diarrhoe durchackert.«

»Durch die was?«

»Geistiger Durchfall«, übersetzte Patrick für mich.

»Aha. Und, hast du in diesem … Durchfall etwas Interessantes gefunden?«

Helmes aktivierte den Beamer, woraufhin die Leinwand zum Leben erwachte.

»Ich habe eine Selektion vorgenommen. Diese achtundachtzig Gruppen sind übrig geblieben und sollten von uns näher durchleuchtet werden.«

Auf der Leinwand erschien eine Liste mit Gruppen. Einige hatten so ungewöhnliche Namen wie *Strike Back*, oder *Politik für'n Arsch*. Wirklich kreativ.

»Erklärst du uns bitte, was wir unter *näher durchleuchten* verstehen sollen?«

»Wir müssen versuchen, uns in das eine oder andere Facebook-Profil zu hacken. Wir brauchen Echt-Namen und alles, was dazugehört.«

Ich war ratlos. »Achtundachtzig Gruppen mit jeweils mehr als einhundert Mitgliedern … wir sollen uns in die Facebook-Profile von fast neuntausend Menschen hacken?«

Helmes bleckte die Zähne. »Hast du eine bessere Idee? Dann her damit.«

»Hab ich nicht.«

»Dann besorg mir Unterstützung. Ich kann analysieren, aber mit dem professionellen Hacken hab ich es nicht so.«

Helen und ich wechselten einen Blick.

Helen seufzte. »Ruf Karoline an.«

Ich rief Karoline an.

Wir plauderten ein paar Minuten, dann erklärte ich ihr, um was es ging.

»Ich werde morgen im Laufe des Tages in Berlin sein«, versprach sie.

Fehlte nur noch Fjodor, dann wäre die Band wieder komplett …

Ich wandte mich an Patrick. »Wir kamen noch gar nicht dazu, über deine Suche nach einem Prominenten zu reden, der das mögliche Sprachrohr der Verschwörer sein könnte.«

»Ist mir aufgefallen. Ich habe jemanden gefunden, der dem Profil entspricht, das der Architekt erstellt hat. Sein Name ist Gisbert Kuhlmann. Ich nehme an, ihr kennt ihn.«

Gisbert Kuhlmann. Wer kannte den populären Moderator eines Privatsenders nicht.

Vor einigen Jahren gab es eine Umfrage, die bewies, dass Kuhlmann, hätte er sich zur Wahl als Bundeskanzler aufstellen lassen, er mit hoher Wahrscheinlichkeit gewählt worden wäre.

Nur hatte er sich nicht zur Wahl gestellt.

Aber er hatte damals öffentlich erklärt, dass er sich sehr geschmeichelt fühlte.

»Was war auffällig an ihm?«, wollte Helen wissen.

»Sein öffentliches Auftreten ist im Gegensatz zu früher viel politischer geworden. Früher hat er sich mit offener Kritik sehr zurückgehalten. Aber seit drei Jahren ist er zu einem massiven Kritiker der Volksparteien geworden, ohne sich für eine der anderen Optionen auszusprechen. Das finden viele eigenartig. Es entspricht nicht dem Bild, das man von ihm hatte. Hart, direkt, aber immer eine Alternative parat. Das finde ich bemerkenswert.«

»Und verdächtig«, ergänzte ich.

»Aber?«, fragte Helen nach.

Ich verstand ihre Frage nicht, da Patrick auf mich nicht

unentschlossen gewirkt hatte, als er uns Kuhlmann präsentierte.

Und jetzt das: Grinste Patrick etwa?

»Aber«, sagte er dann tatsächlich. »Ich habe auch noch jemanden anderes gefunden. Und diese Person finde ich verdächtig. Und zwar, weil sie so unverdächtig wirkt.«

8

»Wir müssen also einen Haufen von Narzissten retten.«
Patrick Ebel

Hagedorn spürte, dass er an seine Grenzen stieß. Eine vollkommen neue Erfahrung für ihn.

Unter normalen Umständen verfügte er immer über ausreichend Informationen, um einen Plan zu entwerfen. Es war sogar so, dass ihm plötzlich bewusst geworden war, wie simpel seine Arbeit in der Vergangenheit gewesen war.

Das Objekt der Begierde war gleich A. Und es befand sich im Gebäude B. Der Zeitfaktor war Größe C. Menschliche Ressourcen waren Faktor D.

Daraus ließ sich was machen. Immer.

Aber im aktuellen Fall war alles anders.

A gab es nicht. B auch nicht. C war insofern unbekannt, als dass sie nur vermuten konnten, in welcher Phase sich der laufende Prozess befand.

Und D, der Faktor Mensch?

Hier kam es darauf an, welche Informationen Eichborn und seine Leute in der Zwischenzeit gewonnen hatten.

Er entschloss sich, davon auszugehen, dass die Verschwörung sich inmitten von Phase vier befand.

Es galt also, etwas aufzuhalten, das sich in voller Fahrt sozusagen auf der Zielgeraden befand.

Und das, ohne zu wissen, wer am Steuer saß und wohin die Fahrt gehen sollte.

Vor allem die mit hoher Wahrscheinlichkeit geplanten Anschläge machten ihm Sorgen.

Es gab so viele unterschiedliche Ziele und Vorgehensweisen.

Hagedorn versuchte, sich auf das zu beschränken, was sie wussten.

Beziehungsweise mit großer Wahrscheinlichkeit annehmen konnten.

Jemand hatte im großen Stile Waffen und Munition gestohlen.

Das tat man nicht, wenn man nicht auch vorhatte, dies einzusetzen.

Auch wurden große Mengen Notfallrationen entwendet. Es lag nahe, dass auch andere Nahrungsmittel in Konserven gehortet worden sind.

Das wiederum ließ darauf schließen, dass diejenigen, die auch die Waffen gestohlen hatten, davon ausgingen, dass eine Verknappung von Lebensmitteln eintreten würde.

Hagedorn kam ein Gedanke; sie würden auch Treibstoff benötigen. Benzin und Diesel für Fahrzeuge und Diesel für Stromgeneratoren. Eichborn müsste überprüfen lassen, ob auch Treibstoff in größerem Umfang gestohlen worden war.

Er war sich sicher, dass dem so war.

Auch war er sicher, dass sie eine Stimme benutzen würden, der die Bevölkerung vertrauen würde.

Dann war da noch die Tatsache, dass die Verschwörer bestimmte Leute ausschalten müssten.

Es gab keine Möglichkeit, den Prozess aufzuhalten.

Aber er könnte behindert werden. Man könnte die Dynamik herausnehmen und die Verschwörer dazu bringen zu improvisieren. Und dann, so Hagedorns Vermutung, würden sie Fehler machen.

Und da sie nicht wussten, wer genau die Waffen gestohlen hatte und wo sie sich befanden – dasselbe galt für den Treibstoff –, musste Hagedorn sich auf die menschliche Komponente konzentrieren.

Wen würde er auf eine Todesliste setzen, würde er eine solche Verschwörung planen?

Auf jeden Fall den amtierenden Bundeskanzler.

Dann seinen Stellvertreter, also den Außenminister.

Ganz bestimmt den Bundespräsidenten, denn der war sehr beliebt.

Hagedorn führte die Überlegungen fort und schon bald umfasste seine Todesliste mehr als vierzig Namen. Darunter befanden sich Politiker, Wirtschaftsbosse, Journalisten und den einen oder anderen Prominenten, der politisch Gewicht besaß.

Wenn man diese Personen in Sicherheit bringen würde, käme der Plan der Verschwörer ins Stocken. Theoretisch jedenfalls …

Selbstverständlich war es Hagedorn vollkommen klar, dass es schwierig werden würde, all diese Personen in Schutzhaft oder was auch immer zu bringen. Zumal sie sich ausschließlich auf Indizien berufen konnten.

Eindeutige Beweise für die Verschwörung gab es nicht.

Noch nicht.

Ohne sich Gedanken über die Zeitverschiebung zu machen, griff er zum Telefon und rief Patrick Ebel an.

»Ja.«

»Ich bin's, Hagedorn. Störe ich?«

»Wenn Sie um diese Uhrzeit stören würden, wäre ich nicht ans Telefon gegangen.«

»Äh, gut. Also, ich habe eine Idee, weiß aber nicht, ob sie umsetzbar sein wird.«

»Schießen Sie los. Verrückter als die Sachen, die wir vorhaben, kann es nicht werden.«

»Sie müssen eine ganze Reihe von Leuten in Sicherheit bringen, da die mit einer sehr hohen Wahrscheinlichkeit auf einer Todesliste stehen.«

»Und das wird schwierig, weil …?«, fragte Ebel nach.

»Weil sie nur deshalb so erfolgreich sind, weil sie in der Öffentlichkeit stehen.«

»Ah, verstehe. Wir müssen also einen Haufen von Narzissten retten.«

»So kann man es auch ausdrücken«, bestätigte Hagedorn.

»Wie können wir sicherstellen, dass sich unter den Personen, die wir schützen sollen, keiner ist, der zu den Verschwörern gehört?«

Hagedorn nickte, obwohl Patrick das nicht sehen konnte. »Können wir nicht.«

»Okay. Schicken Sie mir die Liste, ich melde mich dann wieder.«

»Sind Sie mit ihren Ermittlungen weitergekommen?«

»Ja. Ich denke, wir haben die Person gefunden, die von den Verschwörern als Stimme benutzt werden soll.«

»Das ist gut, oder?«, wollte Hagedorn wissen.

»Das kann ich noch nicht sagen …«

»Warum? Was ist los?«

Hagedorn lauschte der Erklärung Ebels und als der geendet hatte, musste er anerkennen, dass die Verschwörer wirklich wussten, was sie taten.

Aber irgendetwas störte ihn an der Wahl …

Ebel ging es wohl genauso, anders konnte sich Hagedorn dessen zurückhaltende Euphorie nicht erklären.

»Was stört Sie an der Wahl?«, fragte Hagedorn nach.

»Dass es eine Frau sein könnte, hatten wir von vornherein gesagt. Aber was uns stutzig macht, ist die Tatsache, dass Sybille Thaler keine gebürtige Deutsche ist.«

»Ja, das kann ich nachvollziehen. Auch mich störte etwas an ihr. Kann sein, dass es genau das war. Aber lassen Sie uns kurz über die Frau sprechen. Sie ist in der Schweiz geboren, richtig?«

»Ja. In Südtirol.«

»Sie war Model und hat dann später diesen Sportler geheiratet«, las Hagedorn, der die Wikipedia-Seite der Frau geöffnet hatte. »Dann der in aller Öffentlichkeit ausgetragene Rosenkrieg, danach die Scheidung – zu dem Zeitpunkt lebte sie schon in Deutschland. Der Typ hat versucht, sie fertigzumachen, sie aber blieb ruhig und hat zu keinem Zeitpunkt schmutzige Wäsche gewaschen. Das hat ihr in der breiten Öffentlichkeit ungemeine Sympathien gebracht. Und ihre Karriere angekurbelt.«

»Richtig.«

»Ah, hier steht es. Thaler setzt sich schon sehr lange für Soldaten ein, die im Ausland gedient haben und traumatisiert zurückgekehrt sind. Allerdings hielten sich ihre politischen Aktivitäten in einem sehr überschaubaren Rahmen. Aber dann hat sie plötzlich angefangen, sich politisch zu engagieren. Hat sogar Demonstrationen organisiert, in denen die schlechte Ausrüstung der Soldaten angeprangert wurde. Sehr interessant.«

»Ja, fanden wir auch. Dann haben wir ihre politischen Aktivitäten genauer untersucht. Und dabei kam heraus, dass sie eine der großen Volksparteien immer schon unterstützt hat«, sagte Ebel.

»Ich verstehe. Sie haben noch jemanden gefunden, der passen könnte?«

»Ja. Er heißt Gisbert Kuhlmann.«

Hagedorn öffnete auch dessen Wikipedia-Seite.

Kuhlmann war ein sehr populärer und beliebter Moderator. Angefangen bei Kindersendungen in den siebziger Jahren, dann folgte das aktuelle Sportstudio, später moderierte er eine Talkshow bei einem privaten TV-Sender.

Anders als Thaler hatte Kuhlmann schon immer seine politische Meinung geäußert. Richtig aktiv wurde er aber erst vor etwa drei Jahren. Gerade kleinere Parteien hatten es ihm scheinbar angetan.

Hagedorns Gedanken rasten. »Was wäre, wenn …« Er verstummte und dachte den Gedanken zu Ende.

»Was wollten Sie sagen?«, wollte Patrick mit Dringlichkeit in der Stimme wissen.

»Was wäre, wenn es beide sind? Wenn sie beide benutzen?«

»Um was zu erreichen? Ein Streitgespräch? Oder etwa … Moment mal, Sie könnten recht haben. Stellen wir uns vor, es kommt zu den ersten Demonstrationen gegen die Regierungsparteien. Der Grund für die Demo ist erst einmal sekundär. Hier taucht auch schon der neue Hoffnungsträger auf. Wahrscheinlich kein Politiker der etablierten Parteien. Die Leute sind hin- und hergerissen, wissen nicht, wem oder was sie glauben sollen. Und dann kommt es bei einer öffentlichen Veranstaltung zu einem Zusammentreffen zwischen Thaler und Kuhlmann. Beide vertreten unterschiedliche Meinungen. Thaler ist für den Hoffnungsträger, Kuhlmann eher nicht. Und hier …«

»… wird er von ihr bekehrt und bekennt sich zu dem aufsteigenden Stern«, vollendete Hagedorn Patricks Gedanken.

»Das wäre eine hollywoodreife Inszenierung«, sagte Patrick tonlos.

»Ich denke, so werden sie es machen.«

9

»Das ist die aktuelle Liste. Die bleibt so.«
Innenminister Schranz

Am nächsten Morgen setzten wir uns zu einem Meeting zusammen, um uns alle auf den neusten Stand zu bringen. Helen, Patrick und ich würden später in die Zentrale des Amtes für Innere Sicherheit fahren, um dann Kernberger und Schranz zu informieren.

Den Anfang machte Patrick. Er teilte uns mit, was Hagedorn herausgefunden hatte und kam dann auf ihren Verdacht zu sprechen, dass Sybille Thaler und Gisbert Kuhlmann ein Duo infernale bilden könnten.

Diese These fand allgemeine Zustimmung.

Helmes berichtete, dass seine Suche nach Gruppen, sowohl im Dark Net als auch im Internet durch die Unterstützung von Karoline nun sehr viel schneller voran ging.

Sobald sie die verdächtigen Gruppen in einer Rangliste geordnet hatten, würde Karoline den Versuch starten, sich in diese reinzuhacken.

Die Todesliste mit den vermutlichen Zielpersonen wurde zuletzt besprochen, dann machten wir uns auf den Weg zu Kerni.

Auch hier gaben wir eine Zusammenfassung der neusten Ereignisse.

Schranz schien sehr zufrieden mit dem zu sein, was wir bislang herausgefunden hatten.

Er streckte mir die Hand entgegen. »Lass mich mal diese Liste sehen.«

Ich reichte ihm das Blatt und gab Kerni eine Kopie. »Ihr zwei steht auch drauf.«

Beide vertieften sich in die Liste. Hin und wieder stieß einer der beiden ein ungläubiges Schnaufen aus oder schüttelte den Kopf.

Als sie mit der Lektüre fertig waren, sah Schranz mich an. »Den Verteidigungsminister müssen wir von der Liste streichen.«

Das hatten wir uns schon gedacht. »Wir sind für die Erstellung zuständig. Das Streichen müsst ihr übernehmen.«

Schranz nickte. »Natürlich. Du hast recht.« Er vertiefte sich wieder in die Liste und zückte einen Stift. Wenig später waren drei Namen durchgestrichen.

Der des Verteidigungsministers, des Verfassungsschutzpräsidenten und des Präsidenten des BAMAD, des ehemaligen militärischen Abschirmdienstes.

Er sah mich an. »Bei diesen drei Personen besteht der dringende Verdacht, an der Verschwörung beteiligt zu sein.«

Ich zuckte mit den Schultern. »Deine Entscheidung.«

Ein kurzer prüfender Blick, dann nickte Schranz. »Das ist die aktuelle Liste. Die bleibt so.«

»Wie wollt ihr es machen?«, wollte ich wissen.

Schranz runzelte die Stirn. »Wegsperren können wir sie nicht. Das würden die niemals zulassen. Ich selbst würde es ja ablehnen. Darüber hinaus wäre das auch zu auffällig. Aber wir verstärken den Personenschutz und werden alle anderen Sicherheitsmaßnahmen erweitern. Öffentliche Auftritte werden auf ein Minimum beschränkt. Jedenfalls da, wo es machbar ist.«

»Und wie begründet ihr das?«

»Wir werden die aktuelle Terrorwarnstufe erhöhen.«

Wir redeten noch eine Weile weiter, dann war es an der Zeit zu gehen.

Zwei Wochen nach diesem Treffen wurde der Verteidigungsminister der Bundesrepublik Deutschland während eines

Truppenbesuches in Afghanistan erschossen. Die Täter wurden wenig später von einer Einheit des KSK gestellt und bei einem heftigen Schusswechsel getötet.

Ganz offensichtlich hatten wir uns geirrt. Der Minister gehörte nicht zu den Verschwörern.

Zweiter Teil

10

»Herr Minister, wir werden hier alleine gelassen.«
Gunnar Abel

1994 wurden im durch einen Völkermord geplagten Ruanda deutsche Staatsbürger von Hutu-Rebellen entführt. Die Bundesrepublik Deutschland sah sich nicht dazu in der Lage, die Entführten selbst zu befreien. Die für Einsätze dieser Art eigentlich vorgesehenen Bravo-Kompanien waren nicht auf Guerillakriegssituationen vorbereitet.

Dementsprechend entsprach auch ihre technische Ausrüstung nicht den Anforderungen für Einsätze dieser Art.

Also mussten belgische Spezialkräfte einspringen.

Sie verloren bei der Befreiung der Geiseln zwölf Männer.

Für Deutschland eine mehr als peinliche Situation.

Daraufhin, und weil die Nato-Verbündeten Druck auf Deutschland ausübten, entschied der amtierende Verteidigungsminister Volker Rühe, eine eigene Spezialeinheit aufzustellen. Sie sollte in der Lage sein, deutsche Staatsbürger, aber auch andere Personen zu retten und zu evakuieren. Hinzu kamen Aufgaben wie Gewinnung von Schlüsselinformationen in Krisen- und Konfliktgebieten, der Schutz von Personen in besonderen Positionen und Kampfeinsätze im gegnerischen Gebiet.

Nachdem die bürokratischen Hürden in erstaunlich kurzer Zeit aus dem Weg geschafft wurden, konnte das Kommando *Spezialkräfte* ins Leben gerufen werden.

Die Soldaten rekrutierten sich in erster Linie aus den ehemaligen »Bravo-Kompanien« der einzelnen Luftlandebrigaden, die für Geiselbefreiungen und Kommandooperationen bereits ausgebildet waren und im Zuge dieser Umstrukturierung nun im KSK aufgingen.

Zusätzlich kamen viele Soldaten aus den Einheiten der Fernspähkompanien, den Fallschirmjägern, Gebirgsjägern und Jägern zum KSK.

Im April 1997 war das KSK einsatzbereit. Der Kommandostruktur, aber auch der Öffentlichkeit konnte das KSK zum ersten Mal seine Fähigkeiten bei der groß angelegten Übung *Schneller Adler 97* beweisen.

1998 wurde das KSK aufgestockt und die Mannschaftsstärke auf zweitausend verdoppelt.

Als im damaligen Jugoslawien 1998 ein Krieg ausbrach, kam auch für das KSK der Ernstfall. Mehrere verdeckte Einsätze der Spezialeinheit wurden erfolgreich durchgeführt. In den Reihen der Nato-Verbündeten erkämpfte sich das KSK einen ausgezeichneten Ruf.

Der 11. September 2001 bedeutete auch für das KSK einen Paradigmenwechsel.

Einhundert Mann der Einheit wurden zusammen mit britischen und französischen Soldaten nach Afghanistan geschickt.

Allerdings dachten die alliierten Kräfte im Traum nicht daran, das KSK an Spezialaufträgen zu beteiligen. Diese gefährlichen Einsätze überließen sie lieber den erfahrenen Soldaten der Special Forces oder des SAS. Stattdessen schickte man die deutschen Elitekämpfer zu deren Unmut auf weniger brisante Überwachungsmissionen.

In Afghanistan kamen die Soldaten des KSK natürlich auch in Kontakt mit anderen dort stationierten Soldaten der Bundeswehr. Sie erfuhren von den teilweise katastrophalen Mängeln an der Ausrüstung der Soldaten. Pioniere, die zerstörte Brücken wieder aufbauen sollten, deren Fahrzeuge aber nicht gepanzert waren. Hubschrauberpiloten, die zur Unterstützung verbündeter Kampftruppen eingesetzt worden waren, und die ebenfalls ohne schützende Panzerung auskommen mussten.

Aber was noch viel schlimmer war; die US-Streitkräfte waren bereit gewesen, den deutschen Pionieren ihre gepanzerten Fahrzeuge zu leihen.

Dies wurde jedoch vom Verteidigungsministerium mit der Begründung abgelehnt, die Fahrzeuge der Amerikaner besäßen keine ordnungsgemäße Zulassung laut der geltenden Straßenverkehrsordnung.

Es lag in der Natur der Sache, dass Soldaten kein allzu großes Vertrauen in Politiker setzten. Jemand, der noch niemals selbst durch Scheiße gekrochen war, während ihm Kugeln des Feindes um die Ohren flogen, jemand, der noch niemals mitansehen musste, wie ein Kamerad von einer Mine in Stücke gerissen wurde, so jemand sollte keine Entscheidungen treffen, die über Leben oder Tod bestimmten.

Also war es vollkommen normal, dass die Soldaten des KSK einen Scheiß auf die Worte der Bürokraten gaben. Problematisch wurde es, als sie spürten, dass viele ihrer Offiziere ebenfalls mehr Politiker als Soldaten waren. Wenn Kampftruppen kein Vertrauen in Politiker hatten, hatte das keine unmittelbaren Konsequenzen. Wenn sie jedoch kein Vertrauen in ihre direkten Vorgesetzten mehr setzten, hatte das sehr wohl unmittelbare Folgen.

Die Frustration der Elitesoldaten wurde im Laufe der Einsätze in Afghanistan und später im Tschad und in Libyen immer größer. Mangelhafte Informationen, schlechte Ausrüstung und die Unfähigkeit der Kommandostruktur, die richtigen Entscheidungen zu treffen, führten dazu, dass ein Teil des KSK damit begann, mehr oder weniger autark zu agieren.

Immer die Erfüllung der Mission im Fokus, aber mit eigenen Mitteln.

Hauptfeldwebel Gunnar Abel war Anführer eines Kommandotrupps des KSK. Seine vier untergebenen Soldaten folgten ihm schon seit ihrem ersten Einsatz 2004 in Afghanistan.

Abel war von den Fernspähern zur KSK gekommen.

Hauptfeldwebel Torsten Seifert, ebenfalls Anführer eines Kommandotrupps, hatte seinen ersten Einsatz in Afghanistan nur wenige Wochen später als Abel.

Seifert wechselte vom Jägerbataillon zur KSK.

Beide freundeten sich an.

Beide waren gleichermaßen frustriert und zornig.

Sie hatten es schon längst aufgegeben, ihre Vorgesetzten darum zu bitten, endlich etwas gegen die schlechten Bedingungen zu unternehmen. Spätestens nach ihrem Schlüsselerlebnis war ihnen klar geworden, dass sie auf sich selbst gestellt waren.

Vor etwas mehr als einem Jahr hatte der damals amtierende deutsche Verteidigungsminister im Rahmen eines langfristig geplanten Truppenbesuches auch ihren Stützpunkt aufgesucht.

Der übergewichtige kleine Mann hatte sich in einen Kampfanzug gezwängt, trug einen Helm, der ihm ständig ins Gesicht gerutscht war und hatte die ganze Zeit über geschwitzt wie ein Schwein.

Als er die Baracke von Abel und Seifert erreichte, waren die mit ihren Männern gerade von einem Einsatz zurückgekehrt. Der Minister heuchelte Interesse an ihrer Mission und am Ende hatte er sie gefragt, ob sie irgendwelche Wünsche an ihn hätten.

Abel und Seifert hatten einen kurzen Blick gewechselt und geschwiegen.

Dem Minister, ganz Vollblut-Politiker, war das natürlich nicht entgangen. Er forderte den vorgesetzten Offizier der beiden Kommandosoldaten auf, sie alleine zu lassen. Als der Oberleutnant fort war, hatten sich Abel und Seifert kurz zugenickt.

Dann hatte Abel das Wort ergriffen. »Herr Minister, wir werden hier alleine gelassen. Unsere Ausrüstung entspricht nicht den Anforderungen unserer Missionen.«

Dann zählte er die Missstände auf. Je länger er gesprochen hatte, desto unruhiger wurde der Minister.

Aber er machte sich auch Notizen.

Und er versprach, sich um diese Angelegenheit zu kümmern.

Das hätte für ihn Priorität.

Er verließ Afghanistan und sie hörten nie wieder etwas von ihm.

Geändert wurde nichts.

Was folgte, waren Jahre der Sinnlosigkeit. Sie mussten mit ansehen, wie die Wehrpflicht ausgesetzt wurde, was zu Folge hatte, dass die Bundeswehr keinen Nachwuchs mehr erhielt. Sie erlebten, wie schwer traumatisierte Soldaten nach Hause zurückkehrten, nur um dort alleine gelassen zu werden.

Viele Kameraden nahmen sich das Leben.

Sie registrierten, dass die Politiker sich mit Händen und Füßen dagegen wehrten, ihren Einsatz im Ausland als Krieg zu bezeichnen. Später, als sie erfuhren, warum das so war, konnten sie nur müde mit den Köpfen schütteln. Sollte die Bundesregierung nämlich tatsächlich entscheiden, dass sich die Truppe juristisch im Krieg befindet, änderte sich dadurch die Grundlage des Einsatzes. Der Bundestag müsste in diesem Fall über ein neues Mandat abstimmen.

Das Grundgesetz verbietet aber jede Form von Angriffskrieg.

Rechtlich müsste die Nato deshalb erklären, weshalb sie knapp neun Jahre nach Beginn des Einsatzes am Hindukusch nun plötzlich von »Krieg« sprach.

Totaler Wahnsinn.
Politik halt.
Sie waren seit einem Jahr in Afghanistan, als sie zum ersten Mal von Major Castrop hörten.
Was man über ihn und seine Einheit hörte, konnte nicht stimmen.
Sie taten es als dummes Geschwätz ab.
Ein Offizier der Bundeswehr, seit Anfang des Krieges in Afghanistan, der tat, was er wollte, und von den US-Streitkräften geschützt wurde.
Wo gab es denn so etwas?
Den Gerüchten nach hatten sich dem Major rund zwanzig Männer angeschlossen. Hartgesottene Kämpfer aus unterschiedlichen Verbänden. *Killerkommando* nannten sie einige.
Angeblich rückten sie nachts aus, um gezielte Tötungen vorzunehmen.
Den Soldaten der alliierten Streitkräfte war das selbstverständlich verboten.
Ein Verstoß gegen diese Vorschriften wurde bei der Bundeswehr ohne Ansehen von Rang und Namen verfolgt und strengstens bestraft.
Was die Amis und Briten mit einem ironischen Kopfschütteln quittierten.
Soldaten sollten kämpfen und nicht Schulen oder Brunnen bauen.
Wenn die Gerüchte stimmten, ignorierte Castrop diese Vorschriften und man ließ ihn gewähren.
Fast so, als hielte jemand Mächtiges eine schützende Hand über ihn …
Sein Ansehen in der Truppe war enorm. Auch die Amis und Briten nannten seinen Namen voller Hochachtung. Und sie fanden das, was er tat, gut.
Abel und Seifert sahen das auch so.

Aber diese Geschichten vom Major ... die konnten doch nicht stimmen ...

11

»Es gibt nur eine einzige Wahrheit.«
Major Castrop

Abel und Seifert lernten sich bei einem gemeinsamen Einsatz im Rahmen der Operation *Enduring Freedom* kennen. Aufklärungseinheiten hatten ein Waffenversteck der Taliban entdeckt, und die beiden Kommandotruppen von Abel und Seifert erhielten den Auftrag, dieses auszuheben.

Als sie in die Hubschrauber stiegen und abflogen, sahen amerikanische und britische Kommandosoldaten ihnen kopfschüttelnd hinterher. Sie konnten nicht verstehen, dass ihre deutschen Kameraden, vor denen sie Respekt hatten, in fliegenden Särgen unterwegs waren. So nannten sie die Helikopter der Bundeswehr, weil sie nicht gepanzert waren.

Später stellte sich heraus, dass die Geheimdienstinformationen unvollständig gewesen waren.

Es handelte sich bei dem Gebäude in der Nähe von Kundus, im Norden Afghanistans, keinesfalls nur um ein Waffenlager. Vielmehr war es ein Vorposten der Taliban, der annähernd vierzig Kämpfern Unterschlupf bot.

Abel und Seifert führten jeweils vier Männer, also kamen auf einen KSK-Soldaten mehr als drei Taliban.

Am Ende töteten sie alle feindlichen Kämpfer, verloren aber sechs Männer.

Zu zehnt waren sie ausgerückt.

Nur vier kehrten zurück.

Als sie das erst vor einigen Wochen fertiggestellte Camp Marmal in der Nähe der Stadt Masar-e-Scharif erreichten, standen Soldaten unterschiedlichster Herkunft Spalier und salutierten, als sie ihre toten Kameraden aus den Hubschraubern holten. Abel und Seifert, verdreckt und blutverschmiert, gingen mit leerem Blick durch die Reihe der Kameraden, ohne etwas zu empfinden.

Auch die respektvollen Blicke registrierten sie nicht.

Einen Mann bemerkten sie dennoch.

Er stand am Ende der Reihe, trug eine wilde Kombination aus Uniform und einheimischer Kleidung und blickte sie aus hellblauen Augen mit unbewegter Miene an. Als sie ihn erreichten, nickte er ihnen wortlos zu. Beide erwiderten den stummen Gruß, ohne zu wissen, warum.

Später, am frühen Abend, Abel und Seifert saßen zusammen in ihrer Unterkunft und tranken schweigend ein Bier, betrat ein Mann ihr Zelt. Beiden hoben den Blick und erkannten in ihm den Soldaten, der ihnen Stunden zuvor am Ende des Spaliers zugenickt hatte.

»Eine Schande, was mit euren Kameraden passiert ist«, sagte er und zündete sich eine Zigarette an.

»Ja«, sagte Abel und deutete mit dem Kinn in Richtung Kühlschrank. »Bier ist da drin.«

Der Mann holte sich eine Dose Bier aus dem Kühlschrank, öffnete sie und nahm einen Schluck.

»Aber wisst ihr, was das Schlimmste ist? Niemand wird für den Tod eurer Kameraden die Verantwortung übernehmen. Keiner wird sich vor ihre Särge stellen und sagen: Wir haben einen Fehler gemacht. Einen schrecklichen Fehler.« Der Mann setzte sich auf einen der Stühle und schüttelte den Kopf. »Und weil das niemand tun wird, niemals getan hat, wird sich auch nichts ändern. Wir werden weiterhin fehlerhafte oder unvollständige Informationen erhalten und dabei zusehen, wie unsere Kameraden ins Gras beißen.«

Abel brummte ungehalten. »Offiziell sind wir ja auch nur hier, um Schulen zu bauen.«

Seifert nickte zustimmend. »Oder Brunnen zu graben.«

Der Mann lachte. »Ja, dafür wurden wir ausgebildet, oder? Um Löcher zu graben.« Er sah die beiden forschend an. Dann beugte er sich vor. »Es gibt nur eine einzige Wahrheit. Wollt ihr sie hören?«

Beide nickten.

»Hier zu sein hat nur einen wirklichen Grund: So viele von den Scheißkerlen zu töten, wie nur irgend möglich. Denn jeder Turbanträger, den wir ins Jenseits befördern, kann keinen Schaden mehr anrichten. Ich baue hier weder Schulen, noch buddle ich Löcher in den beschissenen Wüstensand. Und schon gar nicht bilde ich afghanische Sicherheitskräfte aus. Wozu? Damit genau dieser Typ mich in einem Jahr mit den Methoden, die ich ihm beigebracht habe, abknallt? Nein, Freunde, deshalb bin ich nicht hier.«

Abel sah den Mann an. »Sie sind Major Castrop, richtig?«

Der Mann grinste schwach. »Major? Ich trage keine Rangzeichen. Aber der Name stimmt, ja.«

»Was wollen Sie von uns, Castrop?«, wollte Seifert wissen.

»Es gibt für euch jetzt drei Optionen. Ihr könnt nach Hause fliegen und versuchen, den ganzen Scheiß hier hinter euch zu lassen. Oder ihr bleibt und macht weiter wie bislang.«

»Oder?«

»Oder ihr schließt euch meiner Truppe an und befördert so viele Taliban wie möglich ins Jenseits.«

12

»Dann holen wir uns unsere Heimat zurück.«
Gunnar Abel

Castrop nahm Abel und Seifert mit in sein eigenes Lager, ein in sich abgeschlossener Trakt im Camp Marmal, und stellte sie den anderen Mitgliedern seiner Einheit vor. Achtzehn Männer, die in ähnlichen Klamotten steckten wie ihr Anführer. Sie trugen lange, zottelige Bärte und die Haare entsprachen weder in Länge noch im Stil den Vorschriften. Niemand stellte Fragen, man nahm sie auf, als wäre es das Normalste der Welt. Alle wussten, dass sie beim letzten Einsatz Kameraden verloren hatten. Was aber viel wichtiger war, sie hatten gegen eine viermal stärkere Taliban-Einheit gekämpft und gewonnen. Das war, was zählte. Sie hatten ihre Feuerprobe mit Bravour bestanden, dafür aber einen hohen Preis bezahlen müssen. Auch das vergaß niemand.

Sie hoben die Bierdosen.

»Auf die Gefallenen!«, rief Castrop.

»Auf die Lebenden!«, antworteten seine Männer mit einer Stimme.

Was folgte, waren Einsätze, von denen Abel und Seifert nicht einmal zu träumen gewagt hatten.

Castrop verfügte über ein weitverzweigtes Netzwerk von Kontaktpersonen aus unterschiedlichsten Regionen und Schichten, die ihn regelmäßig mit Informationen versorgten.

Sie hatten nur eine einzige Mission: Taliban töten.

Je hochrangiger, desto besser.

»Jeder Taliban, den wir töten, kann nicht mehr nach Europa oder in die USA reisen, um dort Zivilisten umzubringen«, hatte Castrop erklärt.

Es war ganz simpel.

Bekamen sie einen Tipp, rückten sie aus, beobachteten und schlugen dann zu.

Hart, kompromisslos und unerbittlich.

Normalerweise war die Dienstzeit in Afghanistan auf sechs, maximal neun Monate begrenzt.

Danach musste man zurück nach Deutschland. Erst nach einer angemessenen Auszeit konnte man erneut in den Einsatz zurück.

Aber auch diese Regeln galten nicht für Castrop.

Irgendjemand erzählte Abel und Seifert einmal, dass der Major schon seit drei Jahren in Afghanistan wäre.

Ununterbrochen.

Wahnsinn.

Diese Tatsache hatte natürlich auch Auswirkungen auf Abel und Seifert.

Sie verloren ihr Zeitgefühl, dachten nur noch von Einsatz zu Einsatz.

Die Einheit wurde zu ihrer neuen Familie. Der Kontakt zur alten kam zum Erliegen.

Ungebunden waren sie ohnehin.

Es kam der Zeitpunkt, da interessierten sie sich nicht einmal dafür, was zu Hause in Deutschland vor sich ging. Es war, als wären sie schon immer hier gewesen, niemals dort.

Und noch etwas geschah mit ihnen: Sie verloren ihren moralischen Kompass, stumpften emotional ab.

Stürmten sie ein Gebäude und begegneten jemandem mit einer Waffe, eröffneten sie sofort das Feuer. Und sie schossen nur, um zu töten.

Egal, ob Greis, Frau oder Kind.

Es gab keine guten Taliban. Oder ungefährliche. Oder unschuldige.

Nicht, solange sie lebten.

Es gab nur Taliban.

Den Feind.

Und nur ein toter Taliban war ungefährlich.

Merkwürdigerweise schien es so zu sein, dass Castrop niemandem Rechenschaft schuldig war.

Niemals erhielt er einen Anruf von einem Vorgesetzten, der ihn zum Rapport beorderte.

Niemals sahen sie ihn Berichte schreiben.

Es war, als existierten Castrop und seine Einheit überhaupt nicht.

Aber anders als seine Leute, interessierte sich Castrop sehr wohl dafür, was in Deutschland geschah.

Seine Aufmerksamkeit galt im Besonderen den endlosen Debatten der Politiker über den Krieg in Afghanistan und im Irak. Oder vielmehr über den humanitären Einsatz, denn Krieg wollte es ja nach wie vor niemand nennen. Castrop war mehr als angewidert von den Bürokraten, die überhaupt nicht wussten, wovon sie sprachen, sich aber für sehr wichtig hielten. Für unentbehrlich.

Vor allem die Tatsache, dass schwer traumatisierte Kameraden in ihrer Heimat um Anerkennung und finanzielle Entschädigung kämpfen mussten, machte ihn unendlich zornig.

Er war sich ziemlich sicher, dass er hier im Wüstensand sterben würde.

Aber falls nicht, falls er wider Erwarten unversehrt nach Hause zurückkehren sollte, schwor er sich, diesen Arschlöchern in Berlin zu beweisen, wie entbehrlich *sie* in Wirklichkeit waren.

Castrop war derjenige, der seinen Leuten in wohldosierten Mengen berichtete, was daheim in Deutschland geschah. So setzte er den Samen des Misstrauens in ihnen.

Den Keim des Zweifelns.

»Kameraden, das Deutschland, in das wir irgendwann zurückkehren, ist nicht mehr meine Heimat.«

»Dann holen wir uns unsere Heimat zurück«, sagte Abel.

Castrop antwortete nicht. Er lächelte nur.

Er hatte längst damit begonnen, ein Netzwerk aufzubauen.

Es gab sehr viele Menschen in Deutschland, die mit den Entwicklungen des Landes mehr als unzufrieden waren. Die es für ebenso verwerflich hielten wie er, dass man sich mehr Gedanken über die Krümmung einer Banane machte als über den Zustand der für Sicherheit sorgenden Bundeswehr.

Die, kaum an der Macht, als einziges Interesse hatten, an der Macht zu bleiben.

Jede Entscheidung, die es zu treffen galt, wurde unter genau diesen Kriterien abgewogen: Schadet sie mir und meinen Chancen, wiedergewählt zu werden, oder nicht.

Zum Kotzen.

Das Volk wurde für dumm verkauft, und merkte es größtenteils nicht einmal.

Castrop war weit mehr als nur ein Soldat. Er war auch mehr als ein Stratege.

Castrop war ein Visionär.

Und er hatte eine Vision, was man aus Deutschland machen könnte.

Wenn der richtige Mann an der Macht wäre.

Er dachte dabei nicht an sich. Nein, seine Aufgabe wäre die Aufrechterhaltung der Inneren Sicherheit.

Und natürlich die Befehlsgewalt über die Armee.

Er verfügte über ausgezeichnete Kontakte in die oberste Führungsetage des Verteidigungsministeriums. Und deshalb fraßen ihm die Generäle aus der Hand.

Er war unantastbar.

Auch, weil er wusste, wer welche Leichen im Keller hatte.

In Deutschland waren Personen schon längst damit beschäftigt, die Weichen zu stellen, um diese Vision in die Tat umzusetzen.

13

»Sie müssen mich nicht belehren.«

Major Castrop

Nachdem Major Castrop 2010 seinen aktiven Dienst bei der Bundeswehr beendet hatte, brach er alle Zelte in seiner Heimatstadt ab und zog nach Berlin. Dort begann er seine Tätigkeit als externer Berater für ein internationales Sicherheitsunternehmen. Allerdings diente diese Aufgabe lediglich als Fassade.

Er war gerade einmal eine Woche in der Hauptstadt gewesen, als der Deutschlandchef des Unternehmens ihn zum Abendessen einlud.

Ein Ober geleitete die zwei Männer zu einem Tisch in einer diskreten Nische, reichte den beiden Speise- und Getränkekarten und verzog sich wieder. Sie warteten, bis er außer Hörweite war, legten die Karten dann beiseite und Castrops Gesprächspartner, er hieß Olaf Dietrich, kam sofort zur Sache.

»Die Sache gewinnt an Dynamik«, erklärte er. »Wir befinden uns in Stufe vier und bereiten schon die nächsten Schritte vor.«

»Kein Geplänkel, das gefällt mir«, antwortete Castrop.

»Smalltalk ist etwas für Frauen und Schwächlinge«, sagte Dietrich.

»Was genau ist Ihre Aufgabe?«, wollte Castrop wissen.

»Es wäre illusorisch, davon auszugehen, wir würden jeden Menschen, den wir für die Umsetzung unseres Vorhabens brauchen, auch dafür gewinnen zu können. Aber da wir diese Personen unbedingt benötigen – sei es, weil sie uns Zugang verschaffen, oder weil sie über besonderes Wissen verfügen – müssen wir einen Weg finden, sie gefügig zu machen.«

Dietrich beugte sich vor und sah Castrop forschend an. »Jeder Mensch, wirklich jeder, hat eine Schwachstelle. Eine Sollbruchstelle. Diese zu finden, darin besteht meine Aufgabe.«

»Aha.«

Dietrich nickte. »Und Ihre Aufgabe wird es sein, diese Schwachstellen zu unserem Zweck auszunutzen.«

Castrop zuckte gleichmütig mit den Schultern. »Kein Problem.«

Dietrichs Blick wurde intensiver. »Es kann dabei um Frauen gehen. Aber auch um alte oder kranke Menschen.«

Castrop hielt dem stechenden Blick stand. »Kein Problem«, wiederholte er.

»Wie weit würden Sie gehen?«, fragte Dietrich.

»So weit, wie es sein muss.«

»Würden Sie auch töten?«

»Hab ich schon und würde es wieder tun.«

»Auch Frauen und Greise?«

Jetzt war es Castrop, der seinen Gesprächspartner forschend ansah. »Es geht hier um die Sache, nicht um die Befriedigung einer perversen Neigung. Würde es mir Spaß machen, Frauen oder alte Menschen zu töten? Nein, natürlich nicht. Ich bin kein Psychopath.« Er beugte sich vor. »Würde ich zögern, es zu tun, wenn es der Sache dient? Nicht eine Sekunde.«

Ein schwaches Lächeln erschien auf dem schmalen Beamtengesicht Dietrichs. »Wären Sie ein Psychopath, säßen wir hier nicht zusammen.« Dann verschwand das Lächeln, als hätte jemand einen Schalter umgelegt. »Wie viele Leute stehen Ihnen zur Verfügung?«

»Einhundertachtzig erfahrene Soldaten«, sagte Castrop.

»Das wird nicht reichen. Sie brauchen mindestens doppelt so viele«, gab Dietrich zu bedenken.

»Dann rekrutieren wir mehr. Es gibt genug von denen.«

»Wie vielen von ihren Leuten können Sie einhundertprozentig vertrauen?«

»Vier.«

Dietrich nickte. »Ausreichend. Ich denke, Sie wissen genauso gut wie ich, dass Vertrauen ein sehr kostbares Gut ist.«

»Sie müssen mich nicht belehren«, knurrte Castrop ungehalten. »Ich habe in Afghanistan nicht überlebt, weil ich ein Idiot bin.«

»Sie haben recht, bitte entschuldigen Sie.«

»Schon gut. Was die zusätzlichen Kräfte betrifft; fast zweihundert Männer bedeuten enorme Mehrkosten.«

Dietrich machte eine wegwerfende Handbewegung. »Glauben Sie mir, Geld ist unser geringstes Problem.«

Castrop hatte die Kosten im Kopf überschlagen. Einhundertachtzig zusätzliche Männer bedeuteten einen Betrag von jährlich über einundzwanzig Millionen Euro. Wahnsinnig viel Geld, aber Söldner verdienten eben wesentlich mehr als normale Soldaten.

»Woher kommt eigentlich all das Geld?«, fragte er beiläufig.

Dietrichs Blick bekam etwas Lauerndes. »Warum wollen Sie das wissen?«

»Weil ich gerne weiß, mit wem ich es zu tun habe«, entgegnete Castrop.

»Mit mir. Das muss reichen.«

»Und wenn es das nicht tut?«

Dietrich entfaltete in aller Ruhe die vor ihm liegende Serviette. »Wissen Sie, Major Castrop, Sie sind ein nicht unwesentlicher Baustein in unserem Vorhaben. Wichtig, aber dennoch nicht unentbehrlich. Ebenso wenig wie ich. Das überrascht Sie? Kommen Sie, keiner von uns ist unersetzbar. Bei dem einen oder anderen mag es etwas schwieriger sein, adäquaten Ersatz zu finden, aber es ist möglich. Unmöglich jedoch ist es, die zu ersetzen, die über das Vermögen verfügen, das ein Vorhaben wie unseres finanziert. Und genau diese Leute bleiben liebend gerne unter sich. Bewahren ihre kostbare Anonymität.«

»Verständlich«, gab Castrop zu.

Dietrich strahlte ihn an. »Ja, nicht wahr? Wollen wir nun essen?«

»Sie haben noch keinen Blick in die Karte geworfen.«

»Ich esse hier immer das Kalb. Ist das beste in der Stadt.«

»Dann schließe ich mich Ihrer Wahl einfach mal an«, sagte Castrop.

»Sehr gute Entscheidung«, meinte Dietrich, dem entgangen war, dass er gerade einen Fehler gemacht hatte. Castrop hingegen hatte ihn registriert.

13

»Ich bin übrigens hier im Raum ...«
Nicolas Eichborn

Schranz war ziemlich fertig, als er vom Tod des Verteidigungsministers erfuhr. Immerhin hatte er ihn ja von der Liste der Personen gestrichen, die besondere Schutzmaßnahmen bekommen sollten.

»Ich habe einen schrecklichen Fehler gemacht«, sagte er, als wir ihn in Kernis Büro trafen.

»Du musstest aufgrund der Indizien davon ausgehen, dass er involviert war«, sagte ich. »Hätten wir recht behalten und ihn informiert, wer weiß, was dann passiert wäre.«

Er sah mich an und lächelte schwach. »Du hast gut reden …«

Kernberger wandte sich an Helen und mich. »Wir haben euch zu mir gebeten, weil Rainer eine Einladung bekommen hat.«

»Ein Date?«, wollte ich wissen.

Schranz rollte mit den Augen. »Nein, Nicolas, kein Date. Die Programmleitung von Gisbert Kuhlmanns Talkshow will mich als Gast.«

»Oha«, sagte ich. »Jetzt wird's lustig.«

»Wir finden, Rainer sollte hingehen«, meinte Kerni.

Ich nickte. »Unbedingt.«

Schranz sah mich mit hochgezogenen Brauen an. »Warum sagst du das?«

»Na, weil wir so unserem Gegner Auge in Auge gegenüberstehen. Und er weiß nicht, dass wir wissen, dass er ein Böser ist.«

»Äh … ja, so ähnlich sehen wir das auch«, sagte Kerni. »Nur haben wir es anders formuliert.«

»Wie denn?«, erkundigte ich mich.

»Anders halt.«

»Ich lerne gerne dazu«, meinte ich und hörte neben mir Helen röcheln.

Ich sah sie an. »Alles in Ordnung mit dir?«

Sie wischte sich die Tränen aus den Augen. »Alles gut.«

Ich blickte zu Schranz. »Und? Gehst du hin?«

»Ja. Aber ich möchte, dass du dich unters Publikum mischt.«

»Soweit ich weiß, sind die Plätze auf Monate ausgebucht«, gab ich zu bedenken.

»Wir haben eine Karte für dich«, sagte Kerni.

»Aber nicht, dass die so erfahren, dass wir zusammengehören«, wandte ich ein.

Kerni schüttelte den Kopf. »Keine Sorge, wir haben aufgepasst.«

»Und soll ich etwas tun, oder nur zuhören?«, wollte ich wissen.

Schranz und Kerni wechselten einen kurzen Blick, was, wie ich aus Erfahrung wusste, kein gutes Zeichen war.

»Wir möchten, dass du, wenn möglich, Partei für Kuhlmann ergreifst«, sagte Kerni leise.

Nun wechselten Helen und ich einen Blick.

»Warum?«, wollte Helen wissen.

»Es könnte ein Weg sein, Kontakt zu den Leuten aufzunehmen, die an der Verschwörung beteiligt sind.«

Helen erhob sich halb. »Moment mal, ihr wollt, dass Nicolas einen verdeckten Einsatz durchführt? Und damit kommt ihr erst jetzt?«

»Diese Option hat sich erst ergeben, als wir von der Einladung erfahren haben«, sagte Schranz.

»Nicolas ist nicht gerade das, was man als ›unbekannt‹ bezeichnen könnte. Herrgott, sein Bild war in der Zeitung.«

»Das ist schon Jahre her«, meinte Kerni lahm.

Ich hob eine Hand. »Ich bin übrigens hier im Raum ...«

Helen war fuchsteufelswild. »Jahre her also, ja? Ihr wisst genau, dass online alles verfügbar ist. Wenn Nicolas das macht, dann erfahren die Typen ruckzuck, dass er *ehemaliger* BKA-Beamter ist.«

Kerni nickte. »Sie werden mit Sicherheit Informationen über ihn einholen, das ist uns klar. Aber ebenso klar ist, dass er ehemaliger BKA-Mitarbeiter ist. Deren ganzer Club besteht aus ehemaligen Soldaten und Polizisten. Also wäre das für sie nichts Ungewöhnliches.«

»Das ist ja ganz toll«, rief Helen aufgebracht. »Und wer garantiert für Nicolas Sicherheit? Wir gehen doch davon aus, dass der Anschlag von Bruno Sander mit dem Ebola-Virus Bestandteil dieser Verschwörung ist. Was, wenn sie rauskriegen, dass es Nicolas war, der ihn verhindert hat? Und zwar nicht als BKA Beamter?«

»Wir haben alle Spuren vernichtet, die ihn, beziehungsweise eure Firma, mit dem Anschlag in Verbindung bringen könnten. Es gibt keine schriftlichen Aufzeichnungen darüber. Niemand außer Kernis Mannschaft, dem BKA-Präsidenten und mir weiß, dass ihr uns geholfen habt. Darüber hinaus werden wir Nicolas rund um die Uhr im Auge behalten«, versicherte Schranz. »Er bekommt einen Peilsender.«

»Großartig. Ich fühle mich gleich viel besser«, versetzte Helen mit triefendem Sarkasmus.

»Ich mache das«, sagte ich.

Alle Blicke richteten sich auf mich.

Aus Helens Augen schossen Funken in meine Richtung. »Die haben ein tödliches Virus eingesetzt, Nicolas. Und sie haben einen Kampfjet abstürzen lassen. Die schrecken vor nichts zurück.«

»Eben. Genau darum werde ich das tun.«

»Könnten wir bitte kurz unter vier Augen sprechen?«, sagte Helen und wandte sich zum Gehen.

Ich stand auf und Helen schob mich regelrecht aus dem Büro.

Draußen auf dem Flur funkelte sie mich wütend an. »Sag mal, bist du wahnsinnig?«

Das fragte ich mich allerdings selber auch.

Aber was blieb uns denn anderes übrig?

Dies wäre unsere beste und möglicherweise auch einzige

Chance herauszufinden, wer dahintersteckte, und ich wollte sie nicht ungenutzt verstreichen lassen.

Aber es wäre besser, wenn ich Helen davon überzeugen könnte, mich zu unterstützen.

»Mach du es doch. Oder noch besser: Wir machen es zusammen.«

Ihr Blick flackerte unsicher. »Wenn das ein Trick sein soll …«

»Kein Trick. Lass uns gemeinsam versuchen, in deren Organisation zu kommen. So können wir uns gegenseitig Rückendeckung geben.«

Ich konnte sehen, wie sie in Gedanken den Vorschlag abwägte. Dann endlich wich die Sorge auf ihren Zügen einem Grinsen.

»Ich find die Idee irgendwie … sexy …«

Ich war verblüfft. »Du denkst gerade an Sex?«

»Natürlich nicht, du Idiot.«

»Aber du hast doch gesagt, dass …«

»Lass uns wieder reingehen, Nicolas.«

Wir gingen wieder rein.

»Wir machen das zusammen«, verkündete ich, kaum dass wir den Raum betreten hatten.

»Wie meint ihr das?«, fragte Schranz.

»Helen und ich werden den verdeckten Einsatz zusammen durchführen.«

»Und wenn die gar keine Frauen in ihren Reihen haben?«, wandte Kerni ein.

»Also bitte«, schnaubte Helen ungehalten.

»Nein, ich meine das ganz ernsthaft. Wir wissen bislang nur von ehemaligen Soldaten, Männern anderer Spezialeinheiten und Polizisten. Nicht ein einziges Mal wurde erwähnt, dass auch Frauen darunter sind. Was, wenn die keine Frauen wollen? Was, wenn das ein eingeschworener Männerclub ist?«

»Das würde unsere Chancen, Nicolas dort einzuschleusen, erheblich gefährden«, sagte Schranz.

»Wie bitte?«

Schranz sah mich an, wiederholte wohl im Kopf den Satz, den er gerade gesagt hatte und lief rot an. »Ich meinte natürlich, dass es dann sehr schwer werden würde, *Helen* dort einzuschleusen.«

Ich nickte ihm gönnerhaft zu.

»Und wenn doch Frauen zugelassen sind, kann ich dich immer noch mit ins Boot holen«, fügte ich hinzu.

Helen holte Luft, um mir zu sagen, wie blöd sie meinen Vorschlag fand, aber ich kam ihr zuvor. »Ich weiß, die Idee gefällt dir nicht. Aber uns bleibt keine andere Wahl. Ich verspreche dir hoch und heilig, dass ich dich dazu hole, sobald ich weiß, dass das geht.«

Ihr gefiel der Gedanke nicht, das war ihr deutlich anzusehen. Aber sie gab schließlich nach.

»Wann ist die Talkshow?«, wollte ich wissen.

»Morgen Abend um zwanzig Uhr«, sagte Schranz ohne jede Begeisterung.

14

»Die Menschen haben Angst.«
Gisbert Kuhlmann

Einlass zur Talkshow war ab achtzehn Uhr. Ich war pünktlich und nahm in der vordersten Reihe des Atriums Platz. Links von mir saß eine Frau mittleren Alters, grell geschminkt und offenbar auf Krawall gebürstet. Rechts neben mir nahm ein älterer Herr Platz, der unmittelbar, nachdem er sich gesetzt hatte, einschlief.

Es dauerte wenige Minuten, da waren alle Plätze besetzt.

Weiß der Geier, wie Schranz es geschafft hat, eine Karte für mich zu besorgen.

Eine junge Frau betrat eine halbe Stunde vor Beginn der Show die halbrunde Bühne und gab uns Instruktionen. Sobald der Moderator erschien, sollten wir klatschten, als wären wir alle wahnsinnig und bekämen Geld dafür. Na gut, ein bisschen würde ich mitmachen.

Wir sollten auf Zwischenrufe verzichten.

Wenn wir uns zu Wort melden wollten, sollten wir nicht gleich losplappern, sondern warten, bis uns ein Hiwi das Mikro in den Hals gesteckt hatte. Dann sollten wir langsam und deutlich unsere Frage formulieren. Worte wie »Scheiße« oder so sollten darin übrigens nicht vorkommen.

Wenn wir auf unsere langsam und deutlich formulierte Frage, in der Schimpfworte nicht vorkamen, eine Antwort erhielten, war eine weitere Nachfrage erlaubt.

Auch für diese galt dieselbe Regel.

So weit, so gut.

Die Dame mit der Kriegsbemalung neben mir hatte sich tatsächlich Notizen gemacht.

Du meine Güte ...

Dann ging es auch schon los und ich merkte, dass ich besser vorher aufs Klo gegangen wäre.

Gisbert Kuhlmann hatte seinen Auftritt und die Meute geriet in Ekstase.

Der Typ sah aus wie die Karikatur von David Hasselhoff. Groß, gebräunt und mit einem Lächeln, das einmal um seinen Kopf zu gehen schien. Selbst aus sechs Metern Entfernung konnte ich erkennen, dass er ein kleines Vermögen für die Implantate bezahlt haben musste. Als ich mich zu lediglich verhaltenem Applaus durchringen konnte, warf mir die stark geschminkte Dame einen vernichtenden Blick zu.

Ich grinste sie an, was sie rot anlaufen lies.

Dann begann Kuhlmann seine Einführungsrede. »Vor nicht einmal acht Monaten gab es im Bundestag einen Anschlag mit dem Ebola-Virus. Hier, mitten in Deutschland! Gott sei Dank gab es nur sehr wenige Tote, aber dieser Anschlag hätte eine Pandemie auslösen und ganz Berlin dem Tode weihen können!«

Ich fand das sehr übertrieben, aber die Leute im Saal buhten und pfiffen.

»Natürlich hat die Regierung versucht, den Vorfall kleinzureden. Weil wir ja unmündige Bürger sind, die ganz schnell die Nerven verlieren, nicht wahr?«

Jetzt lachten die Gäste. Laut und schrill.

Vor allem die Frau neben mir.

»Nur durch die hartnäckige Arbeit einiger weniger Journalisten kam die Wahrheit ans Licht. Wie immer! Wir dachten, schlimmer kann es nicht kommen, aber nun haben sich die Ereignisse überschlagen. Erst stürzte ein Kampfjet über bewohntem Gebiet ab, was auch eine Katastrophe hätte auslösen können, dann wird der Verteidigungsminister der Bundesrepublik Deutschland erschossen! Ich meine, mal im Ernst; was ist hier los? Hat die Regierung die Kontrolle verloren? Können wir noch sicher sein, dass sie in der Lage ist, uns zu schützen? Fragen über Fragen. Aber mein heutiger Gast wird ganz bestimmt in der Lage sein, Licht ins Dunkle zu bringen. Immerhin handelt es sich bei ihm um den Bundesinnenminister. Wer sonst, wenn nicht er, weiß, was zu tun ist. Meine Damen und Herren, begrüßen Sie mit mir den Innenminister der Bundesrepublik Deutschland, Doktor Rainer Schranz.«

Einige klatschten, andere buhten oder pfiffen.

Die Dame neben mir buhte.

Der Herr neben mir schreckte auf, als der Lärm einsetzte.

Er blickte sich orientierungslos um und grinste unsicher. Dann stand er halb auf, buhte und klatschte dabei und ließ sich erschöpft wieder auf den Stuhl sinken.

Irgendwie mochte ich ihn.

Schranz betrat die Bühne, gab Kuhlmann die Hand, als würden sie sich erst jetzt begegnen, nickte mit ernstem Gesicht einmal in die Runde und nahm Platz.

Er tat mir jetzt schon leid.

Kuhlmann sah Schranz scharf an. »Herr Minister, erst der Anschlag mit dem Ebola-Virus, dann ist der Verteidigungsminister einem Anschlag zum Opfer gefallen. Hat die Bundesregierung die Kontrolle verloren?«

»Wie kommen Sie auf diesen abwegigen Gedanken?«

Vereinzelte Buh-Rufe.

»Nun, irgendwie geht doch alles den Bach runter, seit wir vor einigen Jahren die Flüchtlinge aufgenommen haben und sie seitdem ohne Unterlass in Scharen zu uns kommen.«

»Sie sehen da einen Zusammenhang?«

»Sie nicht?«

»Nein, überhaupt nicht. Das Thema wurde schon sehr oft diskutiert, aber ich wiederhole es gerne noch einmal: Die Entscheidung aus 2015, die Flüchtlinge, die in Ungarn gestrandet waren, bei uns aufzunehmen, war aus humanitären Gründen richtig. Danach, also nach 2015, sind die Zahlen zurückgegangen. Und was die Anschläge auf den Bundestag und den Verteidigungsminister betrifft, so suggerieren Sie den Gästen hier und den Zuschauern am Bildschirm, dass es einen kausalen Zusammenhang gibt. Dem ist aber nicht so.«

»Aber es ist doch unstrittig, dass die Islamisten, die hier nichts verloren haben, ohnehin schon im Land sind. Unabhängig davon, ob die Flüchtlingszahlen sinken oder nicht.«

»In gewissen Kreisen gilt das als unstrittig, ja. Aber die Wahrheit sieht anders aus.«

»Und wie, bitteschön, sieht diese Wahrheit aus?«

Schranz seufzte. »Wir müssen unterscheiden zwischen Bürgerkriegs- und Armutsflüchtlingen. Über neunundneunzig Prozent der Flüchtlinge gehören in diese beiden Kategorien. Es handelt sich um Menschen, die ihre Heimat verloren haben oder politisch verfolgt wurden. Darüber hinaus ...«

»Moment«, unterbrach ihn Kuhlmann. »Ein Prozent sind also aus anderen Gründen hier. Wenn ich die Zahlen der letzten Jahre überschlage, haben wir also fast fünfzehntausend Islamisten die Tore geöffnet. Alles potenzielle Terroristen! Wenn das keine echte Bedrohung ist, dann weiß ich nicht weiter.«

Frenetischer Applaus setzte sein.

Schranz ertrug die Verdrehung seiner Worte mit stoischer Gelassenheit.

Er tat mir dennoch leid. Natürlich hatten wir gewusst, dass er hier im Saal keine Freunde haben würde. Aber diese feindselige Stimmung, die sich hier gegen ihn aufbaute, war mehr als unfair.

Unbeirrt fuhr Schranz fort: »Hinzu kommen noch diejenigen, die wir Roma und Sinti nennen. Und was Ihre Zahlenspielerei betrifft; natürlich haben wir keine fünfzehntausend potenziellen Terroristen ins Land gelassen ...«

»Wie viele sind es dann?«

»In Deutschland zählen wir Stand heute etwa siebenhundertfünfzig Personen, die als islamistische Gefährder gelten. Gut zweihundert von ihnen befinden sich in Haft.«

»Und diese Zahl ist sicher?«

»Sicherer als Ihre fünfzehntausend.«

Sie diskutierten noch eine Weile über Zahlen, und als Kuhlmann spürte, dass er hier nicht weiterkam, wechselte er das Thema.

»Herr Minister, wissen Sie mittlerweile, wer für den Ebola-Anschlag verantwortlich war?«

»So, wie Sie die Frage formulieren, klingt es, als hätten wir bis gestern keine Ahnung gehabt.«

»Nun, dieser Eindruck ist tatsächlich entstanden.«

»Bei wem?«

»Bei den Menschen.«

»Bei welchen Menschen?«

»In der Bevölkerung, Herr Minister. Die Menschen haben Angst.«

»Da wissen Sie aber mehr als ich. Bislang hatte ich nicht das Gefühl, dass es hier ein Informationsdefizit gegeben hat. Und dass die Menschen in Deutschland Angst haben, ist mir ebenfalls neu.«

Oha, Rainer, das war ein Fehler. Oder aber eine Steilvorlage für mich ...

»Eine interessante Aussage des Innenministers. Es ist ihm neu, dass die Menschen in Deutschland Angst haben. Da muss man sich fragen, wie dicht dran unsere Spitzenpolitiker noch am Bürger sind, nicht wahr?«

Lautstarker Applaus setzte ein.

Ich hob die rechte Hand.

»Ah, eine Wortmeldung«, sagte Kuhlmann und forderte jemanden auf, ein Mikrofon zu mir zu bringen.

»Jetzt bin ich aber gespannt«, sagte die Frau neben mir.

15

»Irgendwie kommt er mir bekannt vor.«
Klaus Hoffmann

»Ist das einer von uns?«, fragte der Mann im dunklen Anzug seinen Geschäftspartner, der leger gekleidet war, und nippte an seinem Cognac. Die beiden Männer saßen in der Suite eines Fünf-Sterne-Hotels in der City von Berlin und sahen sich die Talkshow an.

Sie hatten sich 2002 bei einer Tagung kennengelernt. Beide besaßen Unternehmen, die auch in der Golfregion gute Geschäfte machten und sie waren besorgt über die Entwicklung seit dem 11. September. Gastredner waren unter anderem der damalige Wirtschaftsminister sowie ein Staatssekretär aus dem Außenministerium gewesen.

Schnell wurde deutlich, dass niemand wusste, was zu tun war.

Es gab keinen Plan und den würde es auch nicht geben.

Man konnte nur reagieren, aber nicht selbst aktiv werden.

Alles lag in den Händen der Männer, die im Weißen Haus das Sagen hatten.

Die hatten zwar das Sagen, aber keine Ahnung.

Diese Machtlosigkeit, gepaart mit der Tatenlosigkeit der deutschen Regierung war die Initialzündung für die beiden Männer gewesen. Sie gründeten eine Art Interessensgemeinschaft mit dem langfristigen Ziel, unabhängiger von politischen Prozessen zu werden, die nur bedingt zu beeinflussen waren.

Als absehbar war, dass es mit Deutschland nicht in der Art und Weise und mit der Geschwindigkeit nach vorne ging, wie es ihrer Meinung nach möglich und vor allem nötig wäre, wurde aus dieser Interessensgemeinschaft ein Projekt, das von nun an ein vollkommen anderes Ziel verfolgte.

Vor allem die Sicherheit des Landes machte ihnen große Sorgen.

Die Polizei war überlastet, schlecht bezahlt und dementsprechend demotiviert.

Die Bundeswehr war ein gigantischer Verwaltungsmoloch,

der viele Menschen beschäftigte, die Entscheidungen trafen, aber kaum jemand wollte Verantwortung übernehmen.

Leidtragende waren die Soldaten.

Die Wirtschaft litt unter Führungsschwäche, der Begriff *Made in Germany* hatte seinen Zenit längst überschritten. Im Bereich Technologie hinkte die Bundesrepublik selbst Ländern aus Asien weit hinterher.

Die Regierungen, die kamen und gingen, änderten nichts, sondern waren nur mit der Wahrung des Status Quo beschäftigt. Und damit, ihre eigene Machtposition auszubauen und zu sichern.

Nichts ging voran, alles stagnierte.

Das Land drohte mittelfristig in der Bedeutungslosigkeit zu versinken.

Ihr aller Vermögen war in großer Gefahr.

Sie waren sich einig, dass eine Demokratie durchaus Vorteile besaß.

Jedoch waren die nichts im Vergleich zu den erheblichen Nachteilen.

Es fehlte an allen Ecken und Kanten.

Vor allem jedoch mangelte es an Führungsstärke und Entscheidungsfähigkeit.

Eine funktionierende Autokratie war eine echte Alternative.

Ihnen schwebte kein zweiter Führer vor. Ganz und gar nicht.

Schließlich waren sie alles andere als Nazis.

Aber eine einzige Person an der richtigen Stelle mit den idealen Beratern und dem Rückhalt in der Bevölkerung würde in einem Jahr mehr bewegen als eine komplette Partei in zehn Jahren.

Die Frage war nun nicht mehr, ob das funktionieren könnte.

Die einzige Frage war, was getan werden müsste, damit es funktioniert.

Beide hatten im Laufe ihres Lebens enorme Vermögen angehäuft und ihre einzige Beschäftigung hatte darin bestanden, dieses Vermögen zu vermehren. Dabei waren sie überaus erfolgreich gewesen. Darüber hinaus besaßen sie ein weit verzweigtes Netzwerk ähnlich denkender Menschen, die sich an ihrem Vorhaben finanziell beteiligt hatten. Das ihnen zur Verfügung stehende Kapital betrug mehr als sechs Milliarden Euro und täglich wurde es größer. Schließlich nahm eine Gruppe Kontakt zu ihnen auf, die noch reicher und noch mächtiger war als sie selbst. Diese Gruppe, deren Köpfe anonym blieben, sagte ihnen Unterstützung in jeglicher Form zu.

Nun konnte man sie wirklich nicht mehr aufhalten.

Der leger gekleidete Mann, er hieß Leonard Wittgenstein, schüttelte den Kopf. »Nein, den kenne ich nicht.«

»Irgendwie kommt er mir bekannt vor«, sagte der Mann im Anzug, sein Name war Klaus Hoffmann, nachdenklich und beugte sich etwas vor.

Wittgenstein griff zur Fernbedienung und erhöhte die Lautstärke des Fernsehers.

»Mein Name ist Nicolas Eichborn. Ich habe über zwanzig Jahre für die Ermittlungsbehörden gearbeitet. Zuerst als normaler Polizist, später dann als Zielfahnder des BKA. Zuletzt habe ich gemeinsam mit anderen Kollegen unter der Führung des damaligen Kriminalrates Rainer Schranz das Amt für Innere Sicherheit aufgebaut. Als Herr Schranz ins Innenministerium wechselte, habe ich das Amt geleitet. Ich weiß also, wovon ich spreche.«

Wittgenstein und Hoffmann sahen sich an.

»Das wird jetzt interessant …«, sagte Wittgenstein.

16

»Glauben Sie wirklich, die haben mir das schriftlich gegeben?«
Nicolas Eichborn

Kuhlmann schien ganz hingerissen zu sein, dass ich mich zu Wort gemeldet hatte.

»Herr Eichborn, bevor Sie Ihre Frage stellen, möchte ich mich zunächst bei Minister Schranz rückversichern, dass Sie auch tatsächlich der sind, für den Sie sich ausgeben.«

Für wie bescheuert hielt mich der Vogel eigentlich?

Er wandte sich an Schranz. »Herr Minister, können Sie bestätigen, dass es sich bei dem Mann um Herrn Eichborn handelt, Ihren ehemaligen Mitarbeiter?«

Schranz nickte. »Ja, das kann ich bestätigen.«

Kuhlmann strahlte. »Vielen Dank.« Er drehte sich wieder zu mir herum. »Herr Eichborn, stellen Sie bitte Ihre Frage.«

Ich schüttelte den Kopf. »Ich habe keine Frage. Aber ich möchte zu dem, was in den letzten Minuten gesagt wurde, Stellung nehmen.«

Kuhlmann nickte mir auffordernd zu. »Bitte, legen Sie los.«

»Sie haben recht, wenn Sie bezweifeln, dass die Spitzenpolitiker wissen, was in den normalen Bürgern vor sich geht. Um es mal ganz deutlich zu machen: Es ist ihnen scheißegal. Wissen Sie, was einer dieser sogenannten Spitzenpolitiker einmal zu mir sagte, als ich anmerkte, dass das, was er vorhat, nicht dem entspricht, was vor der Wahl versprochen wurde? *Wahlkampf ist Lyrik, regieren Prosa*. Im Klartext heißt das: Versprich den Leuten vor der Wahl das, was sie hören wollen. Bist du erst gewählt, können sie sich eh nicht mehr wehren. Politik in all ihren Facetten ist der Grund, warum ich meinen Dienst quittiert habe und in die Privatwirtschaft gegangen bin.«

Kuhlmann nickte, als hätte er das alles schon gewusst. »Können Sie, was Ihre Beweggründe betrifft, den Dienst zu kündigen, etwas mehr ins Detail gehen? Immerhin waren Sie Beamter und somit mehr als abgesichert. In der Privatwirtschaft tragen Sie das volle Risiko. Es muss sehr gute Gründe gegeben haben, um diesen Schritt zu gehen.«

»Man bot mir eine Beförderung zum Kriminaldirektor an, wenn ich gewisse Ermittlungsergebnisse unter den Tisch fallen lassen würde. Beweise, die für die damalige Regierung unangenehm gewesen wären. Je höher ich kam, desto größer und besorgniserregender wurden die Mauscheleien.«

»Das klingt jetzt aber sehr nach Bananenrepublik, Herr Eichborn.«

»Da stimme ich Ihnen zu.«

»Können Sie das, was Sie da behaupten, beweisen?«

»Glauben Sie wirklich, die haben mir das schriftlich gegeben?«

»Nein, sicher nicht. Aber ohne Beweise ist es schlicht eine Behauptung.«

»Um ehrlich zu sein, es ist mir egal, ob Sie mir glauben. Der Minister weiß, dass das, was ich sage, stimmt. Bestätigen wird er das natürlich nicht. Aber das ist es ja nicht alleine. Wenn Sie so lange in der Strafverfolgung tätig waren wie ich, wird Ihnen sehr schnell deutlich vor Augen geführt, wie beschissen unser Rechtssystem ist.«

»Wie meinen Sie das?«

»Sind Sie verheiratet, Herr Kuhlmann?«

»Äh ... nein.«

»Vorbestraft?«

»Natürlich nicht.«

»Sehr gut. Nehmen wir an, Sie wären verheiratet. Und nehmen wir weiter an, Sie hätten keinen Bock mehr auf Ihre Frau. Fahren Sie nach Hause, trinken Sie drei Flaschen Bier und dann, wenn Ihre Frau heim kommt, erschlagen Sie sie. Jetzt suchen Sie sich einen guten Anwalt und dem erzählen Sie, dass Ihre Frau Sie aufs Schlimmste beleidigt und provoziert hat, bevor Sie zuschlugen. Nicht vorbestraft, fester Wohnsitz, angetrunken. Sie kommen mit einer Bewährungsstrafe davon. Aber wehe, Sie hinterziehen Steuern. Da ist man hinter Ihnen her, als wären Sie ein Terrorist. Ab einer bestimmten Höhe wandern Sie dafür sogar in den Knast. Unabhängig davon, ob Sie vorbestraft sind oder nicht. Wenn man dem Staat Geld wegnimmt, dann setzt er alles in Bewegung, um einen zu bestrafen. Ein Menschenleben hingegen hat ganz offensichtlich weniger Wert. Mal ehrlich, da stimmt doch was nicht.«

Lautstarker Applaus setzte ein.

Ich nahm wieder Platz.

Das Schminkmonster neben mir beugte sich zu mir. »Ich glaube Ihnen«, raunte sie mir zu.

Klasse. Ich hatte einen neuen Fan.

17

»Das ist schade.«
Leonard Wittgenstein

»Interessant«, sagte Wittgenstein leise. »Was meinst du?«

»Der Typ gefällt mir. Er könnte nützlich sein.«

Wittgenstein zündete sich eine Zigarette an und nahm nachdenklich einen Zug. »Wir müssen ihn natürlich überprüfen, bevor wir Kontakt zu ihm aufnahmen.«

»Selbstverständlich. Ich werde das sofort veranlassen.«

»Was meinst du, lassen wir ihn überwachen?«

»Auf jeden Fall. Wir wollen doch kein unnötiges Risiko eingehen«, sagte Hoffmann.

»Drei Zweier-Teams, sieben Tage, vierundzwanzig Stunden für ... sagen wir, eine Woche, das wäre angemessen, oder?«

Hoffmann nickte. »Das sollte reichen. Wir machen einen Hintergrund-Check und wenn uns gefällt, was wir finden, werden wir die Überwachung starten. Geschieht nichts Verdächtiges, nehmen wir über Dietrich Kontakt zu ihm auf.«

»So machen wir das.«

»Apropos Dietrich, wo bleibt der Kerl?«

Wittgenstein warf einen Blick auf seine einhundertfünfzigtausend Euro teure Armbanduhr. »Sollte seit sechs Minuten hier sein«, bestätigte er.

»Ich hasse Unpünktlichkeit«, sagte Hoffmann. »Sie ist ein Zeichen von Disziplinlosigkeit.«

Fünf Minuten später klopfte es an der Tür.

Hoffmann spähte durch den Türspion und ließ Dietrich herein.

»Sie sind elf Minuten zu spät«, sagte er zur Begrüßung.

»Ein Unfall am Potsdamer Platz hat mich aufgehalten«, versuchte Dietrich eine Erklärung.

Sie setzten sich an den großen Esstisch.

Wittgenstein ergriff das Wort. »Haben Sie den Namen Nicolas Eichborn schon mal gehört?«

Dietrich grinste. »Sie haben auch die Talkshow gesehen, nicht wahr?«

Hoffmann und Wittgenstein wechselten einen kurzen Blick. Jeder konnte in den Augen des anderen dieselbe Wahrheit erkennen.

Dietrich war ganz sicher nicht der angenehmste Mensch auf Erden. Aber er besaß Eigenschaften, die für ihr Unterfangen von unschätzbarem Wert waren.

Klugheit, Skrupellosigkeit, aber auch ein umfangreiches

Netzwerk an Vertrauten und Informanten machten ihn so wichtig. Es wunderte sie nicht, dass er die Gesprächsrunde gesehen hatte. Noch weniger wunderte es sie, dass er wusste, wer Eichborn war.

»Dann klären Sie uns mal auf«, forderte Hoffmann.

»Nicolas Eichborn, ehemaliges hohes Tier beim BKA mit guten Verbindungen zum jetzigen Innenminister. Der war übrigens der erste Direktor des Amtes für Innere Sicherheit und machte Eichborn zum Leiter der operativen Einsätze. Als Schranz später ins Innenministerium wechselte, wurde Eichborn zum Leiter der Behörde ernannt. Diesen Job machte er allerdings nicht lange. Man munkelte, er habe sich mit dem Kanzleramt überworfen und wurde geschasst.«

»Wir haben gehört, er hat gekündigt, um in die private Wirtschaft zu gehen«, sagte Hoffmann.

»Das habe ich auch gehört«, bestätigte Dietrich.

»Wir möchten, dass Sie ihn überprüfen. Intensiv«, befahl Wittgenstein.

»Privat und beruflich«, ergänzte Hoffmann.

»Klar, kein Problem.«

»Wir brauchen die Informationen schnell«, fügte Wittgenstein an.

»Verstanden.«

»Wie war Ihr Treffen mit Castrop?«, erkundigte sich Wittgenstein.

»Gut. Ich habe ihm gesagt, dass er seine Truppe vergrößern muss.«

»Und?«

»Wird seiner Meinung nach kein Problem sein. Aber er machte mich auf die Zusatzkosten aufmerksam und fragte, woher das ganze Geld kommt.«

Wittgenstein sah Dietrich prüfend an. »Wie haben Sie reagiert?«

»Ich habe ihn in seine Schranken verwiesen.«

»Mit Erfolg?«

»Das wird sich zeigen.«

»Seien Sie vorsichtig«, mahnte Hoffmann. »Castrop ist nicht dumm.«

»Ich weiß. Ich bin vorsichtig.«

»Gut. Was machen Abel und Seifert?«

»Kümmern sich um ihren Veteranen-Verein. Es war eine wirklich gute Idee, den zu gründen. Wir rekrutieren aus den Reihen der Mitglieder eine Menge Personal.«

»Die brauchen wir auch«, sagte Wittgenstein.

»Was ist im Kanzleramt los? Sind sie in Panik wegen des Absturzes?«, wollte Hoffmann wissen.

Dietrich schlug die Beine übereinander und faltete die Hände vor dem Bauch. »Panik wäre übertrieben. Aber die Besorgnis ist groß. Sehr groß.«

Hoffmann nickte zufrieden.

Wittgensteins Miene war undurchdringlich.

Besorgnis ist gut, dachte er. *Panik wäre besser.*

»Gibt es Anzeichen dafür, dass sie den Anschlag mit Ebola und den Absturz in Verbindung gebracht haben?«, fragte er Dietrich.

Der schüttelte den Kopf. »Nein, keine Anzeichen.«

»Das ist schade«, sagte Wittgenstein leise.

Jede Regierung war sich sicher, für nahezu alle möglichen Bedrohungsszenarien gewappnet zu sein. Theoretisch.

Praktisch sah das jedoch vollkommen anders aus.

Seiner Erfahrung nach war Bedrohungsmanagement immer eine Frage der Fantasie.

Und die war in Sachen Bedrohung begrenzt.

Sie beschränkte sich in aller Regel auf Ereignisse, die gerade irgendwo auf der Welt geschehen waren. Plötzlich fragt man sich, ob einem das selbst auch passieren könnte.

Aber wenn es darum ging, sich mögliche zukünftige Krisen vorzustellen, versagt die Fantasie.

Niemals hätte jemand vorhersehen können, dass mit Teppichmessern bewaffnete Islamisten Passagierflugzeuge entführen und in Hochhäuser steuern könnten.

Niemals.

Das machte es auch so schwierig, bei den regierenden Politikern Panik zu erzeugen.

Deren Fantasie reichte schon mal gar nicht aus.

Politischer Erfolg war eine heikle Sache. Kommen Menschen an die Macht, werden sie sehr schnell bequem. Aber jene, die keine Macht haben, bündeln ihre Kräfte.

Sie konzentrieren sich auf ein gemeinsames Ziel: eine bestimmte Person oder Partei loszuwerden.

Dieses Phänomen wollten Wittgenstein und Hoffmann für ihre Zwecke ausnutzen.

»Wir müssen ein weiteres Zeichen setzen«, sagte Wittgenstein leise. »Eines, das sie unmöglich fehlinterpretieren können.«

18

»Ich entschuldige gar nichts, bis ich weiß, was hier los ist.«
Nicolas Eichborn

Uns war bewusst, dass wir es nicht mit Idioten zu tun hatten. Dementsprechend war klar, dass sie erst dann Kontakt zu mir aufnehmen würden, wenn sie mich zuvor auf Herz und Nieren überprüft hatten.

Wenn sie überhaupt Kontakt aufnehmen würden …

Auch mussten wir einkalkulieren, dass sie mich überwachen ließen.

Deshalb hatte ich beschlossen, meinen Wagen jeden Tag von einem Profi auf Peilsender untersuchen zu lassen. Dafür hatten wir als Standort meine Tiefgarage ausgewählt, denn dort gab es keine Überwachungskameras. Zweimal am Tag würde ein Spezialist, den Patrick besorgt hatte, meinen Wagen kontrollieren. Kerni, Schranz und ich hatten abgesprochen, dass ich ab sofort keinerlei Kontakt mehr zu ihnen aufnehmen würde. Sollte etwas so Wichtiges geschehen, das eine Kontaktaufnahme unabwendbar machen sollte, hatte ich mir für diesen Fall ein einfaches Prepaid-Handy ohne GPS-Sender besorgt.

Ansonsten lief der Kontakt ausschließlich über Patrick.

Auch Helen würde sich weder mit ihnen treffen, noch mit ihnen reden.

Zwei Tage waren vergangen, seit ich in der Talkshow meinen Auftritt hatte, da kam Patricks Techniker in mein Büro, um mir mitzuteilen, dass er einen Peilsender gefunden hatte.

Es ging also los.

Wir hatten intensiv über die Vorgehensweise diskutiert, wenn sie Kontakt aufnehmen sollten, aber wie heißt es doch so schön; jeder Plan ist in dem Moment Geschichte, wenn die ersten Kugeln flogen.

Oder so ähnlich.

Ich hatte ein paar Termine außer Haus, Steuerberater, Zahnarzt, lauter unwichtiges Zeug, aber ich hatte mir vorgenommen, mich so normal wie möglich zu verhalten. Und Termine dieser Art halfen dabei, den Anschein von Normalität zu wahren.

Oder vorzutäuschen.

Da wir fest davon ausgingen, dass sie mich nicht nur über den Peilsender während des Autofahrens überwachten, sondern auch Bodenpersonal einsetzen würden, hatten wir unsererseits vier Männer damit beauftragt, mir zu folgen, sobald ich das Auto verlassen würde. Sie sollten sich unauffällig unters Volk mischen und Ausschau halten nach Leuten, die mich observierten.

Ich fand den Gedanken total klasse und irgendwie witzig.

Die vier Männer würden Leute beobachten, die mich beobachteten.

Sobald meine Beobachter jemanden entdeckten, der mich observierte, würden sie Fotos der Personen machen.

Es war nämlich hilfreich zu wissen, wie die Leute aussahen, die einen verfolgten.

Als ich am späten Nachmittag nach Hause kam, lagen Aufnahmen der Männer auf dem Esstisch, die man damit beauftragt hatte, mich zu observieren. Es waren zwei Männer, von denen ich annahm, dass es sich bei ihnen um ehemalige Soldaten handelte.

Nun wusste ich, wie zwei meiner Beobachter aussahen.

Aber wir alle waren uns einig, dass sie mit Sicherheit noch andere hatten, die diesen Job ausführten.

Also würden wir das am folgenden Tag wiederholen und am darauffolgenden ebenfalls.

• • •

Nach vier Tagen des gegenseitigen Beobachtens hatte ich die Schnauze voll. Ich beschloss, dem Theater ein Ende zu bereiten. Wieder einmal schlenderte ich über den Ku'damm, auf dem Weg zu meinem Wirtschaftsprüfer. Ich war mir nicht sicher, wer von den Leuten hinter mir alles zu mir und wer zu den anderen gehörte, und fand die Situation ziemlich bizarr.

Da der Mann, der mich auf meiner Seite der Straße verfolgte, genau wusste, wohin ich wollte, hoffte ich, er würde ein klein wenig in seiner Aufmerksamkeit nachlassen. Immerhin hatte er mich schon ein paar Mal hierher begleitet. Also drehte ich mich abrupt um und kam ihm plötzlich entgegen.

Ich erkannte ihn sofort, da auch sein Foto auf meinem Esstisch lag.

Eine Sekunde lang starrte er mich entsetzt an, dann drehte er sich zur Seite und tat so, als hätte er etwas unfassbar Interessantes in einem Schaufenster entdeckt.

Dass da nur Nachthemden für ältere Damen gezeigt wurden, war einfach nur Pech.

Als ich auf seiner Höhe war, machte ich einen blitzartigen Schritt auf ihn zu und trat ihm von hinten in die rechte Kniekehle. Das tat, wie ich aus eigener Erfahrung wusste, höllisch weh.

Er stöhnte auf und knickte mit dem rechten Bein ein. Ich stellte mich seitlich neben ihn, drückte ihm meine Handfläche ins Gesicht und streckte mein rechtes Bein.

Er hatte keine Chance, stehen zu bleiben und sank wie ein nasser Sack zu Boden.

Ich hockte mich seitlich neben ihm. »Wer hat dich geschickt?«, schrie ich ihn an. »Verfassungsschutz? Oder das Innenministerium?«

Er glotzte mich verdutzt an und warf hektische Blicke hinter mich auf die andere Straßenseite.

Dort stand sein Kumpel und telefonierte panisch gestikulierend.

Ich wandte mich wieder dem am Boden Liegenden zu. »Nochmal: Wer. Hat. Dich. Geschickt?«

Er versuchte vergeblich, sich zu befreien.

Nur so zum Spaß verstärkte ich den Druck auf seinen Hals.

»Kann ich nicht sagen. Aber ich bin weder vom Verfassungsschutz noch von irgendeinem Ministerium«, presste er hervor.

»Ausweis?«

»Rechte Innentasche.«

»Vorsichtig rausholen.«

Er holte den Ausweis sehr behutsam aus der Innentasche und gab ihn mir.

»Rüdiger Ehrmann. Aha.« Ich machte mit meinem Handy ein Foto seines Ausweises.

»Steh auf«, sagte ich ihm. Er versuchte es, aber sein Bein tat wohl immer noch sehr weh. Ich hielt ihm die rechte Hand hin. Er griff zu und ich zog ihn auf die Beine. Sein Kumpel kam nun zu uns.

Er reichte mir sein Handy. »Da möchte Sie jemand sprechen.«

Ich sah ihn kurz an. Auch sein Bild lag bei mir zu Hause auf dem Tisch.

Ich nahm das Handy. »Eichborn.«

»Herr Eichborn, mein Name ist Dietrich, bitte entschuldigen Sie die Umstände der Kontaktaufnahme.«

»Ich entschuldige gar nichts, bis ich weiß, was hier los ist.«

»Das kann ich sehr gut verstehen. Ich schlage ein persönliches Treffen vor.«

»In einer Stunde. In meinem Büro. Ich bin sicher, Sie wissen, wo das ist.«

»Bitte sehen Sie es mir nach, wenn ich für unser erstes Treffen einen neutralen Ort bevorzugen würde. Aber der Zeitrahmen ist akzeptabel.«

»Okay, wo wollen wir uns treffen?«

19

»Offenbar haben wir Sie unterschätzt.«
Olaf Dietrich

Sobald ich in meinem Wagen saß, sendete ich Helen eine Kurznachricht über das Prepaid-Handy, sodass sie wusste, wo und wann ich Dietrich treffen würde. Anschließend machte ich mich auf den Weg in das Restaurant. Es war eines dieser Edel-Teile, von denen ich nichts hielt, da die Portionen klein, aber schweineteuer waren.

Ein paar Mal musste ich in solchen Sternerestaurants essen gehen und jedes Mal verließ ich es hungrig.

Ist doch nicht normal so was.

Sobald man eintrat, fiel schon ein Ober über einen her und verlangte zu wissen, ob man reserviert hatte. Der Laden war leer und er wollte wissen, ob ich einen Tisch vorbestellt hatte.

»Er gehört zu mir«, rief jemand aus einer Ecke, die ich nicht einsehen konnte.

Der Ober brachte mich zu der Stimme und verschwand wieder.

Das Spiel kannte ich schon. Es gab einen, der brachte den Gast zum Tisch. Ein anderer übergab die Getränkekarte und ein dritter war fürs Essen zuständig. *Unfassbar.*

Ein dünner, sehr unscheinbarer Mann mittleren Alters in grauem Anzug stand auf und streckte mir die rechte Hand entgegen. »Olaf Dietrich. Schön, Sie kennenzulernen, Herr Eichborn.«

Ich ergriff die Hand nur zögerlich. »Ob ich mich freue, weiß ich noch nicht …«

Dietrich machte eine einladende Geste. »Bitte, setzen Sie sich.«

Ich setzte mich.

Dietrich sah mich neugierig an. »Woran haben Sie gemerkt, dass Sie beschattet wurden sind?«

»Das habe ich gar nicht bemerkt. Aber ich lasse mein Auto seit Monaten jeden Tag auf Peilsender überprüfen. Und als mein Bekannter einen fand, war klar, dass ich beobachtet werde. Also habe ich vier Männer damit beauftragt, mir ständig zu folgen und auf Typen zu achten, die mich observierten. Sie sollten Fotos von denen machen. So wusste ich recht schnell, wie viele Leute mir folgten und wie sie aussahen.«

Dietrich schmunzelte. »Offenbar haben wir Sie unterschätzt.«

»Wer ist *wir* und was wollen Sie von mir? Oder fangen wir doch am besten damit an, dass Sie mir verraten, warum Sie so einen Aufwand betreiben, herauszufinden, was ich den ganzen Tag so mache.«

»Mir ist klar, dass Sie eine Menge Fragen haben, Herr Eichborn. Und ich werde versuchen, jede einzelne zu beantworten. Aber bitte gestatten Sie mir zunächst, Ihnen zwei Fragen zu stellen.«

»Sie zahlen die Rechnung, also fragen Sie.«

»Gut. Erste Frage: Aus welchem Grund haben Sie meinen Mitarbeiter, ich meine den Mann, den Sie überwältigt haben, gefragt, ob er für den Verfassungsschutz arbeitet? Übrigens, meinen Respekt, Sie haben einen kampferprobten Kommandosoldaten auf die Bretter geschickt.«

Ich schüttelte den Kopf. »Das war eine hinterhältige Attacke von hinten. Für Respekt gibt's da keinen Grund. Darüber hinaus haben Sie Ihren Leuten mit Sicherheit eingebläut, kein Aufsehen zu erregen. Hätte er es gewollt, hätte er mich fertig machen können. Und was Ihre Frage betrifft, seit ich den Staatsdienst verlassen habe, gab es mehrere Versuche seitens der Behörden, mich zu gewissen Kooperationen zu nötigen.

Anfangs willigte ich ein, der alten Zeiten wegen und so. Aber recht schnell wurde deutlich, dass sie mich als Sündenbock benutzen wollten für den Fall, dass etwas schief ging. Ich werde nicht gerne verarscht und das habe ich gegenüber diesen Personen auch deutlich gemacht.«

Er hatte mir vollkommen hingerissen zugehört und dabei unentwegt die Hände gerieben. Entweder war ihm kalt, oder er war nicht ganz klar in der Birne. Auf jeden Fall fing ich allmählich an, den werten Herren Dietrich gruselig zu finden.

»Vielen Dank für Ihre Offenheit, Herr Eichborn. Kommen wir zur letzten Frage: Würden Sie dem aktuellen Regierungssystem auch nur eine einzige Träne nachweinen?«

»Das ist eine sehr merkwürdige Frage«, stellte ich fest.

Er sagte nichts, sah mich nur erwartungsvoll an.

»Ich vermute, Sie haben die Talkshow von Kuhlmann gesehen?«

»Selbstverständlich habe ich die gesehen. Gab es eigentlich Resonanzen wegen dem, was Sie gesagt haben? Ich meine vor allem von ehemaligen Kollegen.«

»Jede Menge. Vor allem E-Mails, in denen ich als Verräter oder einfach nur als Arschloch betitelt worden bin. Und auch Fanpost von irgendwelchen glatzköpfigen Bomberjackenträgern.«

»Das war zu erwarten«, sagte er heiter.

Nun, ich hatte daran nicht gedacht und war von der Flut an Beleidigungen und Drohungen überrascht gewesen.

»Also, wenn Sie gehört haben, was ich gesagt habe, dann wissen Sie, was ich von unserer Regierung halte.«

»Nein, das weiß ich nicht. Ich weiß nur, was Sie von unserem *Rechtssystem* halten.«

»Das ist für mich ein- und dasselbe. Die Regierungen machen schließlich die Gesetze.«

»Da stimme ich Ihnen natürlich zu, aber es beantwortet dennoch nicht meine Frage.«

»Was wollen Sie denn hören? Dass ich am liebsten die komplette Riege der Politiker auf den Mond schießen würde? Ja, das wäre ein toller Gedanke.«

Dietrich dachte scheinbar intensiv über die Antwort nach. Schließlich nickte er. »So wie Ihnen geht es vielen Menschen im Land. Aber man muss sehr vorsichtig sein mit dem, was man sagt.«

Ich seufzte. »Wem sagen Sie das. Als der Anschlag mit dem Ebola-Virus erfolgte, da bat mich der Innenminister um Hilfe. Der alten Zeiten wegen und so. Aber ganz schnell wurde mir klar, was er in Wahrheit von mir wollte. Er verlangte, dass ich den Hauptverdächtigen foltere, um so herauszufinden, wo und wann der Anschlag stattfinden sollte.«

Dietrich tat empört. »Das ist unfassbar. Was haben Sie gemacht?«

»Als ich sie durchschaute? Ich hätte kotzen können. Aber ich habe nichts gesagt und mit meinen Methoden versucht zu helfen.«

Dietrich grinste. »Ihre Methoden sind aber auch nicht ohne …«, sagte er.

»Unorthodox, ja. Aber gefoltert habe ich noch nie. Gewalt angedroht schon. Aber niemals ausgeübt. Wissen Sie, Regeln und Dienstvorschriften sollten keine festen Mauern sein, die einen einschränken, sondern vielmehr elastische Leitplanken. Aber sehr oft musste ich die Erfahrung machen, dass die Bösen vom Grundrecht mehr geschützt werden als diejenigen, die sie hinter Gittern bringen sollen.«

»Eine fatale Situation«, bestätigte Dietrich.

»Allerdings. Erfahre ich jetzt endlich, was Sie von mir wollen?«

Er sah mich forschend an. »Ich arbeite für eine Organisation, die etwas gegen die Missstände in unserem Land unternehmen möchte.«

»Jetzt sagen Sie mir bitte nicht, dass es sich bei dieser Organisation um die AfD oder etwas Ähnliches handelt.«

Er lachte. »Nein, Herr Eichborn, wir sind keine Partei und wollen auch keine werden.«

»Na, wenigstens etwas. Aber bei einer Sache, die in Richtung Nationalsozialismus geht, würde ich auch nicht mitmachen.«

»Wir sind weder Rechtsradikale noch Nazis, Herr Eichborn.«

»Was sind Sie dann?«

»Zu allererst besorgte Bürger.«

»Eine sehr vage Antwort. Aber das wissen Sie selbst.«

»Wir kennen uns erst seit einer Stunde. Ich werde mit Sicherheit nicht all unsere Pläne vor einem Mann ausbreiten, den ich kaum kenne.«

»Nachvollziehbar«, gab ich zu.

»Ich mache Ihnen einen Vorschlag: Wir essen eine Kleinigkeit, plaudern ein bisschen weiter, und wenn wir dann beide feststellen, dass es Sinn ergeben würde, vereinbaren wir ein weiteres Treffen. Ist dieser Vorschlag akzeptabel?«

Ich stimmte zu, wir aßen eine Kleinigkeit und waren uns zwei Stunden später einig, dass es durchaus Sinn ergeben würde, uns erneut zusammenzusetzen.

Hungrig machte ich mich anschließend auf den Weg nach Hause.

20

»Und genau das ist der Grund für die Kontaktaufnahme.«
Patrick Ebel

Ich fuhr auf direktem Weg nach Hause und stellte meinen Wagen in der Tiefgarage ab. Auf einem der anderen Parkplätze stand ein Van mit getönten Scheiben.

Das bedeutete, unser Besuch war schon angekommen.

Ich fuhr mit dem Aufzug hoch in die Wohnung. Auf einer Anrichte in der Diele lag eine Stahlbox. Ich öffnete sie und legte mein Smartphone zu den anderen, die sich schon darin befanden.

Als ich das Wohnzimmer betrat, saßen da bereits Helen, Patrick, Kernberger und Schranz, die mich gespannt ansahen. Das Erste, was ich tat, war, mir einen Zettel zu greifen und eine kleine Nachricht zu schreiben. Ich reichte den Zettel an Patrick, der ihn las und dann zu mir aufsah.

»Wir haben die Wohnung vor etwa einer Stunde komplett überprüft; keine Wanzen.«

Ich setzte mich neben Helen und fasste das Gespräch zwischen mir und Olaf Dietrich zusammen.

Als ich geendet hatte, schwiegen erst mal alle.

Schranz ergriff als Erster das Wort. »Also, viel preisgegeben hat dieser Dietrich nicht.«

»Und das bestätigt uns, was wir ohnehin schon wussten; wir haben es mit Profis zu tun«, sagte Kerni.

»Und, wird es ein zweites Treffen geben?«, wollte Patrick wissen.

Ich dachte über die Frage nach. »Ja, ich bin mir ziemlich sicher.«

»Kannst du versuchen, die führenden Köpfe zu treffen?«, fragte Schranz.

Ich verstand ihn, wusste, warum er diese Frage stellte. Stellen musste.

Und ich war mir sicher, dass er meine Antwort darauf erahnte. »Wenn ich zu früh zu forsch vorpresche, war's das. Dann werden sie misstrauisch und ich bin raus.«

»Oder Schlimmeres«, bemerkte Helen.

»Ja, ihr habt natürlich recht«, murmelte Schranz.

»Ist das der Typ, mit dem du dich getroffen hast?«, wollte Patrick wissen und schob den Bildschirm seines Laptops zu mir, sodass ich draufschauen konnte.

Ich nickte. »Ja, das ist Dietrich.«

»Okay, Olaf Dietrich ist sein richtiger Name. Er ist Deutschland-Chef des Unternehmens *Global Security Inc.* mit Sitz in der Schweiz.«

»Na toll, dann haben die bestimmt Zugriff auf jede Menge bis an die Zähne bewaffnete Söldner«, sagte ich ohne Begeisterung.

»Hier steht sinngemäß, dass *Global Security* ehemaligen Angehörigen der Streitkräfte eine neue Heimat bieten. Und natürlich neue Aufgaben und Herausforderungen.«

»Das ist dann wohl deren Plattform zur Rekrutierung der Soldaten für ihre eigene, kleine Armee«, meinte Schranz.

»Und wir haben keine Ahnung, wie groß die bereits ist«, äußerte Kerni. Er wirkte niedergeschlagen.

»Könnt ihr bitte mal aufhören rumzuheulen«, sagte ich ungehalten. »Habt ihr wirklich erwartet, die offenbaren mir ihren kompletten Plan, noch bevor es den Nachtisch gibt?«

»Nein, natürlich nicht«, sagte Schranz. »Aber ich habe das Gefühl, uns läuft die Zeit davon. Ich befürchte, der nächste Anschlag steht kurz bevor.«

»Gibt es irgendwelche Anzeichen dafür?«, erkundigte sich Helen.

»Nein. Wie gesagt, es ist nur ein Gefühl.«

Seit wann äußerte sich Schranz zu Gefühlen?

Normalerweise war er ein Verfechter von Zahlen, Daten und Fakten.

»Ich habe jetzt einen Fuß in der Tür. Aber ich muss das mit meinen Methoden machen. Und Druck aufbauen ist keine gute Idee. Wir wissen ja noch nicht einmal, ob die mich wirklich aufnehmen. Vielleicht melden sie sich auch nicht mehr und ich bin draußen, bevor ich richtig drin war«, meinte ich.

»Eben warst du dir noch sicher, dass es zu einem weiteren Treffen kommen wird«, sagte Schranz.

»Ja, Rainer. Bin ich auch. Was ich damit ausdrücken wollte, ist, dass ich nach meinen Regeln vorgehe. Das heißt auch, dass ich situativ entscheide, wie weit ich vorpresche. Ich werde mir das nicht fest vornehmen.«

»Botschaft angekommen«, sagte Kerni.

»Hast du auch nur ansatzweise eine Idee, warum sie Kontakt zu dir aufgenommen haben?«, wollte Schranz von mir wissen.

Ich schüttelte den Kopf. »Nein. Und er hat auch keine Andeutungen gemacht.«

»Ist der Grund nicht offensichtlich?«, fragte Patrick zu unserer aller Überraschung. Alle Blicke richteten sich auf ihn. Sein Gesicht blieb ausdruckslos.

Er wandte sich an Kernberger. »Das Amt für Innere Sicherheit ist ein geschlossenes System, richtig?«

Kernberger nickte bestätigend. »Informationen, die reinkommen, sind extrem gut verschlüsselt und landen auf einem separaten Computer, der durch diverse Sicherheitsvorkehrungen geschützt ist. Über einen zweiten Rechner können wir online gehen und Nachrichten nach draußen schicken. Natürlich auch verschlüsselt. Das war von Anfang an so beabsichtigt. Niemand von außerhalb hat Zugriff auf unser System. Nicht ein Mitarbeiter geht mit seinem Firmenrechner online. Wir sind ein großes, schwarzes Loch.«

»Und genau das ist der Grund für die Kontaktaufnahme.«

Wir sahen ihn eine Weile schweigend an. Dann fielen bei uns die Groschen.

»Das Amt für Innere Sicherheit ist eine unbekannte Größe für sie«, sagte Kernberger langsam. »Sie haben keine Ahnung, was wir alles tun können. Wahrscheinlich haben sie in allen anderen Bundesbehörden ihre Leute. Nur bei uns nicht.«

»Aber Nicolas arbeitet doch gar nicht mehr fürs Amt«, gab Schranz zu bedenken.

»Aber er hat es mit aufgebaut und eine Zeit lang sogar geleitet. Er verfügt immer noch über enormes Insiderwissen über die Behörde. Für die wäre das Gold wert«, sagte Patrick.

Uns war sofort klar, dass er ins Schwarze getroffen hatte.

Damit war auch klar, dass sie sich auf jeden Fall noch einmal melden würden.

Und meine Verhandlungsposition ihnen gegenüber hatte sich gerade deutlich verbessert.

Wenn sie mich tatsächlich brauchten, konnte ich durchaus Forderungen stellen.

Ich müsste mir allerdings einen wirklich guten Grund für meinen Wunsch einfallen lassen, die führenden Köpfe der Organisation zu treffen. Wenn der halbgar oder unglaubwürdig rüberkam, dann hatte ich ein Problem.

21

»Ich prophezeie schon jetzt, dass er Forderungen stellen wird.«
Olaf Dietrich

Wittgenstein sah Dietrich forschend an. »Wie ist Ihr Eindruck von Eichborn?«

Der holte ein kleines Gerät aus der Innentasche seines Sakkos und legte es auf den Tisch.

»Vielleicht sollten Sie sich einfach anhören, wie das Gespräch lief. Anschließend sage ich Ihnen, was ich von Eichborn halte, einverstanden?«

Wittgenstein hob erstaunt die Augenbrauen. »Sie haben das komplette Gespräch aufgezeichnet?«

»Ja.«

Hoffmann und Wittgenstein wechselten einen Blick. »Eine sehr gute Idee«, lobte Hoffmann.

Dietrich nahm das Kompliment mit ausdruckslosem Gesicht hin und drückte die Start-Taste.

Dietrich unterbrach die Aufnahme, als er und Eichborn ihr Essen bestellten.

»Der Rest ist belanglose Plauderei. Aber auch die können Sie gerne hören, wenn Sie mögen.«

Wittgenstein schüttelte den Kopf. »Das wird nicht nötig sein.«

»Er ist ein wenig zu neugierig, findest du nicht?«, wollte Hoffmann von Wittgenstein wissen.

»Nein. Es hätte mich eher misstrauisch gemacht, hätte er keine Fragen gestellt.«

Hoffmann sah zu Dietrich. »Und was haben unsere Informanten zu ihm zu sagen?«

»Beim BKA hasst man Eichborn. Er hat vor ein paar Jahren dafür gesorgt, dass ein sehr beliebter Präsident der Behörde in den vorzeitigen Ruhestand versetzt worden ist. Das hat man ihm nicht verziehen.«

»Die Rede ist von Joachim Gatzke, richtig?«, erkundigte sich Wittgenstein.

Dietrich nickte bestätigend. »Genau um den geht's. Dem Verfassungsschutz ist Eichborn ebenfalls ein Dorn im Auge.

Vor allem in der Zeit, als er das Amt für Innere Sicherheit leitete, hat er denen öfters in die Suppe gespuckt. Auch das hat man ihm nicht verziehen.«

»Was ist mit dem BND?«

»Mit denen hat er sich auch angelegt. Als Zielfahnder beim BKA hatte er einen Mann gesucht. Der BND hatte zeitgleich gegen dieselbe Person ermittelt, einem internationalen Waffenhändler. Eichborn hat denen ihren Fall versaut, die wiederum hätten ihn warnen können, dass er in eine Falle tappt, haben sie aber nicht. Er wurde bei diesem Einsatz angeschossen.«

»Großer Gott, der Mann hat ja überall Feinde«, stellte Hoffmann erstaunt fest.

»Eine sehr bewegte Karriere«, sagte Wittgenstein. »Und hat er auch Feinde beim MAD?«

Dietrich warf einen Blick in seine Notizen.

»Nachdem er von den Schusswunden genesen war, konnte er als Zielfahnder nicht weitermachen. Er übernahm einen Fall, bei dem es um einen Serienkiller ging. Später stellte sich heraus, dass es sich um Bewusstseinsmanipulation handelte. So eine Art Gehirnwäsche. Auf jeden Fall war der MAD in diesen Fall verstrickt und ein hochrangiger Mitarbeiter des Dienstes kam dabei ums Leben. Hagedorn hieß der Mann. Vielleicht kennt ihn ja einer von ihnen.«

»Von diesem Fall habe ich gehört«, sagte Wittgenstein leise. »Es war ein sehr interessantes Projekt der Amerikaner, das hier bei uns weitergeführt worden war. Wie hieß der Professor noch, der es geleitet hatte … irgendwas mit Ziege … Ziegenhagen, genau. Professor Ziegenhagen. Der Fall ging damals durch die Medien, weil Eichborn angeblich einer Mörderin bei der Flucht geholfen haben soll. Ich erinnere mich.«

»Also, so wie sich das für mich darstellt, hat Eichborn überall da, wo er auftauchte, verbrannte Erde hinterlassen.

Warum sollte uns nicht dasselbe passieren?«, wollte Hoffmann skeptisch wissen.

»Weil wir ihn erst dann zu uns holen, wenn unser lieber Freund Olaf Dietrich seine Schwachstelle entdeckt hat und wir entsprechende Vorkehrungen getroffen haben. Schließlich brauchen wir ihn nur für eine einzige Sache, nicht wahr?«, antwortete Wittgenstein. »Aber für diese eine Sache, da könnte er für uns Gold wert sein.«

»Ich prophezeie schon jetzt, dass er Forderungen stellen wird«, sagte Dietrich.

»Was für Forderungen könnten das ein?«, erkundigte sich Wittgenstein.

»Ein persönliches Treffen mit Ihnen beiden.«

»Auf keinen Fall!«, rief Hoffmann.

Wittgenstein sah ihn milde lächelnd an. »Aber Klaus, du weißt doch am besten, wie wir arbeiten. Wenn Herr Eichborn ein Treffen mit uns haben möchte, dann soll er das bekommen. Wir lernen ihn kennen, und falls sich herausstellen sollte, dass er ein falsches Spiel mit uns spielt, nun, für diesen Fall werden wir vorgesorgt haben. Wir treffen ihn erst dann, wenn wir ihn in der Hand haben. Ihm wird gar nichts anderes übrigbleiben, als mit uns zu kooperieren.«

22

»In was für einer beschissenen Welt leben wir eigentlich ...«
Nicolas Eichborn

Die offizielle Trauerfeier der bei dem Absturz des Kampfjets ums Leben gekommenen Menschen fand in der Marienkirche in Rostock statt. Diese Kirche hatte eine bewegte Geschichte hinter sich. Sie war von allen vier Stadtkirchen die einzige, die die massiven Bombenangriffe des zweiten Weltkrieges zwischen 1942 und 1944, bei denen die Rostocker Innenstadt zur Hälfte in Schutt und Asche gelegt worden war, unbeschadet überstanden hatte.

Dreiundfünfzig Menschen waren bei dem Absturz des Jets getötet worden. Über dreißig lagen immer noch im Krankenhaus. Bei vielen von ihnen war der Zustand kritisch. Dementsprechend war die Kirche voll bis auf den letzten Platz. Da sich unter den Toten auch ein Offizier der Luftwaffe befand, waren eine Abordnung der Bundeswehr und ein Staatssekretär des Verteidigungsministeriums anwesend.

Von offizieller Seite waren der Ministerpräsident des Landes Mecklenburg-Vorpommern, sein Innenminister und ein Staatssekretär des Bundesinnenministeriums anwesend. Innenminister Schranz lag mit Grippe im Bett.

Das stimmte natürlich nicht, aber er stand auf einer Todesliste, daher hielten wir es für besser, zu dieser Notlüge zu greifen.

Die Trauerrede wurde vom Bischof der Nordkirche abgehalten.

Keiner der offiziellen Gäste sollte den Tag überleben.

Als die Bomben detonierten, stand der Bischof gerade in der Kanzel und zitierte aus der Bibel.

Sprengstoffexperten des BKA sollten später herausfinden, dass es sich um zwei Bomben gehandelt hatte. Eine war im vorderen Bereich der Sitzreihen versteckt worden, die andere im hinteren Bereich. So wurde ein maximales Ergebnis erzielt.

Über einhundertsechzig Menschen kamen bei der Explosion ums Leben.

Schrecklicherweise auch sehr viele Angehörige der Opfer des Absturzes.

Bei dem verwendeten Sprengstoff handelte es sich um Acetonperoxid, auch APEX genannt. Diese chemische Substanz war durch Spürhunde nicht auffindbar und der bevorzugte Sprengstoff des IS. Daher war es nicht überraschend, als Spezialkräfte des BKA nur wenige Stunden nach dem Anschlag vier als Islamisten bekannte Syrer in Rostock stellten und sie bei einem Schusswechsel töteten.

Der IS bekannte sich recht schnell zu dem Anschlag.

Tenor ihrer Verlautbarung war, dass sie Deutschland mit einer Seuche heimgesucht hatten, damit war der Ebola-Anschlag gemeint, dass sie unsere Anführer jederzeit eliminieren konnten, ein Hinweis auf den getöteten Verteidigungsminister, dass sie Flugzeuge vom Himmel fallen lassen konnten, und dass auch Gotteshäuser keine Sicherheit bedeuteten.

Die Bevölkerung war wie gelähmt.

Die Boulevard-Medien verbreiteten mit ihren Schlagzeilen Angst und Schrecken.

Und sie verurteilten unsere unfähige Regierung.

Wir trafen uns wie immer zu einem konspirativen Treffen in Helens und meiner Wohnung.

Kernberger und Schranz hatten zur Sicherheit den Wagen gewechselt. Es war mehr als wahrscheinlich, dass Dietrich mich noch immer überwachen ließ. Daher wäre es zu verdächtig gewesen, wenn immer derselbe Van mit verdunkelten Scheiben in meine Tiefgarage fahren würde.

Die Untersuchung meiner Wohnung ergab, dass niemand Wanzen versteckt hatte. Unsere Handys landeten wieder in der Stahlkiste. Die Stimmung als gedrückt zu bezeichnen, wäre stark untertrieben gewesen.

Schranz sah uns einen nach dem anderen an. »Ist jemand hier, der wirklich glaubt, dass die Anschläge von der IS begangen worden sind?«

Das war keiner von uns.

»Gut. Ich denke, es ist klar, was die Drahtzieher damit bezwecken wollten. Bislang gab es keine Verbindung zwischen dem Anschlag mit dem Ebola-Virus, dem Tod des Ministers und schlussendlich mit dem Absturz des Jets. Diese Verbindung bietet jetzt der angebliche Bekennerbrief des IS. Und wie zu erwarten war, stürzen sich die Medien darauf, als gäbe es kein Morgen.«

»Die zerreißen gerade die Bundesregierung in kleine Stücke. Ihrer Meinung nach ist nichts und niemand mehr sicher in Deutschland«, meinte Kernberger.

»Genau die Botschaft, die von den Arschlöchern provoziert werden sollte«, sagte ich.

»Ja«, bestätigte Schranz. »Ohne es zu wissen, treiben die Medien die Bevölkerung genau in die von denen gewünschte Richtung.«

»Ich hätte nicht gedacht, dass die so weit gehen«, sagte ich leise. »Eine Kirche, mitten in einem Trauergottesdienst ... Herrgott nochmal.«

»Im Prinzip haben die damit die Vorgehensweise von islamistischen Terroristen kopiert«, meinte Patrick.

»Stimmt. Die sprengen irgendetwas in die Luft, und wenn die Rettungskräfte kommen, zünden sie die nächste Bombe«, sagte Helen.

»Solange, bis keine Rettungskräfte mehr kommen«, sagte ich. »In was für einer beschissenen Welt leben wir eigentlich ...«

»Okay, wir wussten schon, dass die Anschläge alle zusammengehören. Die Bevölkerung nicht, für die ist das neu. Was haben wir nun zu erwarten und was tun wir dagegen?«, wollte Kernberger wissen.

»Wenn ich Hagedorns Plan richtig erinnere, dann befinden wir uns nun am Anfang von Phase fünf«, äußerte Helen.

»Das war die Phase der Umsetzung, richtig?«, wollte Schranz wissen.

Helen nickte. »Ja.«

»Scheiße«, sagte ich.

Schranz sah mich prüfend an. »Ich vermute, Dietrich wird sich jetzt sehr schnell bei dir melden und dich zu einem Treffen einladen.«

»Ja, denke ich auch.«

»Wir müssen dich verkabeln«, sagte Kernberger.

»Auf keinen Fall«, rief Helen. »Die werden ihn garantiert durchsuchen.«

Schranz und Kerni wechselten einen kurzen Blick.

Schließlich nickte Kerni. »Okay, keine Wanze. Aber dafür ein Peilsender.«

»Und den finden sie nicht, oder wie?« Helen war wirklich sauer.

»Wir haben da ganz neue Sender. Die werden geschluckt und aktiviert, sobald der Magen etwas zum Verdauen bekommt. Hält sich etwas mehr als vierundzwanzig Stunden, dann wird er ausgeschieden.«

»Ich habe ja schon vieles ausgeschieden, aber ein Peilsender war noch nie dabei«, stellte ich fest.

Helen verzog das Gesicht.

Wir einigten uns darauf, dass ich diesen Sender schlucken würde.

Nun hieß es warten.

23

»Willkommen in unserem geheimen Rückzugsort.«
Olaf Dietrich

Der Anruf von Dietrich erfolgte am nächsten Tag. Er bat mich, Sachen für zwei Tage zu packen, wollte mir aber nicht verraten, warum.

»Wie lange, sagtest du, hält der Peilsender?«, wollte ich von Kernberger wissen.

»Etwa vierundzwanzig Stunden.«

»Na toll. Wenn ich das Ding jetzt verschlucke, wisst ihr zwar, wo ich bin, aber wenn sie mich am nächsten Tag woanders hinbringen, funktioniert das Teil nicht mehr und keiner wird erfahren, wo ich bin.«

»Dann musst du entweder einen zweiten Peilsender mitnehmen oder aber den einen erst dann schlucken, wenn du da bist.«

Helen schüttelte den Kopf. »Den Sender mitnehmen und erst schlucken, wenn Nicolas da ist, ist zu riskant. Was, wenn sie den Sender finden? Oder wenn Nicolas keine Gelegenheit bekommt, ihn zu verschlucken? Er muss es tun, bevor er Dietrich trifft. Dann wissen wir wenigstens, wo er ist.«

Ich gab Helen recht. Aber die Idee mit dem zweiten Sender fand ich auch nicht schlecht.

»Wie sieht das Ding aus? Können wir den Sender in einer Packung Bonbons verstecken, ohne, dass er auffällt?«

Kerni nickte. »Ja, das wird funktionieren.«

»Ich müsste nur den Sender erkennen. Ich will nicht eine ganze Packung Bonbons auf einmal fressen, nur weil ich nicht weiß, was was ist.«

»Auch das kriegen wir hin.«

Wir trafen alle Vorbereitungen, dann packte ich, schluckte

den ersten Peilsender und fuhr zum vereinbarten Treffpunkt, der Tiefgarage eines Hotels am Potsdamer Platz.

• • •

Wir waren etwa eine halbe Stunde unterwegs, als ich Dietrich mitteilte, dass ich aufs Klo musste.

Auf der Höhe Hoppegarten fuhr er rechts ran. Ich stieg aus, verkroch mich hinter einem Baum und pinkelte eine gefühlte halbe Stunde.

»Haben Sie Hunger?«, fragte Dietrich mich, als ich wieder neben ihm saß.

Nein, danke, ich hatte einen Peilsender zum Mittag.

Natürlich sagte ich das nicht, aber es lag mir auf der Zunge.

»Dauert es noch lange, bis wir da sind?«

»Noch etwa eine Stunde«, antwortete er.

»Und da, wo wir hinfahren, gibt's nichts zu essen?«

»Doch, natürlich. Ich meinte ja bloß. Hätte ja sein können, dass Sie Hunger haben.«

»Nein, bis wir da sind, halte ich es noch aus.«

»Schlimme Sache, das mit dem Anschlag in Rostock, oder?«, wechselte er das Thema.

»Ja. Aber das kommt davon, wenn die Geheimdienste sogar vor anderen Behörden Geheimnisse haben. Genau aus diesem Grund ist es den Arschlöchern damals gelungen, in die Twin Tower zu fliegen. FBI und CIA hatten unterschiedliche Informationen und haben im Traum nicht daran gedacht, sie untereinander auszutauschen. Hätten sie es getan, hätten sie das Gesamtbild gesehen und die Anschläge verhindern können. Wir lernen einfach nicht dazu.«

»Ja, das habe ich auch schon gehört. Ich wusste jedoch nicht, dass wir in Deutschland dasselbe Problem haben.«

»Oh ja, haben wir. BND, BKA, Verfassungsschutz, sie alle kochen ihre eigene Suppe und wehren sich mit Händen und

Füßen dagegen, den anderen ihr Rezept zu verraten. Das nimmt zum Teil bizarre Formen an. Zum Beispiel dann, wenn das BKA an einer Sache dran ist, an der auch der Verfassungsschutz arbeitet. Dann schlägt das BKA zu und verhaftet – na, kommen Sie drauf? Genau, einen Beamten des Verfassungsschutzes.«

Er sah mich aus großen Augen an. »Echt jetzt?«

»Ja. Und das Spiel funktioniert in beide Richtungen.«

»Du meine Güte ...«

»Professionell geht anders«, sagte ich.

Er nickte. »Das ist wohl wahr.«

Wir hingen beide unseren Gedanken nach. Längst hatten wir die Stadt verlassen und fuhren durch dünn besiedeltes Gebiet. Schon bald waren gar keine Häuser mehr zu sehen. Nur noch Felder und kleine Wäldchen. Wir befanden uns in der Märkischen Schweiz. Wir fuhren tatsächlich noch durch eine letzte Ortschaft mit dem spannenden Namen Bollersdorf, dann hinein in einen Wald.

»Wollen wir zur Jagd?«

Dietrich lachte. »Nein. Aber es wird rustikal, so viel kann ich sagen.«

Wie verließen den Wald und bogen dann rechts ab. Dietrich setzte sogar den Blinker, obwohl uns seit einer gefühlten Ewigkeit kein Fahrzeug mehr begegnet war.

Schließlich erreichten wir unser Ziel. Ein großes Holzhaus und mehrere kleinere Blockhütten, die rings um einen kleinen See standen.

Er parkte den Wagen vor dem Haupthaus und schaltete den Motor aus.

»Willkommen in unserem geheimen Rückzugsort.«

24

»Wie kommen Sie denn auf diesen Gedanken?«
Leonard Wittgenstein

Ich bezog eines der Blockhäuser und als ich es betrat, war ich erstaunt, wie komfortabel es war. Ich hatte sogar einen offenen Kamin, in dem ein kleines Feuer brannte. Ich packte meine Sachen in den Massivholzschrank, in dem es ein klein wenig muffig roch. Dann setzte ich mich draußen auf die Terrasse und rauchte eine Zigarette.

Eine halbe Stunde später holte Dietrich mich ab. Gemeinsam schlenderten wir zum Haupthaus.

Vor der Tür blieb Dietrich stehen und sah mich prüfend an.

»Es kommt nicht sehr oft vor, dass die beiden jemanden hierher einladen, Herr Eichborn. Ich hoffe, Sie wissen diesen Vertrauensbeweis zu würdigen.«

»Es kommt auch nicht sehr oft vor, dass ich einfach so in einen Wagen steige, ohne zu wissen, wohin die Reise geht und wer oder was mich erwartet. Ich habe es trotzdem getan. Ich hoffe, das gibt Bonuspunkte bei Ihnen und den Herren, die da drin auf uns warten. Aber wenn Sie glauben, ich sage zu allem Ja und Amen, dann sollten wir wieder zurückfahren. Ich sage, was ich denke, Herr Dietrich. Wenn mir etwas nicht passt, erfährt man das recht schnell. Ich werde mein Verhalten nicht ändern, nur weil irgendjemand mir einen Vertrauensvorschuss gibt. Darum habe ich nicht gebeten. Wollen wir?«

Er sah mich einen Augenblick schweigend an, dann setzte er sich wieder in Bewegung.

Wir betraten das Haupthaus, das genau wie alle anderen Gebäude hier aus Massivholz bestand. Die Diele gab noch nicht sehr viel her, aber das änderte sich, als wir den Wohnraum betraten.

Ein offener Kamin, so groß, dass man einen Ochsen darin hätte zubereiten können, dominierte den etwa achtzig Quadratmeter großen Raum. Die südliche Seite des Raumes war fast vollständig verglast und bot einen mehr oder weniger freien Blick auf den See.

Die gegenüberliegende Seite bestand aus einem mächtigen Bücherregal. Rechts davon stand ein Esstisch, an dem zwölf Personen Platz fanden.

Auf der linken Seite standen mehrere Sessel und eine große Couch. Jeder der Plätze bot sowohl einen Blick auf den See als auch auf den Kamin.

Zwei Männer standen vor der Glasfront. Sie wandten sich uns zu, als wir eintraten.

Ich musterte sie aufmerksam.

Beide schätzte ich auf Anfang sechzig. Sie waren schlank, leicht gebräunt und trugen legere Klamotten. Der eine hatte kurzes graues, der andere kurzes dunkles Haar. Der Graue sah nach Geldadel aus. Ich vermutete, er war der Chef hier.

Als er mich sah, lächelte er breit und entblößte eine Reihe strahlend weißer Zähne, die so ebenmäßig waren, dass sie nicht echt sein konnten.

»Herr Eichborn, endlich lernen wir uns persönlich kennen«, sagte er und kam mit ausgestreckter Hand auf mich zu. »Mein Name ist Leonard Wittgenstein.«

Wittgenstein hatte ein scharf geschnittenes Gesicht mit energischem Kinn und stahlblauen Augen. Sein Händedruck war trocken und fest.

Er wandte sich an seinen Partner. »Darf ich vorstellen: mein Geschäftsfreund Klaus Hoffmann.«

Wir gaben uns die Hand und nahmen in der Sitzgruppe Platz.

Wittgenstein sah mich aufmerksam an. »Ich muss gestehen, ich war sehr gespannt darauf, Sie persönlich zu treffen.«

»Und ich muss gestehen, dass ich überrascht bin.«

Wittgenstein hob kunstvoll die Augenbrauen. »Warum?«

»Wegen Ihrer laxen Sicherheitsvorkehrungen. Was, wenn ich bewaffnet bin? Oder gar verkabelt?«

Er lächelte. »Aber Herr Eichborn, nur weil Sie nicht abgetastet worden sind, heißt es doch nicht, dass wir Sie nicht überprüft haben. Sie sind, ohne es zu bemerken, zweimal durchleuchtet worden. Sie sind weder bewaffnet, noch tragen Sie ein verstecktes Mikrofon.«

»Aha«, sagte ich.

»Wir legen sehr viel Wert auf Vertraulichkeit und Sicherheit, glauben Sie mir. Unsere technischen Mittel entsprechen dem neusten Stand.«

»Wie beruhigend.«

Er nickte. »Ja, nicht wahr.«

Hoffmann ergriff das Wort. »Sagen Sie, Herr Eichborn, glauben Sie auch, dass der IS hinter den Anschlägen steckt?«

»Nicht eine Sekunde.«

»Ach nein? Und warum nicht?«

»Der IS soll dazu in der Lage sein, einen Kampfjet abstürzen zu lassen? Ich bitte Sie. Und wenn die Typen in Besitz von Ebola-Viren gekommen wären, hätten sie die in Washington freigesetzt, aber nicht in Berlin. Das ist totaler Humbug.«

Wittgenstein und Hoffmann wechselten einen Blick. Wenn mich nicht alles täuschte, waren sie ein klein wenig beunruhigt, was mich freute.

»Wissen Sie, ob es noch weitere Personen gibt, die das so sehen?«, erkundigte sich Wittgenstein.

»In meiner Firma glaubt keiner, dass das Bekennerschreiben authentisch ist.«

»Und bei den Behörden?«, erkundigte sich Hoffmann.

Ich zuckte mit den Schultern. »Wenn Sie wollen, höre ich mich um.«

»Das wäre sehr hilfreich«, sagte Wittgenstein. »Aber sagen Sie, Herr Eichborn, wenn es nicht der IS war, wer dann?«

Ich sah ihn direkt an. »Ich wette eine stattliche Summe, dass Sie und Ihre ... Organisation dahinterstecken.«

Das verschlug ihm erstmal die Sprache.

Dann lachte er. »Wie kommen Sie denn auf diesen Gedanken?«

»Ich kann eins und eins zusammenzählen.«

»Das müssen Sie mir erklären«, sagte Wittgenstein.

»Okay, Herr Dietrich hier hat mir bei unserem ersten Treffen interessante Fragen gestellt. Unabhängig davon, ob meine Antworten der Wahrheit entsprachen, hat mir die daraus resultierende Diskussion einiges an Interpretationsmöglichkeiten gelassen. Und als ich eben begründete, warum der IS meiner Meinung nach nicht für die Anschläge verantwortlich sein kann, haben Sie und Ihr Kumpel Hoffmann ziemlich besorgt aus der Wäsche geschaut. Das war ebenfalls vielsagend.«

»Sie sind ein sehr guter Beobachter, Herr Eichborn«, stellte Wittgenstein fest.

»Haben Sie etwa vergessen, was ich mal beruflich gemacht habe?«

»Selbstverständlich nicht«, sagte Wittgenstein angesäuert.

Vielleicht sollte ich etwas vom Gas gehen.

»Aber beantworten Sie mir bitte eine Frage: Wenn es zutrifft, was Sie hier unterstellen, wenn also tatsächlich wir für die Anschläge verantwortlich sind; warum, glauben Sie, machen wir das alles?«

»Um das herauszufinden bin ich hier.«

»Und wenn Ihnen die Antwort nicht gefällt?«

»Ich schätze, dann haben wir ein Problem.«

Wittgenstein schmunzelte. »Wir oder Sie?«

Ich sah ihn nur schweigend an.

Er erwiderte den Blick und es entstand daraus so was wie ein kleiner Machtkampf.

Wittgenstein zwinkerte als Erster. »Sie waren sehr offen, nun will ich es auch sein. Ich denke, wir sind uns einig, dass in Deutschland eine Menge schiefläuft.«

Er sah mich an und als ich zustimmend nickte, fuhr er fort. »Wir alle leben in einer ausgesprochen großen Komfortzone, Herr Eichborn. Diejenigen, die sehr viel besitzen, vermehren ihr Vermögen, und die, die nicht über viel Geld verfügen, kommen dennoch wunderbar zurecht. Nur ein verschwindend kleiner Anteil hat nichts. Und auch sie müssen nicht verhungern. Tun sie es trotzdem, liegt es an ihnen selbst. Es geht uns im Vergleich zu anderen Staaten gut. Zu gut. Wir merken nicht einmal, wie andere Länder, Länder, die früher keine Rolle spielten, uns technologisch abhängen. Deutschland rutscht langsam, aber sicher in die Zweitklassigkeit ab, und keinen interessiert es. Weil es uns ja so gut geht. Niemand denkt an die langfristigen Konsequenzen.«

»Ich gebe Ihnen soweit absolut recht«, sagte ich.

Zum Teil stimmte das sogar.

Im Vergleich zu manch anderen Ländern wie beispielsweise Portugal oder Griechenland ging es uns tatsächlich sehr gut. Bekanntermaßen waren die Deutschen ja Weltmeister im Jammern. Auf recht hohem Niveau.

Verhungern oder Not leiden musste bei uns niemand. Allerdings stimmte es auch, dass wir von anderen Ländern – gerade im Bereich Bildung – abgehängt worden waren. Vor allem in Skandinavien zeigten sie uns, wie so etwas organisiert werden müsste.

Er lächelte kurz. »Warum waren wir als Land so erfolgreich? Zum einen haben wir einen ungemein starken Mittelstand, das Rückgrat unserer Gesellschaft. Zum anderen waren wir über Jahrzehnte Export-Weltmeister. Unsere Technologie war überall auf dem Planeten heißbegehrt. Nehmen wir nur die Autobranche. Aber wir verlieren diesen Status. Andere haben aufgeholt. Und was den Mittelstand betrifft, hier haben wir gleich mehrere Probleme. Ich kenne kein anderes Land, in dem es kleineren Unternehmen so schwer gemacht wird, erfolgreich zu arbeiten. Komplizierte Steuergesetze, Hürden bei der Expansion ins europäische Ausland, immer schärfere Kündigungsregeln, und zu guter Letzt gelingt es immer weniger Unternehmern, Nachfolger zu finden. Denn die jüngere Generation hat all die Tugenden verlernt, die uns groß und erfolgreich gemacht haben. Unser Mittelstand steht vor dem Aus. Und wenn das geschieht, bricht alles zusammen.«

»Die Globalisierung ist, wenn sie unkontrolliert abläuft, ein riesiger Kannibale«, sagte ich.

Wittgenstein schlug sich auf die Schenkel. »Ha! Was für eine treffliche Bemerkung. Herr Eichborn, genauso ist es. Das Problem ist, dass der Mittelstand kaum über eine Lobby verfügt, die internationalen Konzerne jedoch schon. Deren Lobby ist so groß und so mächtig, dass man den Eindruck bekommt, sie lenken die Geschicke der Republik. Und so ist es ja auch.«

Hoffmann schaltete sich ein. »Wissen Sie, wie es um die Einsatzbereitschaft unserer hochgeschätzten Bundeswehr steht?«

»Nicht gut, soviel ist sicher«, brummte ich.

»Ich nenne Ihnen exemplarisch ein paar Zahlen der neusten Waffensysteme. Beim Schützenpanzer Puma liegt die Einsatzbereitschaft bei nur siebenundzwanzig Prozent. Transportflugzeug A400M zwanzig Prozent. Kampfhubschrauber Tiger, dreiundzwanzig Prozent. U-Boot Klasse 212A sage und schreibe siebzehn Prozent. Die Moral der Truppe ist am Boden. Seitdem die Wehrpflicht ruht, hat die Bundeswehr riesige Probleme, Nachwuchs zu finden. Bedingt einsatzbereit ist stark untertrieben.«

»Ich weiß. Eine katastrophale Entwicklung«, bestätigte ich.

Wittgenstein beugte sich vor. »Wissen Sie, vorhin sagte ich, dass es uns in Deutschland sehr gut geht. Das stimmt soweit auch. Allerdings müssen viele Rentner in unserem Land einem Job nachgehen, weil das Geld hinten und vorne nicht ausreicht. Die Generation, die demnächst in den Ruhestand geht, steht noch schlechter da. Ohne eigenes Vermögen sieht es ganz düster aus.«

»Und die Jugend von heute hat keinen Bock auf richtige Arbeit«, fügte ich an.

»Korrekt. Und dann lassen wir auch noch seit Jahren zigtausende Flüchtlinge in unser Land und geben ihnen mehr als nur eine Grundversorgung. Teilweise ist deren neuer Lebensstandard höher als der eines Arbeitslosen oder Rentners. All das muss angegangen werden, Herr Eichborn. Es muss geändert werden. Nur mit der momentanen Regierung wird das nicht geschehen. Mit unserem politischen System wird es nicht funktionieren.«

Allmählich näherten wir uns dem Kern. Jetzt hieß es, behutsam vorzugehen.

»Aber wie sollten wir das machen? Ich meine, es dauert Jahre, einen Systemwechsel durchzuziehen. Und die Zeit haben wir wahrscheinlich nicht. Wenn es überhaupt funktioniert.«

Wittgenstein nickte so heftig, dass ich schon befürchtete, er hatte einen Anfall.

»Diese Probleme sind ja nicht neu. Sie existieren seit vielen Jahren. Nur kumulieren sie sich mittlerweile zu einem nicht mehr beherrschbaren Turm auf. Und um zum Kern Ihrer Anmerkung zu kommen: Wir arbeiten ebenfalls schon seit vielen Jahren an unserem Projekt. Um konkret zu werden, befinden wir uns in der Endphase.«

»Wozu brauchen Sie dann mich?«

Wittgenstein und Hoffmann tauschten erneut einen kurzen Blick aus.

Hoffmann beugte sich jetzt auch vor. »Als wir unser Projekt starteten, haben wir natürlich auch damit begonnen, unsere Leute in die Nachrichtendienste einzuschleusen. Aber mitten in Stufe vier tauchte urplötzlich eine neue Behörde auf. Eine, die wir nicht auf dem Schirm hatten, da niemand vorhersehen konnte, dass es sie geben würde. Sie wurde zu einer unbekannten Größe. Einem nicht abschätzbaren Risiko. Und das können wir uns nicht leisten.«

»Sie meinen das Amt für Innere Sicherheit«, stellte ich fest.

»Richtig.«

»Und natürlich wissen Sie, dass ich das Amt mit aufgebaut habe.«

»Deshalb sind Sie so wichtig für uns, Herr Eichborn. Sie sind für uns von unschätzbarem Wert«, bekräftigte Wittgenstein.

»Was hätte ich davon, wenn ich Ihnen helfe?«

»Eine sehr hohe Position in einer neuen Gesellschaft.«

»Haben Sie vor, noch mehr Kirchen in die Luft zu sprengen? Das ist nämlich eine Grenze, die ich nur sehr ungern überschreite.«

Wittgenstein senkte betrübt das Haupt. »Es ist uns sehr, sehr schwergefallen, diese Entscheidung zu treffen. Bitte glauben Sie mir das. Aber uns blieb keine andere Wahl. Zivilisten sind nicht unser Ziel, Herr Eichborn. Und sie werden es auch nicht sein.«

»Dann bin ich dabei.«

Wittgenstein klatschte in die Hände.

»Ausgezeichnet«, rief er und strahlte mich an. »Ich schlage vor, wir essen jetzt und danach besiegeln wir unsere Zusammenarbeit bei einem Glas exquisiten Rotwein.«

Ich verzog das Gesicht. »Haben Sie auch Bier?«

Als wir später beim Abendessen zusammensaßen, schaltete Dietrich einen großen Fernseher an. Ich blickte auf meine Uhr; zwanzig Uhr – Tagesschau-Zeit.

Nach wenigen Augenblicken wusste ich, warum er das Gerät eingeschaltet hatte.

Es war die Top-Nachricht.

In Berlin, Hamburg, München, Köln und Frankfurt waren hunderttausende Menschen auf die Straße gegangen, um gegen die desolate Sicherheitssituation im Allgemeinen und die macht- und führungslose Regierung im Besonderen zu demonstrieren.

Hagedorn hatte das prognostiziert.

Das und noch mehr.

25

»Sie haben mich verstanden, Herr Eichborn.«
Olaf Dietrich

Mein neuer Freund Dietrich brachte mich zurück nach Berlin. Wir verabschiedeten uns, als würden wir uns schon Jahre kennen und er versprach, dass sie sich in Kürze wieder melden würden.

Dann hätte er auch schon konkrete Aufgaben für mich.

Ich versicherte ihm, dass ich es kaum abwarten konnte, endlich loszulegen.

Ich fuhr hinauf in die Wohnung, wo Helen, Patrick und Kerni mich schon erwarteten.

Ich gab ihnen eine Zusammenfassung dessen, was sich im Blockhaus ereignet hatte und schloss mit den Worten, dass ich nun ein Mitglied dieser Verschwörung war.

»Und sie haben dich so einfach gehen lassen?«, wollte Patrick erstaunt wissen.

»Na ja, es ist ja nicht so, dass wir nun eindeutige Beweise gegen sie in den Händen hätten, oder?«, entgegnete ich.

»Nein«, bestätigte Patrick. »Aber du kennst jetzt die führenden Köpfe in deren Organisation. Und du kennst ihren Schwachpunkt. Das bedeutet, du bist ein Risiko für sie.«

Ich dachte über seine Worte nach. »Was willst du mir damit sagen, Patrick?«

»Sie planen das alles akribisch seit Jahren. Haben in allen wichtigen Behörden ihre Leute platziert. Verfügen offensichtlich über enorme finanzielle Mittel. Und nun, in der alles entscheidenden Phase, holen sie ein ihnen vollkommen unbekannten Spieler ins Boot. Das passt nicht zu deren Vorgehensweise.«

»Ich gebe Patrick recht«, sagte Helen. »Hier stimmt was nicht.«

Ich sah zu Kerni. »Was sagst du dazu?«

»Es stimmt, was Patrick sagt. Sie sind damit, dass sie dich so umfangreich eingeweiht haben, ein sehr großes Risiko eingegangen. Entweder stehen sie enorm unter Druck und es blieb ihnen nichts anderes übrig, oder aber sie haben ein Ass im Ärmel, von dem wir bislang nichts wissen.«

»Aber was könnte das sein?«, fragte ich niemanden Bestimmtes.

Die Antwort auf diese Frage erhielten wir wenig später, als mein Handy klingelte.

Wir hatten eine Pause gemacht und ich saß gerade rauchend auf der Dachterrasse und hatte mein Telefon mit rausgenommen, als mich eine unbekannte Nummer anrief.

Ich nahm das Gespräch an.

»Eichborn.«

»Dietrich hier, hallo, Herr Eichborn. Ich sagte ja, dass wir uns in Kürze bei Ihnen melden, um Ihre ersten Aufgaben zu besprechen.«

»Ja, ich erinnere mich. Ist ja erst ein paar Minuten her.«

Dietrich kicherte. »Also, wir möchten, dass Sie zwei Dinge tun. Sind die erledigt, wissen wir, dass Sie es wirklich ernst meinen. Als Erstes möchten wir, dass Sie für uns herausfinden, welche Spuren das Amt für Innere Sicherheit verfolgt.«

»Wie gesagt, kein Problem.«

»Sehr gut. Als Zweites wollen wir, dass Sie Innenminister Schranz töten.«

Ich glaubte, mich verhört zu haben. »Wie bitte?«

»Sie haben mich verstanden, Herr Eichborn. Töten Sie Innenminister Schranz.«

»Das kann ich nicht tun.«

»Oh, glauben Sie mir, das können Sie. Aber zur Sicherheit haben wir eine ... sagen wir mal eine *Motivation* für Sie vorbereitet.«

Mein Hals wurde trocken. »Was meinen Sie damit?«

»Ihre Eltern sind gerade auf Gran Canaria. Wir haben uns erlaubt, ihren Aufenthalt um sechs Wochen zu verlängern. Ihre Eltern glauben, das waren Sie. Offiziell sieht es auch so aus. Wir haben Leute auf der Insel, die Ihre Eltern rund um die Uhr überwachen. Sollten Sie nicht tun, was wir von Ihnen verlangen, werden Ihre Eltern einen Unfall haben, Herr Eichborn. Einen tödlichen Unfall. Aber dazu wird es ja nicht kommen, nicht wahr? Sie sind ja auf unserer Seite.«

Am liebsten hätte ich dieses Arschloch durch den Hörer

gezogen und ihm so lange aufs Maul gehauen, bis er nach seiner Mama rief.

Ich war eiskalt erwischt worden. Damit hatte ich nicht gerechnet.

Ich hatte die Skrupellosigkeit meiner Gegner total unterschätzt und damit meine Familie in Gefahr gebracht. Ohne ein weiteres Wort unterbrach ich die Verbindung.

Das musste ich tun, da ich sonst etwas Unüberlegtes gesagt hätte.

Unmittelbar nachdem ich das Gespräch beendet hatte, fuhr ich hinunter ins Büro und ging zu Patrick. Der telefonierte gerade. Er sah mich an und spürte wohl sofort, dass etwas geschehen war.

»Ich rufe später zurück«, sagte er und legte den Hörer auf.

Ich sagte ihm, was ich gerade erfahren hatte.

»Was machen wir jetzt?«, wollte er von mir wissen.

»Zuallererst findet bitte alles heraus, was es zu Wittgenstein, Hoffmann und Dietrich an Informationen gibt.«

»Kein Problem. Und dann?«

»Wer meine Familie oder meine Freunde bedroht, bekommt riesige Probleme.«

Dritter Teil

26

»Ich finde es ganz hinreißend, dass Sie mit Ihrem Papa Urlaub machen.«
Ute Eichborn

»Entschuldigen Sie, ist hier noch frei?«

Die beiden Angesprochenen hoben den Blick und sahen in das Gesicht einer jungen, sehr attraktiven Frau. Vielleicht war der Begriff Frau nicht ganz richtig. *Mädchen* traf es wohl eher. Und bei dem Mann, der neben ihr stand, handelte es sich bestimmt um ihren Vater.

Die ältere Dame lächelte. »Bitte, setzen Sie sich. Die beiden Plätze sind frei und am Tisch ist genug Platz für vier.«

Das Restaurant war bis auf den letzten Tisch gefüllt und es herrschte eine angenehme Atmosphäre. Kein Wunder, waren doch sämtliche Gäste in ausgelassener Urlaubsstimmung.

Als die beiden Neuankömmlinge Platz genommen hatten, sah die ältere Dame sie neugierig an.

»Sie kommen auch aus Deutschland, richtig?«

Die junge Frau nickte. »Ja. Aus Berlin. Ach, wie unhöflich, wir haben uns ja noch überhaupt nicht vorgestellt. Mein Name ist Sophie, das ist mein Vater Michael.«

Über den Tisch reichten sich die vier die Hände.

»Mein Name ist Ute, das ist mein Mann Günter. Wir kommen aus der Nähe von Köln.«

Sie plauderten eine Weile, dann sagte Ute: »Normalerweise wäre das heute unser letzter Abend. Aber stellt euch vor, unser Sohn hat einfach so den Urlaub von mir und Günter um sechs Wochen verlängert. Das war vielleicht eine Überraschung.«

»Und das ging so ohne Weiteres?«, wollte Michael wissen. Er hatte einen schwer einzuordnenden Akzent.

Günter nahm einen kräftigen Schluck Bier und nickte. »Wir sind beide Rentner und haben alle Zeit der Welt.«

»Was für eine großzügige Geste von Ihrem Sohn«, meinte Sophie.

»Ja, oder?« Ute strahlte.

»Was macht Ihr Sohn beruflich, wenn ich fragen darf?«, erkundigte sich Michael.

»Natürlich dürfen Sie fragen. Er ist selbstständig. Nicolas hat eine Sicherheitsfirma.« Sie beugte sich verschwörerisch vor. »Aber davor …« Sie sah sich nach etwaigen Mithörern um und als sie keinen entdeckte, sprach sie weiter. »… davor war er bei der Polizei.«

»Er war nicht bei der Polizei«, widersprach Günter. »Er war beim Bundeskriminalamt. Und danach war er Leiter einer Bundesbehörde.«

»Wie interessant«, sagte Sophie.

»Leider manchmal auch sehr gefährlich«, sagte Ute und schnappte sich die Speisekarte.

»Und ihr beide? Was macht ihr so?«, fragte Günter.

»Ich studiere. Mein Papa ist auch selbstständig. Er hat ein Reinigungsunternehmen.«

Michael nickt. »Ich mache gerne sauber.«

»Ich finde es ganz hinreißend, dass Sie mit Ihrem Papa Urlaub machen«, sagte Ute Eichborn.

Später am Abend, nachdem die vier sich getrennt hatten, gingen Sophie und Michael zurück zu ihrem Hotel. Beide hatten nebeneinander liegende Zimmer, die durch eine Tür verbunden waren.

Sophie und Michael saßen am Esstisch in ihrem Zimmer. Sie wählte die Nummer eines Prepaid-Handys in Deutschland, aktivierte den Lautsprecher und legte das Telefon auf den Tisch.

Das Gespräch wurde sofort angenommen.

»Nicolas, Karoline hier. Du hast ja ganz entzückende Eltern.«

»Wie geht's ihnen?«

»Gut. Sie freuen sich auf weitere sechs Wochen Gran Canaria.«

»Habt ihr schon irgendwelche Beschatter ausmachen können?«

»Wir sind gestern erst angekommen«, sagte Fjodor. »Wir waren uns doch einig, dass wir zunächst Kontakt zu deinen Eltern aufbauen. Dann kümmern wir uns um die, die sie beschatten.«

»Ist ja gut ...«

»Wir haben uns für morgen verabredet. Sie wollen uns ein bisschen die Insel zeigen. Ich denke, dass wird die beste Methode sein, Verfolger zu identifizieren«, sagte Karoline.

»Sobald ihr auf deren Radar erscheint, werden die auch euch beschatten.«

»Wissen wir«, sagte Fjodor. »Wir wollen das doch genau so. Mach dir keine Gedanken, Nicolas. Wir wissen, was zu tun ist. Du hast genau die Richtigen auf die Mission geschickt.«

Sie beendeten das Gespräch.

Fjodor sah Karoline an. »Warum muss ich deinen Vater spielen? Ich hätte auch dein Freund sein können. Oder dein Verlobter.«

»Fjodor, du siehst doppelt so alt aus wie ich. Nicolas' Eltern sind da sehr konservativ. Hätte ich dich als meinen Freund vorgestellt, wäre das bei den beiden nicht gut angekommen.«

»Nicolas' Vater hätte das bestimmt gefallen.«

»Mag sein. Aber die Frau hat die Hosen an. Hätten wir gesagt, du wärst mein Freund, hätte sie sofort Vorbehalte gehabt und uns wäre es schwergefallen, uns mit ihnen anzufreunden. Darüber hinaus weiß ich eigentlich gar nicht, warum ich mich überhaupt auf dieses Gespräch mit dir einlasse.«

Fjodor sah Karoline prüfend an. »Hast du wirklich damals so viele Menschen umgebracht?«

»Du kennst die Antwort.«

»Ich weiß nicht warum, aber es macht mich an …«

»Geh in dein Zimmer, Fjodor. Du bist verlobt.«

27

»Kennen Sie den Maler Jackson Pollock?«
Nicolas Eichborn

Kurz nachdem ich erfahren hatte, dass Wittgenstein und Konsorten meine Eltern als Druckmittel gegen mich benutzten, fuhr ich in die Zentrale des Sicherheitsunternehmens, dessen Chef Dietrich war.

Am Empfang bestätigte man mir zwar, dass Dietrich im Haus sei, er aber den ganzen Tag in Besprechungen wäre und somit keine Zeit für mich habe. Ich bedankte mich für diese Information und begab mich dann zu den Aufzügen. Erfahrungsgemäß hatten Chefs ihre Büros immer in der obersten Etage.

»Wo wollen Sie hin?«, rief mir die Empfangsdame hinterher.

Ich ignorierte sie und ließ mich vom Fahrstuhl nach oben bringen.

Dort gab es zum Glück keinen weiteren Empfangstresen. Dafür aber jede Menge Bürotüren mit Namensschildern an der Wand.

Natürlich hatte Dietrich ein Eckbüro.

Ohne zu klopfen öffnete ich die Tür und betrat sein Büro.

Er hatte tatsächlich Besuch. Zwei junge Männer saßen vor seinem Schreibtisch.

Ich ging schnurstracks auf seinen Schreibtisch zu und wandte mich an seine Gäste.

»Raus hier«, sagte ich leise.

Sie warfen mir unruhige Blicke zu, sahen dann zu Dietrich, der ihnen beruhigend zunickte.

»Ist schon okay. Geben Sie uns ein paar Minuten.«

Die beiden standen auf und verschwanden.

Wenige Augenblicke später wurde die Tür aufgerissen und zwei grimmig aussehende Männer stürmten ins Büro von Dietrich. So, wie sie aussahen, handelte es sich bei ihnen um Leibwächter.

Dietrich machte eine beschwichtigende Geste in ihre Richtung. »Ist schon gut, Jungs. Herr Eichborn ist ein Geschäftsfreund von mir. Alles ist in Ordnung.«

Die beiden warfen mir einen bösen Blick zu und verschwanden wieder.

Dietrich sah mich an. »Herr Eichborn, so geht das …«

»Stehen Sie auf«, befahl ich.

»Was?«

»Ich sagte: Stehen. Sie. Auf.«

Er stand auf. »Und nun?«

»Kommen Sie her.«

»Herr Eichborn, was soll …«

»Kommen. Sie. Her.«

Er kam zu mir und blieb etwa einen Meter vor mir stehen.

»Kennen Sie den Maler Jackson Pollock?«

Er sah mich an, als wäre ich nicht ganz dicht. »Ja, natürlich.«

»Tolle Bilder. Starke Farben. Vor allem viel rot.«

Noch bevor er mich fragen konnte, was das sollte, hatte ich ihm mit einem Schlag die Nase gebrochen.

Blut schoss hervor. Er sackte zu Boden und stöhnte schmerzerfüllt auf.

»Drohen Sie mir nie wieder. Und wenn Sie noch einmal meine Familie als Druckmittel benutzen, töte ich Sie. Haben Sie das verstanden? Ich komme hierher zurück, schieße Ihnen in den Kopf und mache aus Ihrem Schädelinhalt einen Jackson Pollock an Ihren schönen, weißen Wänden.«

Er sah zu mir hoch und nickte.

»Ich habe Ihnen nichts vorgemacht. Ich finde es gut, was Sie vorhaben. Aber das Ding mit meinen Eltern, da sind Sie alle übers Ziel hinausgeschossen.«

»Das ist mein Job«, nuschelte er, während er versuchte zu vermeiden, die Auslegeware mit seinem Blut zu versauen. »Ich suche Schwachstellen, die die anderen dann ausnutzen.«

»Bei mir läuft das aber nicht. Sagen Sie das Wittgenstein. Und besorgen Sie sich neue Bodyguards. Die, die Sie haben, taugen nichts. Bei dem, was Sie vorhaben, dürfen Ihre Leibwächter Sie niemals alleine lassen. Einer muss immer bei Ihnen sein. Wenn Sie denen nicht vertrauen, besorgen Sie sich einen, der kein Deutsch versteht. Falls Sie nicht wissen, woher Sie so einen bekommen, können Sie mich anrufen.«

Ohne ein weiteres Wort drehte ich mich herum und verschwand.

28

»Was ist das für ein Teufelszeug?«
Henrik Küster

Henrik Küster hatte alles, was man sich nur wünschen konnte; seine Eltern waren reich, stinkreich, um genau zu sein, er sah gut aus, war gesund und intelligent. Henrik war achtzehn Jahre alt und seine schulischen Leistungen waren überdurchschnittlich.

Kurz gesagt, hatte er sehr, sehr gute Zukunftsaussichten.

Er würde sein Abitur mit einer eins abschließen, anschließend Jura studieren und nach einer kurzen Zeit als Hiwi in die Kanzlei seines Vaters einsteigen.

Alles schien vorprogrammiert zu sein – seine komplette Zukunft lag vor ihm, als handelte es sich um das vergangene Leben eines anderen, längst verstorbenen Menschen, von dem er in einem Buch las.

Ihm war langweilig.

Sterbenslangweilig.

Und das schon seit Monaten.

Und er war auf eine irrationelle, für einen anderen auf kaum nachzuvollziehende Weise, unzufrieden.

Vielleicht, weil er das Gefühl hatte, sein Leben schon gelebt zu haben.

Oder, weil er den Eindruck hatte, sein Leben sei von Geburt an fremdbestimmt.

Was zutraf.

Sein Vater hatte alles für ihn geplant.

Konkret geplant.

So, wie sein Vater immer alles plante, nichts dem Zufall überlies.

Henrik hasste seinen Vater.

Und er hasste sein Leben.

Er war Nichtraucher und Alkohol schmeckte ihm nicht. Außer gelegentlich mal ein Glas Bier in Gesellschaft. Aber am letzten Wochenende hatte Henrik einen Typen kennengelernt, der ihm von einer neuen Droge erzählte. Vollkommen harmlos das Zeug. Aber die Wirkung war phänomenal.

Man hatte das Gefühl zu fliegen.

Man wurde zu Superman.

Und zu Hulk zugleich.

Und der Sex war, hatte man sich eine dieser Pillen eingeworfen, so was von intensiv – alles andere war dagegen schlicht lächerlich.

Henrik hatte zwei dieser Pillen gekauft.

Für läppische vierhundert Euro.

Vor ein paar Stunden hatte es wieder einmal so richtig geknallt zwischen ihm und seinem Vater.

Henrik saß in seinem Zimmer und blickte auf die Uhr. In einer Stunde würde er Anabel abholen, seine neuste Eroberung und zukünftige Ex-Freundin. Sie würden eine Kleinigkeit essen gehen und danach einen neuen Club in der Hamburger Innenstadt besuchen, der gerade in war.

Henrik zuckte mit den Schultern, goss sich Cola in ein Glas und schluckte eine der Pillen.

Dann wartete er auf das, was kommen sollte.

• • •

Sie saßen in dem Restaurant und hatten gerade ihr Abendessen beendet, als Henrik plötzlich anfing zu schwitzen. Erst leicht, dann floss ihm der Schweiß in Strömen von der Stirn.

»Geht's dir nicht gut?«, wollte Anabel wissen, die ihn besorgt ansah.

»Alles okay«, krächzte Henrik mit trockenem Hals. Er stürzte ein Glas Wasser hinunter, entschuldigte sich und ging auf die Toilette. Der Raum vor ihm schien sich auszudehnen, als bestünde er aus Gummi und jemand zöge ihn an den Enden auseinander. Dann ließ dieser Jemand die Enden los und der Raum zog sich schlagartig zusammen. Henrik blieb abrupt stehen und schrie auf. Die Leute um ihn herum sahen ihn entgeistert an. Er grinste wirr und setzte seinen Weg fort. Im Waschraum angekommen, drehte er den Wasserhahn auf, füllte seine Hände mit dem kühlen Nass und tauchte sein Gesicht hinein. Dann blickte Henrik sein Spiegelbild an und erschrak.

Er war leichenblass und seine Pupillen waren erweitert und stark gerötet.

Er sah aus wie ein Zombie.

Henrik grinste, als er die starke Erektion spürte.

»Was ist das für ein Teufelszeug?«, flüsterte er.

Henrik wusch sich die Hände, kehrte zu seinem Tisch zurück und setzte sich wieder zu Anabel.

»Ist alles okay?«

»Alles bestens. Komm mal mit, ich muss dir was zeigen.«

Ohne auf ihre Antwort zu warten, stand Henrik auf und setzte sich in Bewegung. Henrik ging geradewegs zur Herrentoilette, vergewisserte sich, dass er alleine war, dann zog er Anabel, die vor den Toiletten auf ihn wartete, grob in den Vorraum und schob sie in eine der Kabinen.

»Was hast du vor?«

Ohne ihr zu antworten, drehte er Anabel herum, schob den Rock hoch und riss den dünnen Slip herunter.

Dann öffnete er seine Hose.

»Henrik, was …«

»Fühl mal«, keuchte er und führte ihre Hand zu seinem erigierten Glied. Sie umfasste ihn und in seinem Kopf explodierte etwas.

Grob drückte er sie an die Wand und drang ohne zu zögern brutal in sie ein. Anabel schrie, ob vor Schmerz oder Lust war ihm egal. Er stieß hart in sie hinein und Anabel fing an zu wimmern.

Als er fertig war, brach Anabel vor ihm zusammen.

Ohne sie eines Blickes zu würdigen, verließ Henrik die Toilette und ging nach draußen. Die kühle Luft versetzte ihm einen leichten Schlag und für den Bruchteil einer Sekunde wurde ihm bewusst, was er gerade getan hatte.

Aber dieser lichte Moment hielt nicht lange genug an.

Auf der anderen Straßenseite sah er zwei hübsche junge Frauen, die lachend und tratschend auf dem Fußweg an einer Bankfiliale vorbeiliefen. Ohne weiter an Anabel zu denken, überquerte Henrik die Straße und stellte sich den beiden Frauen in den Weg.

»Lust zu ficken?«

»Sag mal, geht's noch?«, fragte die eine entgeistert.

Die andere lachte ihn aus.

»Geh nach Hause und spiel an dir selbst«, sagte sie und die andere stimmte in das Lachen ein.

In Henriks Hirn gab es einen Kurzschluss.

Einfach so.

Er schlug zu.

Mit aller Wucht.

Mit einem befriedigten Grunzen nahm er zur Kenntnis, wie ihr Kiefer unter seiner Faust nachgab und brach. Die Frau, die ihn ausgelacht hatte, fiel laut schreiend zu Boden.

Ihre Freundin, viel zu erschrocken, um rational zu handeln, schwang ihre Handtasche wie eine Keule und schlug nach Henrik. Dieser wich der Attacke mühelos aus und schlug der jungen Frau mit dem Handballen auf die Nase. Blutend brach sie zusammen und kam neben ihrer leise stöhnenden Freundin zum Liegen.

Jeder normale Mensch hätte jetzt aufgehört.

Nicht so Henrik.

Mit unbewegter Miene begann er, auf die wehrlos am Boden liegenden Frauen einzutreten. Immer und immer wieder, bis beide keinen Laut mehr von sich gaben.

Zwei Männer verließen das Restaurant und als sie sahen, was sich auf der anderen Straßenseite abspielte, rannten sie laut schreiend auf Henrik zu. Der wandte sich den beiden Männern zu. Einer der Männer lief zu den Frauen, um erste Hilfe zu leisten, der andere griff ohne zu zögern an. Er täuschte einen linken Haken an, verpasste dann Henrik mit der rechten Faust einen fürchterlichen Schlag ans Kinn. Henrik taumelte zwei Schritte zurück, spuckte Blut und Zähne und grinste den Mann an. Der setzte sofort nach, aber Henrik kam ihm zuvor, indem er sich in blinder Wut auf ihn stürzte und umriss. Beide fielen zu Boden und rollten über den Fußweg.

Henrik gelang es, auf dem Mann zu liegen. Er griff mit beiden Händen den Kopf seines Gegners und schlug diesen wieder und wieder auf den Asphalt.

Als der zweite Mann, der sich um die Frauen kümmerte, das sah, sprang er auf und trat Henrik seitlich gegen den Kopf. Es gab ein leichtes Krachen, als sein Genick brach, dann fiel er zur Seite.

29

»Karoline und Fjodor passen auf sie auf, Nicolas.«

Helen Eichborn

Schranz und Kerni kamen am selben Abend zu uns nach Hause. Es wurde Zeit, dem Innenminister zu beichten, dass ich ihn umbringen müsste.

Ich berichtete den beiden, dass Wittgenstein meine Eltern bedrohte, und erklärte ihnen, was die von mir verlangten.

Beide waren, vorsichtig formuliert, beunruhigt.

»Es kann auch sein, dass das eine Falle ist«, meinte Kerni nachdenklich.

Ich sah ihn fragend an. »Wie das?«

»Na ja, ich meine, den Innenminister umzubringen ist keine einfache Sache. Das macht man nicht mal eben so zwischen Frühstück und Mittag. Das muss man sorgfältig planen. Die Zeit geben sie dir aber nicht. Du musst das im Grunde innerhalb der nächsten sechs Wochen machen. Nämlich so lange, wie sie deiner Eltern auf Gran Canaria jederzeit habhaft werden können. Das ist normalerweise ein Ding der Unmöglichkeit.«

Ich verstand, was er meinte. »Du glaubst also, dass, wenn wir einen Anschlag auf Rainer fingieren, sie davon ausgehen, dass ich ein doppeltes Spiel spiele.«

»Ja. Genau das meine ich.«

Daran hatte ich überhaupt nicht gedacht.

War es tatsächlich möglich, dass die Forderung, Schranz zu töten, nur eine Finte war, um herauszufinden, ob ich es ehrlich meinte mit meinen Sympathiebekundungen ihnen gegenüber?

Clever genug für einen solchen Schachzug waren sie allemal.

Ich sah zu Helen, die meinen Blick besorgt erwiderte.

Sie dachte dasselbe wie ich.

»Johannes, ich glaube, du hast recht. Das ist ein Test. Und den bestehe ich nur dann, wenn ich eben nicht tue, was sie verlangen. Mein Scheitern beziehungsweise meine Kapitulation vor der Aufgabe ist die Lösung.«

»Und wenn ihr euch irrt?«, wollte Schranz wissen.

»Dann kann ich dich immer noch abknallen«, antwortete ich.

Kerni kicherte. »Falls wir uns irren, werden sie den Druck auf Nicolas erhöhen. Und zwar so lange, bis er es versucht. Dann wissen wir, dass wir uns geirrt haben. Aber ich gehe jede Wette ein, dass wir richtig liegen.«

»Ich auch«, bestätigte Patrick.

»Sehe ich auch so«, fügte Helen an.

»Dann sind wir wohl haarscharf an einer Katastrophe vorbeigeschrammt«, stellte ich nüchtern fest. Allerdings war ich längst nicht so gelassen, wie ich mich gab. In Wahrheit kam ich fast um vor Angst um meine Eltern. Aber wie immer versuchte ich, meine wahren Gefühle vor anderen zu verbergen.

Der einzige Mensch, der mich durchschaute, war Helen.

Und dafür liebte ich sie.

Ich versuchte, mir einzureden, dass die Sorge um meine Eltern meine Art zu denken beeinflusst hatte, und ich daher die mir gestellte Falle nicht erkannt hatte.

Aber vielleicht war ich auch einfach nicht klug genug gewesen, sie zu erkennen.

»Dann erzähle ich Wittgenstein und Hoffmann, dass ich nicht an dich herankomme«, schlug ich vor.

Kerni und Schranz nickten zustimmend.

»Ja, aber warte damit noch eine Woche. Dann ist es glaubwürdiger«, sagte Kerni.

Dieser Vorschlag gefiel mir gar nicht, da es bedeuten würde, dass meine Eltern eine weitere Woche in Gefahr wären.

Helen ahnte, was mir durch den Kopf ging. »Karoline und Fjodor passen auf sie auf, Nicolas.«

»Ja, verrückt, oder?«

Meine Eltern waren in Lebensgefahr und die einzigen, die ihnen helfen konnten, waren eine pensionierte Serienkillerin und ein ehemaliger Pate der Russenmafia, der vor Jahren selbst versucht hatte, mich umzubringen und darüber hinaus meine Familie bedroht hatte.

Was für eine krasse Scheiße war das denn?

»Was genau wissen wir über diese Typen?«, wollte Kerni wissen.

Ich zog meine Notizen zu Rate. »Leonard Wittgenstein, zweiundsechzig Jahre alt. Ihm gehörten mehrere Unternehmen aus der Softwarebranche. Vor sechs Jahren hat er sie an einen Wettbewerber aus den USA verkauft. Hat Milliarden damit verdient. Spendet zu Wahlen regelmäßig hohe Beträge an die Volksparteien. Keinerlei Verbindungen zur rechten Szene. Engagiert sich für die Umwelt, für Veteranen und für den digitalen Ausbau. Ist niemals irgendwie auffällig geworden. Er ist verheiratet und hat zwei Kinder, die im Ausland studieren. Klaus Hoffmann hat eine ähnliche Vita wie Wittgenstein, nur ein bisschen weniger Geld. Auch er hat keine eigenen Firmen mehr. Über Dietrich gibt es mehr Informationen, da er noch beruflich aktiv ist. Alles in allem sind die drei absolut unverdächtig und wirken nach außen harmlos.«

»Was, wie wir wissen, nur eine Fassade ist. Sie sind alles andere als harmlos«, sagte Schranz. »Von diesem Wittgenstein habe ich schon gehört. Allerdings weiß ich nicht mehr, von wem und in welchem Zusammenhang.«

»Sobald es dir wieder einfällt, sag es mir. Jede Information kann wichtig sein«, bat ich ihn.

30

»Du perverser Lüstling.«
Karoline Stegmann

Ihr Hotel befand sich in der kleinen Stadt San Agustin, im Südwesten Gran Canarias. Die Autovermietung brachte den Leihwagen bis vor den Wendehammer vor dem Eingang des Hotels, in dem sie untergebracht waren. Sie trafen sich um acht Uhr morgens zum gemeinsamen Frühstück. Eine Stunde später brachen sie auf. Ihr Ziel war die im Norden gelegene Hauptstadt der Insel, Las Palmas. Die Route führte sie entlang der Westküste bis hinauf in die fünfzig Kilometer entfernte Stadt. Ganz im Norden der Hauptstadt befand sich der Hafen. Hier parkten sie den Wagen und schlenderten anschließend an der Hafenpromenade entlang. Es war ein sonniger und warmer Tag.

Karoline und Fjodor ließen ihre neuen Freunde ein wenig vorauslaufen, damit sie ungestört reden konnten. Fjodor trug ein T-Shirt, Shorts und Sportschuhe. Er sah aus wie ein normaler Tourist.

Karoline hatte sich für Hotpants, ein Tanktop und Ballerinas entschieden.

Sie sah immer noch aus wie Fjodors Tochter.

»Ich habe zwei entdeckt. Und du?«, fragte Karoline, ohne die Eltern von Nicolas aus den Augen zu lassen.

»Vier. Zwei Männer, zwei Frauen. Ein Paar ist etwa einhundert Meter hinter uns. Sie trägt ein weißes Kleid und Sandalen. Er eine helle Leinenhose und ein weißes Leinenhemd. Das andere Pärchen hat sich zurückfallen lassen. Ich vermute, die beiden werden uns übernehmen, wenn wir zurückkommen.«

Karoline war beeindruckt. Sie hatte ebenfalls zwei Pärchen ausgemacht, wollte aber Fjodors Aufmerksamkeit testen.

Er hatte den Test bestanden.

Sie beschleunigten und nach wenigen Augenblicken hatten sie zu den zwei Rentnern aufgeschlossen.

»Ich habe Hunger«, sagte Karoline.

Nicolas' Mutter sah sie erstaunt an. »Jetzt schon?«

Karoline zuckte mit den Schultern. »Nur eine Kleinigkeit.«

Ute musterte Karoline von oben bis unten. »Wo lässt du das alles nur, Kindchen?«

»Ich treibe viel Sport«, sagte Karoline und strahlte sie an.

»Bewegung ist das A und O«, sagte Nicolas' Vater und nickte dabei bekräftigend.

»Also, kehren wir hier irgendwo ein, bevor uns das Mädchen noch verhungert«, meinte Ute lachend.

Sie fanden eine kleine Bar und verbrachten dort mehr als zwei Stunden.

Karoline beobachtete durch ihre verspiegelten Gläser der Sonnenbrille, wie ihre Beschatter auf der gegenüberliegenden Straßenseite einen freien Tisch auf der Terrasse eines Cafés besetzten.

»Lästiges Ungeziefer hier«, sagte sie leise.

Sie setzten, nachdem sie sich gestärkt hatten, ihren Weg fort. Später fuhren sie in die Innenstadt, besichtigten die Kathedrale Santa Ana und die kleine Kirche Matriz de San Augustin.

»Noch eine Kirche und ich dreh durch«, raunte Karoline Fjodor zu, als die Eltern von Nicolas in der kleinen Kirche verschwanden.

»Ein bisschen mehr Pietät bitte«, sagte Fjodor leise.

»Willst du mich verarschen?«

»Ich bin Russe.«

»Ja, und?«

»Russen sind sehr gläubige Menschen.«

Karoline sah Fjodor fassungslos an. »Du hast wahrscheinlich mehr Menschen getötet als die spanische Grippe. Und jetzt willst du mir weißmachen, dass du an Gott glaubst?«

»Ich habe nach jedem Mord gebeichtet.«

»Immer beim gleichen Pastor? Der hat bestimmt irgendwann den Verstand verloren …«

Der Kopf von Ute erschien am Eingang der Kirche. »Kommt ihr? Es ist wunderschön hier drinnen.«

Karoline winkte fröhlich. »Wir sind auf dem *We-heg*!«

»Ich brauche ein Bier«, sagte Fjodor.

Später saßen sie in einem gemütlichen Restaurant zusammen. Nicolas' Eltern bestellten sich eine Flasche Wein. Fjodor bekam sein Bier, Karoline hielt sich an Apfelschorle.

Sie wählten eine Fischplatte für vier Personen und als das Essen kam, stellten sie fest, dass es für sechs Personen gereicht hätte. Ute, die schon ein klein wenig beschwipst war, fing an, Geschichten aus Nicolas' jüngeren Jahren zum Besten zu geben.

»Wisst ihr, wer Chuck Norris ist?«, wollte sie von Karoline und Fjodor mit funkelnden Augen wissen.

Fjodor nickte. »Na klar. Amerikaner. Ehemaliger Weltmeister in Karate.«

»Genau den meine ich. Nicolas war siebzehn, da haben wir ihn auf eine Reise geschickt. Nach Kroatien, glaube ich.«

Günter schüttelte den Kopf. »Jugoslawien. Kroatien gab es damals noch nicht.«

»Dann eben Jugoslawien. Auf jeden Fall lernte er dort zwei Mädchen kennen.«

»Gleich zwei?« Dieser Gedanke gefiel Fjodor offenbar.

»Ja. Sie kamen aus … Frankfurt?«

»Nein«, sagte Günter. »Aus Hamburg.«

»Also Hamburg. Sie haben schließlich im Urlaub viel Zeit miteinander verbracht. Eine Woche, nachdem Nicolas wieder zuhause war, klingelte der Briefträger bei uns an der Tür und wollte wissen, ob bei uns ein gewisser Chuck Norris wohnen würde, da er einen Brief für ihn dabeihätte.« Ute fing an zu kichern. Karoline und Fjodor, die keine Ahnung hatten, worauf die Geschichte hinauslaufen sollte, sahen sich fragend an.

»Plötzlich schoss Nicolas zur Tür, riss dem armen Postboten den Brief aus der Hand und verschwand wieder in seinem Zimmer.«

Mittlerweile liefen Ute Tränen aus den Augen und sie versuchte mit erstickter Stimme, zur Pointe zu kommen. »Viel später erfuhren wir dann, dass er den beiden Mädchen, als sie ihn fragten, wie er heißt, gesagt hat …« Sie wimmerte jetzt und ihr stockte die Stimme. »Er hat gesagt, er heißt …« Dann brach sie ihn schallendes Gelächter aus.

»Er hat den beiden Mädchen gesagt, sein Name wäre Chuck Norris«, beendete Günter die Geschichte.

Fjodor verschluckte sich an seinem Bier. »Chuck Norris. Und dann der Brief … Oh Mann, das war ihm bestimmt peinlich, oder?«

Ute wischte sich die Tränen aus dem Gesicht. »Aber hallo!«

»Das muss ich ihm erzählen, wenn ich ihn das nächste Mal sehe. Chuck Norris. Mein Gott …«

Plötzlich war es sehr still am Tisch.

Fjodor nahm einen Schluck Bier, setzte dann das Glas ab und sah die anderen fragend an. »Was ist? Habe ich was im Gesicht?«

»Woher kennst du Nicolas?«, wollte Günter mit ausdruckslosem Gesicht wissen.

Fjodor grinste unsicher. »Was? Ich meine … wie jetzt?«

»Du sagtest gerade, dass du Nicolas diese Geschichte erzählen musst, wenn du ihn das nächste Mal siehst. Also kennst du ihn.« Günter sah zu Karoline. »Ihr kennt ihn.«

»Er hätte uns vielleicht vorher sagen sollen, dass seine Eltern sehr clever sind«, sagte Karoline.

»Also, es wird Zeit, dass ihr zwei uns sagt, was hier los ist«, forderte Günter die beiden auf. »Zumal ihr ein ausgesprochenes Interesse an dem Pärchen habt, das an dem Tisch am Ausgang sitzt.«

»Und du bist bestimmt nicht der Vater von Sophie«, sagte Ute an Fjodor gewandt. »So, wie du ihr auf den Hintern starrst, kann das unmöglich der Fall sein. Zumindest hoffe ich das.«

Karoline funkelte Fjodor wütend an. »Du perverser Lüstling.«

Günter beugte sich vor und senkte die Stimme. »Also, was wird hier gespielt?«

31

»Achte darauf, dass sie nicht zu viel trinkt.«
Nicolas Eichborn

Ich saß gerade mit Helen zusammen in unserem Wohnzimmer, als eines meiner Prepaid-Handys klingelte. Patrick war unten im Büro und arbeitete an einem Fall, den er vor ein paar Tagen übernommen hatte. Der normale Geschäftsbetrieb musste schließlich weiterlaufen. Alles andere wäre verdächtig.

Damit ich nicht die Übersicht verlor, klebte auf jedem der Prepaid-Handys ein gelber Zettel mit einem Namen darauf. Das Handy, das vor sich hin bimmelte, hieß Fjodor, was mich zusammenzucken ließ.

»Fjodor, alles okay bei euch?«

Beim Erwähnen seines Namens sah Helen besorgt zu mir.

»Nicolas«, kam es aus dem Telefon. »Du kannst uns doch nicht zum Schutz den Mann hierherschicken, der dein Haus abgebrannt und dich und deine Familie töten wollte.«

»Mama?«

»Und dieses junge Ding, diese Sophie, die ja in Wahrheit Karoline heißt. Das ist doch eine Serienkillerin und du hattest Sex mit ihr. Also damals. Habt ihr denn keine anständigen Menschen, die so was erledigen?«

»Mama, ich ...«

»Deinem Vater macht das alles natürlich nichts aus. Er findet das sogar witzig. Aber ich nicht, Nicolas. Ich nicht.«

»Kann ich bitte mit Fjodor sprechen?«

»Wir sind noch nicht fertig miteinander«, drohte meine Mutter.

Dann war Fjodor am Telefon. »Wir konnten nichts machen, Nicolas. Deine Eltern sind sehr clever.«

Im Hintergrund hörte ich meine Mutter höhnisch lachen.

»Ist schon gut. Solange ihnen nichts passiert, kann ich mit allem leben.«

»Wir haben ihre Beschatter gefunden«, erklärte Fjodor dann. »Zwei Männer, zwei Frauen. Sollen wir sie ausschalten?«

»Ja«, rief meine Mutter im Hintergrund freudig erregt. »Lasst uns ein paar Menschen töten!«

»Hat sie was getrunken?«, wollte ich leise von Fjodor wissen.

»Ein bisschen Wein«, flüsterte er.

»Achte darauf, dass sie nicht zu viel trinkt.«

»Was passiert, wenn sie es doch tut?«, wollte er wissen. Seine Stimme klang ängstlich. Meine Mutter hatte diese Wirkung auf andere. Sogar auf ehemalige Bosse der Russenmafia.

Vielleicht sollte ich sie auf Wittgenstein loslassen ...

»Achte einfach drauf, okay?«

»Ja, ist gut. Was ist nun mit den Leuten, die sie überwachen?«

»Lasst sie erstmal in Ruhe. Sollte sich was ändern, melde ich mich.«

»Okay.«

»Wie geht es Karoline?«

»Gut. Warum?«

»Nur so ...«

»Deine Mutter und sie verstehen sich sehr gut«, berichtete Fjodor.

»Ach ...«

»Ja, wirklich. Sie mögen sich.«

»Wenn du das sagst.«

»Das mit dem Sex war nicht so gemeint. Deine Mutter weiß, dass du sie nicht gevögelt hast.«

»Frodo, du Ferkel«, rief meine Mutter. »Was sind denn das für Ausdrücke?«

»Fjodor«, rief er zurück. »Ich heiße Fjodor, nicht Frodo.«

Ich beendete das Gespräch.

Helen sah mich prüfend an. »Alles in Ordnung?«

Ich schüttelte benommen den Kopf. »Keine Ahnung. Aber sie scheinen Spaß zu haben.«

32

»Warum wenden Sie sich nicht an die Polizei?«

Patrick Ebel

Vor drei Tagen war ein äußerst unsympathischer Mann Anfang fünfzig in Patricks Büro erschienen. Der Mann trug einen maßgeschneiderten dunklen Nadelstreifenanzug, ein blütenweißes Hemd und eine feuerrote Fliege. Als er Patrick zur Begrüßung seine Visitenkarte in die Hand drückte und er las, dass der Mann Anwalt war, war ihm sofort klar, dass er Ärger machen würde.

Patrick überlegte, wem er oder Nicolas in letzter Zeit auf die Füße getreten waren, sodass er uns einen teuren Anwalt auf den Hals hetzte, aber es stellte sich schnell heraus, dass nicht ich der Grund seines Besuches war, sondern sein Sohn.

Beziehungsweise sein verstorbener Sohn.

Patrick erfuhr, dass der Sohn des Anwaltes, Henrik Küster, vor nicht einmal sechsunddreißig Stunden in Hamburg eine Frau vergewaltigt und zwei weitere umgebracht hatte. Einem Mann, der den beiden Frauen zur Hilfe geeilt war, hatte er so schwere Kopfverletzungen zugefügt, dass dieser nun im Koma lag.

Der Anwalt schüttelte den Kopf und machte ein angewidertes Gesicht. »Ich habe keinen Mörder großgezogen«, meinte er und allmählich kam in Patrick der Verdacht auf, er wäre weniger wegen seines Sohnes hier als vielmehr wegen der eigenen Reputation.

»Was genau ist passiert?«, wollte Patrick von ihm wissen.

Der Anwalt lehnte sich zurück und berichtete von der Tat seines Sohnes.

Er war mit seiner Freundin in Hamburg zum Essen verabredet gewesen, als er sie nach Beendigung des Mahls in die Herrentoilette gezerrt und vergewaltigt hatte. Danach ließ er sie achtlos liegen, hatte das Lokal verlassen und zwei Frauen, die auf der anderen Straßenseite spazieren gingen, brutal attackiert und totgeschlagen. Beziehungsweise totgetreten. Zwei Männer griffen ein, von dem der eine nun im Koma lag. Der andere hatte wiederum seinen Sohn in Notwehr getötet.

Das war natürlich heftig.

»Ist Ihr Sohn früher schon durch Gewalt auffällig gewesen?« Das war eine durchaus legitime Frage, weshalb Patrick sie auch stellte.

»Natürlich nicht«, war die knappe Antwort. »Ich habe weder einen Mörder noch einen Schläger großgezogen«, fügte er dann noch hinzu.

Irgendwie schien es immer um ihn zu gehen, nicht um seinen Sohn.

»Haben Sie Zweifel an dem geschilderten Ablauf?«, wollte Patrick wissen.

Der Anwalt verzog das Gesicht, als hätte er in eine Zitrone gebissen. »Nein.«

Patrick sah ihn einigermaßen überrascht an. »Entschuldigen Sie die Frage, aber was sollen wir dann tun?«

Er öffnete seine Aktentasche und holte ein amtlich aussehendes Formular heraus, das er auf den Tisch legte. »Das ist der Obduktionsbericht meines Sohnes. Der Gerichtsmediziner hat Rückstände einer bislang unbekannten Droge im Körper meines Sohnes entdeckt. Ich möchte, dass Sie dem nachgehen.«

»Warum wenden Sie sich nicht an die Polizei?«

Patrick musste das fragen.

Erneut öffnete er seine Tasche, holte eine DVD heraus und legte diese zum Obduktionsbericht.

»Der Zwischenfall ereignete sich vor einer Bank. Überwachungskameras haben alles aufgenommen. Wenn Sie sich die Aufnahmen anschauen, werden Sie verstehen, warum die Polizei kein Bedürfnis verspürt, dem Fall mehr Bedeutung beizumessen als unbedingt nötig. Für sie ist er abgeschlossen und mein Sohn der Täter.« Er stand auf. »Lesen Sie den Bericht und schauen Sie sich die Aufzeichnung an. Dann entscheiden Sie, ob Sie den Fall annehmen, oder nicht.« Er deutete auf die Visitenkarte, die auf dem Schreibtisch lag. »Rufen Sie mich an.«

Dann verließ er den Besprechungsraum.

Patrick nahm sich den Obduktionsbericht und begann, ihn zu lesen.

Da stand tatsächlich, dass im Blut des Toten eine unbekannte Substanz entdeckt wurde. Sie ähnelte der Zusammensetzung von Crystal Meth und auch wieder nicht.

Was wohl bedeutete, dass der Gerichtsmediziner keine Ahnung hatte, was das für eine Droge war.

Als nächstes schaute sich Patrick die Aufnahmen der Überwachungskameras an.

Die war von zwei verschiedenen Kameras gemacht worden. Ein Techniker hatte die Aufnahmen zusammengeschnitten, sodass man die Tat aus zwei unterschiedlichen Perspektiven betrachten konnte. Zwar ohne Ton, dafür aber sprachen die Bilder eine deutliche Sprache.

Er sah, wie Henrik Küster ein Restaurant verließ und scheinbar unschlüssig davor stehen blieb. Auf der anderen Straßenseite sah er zwei hübsche junge Frauen, die auf dem Fußweg an einer Bankfiliale vorbeiliefen. Patrick konnte erkennen, wie der Mann die Straße überquerte und sich den beiden Frauen in den Weg stellte.

Er sagte etwas zu ihnen, was eine heftige Reaktion der beiden Frauen auslöste.

Sie wichen offenbar entsetzt vor ihm zurück und fingen dann an zu lachen.

Diese Reaktion der Frauen führte offensichtlich zu einem Kurzschluss bei Küster.

Er schlug zu.

Mit aller Wucht.

Die Frau, die ihn ausgelacht hatte, brach zusammen. Ihre

Freundin, viel zu erschrocken, um rational zu handeln, versuchte, sich zu verteidigen, was ihr nicht gelang. Als ein Schlag von Küster sie mitten ins Gesicht traf, brach auch sie zusammen.

Ohne Unterlass trat Henrik Küster auf die wehrlos am Boden liegenden Frauen ein, bis keine Bewegung von ihnen mehr zu sehen war.

Dann kamen die zwei Männer aus dem Restaurant hinzu, von denen der Anwalt uns berichtet hatte.

Einer von ihnen wollte offensichtlich erste Hilfe leisten, der andere stellte sich Küster in den Weg. Es kam zu einem heftigen Schlagabtausch, der damit endete, dass Küster den Kopf des anderen Mannes zu fassen bekam, und diesen wieder und wieder auf den Asphalt schlug.

Es war der Tritt des zweiten Mannes, der sich zuvor um die verletzten Frauen gekümmert hatte, der schließlich Henrik Küster das Genick brach.

Fassungslos schüttelte Patrick den Kopf.

Was war denn bloß mit dem Typen geschehen, dass der so ausgerastet war?

Kein Wunder, dass die Polizei kein Interesse daran hatte, diesen Fall weiter zu verfolgen.

Es war eindeutig, wer hier der Täter und wer Opfer war.

Die Frage, warum ein nicht vorbestrafter junger Mann zu einem brutalen Schlächter geworden war, war irrelevant.

33

»Und jetzt erwarte ich einen lückenlosen Bericht.«
Major Castrop

Castrop hatte seine eigene Theorie, was Soldaten betraf.

Da gab es diejenigen, die voller Inbrunst daran glaubten, ihrem Land zu dienen, und dafür sogar ihr Leben zu opfern bereit waren.

Ihnen ging die Kameradschaft über alles.

Seiner Schätzung nach traf das auf maximal vierzig Prozent der Männer und Frauen zu.

Und dann waren da die, denen es einen Kick gab, Waffen zu tragen und andere herumkommandieren zu können. Ihnen war die persönliche Befriedigung ihrer Bedürfnisse wichtiger als Vaterlandsliebe oder die viel und oft beschworene Kameradschaft.

Leider war diese Gruppe in der Überzahl.

Große Organisationen konnten nur von innen durchsetzt und zerstört werden.

Einen Beweis für die Richtigkeit seiner Theorie erhielt Castrop, als die Wehrpflicht ausgesetzt wurde und die Bundeswehr plötzlich auf Freiwillige angewiesen war.

Es gab einen Begriff für die Art von Soldat, die jetzt tausendfach entstand.

Zivilversager.

Typen, die in der freien Wirtschaft keine Chance hatten.

Entweder, weil sie zu blöd oder aber zu narzisstisch waren.

Am deutlichsten zeigte sich der Charakter eines Soldaten im Gefecht oder nach seinem aktiven Dienst, wenn er eine neue Aufgabe suchen musste.

Diejenigen, die für Ehre und Vaterland gedient und gekämpft hatten, konnten jetzt nicht einfach Busfahrer oder

Pförtner werden. Es gab keine andere Aufgabe, die sie ausfüllen konnte.

Die ihnen sinnvoll erschien.

Einige versuchten es bei der Polizei, andere beim Grenzschutz.

Als die Grenzen verschwanden, gab es diese Option auch nicht mehr.

Viele wurden Söldner.

Wenn es nicht mehr das eigene Land war, dann diente man eben einem anderen Herrn.

Viele wurden von Privatfirmen als Führungskräfte eingestellt. Immerhin hatten sie ja schon unter schwersten Bedingungen unterschiedlichste Charaktere befehligt.

Da müsste es doch ein Leichtes sein, Zivilisten zu führen.

War es aber nicht.

Befehl und Gehorsam waren nicht ohne Weiteres eins zu eins in die Geschäftswelt übertragbar.

Das wollten und konnten die ehemaligen Soldaten natürlich nicht akzeptieren.

Sie wurden zu furchtbaren und unfähigen Vorgesetzten.

Das Erste, was bei vielen Soldaten verloren ging, wenn sie zu Zivilisten wurden, war die Disziplin.

Man konnte förmlich dabei zusehen, wie sie mehr und mehr verschwand.

Als Castrop seine ehemaligen Kameraden Gunnar Abel und Torsten Seifert in einem ihrer Vereinshäuser im Süden Frankfurts besuchte, wollte er kaum glauben, was er da sah.

Aus den einstmals topfitten Elitesoldaten waren übergewichtige Dummschwätzer geworden.

Für diese verstörende Mutation waren nicht einmal zwölf Monate und jede Menge Geld nötig gewesen.

Sie hatten sich die Haare lang wachsen lassen, trugen lässige Klamotten, teure Uhren und Abel hatte sich sogar ein Ohrloch stechen lassen.

Und wie sie redeten …

Alles war bei ihnen *mega* oder *cool.*

Sie fanden es *total krass,* ihn nach so langer Zeit endlich wiederzusehen.

Boten ihm Bier an.

Um zwölf Uhr mittags.

Als Seifert ihn dann auch noch *Alter* nannte, verlor Castrop die Geduld.

»Meine Herren, Ihre Disziplin- und Respektlosigkeit ist inakzeptabel. Vergessen Sie nicht, mit wem Sie hier reden.«

Die beiden schauten sich verblüfft an. Dann machte Abel einen Fehler.

Er lachte.

Die Reaktion folgte prompt.

Castrop schlug ihm mit der flachen Hand ins Gesicht.

Abel öffnete den Mund, um zu protestieren, aber als er Castrops Blick sah, schwieg er.

»Und jetzt erwarte ich einen lückenlosen Bericht«, sagte Castrop leise.

Eine Stunde später verließ Castrop die beiden wieder.

Er wusste nun, dass es allmählich schwierig wurde, neue Soldaten für ihre Sache zu verpflichten.

Sie hatten jetzt die kritische Masse erreicht.

In ihrem Falle bedeutete dies, dass sie in den letzten Jahren diejenigen gewinnen konnten, die nur auf eine sinnvolle Aufgabe gewartet hatten. Nun stießen sie auf Männer, die konkrete Fragen stellten.

Fragen, die sie nicht beantworten konnten oder nicht beantworten *wollten.*

Das machte die Sache schwierig, sagten sie.

Verächtlich schüttelte Castrop den Kopf.

Sogar die Fähigkeit zum selbständigen Denken hatten die zwei verloren.

34

»Ich ging davon aus, dass Ihnen allen das klar war.«
Clemens Hagedorn

Clemens Hagedorn verfolgte sehr aufmerksam die Entwicklungen in Deutschland. Der Absturz des Kampfjets, der Anschlag in der Kirche und natürlich die Demonstrationen in allen großen Städten des Landes.

Auf mehreren Bildschirmen verfolgte er die Berichterstattung über die Demonstrationen.

Jeden Moment erwartete er, dass es zur prognostizierten Eskalation kommen würde.

Aber es geschah nichts.

Die Demonstranten waren friedlich. Dementsprechend agierten die Ordnungskräfte zurückhaltend.

Hagedorn schüttelte den Kopf.

Da stimmte etwas nicht.

Nicht, dass er es wollte, dass jemand anfing zu schießen. Aber wenn die Drahtzieher logisch vorgingen, und bislang hatten sie das getan, dann wäre jetzt der richtige Zeitpunkt, die nächste Stufe zu zünden.

Er hätte es getan.

Aber nichts passierte.

Irgendwann endeten die Nachrichten, ohne dass es einen einzigen Zwischenfall gegeben hatte.

Hagedorn war sehr nachdenklich.

Im Kopf rekapitulierte er den Plan, den er entworfen hatte.

Bislang war alles so eingetreten, wie er es vorhergesagt hatte.

Aber jetzt hatte sich etwas geändert.

Entweder waren sie vom Plan abgewichen, oder er hatte etwas übersehen.

Seine Gedanken rasten.

Schließlich kam er zu einer Erkenntnis.

Es gab nur einen einzigen Grund, weshalb die Demonstrationen friedlich verlaufen waren.

Hagedorn griff zum Telefon und rief in Deutschland an.

»Eichborn.«

»Ich bin's, Hagedorn. Haben Sie die Berichterstattung über die Demonstrationen verfolgt?«

»Ja. Ist nichts passiert.«

»Eben. Da stimmt etwas nicht.«

»Wie meinen Sie das?«

»Ich meine, dass, wenn die Drahtzieher nichts am Plan geändert haben, sie hier hätten zuschlagen müssen.«

»Na ja, wir haben die Behörden schließlich gewarnt. Vielleicht ist das der Grund.«

»Nein, davon lassen die sich nicht abhalten. Die hätten einen Weg gefunden.«

»Das heißt, Sie waren davon überzeugt, dass heute einige der Demonstranten ums Leben kommen?«

»Ja.«

»Großer Gott, Hagedorn. Hätten Sie nichts sagen können?«

»Ich ging davon aus, dass Ihnen allen das klar war.«

»Nein, verdammt. Uns war nur klar, dass wir diese mögliche Eskalation verhindern wollten.«

»Oh ...«

Eichborn seufzte. »Okay, was hat es Ihrer Meinung nach zu bedeuten, dass nichts passiert ist?«

»Wir gingen bis dato davon aus, dass der Anschlag in der Kirche in Rostock der entscheidende war, richtig?«

»Richtig.«

»Ich denke, wir haben uns geirrt. Ich gehe davon aus, dass in Kürze ein weitaus größerer Anschlag erfolgen wird.«

»Du meine Güte …«

»Ja. Und wenn wir uns ansehen, was sie in der Kirche angerichtet haben, mag ich mir nicht vorstellen, was als Nächstes geschieht.«

35

»Kein normaler Mensch würde so etwas absichtlich herstellen wollen.«
Professor Wolf

»Wie gut kennen Sie sich mit dem menschlichen Gehirn aus?« Professor Wolf sah Patrick neugierig an.

Wolf war Leiter des Gerichtsmedizinischen Institutes Hamburg und derjenige, der die Obduktion des jungen Amokläufers durchgeführt hatte.

Nachdem ihm aufgefallen war, dass der Obduktionsbericht lückenhaft gewesen war, hatte Patrick in Hamburg angerufen und nachgefragt. Allerdings war niemand bereit gewesen, ihm zu antworten. Daraufhin hatte er sich mit Kernberger ausgetauscht und um etwas Hilfe gebeten.

Kernberger hatte ohne zu zögern einige Anrufe getätigt, sodass dem Gerichtsmedizinischen Institut Hamburg nahegelegt wurde, ihm alle Informationen hinsichtlich des Todes des jungen Mannes zu geben.

»Tun wir so, als wüsste ich nichts.«

»Ausgezeichnet«, rief der kleine Mann, rannte zu einem

Schrank und kehrte mit einem schwabbeligen Gummihirn zurück. Er ließ es auf seinen weißen Arbeitstisch fallen.

»Also, das ist das Gehirn eines erwachsenen Mannes. Besser gesagt, ein Duplikat des echten Gehirns. Ihnen ist aufgefallen, dass eine Seite des Obduktionsberichts fehlte. Das stimmt. Mir wurde aufgetragen, dieses Ergebnis nochmals zu überprüfen. Das habe ich getan. Zweimal. Das Ergebnis wurde bestätigt, was ich, offen gestanden, als sehr verwirrend empfinde. Und beunruhigend.«

»Warum?«, wollte Patrick wissen.

»Weil es bedeutet, dass es jemandem gelungen ist, eine … nennen wir es ruhig eine *Gehirnbombe* zu bauen.«

Patrick Ebel war weiß Gott kein Mann, der leicht zu beeindrucken war. Aber die Bezeichnung *Gehirnbombe* jagte ihm einen gehörigen Schrecken ein.

»Erklären Sie mir das bitte«, bat Patrick.

»Das Gehirn des jungen Mannes wies diverse Schäden auf. Die Substanz, die er eingenommen hat, hat anscheinend gezielt bestimmte Regionen des Gehirns … ich möchte fast sagen *angegriffen*. In dieser Art ist uns das von keiner bisherigen Droge bekannt. Langzeitkonsum führt unweigerlich zu Schäden, aber diese Substanz scheint ihre destruktive und zielgerichtete Wirkung sofort zu entfalten.«

Gerade der letzte Satz beunruhigte Patrick sehr.

»Schauen Sie, wir wissen heute, welche Regionen des Gehirns für bestimmte Verhaltensstörungen verantwortlich sind. Vor allem diese Region hier«, er tippte auf eine kleine Stelle im unteren Bereich des Gummihirns. »Hier befindet sich die Amygdala. Sie hat unter anderem die Funktion, Bedrohungen schnell zu erkennen und Abwehrreaktionen einzuleiten. Angst und Aggression sind daher beide eng mit einer Aktivierung der Amygdala verknüpft. Wird die Amygdala aktiv, schalten wir in den Kampf oder Fluchtmodus.

Automatisch werden auch die Emotionen unterdrückt. Darüber hinaus sind andere Regionen betroffen, die zum Beispiel die Schmerzwahrnehmung regulieren.«

Wolf machte eine Pause und runzelte sorgenvoll die Stirn. »Eines haben fast alle betroffenen Regionen gemein: Sie sind mitverantwortlich für Reaktion und Umgang mit äußeren Einflüssen. Liegt hier ein Problem vor, äußert sich das auf verschiedene Weisen, zum Beispiel der Posttraumatischen Belastungsstörung.«

»Und was schließen Sie daraus?«, wollte Patrick wissen.

»Nun, es handelt sich hierbei um eine Substanz, die das zentrale Nervensystem angreift und schädigt.«

»So wie Crystal Meth«, stellte Patrick fest.

Professor Wolf wiegte den Kopf hin und her. »Nun, Crystal Meth hat sicher die gleichen Eigenschaften, ist aber wesentlich weniger aggressiv. Darüber hinaus wirkt es nicht so ... konzentriert.«

»Was meinen Sie?«

»Wenn wir die Wirkung von Crystal Meth auf das Gehirn beschreiben sollten, dann kann man wohl sagen, dass es wirkt wie eine Ladung Schrot; es wirkt verheerend, aber nicht gezielt. Die Substanz, mit der wir es hier zu tun haben, funktioniert mehr wie ein konzentrierter Laser. Ich vermute, dass die Eigenschaft dieser Substanz eher zufällig ist.«

Patrick hob die Augenbrauen. »Zufällig? Sind Sie sich da sicher?«

Wolf sah Patrick an und sein Blick spiegelte verschiedenen Emotionen wider.

Unter anderem Angst und Unsicherheit.

»Kein normaler Mensch würde so etwas absichtlich herstellen wollen. Und schon gar nicht würde er wollen, dass es jemand einnimmt. Stellen Sie sich vor, was es bedeuten würde, wenn Sie eine Stadt damit überschwemmen würden.

Die Menschen würden ohne Grund übereinander herfallen und sich in Stücke reißen.« Er schüttelte sich, als er darüber nachdachte. »Das käme der Apokalypse nahe.«

36

»Wisst ihr, wo er wohnt?«
Major Castrop

Castrop war entsetzt über den Anschlag in der Rostocker Kirche. Dass er zu aktiven Zeiten als Soldat in Afghanistan Menschen getötet hatte, bedeutete nicht automatisch, dass er keine Skrupel besaß.

Oder keinen moralischen Kompass.

Ja, er hatte Frauen erschossen. Auch Kinder.

Aber wenn eine Frau mit einem umgeschnallten Sprengstoffgürtel vor einem stand, dann schoss man. Tat man das nicht, bedeutete das den sicheren Tod.

Und wenn ein zehnjähriger Junge auf einen zugelaufen kam, eine Kalaschnikow im Anschlag, hatte man auch keine andere Wahl, als das Feuer zu eröffnen.

Dann hieß es, er oder ich.

Stellte sich später heraus, dass es sich lediglich um eine Attrappe aus Plastik gehandelt hatte, änderte das nichts daran, dass die Entscheidung richtig gewesen war.

Als Wittgenstein ihn damals gefragt hatte, ob es ein Problem für ihn wäre, alte Menschen oder auch Frauen und Kinder zu töten, hatte er verneint.

Allerdings nur, weil er davon ausgegangen war, dass sie ihn testen wollten.

Eine Kirche mit lauter Zivilisten in die Luft zu sprengen …

da hatte jemand eine rote Linie überschritten. Mit solchen Methoden wollte Castrop nichts zu tun haben.

Erschwerend kam hinzu, dass er von dieser Aktion überhaupt nichts gewusst hatte.

Ganz offensichtlich verfügte Wittgenstein noch über eine zweite Einheit, von der Castrop nichts wusste.

Das wiederum bedeutete, dass sie ihm entweder nicht vollständig vertrauten, oder aber schlicht Aufgaben verteilten, und ihn darüber nicht informierten, da er diese Dinge nicht wissen musste.

Er tippte auf Letzteres.

Und nur Gott alleine wusste, was die noch vorhatten.

Deswegen hatte sich Castrop seit Tagen vor dem Restaurant postiert, in dem er sich beim letzten Gespräch mit Dietrich getroffen hatte. Als sie damals belanglos plauderten, hatte Dietrich erwähnt, dass er hier öfters Gast wäre. Ein Fehler, der selbst Profis immer wieder unterlief.

Gewohnheiten und Rituale waren gefährlich.

Sie machten einen berechenbar.

Natürlich hatte Castrop viele Stunden vergeblich Ausschau gehalten. Aber dann, vor ein paar Tagen, hatte sich Dietrich in eben dem Restaurant mit einem ihm unbekannten Mann getroffen.

Castrop war nicht alleine. Zwei seiner Soldaten waren immer dabei gewesen und waren es auch heute. Einer beobachtete einen Parkplatz, nur wenige Schritte vom Restaurant entfernt, aber von Castrops Stellung nicht einsehbar.

Er wollte wissen, mit welchem Fahrzeug Dietrich ankommen würde. Er wollte einen Peilsender an seinem Wagen platzieren. Der andere Soldat hatte an der Straße Stellung bezogen. Nur für den Fall, dass der Parkplatz besetzt war und Dietrich am Straßenrand parken würde.

Zum Glück hatten seine Männer sowohl Dietrichs als

auch den Wagen seines Gastes ausfindig gemacht. Und natürlich hatte jeder einen Peilsender dabei.

Also wurden beide Wagen mit einem Sender versehen.

Und Castrop machte jede Menge Fotos der beiden Männer.

Als die beiden ihr Abendessen beendeten und sich trennten, verfolgten seine beiden Kameraden den unbekannten Mann. Er selbst heftete sich an Dietrichs Fersen.

Nach einer halben Stunde Fahrtzeit kannte er die Adresse Dietrichs.

Fünfzehn Minuten später klingelte sein Handy.

»Ja?«

»Der Typ heißt Nicolas Eichborn. Hat früher mal fürs BKA gearbeitet. Mittlerweile hat er eine eigene Firma. Ermittlungen und so'n Scheiß.«

»Wisst ihr, wo er wohnt?«

»Na klar. Wir stehen vor seinem Haus.«

»Alles klar. Wir treffen uns in einer Stunde an der bekannten Stelle.«

Er unterbrach die Verbindung und dachte nach.

Sein Entschluss, Wittgensteins Organisation zu verlassen, stand fest.

Wer Unschuldige in einer Kirche in die Luft sprengte, war mit Sicherheit noch zu ganz anderen Dingen fähig. Und Castrop wollte unter keinen Umständen noch mehr Schuld auf sich laden.

Aber was sollte er tun?

Welche Möglichkeiten hatte er?

Weitermachen war keine Option.

Er könnte einfach verschwinden.

Geld genug hatte er. Bei seinen geringen Ansprüchen müsste er niemals mehr arbeiten.

Aber könnte er seinen Ruhestand genießen in dem Wissen,

dass diese Wahnsinnigen weitermachten und Gott weiß was anstellten, um ihr Ziel zu erreichen?

Eher nicht.

Obwohl ihr Ziel anfangs verlockend auf ihn gewirkt hatte. Deshalb hatte er sich ja auch entschieden, Teil davon zu werden.

Nur hatten sie ihm verschwiegen, wie weit zu gehen sie bereit waren.

Welche Mittel sie einsetzen würden.

Also war das Verschwinden auch keine Option.

Blieb noch eine weitere Möglichkeit übrig:

Bleiben und gegen sie vorgehen.

Alleine hätte er jedoch keine Chance. Und er war sich nicht sicher, ob er jemanden, und wenn ja, *wen* er auf seine Seite ziehen könnte. Die zwei Kameraden, die ihn bei der Beschattung dieses Eichborn eingesetzt hatte, gehörten bestimmt dazu.

Aber wer noch?

Darüber würde er in Ruhe nachdenken müssen.

37

»Ich finde das irgendwie schade ...«
Günter Maria Helmes

Patrick fuhr nachdenklich zurück ins Büro. Dort begab er sich umgehend zu Günter Maria Helmes und fragte ihn, ob er Zeit für eine kurze Recherche hätte. Er bejahte, woraufhin Patrick ihm die nötigen Informationen gab. Helmes machte sich sofort an die Arbeit.

Patrick ging in sein eigenes Büro, schaltete den Computer

an und durchsuchte des Internet nach neusten Einträgen, die ihren anderen Fall betrafen.

Nach nicht einmal dreißig Minuten erhielt er eine Nachricht von Helmes.

Patrick öffnete sie.

Name	Ort:	Tat	Datum	Tote	Droge	Art
Henrik Küster	Hamburg	Mord	21.06.	4	ja	unbekannt
Sören Matthies	Berlin	Mord	21.06	3	ja	unbekannt
Marc Seiler	Berlin	Mord	21.06	3	ja	unbekannt
Markus Schulz	Berlin	Mord	21.06	2	ja	unbekannt
Gunnar Weiler	Köln	Mord	20.06	4	ja	unbekannt
Rolf Gräber	Berlin	Mord	20.06	6	ja	unbekannt
Carsten Beck	Hamburg	Mord	20.06	6	ja	unbekannt

Das Ergebnis der Recherche sprach eine mehr als deutliche Sprache.

Helmes betrat ohne anzuklopfen Patricks Büro und setzte sich zu ihm.

»Gute Arbeit«, sagte Patrick, den Blick noch immer auf den Bildschirm gerichtet.

»Danke. Aber da ist noch mehr.«

Jetzt erst sah er ihn an. »Erzähl.«

»Alle Täter kommen aus gutem Hause. Haben also vermögende Eltern. Keiner von ihnen war zum Zeitpunkt der Tat älter als achtzehn Jahre, keiner hatte Vorstrafen. Alle waren sie gute bis sehr gute Schüler. Keiner von ihnen ist bislang wegen Trunkenheit oder Drogenkonsum auffällig gewesen. Bei allen Morden spielte auch Sex eine Rolle. Die Täter haben entweder ihre Begleitung oder aber eine fremde Frau vergewaltigt, bevor sie anfingen, Leute umzubringen.«

Er sah Patrick erwartungsvoll an.

»Okay«, sagte der. »Was noch?«

Helmes' Euphorie ließ etwas nach. »Das war in der Kürze der Zeit alles, was ich herausgefunden habe …« Er sprang auf, fuhr herum und wollte aus dem Raum laufen.

»Wo willst du hin?«, rief Patrick ihm nach.

»Weitersuchen.«

»Bleib hier. Das war gute Arbeit.«

Er lächelte unsicher, blieb aber.

»Gibt es von den Taten Aufnahmen, ähnlich wie im Fall Küster?«

Helmes nickte. »Ja. Die Polizei hat alle Taten auf Band. Mehr oder weniger jedenfalls. Ein bisschen was passiert auch im toten Winkel, sagten sie mir am Telefon. Einsehen können wir die Aufnahmen aber nicht.«

»Obduktionsberichte der Täter?«

Er senkte betroffen den Blick. »Kriegen wir nicht.«

»Es stellt sich hier die Frage, ob wir diesen Fall, beziehungsweise die Fälle, überhaupt weiterverfolgen können. Von *wollen* will ich gar nicht reden.«

Helmes' Augen wurden riesengroß. »Warum sollten wir das nicht können?«

Patrick blickte auf den Bildschirm und zurück zu Helmes. »Sollten diese Fälle zusammenhängen – und vieles deutet darauf hin –, dann sind sie ein Fall für die Behörden, nicht für uns.«

Helmes senkte betrübt den Kopf. »Ich finde das irgendwie schade …« Dann hellte sich sein Gesicht auf. »Der Vater eines der Täter, diesem Henrik Küster, hat uns doch offiziell damit beauftragt herauszufinden, was seinen Sohn dazu gebracht hat, diese Tat zu begehen. Somit sind wir Bestandteil dieser … dieser …«, er nickte in Richtung von Patricks Monitor, »… Entwicklung da.« Er sah Patrick an und lächelte verschlagen. »Wir unterstützen den Innenminister, oder? Im Gegenzug kannst du ihn doch bitten, dafür zu sorgen, dass wir die Aufnahmen und die vollständigen Obduktionsberichte bekommen.«

Patrick nickte. »Könnte ich, ja.«

»Dann mach.«

»Wollen wir das wirklich?«

»Wollen wir«, sagte Helmes.

Patrick warf erneut einen Blick auf den Monitor. »Dieser Rainer Gräber aus Berlin. Er lebt?«

Helmes warf einen Blick auf seine Notizen. »Na ja, irgendwie schon. Er liegt im Koma.«

»Hilft uns auch nicht wirklich weiter. Warum sind eigentlich alle Täter tot?«

»Wie Henrik Küster umkam, wissen wir ja bereits« antwortete Helmes. »Die anderen kamen auf ähnliche Weise ums Leben. Zwei wurden von der Polizei erschossen.«

Keine Verdächtigen, die vernommen werden konnten. Kein Motiv.

Patrick musste zugeben, dass das ein sehr interessanter Fall war.

Aber er würde Unterstützung brauchen.

Helen zum Beispiel.

Ein kurzer Anruf genügte, damit sie ihm ihre Hilfe versprach.

Zwei Stunden später erfuhr Helmes, dass es einen weiteren Zwischenfall gegeben hatte, der eindeutig zu den ihnen bekannten sieben Fällen passte. Diesmal hatte es Tote in Frankfurt gegeben.

38

»Machen Sie eine Liste. Sie werden alles erfahren.«
Nicolas Eichborn

Es war Zeit für ein weiteres Treffen mit Wittgenstein und seinen Kumpels. Ich machte Dietrich deutlich, dass ein Treffen unumgänglich wäre, und er spurte.

Also machten wir uns wieder auf den Weg in das idyllische Blockhaus.

Natürlich hatte ich mit Helen, Patrick, Kerni und auch Schranz die Strategie für dieses Treffen besprochen. Aber ich glaubte, es war allen klar, dass ich auch situative Entscheidungen würde treffen müssen.

Wittgenstein und Hoffmann waren wieder salopp gekleidet und trotz der Wärme draußen brannte im Kamin ein Feuer. Sie begrüßten mich wie einen alten Freund. Dietrichs Nase war immer noch geschwollen und blau-grün verfärbt.

»Sie hätten Herrn Dietrich nicht unbedingt die Nase brechen müssen«, tadelte mich Wittgenstein.

»Sie haben recht«, sagte ich. »Ich hätte ihm auch das Genick brechen können.«

»Herr Eichborn ...«

»Nein«, unterbrach ich ihn. »Sie bedrohen meine Familie. Ich denke, ich habe Ihnen keinen Grund gegeben, mir zu misstrauen. Ich bin auf Ihrer Seite, aber ziehen Sie meine Eltern da nicht mit rein. Wenn Sie das tun, wenn ihnen etwas passiert, dann haben Sie ein Problem.«

»Vielleicht sind wir da ein wenig übers Ziel hinausgeschossen«, gab Wittgenstein zu.

»Sind Sie.«

Er griff zum Handy und wählte eine Nummer. »Wittgenstein hier, ziehen Sie die Leute ab, die die Eltern von Herrn

Eichborn überwachen. Sofort.« Er unterbrach die Verbindung und blickte wieder zu mir. »Okay?«

Ich nickte. »Ja.«

»Gut. Setzen wir uns und reden wir.«

Wir setzten uns und redeten.

»Was macht Ihr Plan, den Innenminister zu töten?«

»Das können Sie vergessen«, sagte ich. »An den komme ich nicht ran.«

»Sind Sie sicher?«

»Hundertprozentig. Vielleicht wäre es gegangen, wenn ich in der Talkshow die Schnauze gehalten hätte. Danach aber war ich für ihn verbrannt. Er reagiert nicht auf meine Anrufe und auf meine Mails auch nicht.«

»Das ist bedauerlich«, sagte Wittgenstein leise.

»Allerdings«, bekräftigte Hoffmann.

Dietrich hielt das Maul, was auch besser für ihn war.

»Und was ist mit Informationen aus dem Amt für Innere Sicherheit?«, wollte Wittgenstein.

Jetzt schlug meine Stunde. »Was wollen Sie wissen?«

»Alles.«

»Machen Sie eine Liste. Sie werden alles erfahren. Durch meine Kollegen bin ich auf dem neusten Stand.«

Wittgenstein und Hoffmann wechselten einen kurzen Blick. Beide sahen dann zu mir. Ihre Blicke zeugten von Misstrauen.

»Wie kann es sein, dass Ihre ehemaligen Kollegen im Amt für Innere Sicherheit bereit sind, Ihnen Staatsgeheimnisse zu verraten?«

Das war jetzt ein haariger Moment. Ich musste es schaffen, dass sie davon überzeugt waren, von mir die gewünschten Infos zu bekommen.

Ich schüttelte in gespielter Enttäuschung den Kopf. »Sie enttäuschen mich, Wittgenstein. Ich dachte, Sie wären ein Profi, der nichts dem Zufall überlässt. Ich dachte, Sie hätten sich intensiv mit mir, Kernberger und Scholl beschäftigt. Hätten Sie das getan, dann wüssten Sie, dass wir wie eine Familie sind. Zwischen uns passt kein Blatt Papier. Das war früher so, und das ist heute noch so. Die Politiker in Berlin – und Schranz gehört dazu – zählen nicht. Die gehören nicht zur Familie. Im Gegenteil; läuft etwas schief, stehen die dafür nicht gerade. Sie suchen sich jemanden, der als Sündenbock dient. Ich war es ein paar Mal. Kernberger auch. Insofern schulden wir denen gar nichts. Wir sind loyal untereinander. Unsere Loyalität der Regierung gegenüber hält sich in überschaubaren Grenzen.«

»Wenn das so ist, warum ist es uns dann nicht gelungen, jemanden ins Amt einzuschleusen? Warum war es nicht möglich, einen der Mitarbeiter zu kaufen?«

Ich tat so, als würde ich die Geduld verlieren. »Haben Sie mir eben nicht zugehört? Loyalität. Familie. Sagen Ihnen diese Begriffe nichts? Einen eingeschworenen Haufen wie diesen, den können Sie nicht von außen infiltrieren. Das geht nur von innen.«

Scheinbar leuchtete das den beiden ein, denn ihr Blick wurde milder.

»Wir werden eine Liste erstellen. Dietrich wird sie Ihnen zukommen lassen.«

39

»Und, wo fangen wir an?«

Staatsanwalt Löchte

Ein Krankenwagen hatte das junge Mädchen, es hieß Celina Markwardt und war gerade mal sechzehn Jahre alt, ins nächstliegende Katharinenhospital gebracht, wo es behandelt und rund um die Uhr bewacht wurde. Sie war mit ihrem Freund in einem Restaurant gewesen, als beide nach kurzer Zeit vollkommen durchgedreht waren und anfingen, andere Gäste des Lokals zu töten.

Helen und Patrick nahmen sich zwei Zimmer im Maritim Hotel, dass nur fünf Autominuten vom Krankenhaus entfernt war. Anschließend machte sich Helen auf den Weg in das Krankenhaus, für den Fall, dass das junge Mädchen ansprechbar wäre.

Patrick rief Kernberger an und berichtete ihm, was geschehen war.

»Ihr habt also jetzt endlich einen lebenden Zeugen«, resümierte Kernberger.

»Gibt es auch tote Zeugen?«

»Nein, nicht wirklich«, gab er zu. »Ist sie vernehmungsfähig?«

»Im Moment nicht. Die Droge hat es wirklich in sich.«

»Die Identität des toten Mannes ist bekannt?«

»Ja. Sein Name ist Dominik Strassner. Er war achtzehn Jahre alt. Wohnt noch zu Hause, aber seine Eltern machen gerade eine Kreuzfahrt durch die Karibik. Das wissen wir von den Nachbarn.«

»Warst du schon im Haus?«

»Darf ich dich daran erinnern, dass ich eigentlich eine Privatperson bin? Ich kann nicht einfach so in fremde Häuser gehen. Auch wenn ich das gerne täte.«

»Hast ja recht. Aber wenn ich dir eine Amtsperson zur Seite stellen würde, würdest du dann mal das Haus ansehen?«

»Ja klar.«

»Heute noch?«

»Selbstverständlich.«

»Ich kümmere mich drum.«

»Ich warte.«

»Wo bist du?«

»Im Maritim Hotel Köln. Zimmer 312.«

»Okay, ich denke, in den nächsten zwei Stunden kommt jemand im Hotel vorbei und holt dich ab.«

Eineinhalb Stunden später wurde Patrick von einem Staatsanwalt abgeholt, der als Eskorte einen Hauptkommissar der Kripo dabeihatte. Vielleicht auch als Zeugen, falls Patrick vorhatte, etwas kaputt zu machen. Oder zu klauen.

Als sie das Haus der Strassners betraten, konnte Patrick nachvollziehen, warum der Kripomann einen möglichen Diebstahl verhindern sollte.

Hier gab es jede Menge zu klauen.

Gemälde, Skulpturen, und bestimmt auch Schmuck. Mit Sicherheit gab es irgendwo noch einen Safe voller Bargeld. Kurz: Man sah sofort, dass hier richtig viel Geld wohnte.

Staatsanwalt Löchte bemerkte, dass Patrick vom Ambiente beeindruckt war. »Herrn Strassner gehören im gesamten Bundesgebiet mehrere Restaurants, die sehr gut laufen. Ich wette, sie waren auch schon einmal zu Gast in einem seiner Lokale. Jedenfalls dann, wenn sie nicht gerade Vegetarier sind.«

»Bin ich nicht.«

»Dachte ich mir.« Löchte sah sich um. »Und, wo fangen wir an?«

»Ich schlage vor, wir konzentrieren uns auf das Zimmer des toten Sohnes.«

Sie suchten das Zimmer, fanden es und wunderten sich, was ein Achtzehnjähriger so alles haben konnte. Play Station, Großbildfernseher mit einer Dolby-Digital-Anlage und Lautsprechern, die so futuristisch aussahen, als stammten sie aus einem Science-Fiction-Film von George Lucas, ein Computer neuster Generation – jedenfalls behauptete der Staatsanwalt das – lauter Designerklamotten und ein eigenes Bad.

Sie durchsuchten zunächst das Schlafzimmer des jungen Mannes, fanden jedoch nichts.

Anschließend widmeten sie sich dem Badezimmer.

Dort steuerte Patrick sofort den verspiegelten Wandschrank an. Erfahrungsgemäß bewahrten die meisten Leute hier ihre Medikamente auf.

Oder auch andere Dinge.

Patrick öffnete die erste Spiegeltür und sah hinein.

Rasiergel, Gesichtslotion, Aspirin und ein kleines Fläschchen Sumatriptan.

Daneben ein Röhrchen mit Metoclopramid.

Das war interessant.

Sumatriptan war ein starkes, rezeptpflichtiges Schmerzmittel. Metoclopramid war ein Mittel gegen Übelkeit und Erbrechen.

Dann klingelte Patricks Handy. Es war Helen.

Die minderjährige Killerin hatte gesprochen.

40

»Und wir haben keine Ahnung, wer dahinter steckt.«
Helen Eichborn

Helen mochte Krankenhäuser nicht sonderlich. Die Luft, der Geruch, das Quietschen der Gummisohlen auf Linoleum, die gedrückte Stimmung, all das sorgte dafür, dass sie sich jedes Mal, wenn sie in einem Krankenhaus war, krank und müde fühlte. Um dieses taube Gefühl zu unterdrücken, trank sie übermäßig viel Kaffee. Sie hoffte, dadurch ihren Kreislauf in Schwung zu bringen, was zur Folge hätte, dass sie sich lebendiger fühlte.

Er funktionierte nur nicht.

Niemals.

Stattdessen musste sie ständig aufs Klo.

So wie jetzt. Danach wusch sie sich die Hände und betrachtete sich dabei im Spiegel. Sie hoffte inständig, dass das furchtbare Licht im Waschraum verantwortlich für ihren blassen Teint war.

Wenn nicht, hatte sie ein ernsthaftes Problem.

Sie schenkte ihrem Spiegelbild ein schiefes Grinsen und machte sich auf den Weg zurück zum Warteraum. Als sie dort ankam, erwartete sie schon ein aufgeregter Polizist.

»Sie ist ansprechbar«, verkündete er und deutete überflüssigerweise in Richtung Krankenzimmer.

»Und was hat sie gesagt?«

Der junge Mann wurde knallrot. »Sie hat mich einen blöden Wichser genannt und wollte wissen, ob ich ... nun ja, ob ich Lust darauf hätte, mit ihr zu ...«

»Alles klar«, unterbrach Helen den armen Kerl. »Ich kann mir denken, was sie wollte.«

Helen wandte sich zum Gehen, aber der Polizist hielt sie zurück. »Der Chefarzt möchte mit Ihnen reden, bevor Sie zur Patientin gehen.«

»Okay.«

»Wissen Sie, wie Sie da hinkommen?«

»Ich habe keine Ahnung.«

»Soll ich Sie hinbringen?«

»Und unsere Verdächtige alleine lassen? Auf keinen Fall. Rufen Sie ihn an. Er soll mich abholen oder jemanden schicken, der mich zu ihm bringt.«

Zu Helens Überraschung holte der Chefarzt, Professor Klarholz, sie höchst selbst ab. Auf dem Weg zu seinem Büro plapperte er unaufhörlich. Er sprach von Saxitoxin, Dinoflagellaten, Mephedron und Tilidin.

Irgendwann hatte Helen die Schnauze voll und blieb stehen. »Könnten Sie bitte mit dem Fachjargon aufhören und mir einfach sagen, was los ist?«

Klarholz blieb ebenfalls stehen und sah Helen entschuldigend an. »Ich bitte um Verzeihung, aber wir sind hier alle ein wenig aus dem Häuschen. Es kommt nicht oft vor, dass wir so etwas zu sehen bekommen.« Er dachte einen Moment nach und korrigierte sich dann selbst. »Offen gestanden haben wir niemals zuvor etwas Vergleichbares gesehen.«

»Ich weiß immer noch nicht, wovon Sie sprechen.«

»Natürlich, Verzeihung. Sie wissen, was wir in der Hosentasche der jungen Dame gefunden haben?«

Helen versuchte, geduldig und freundlich zu bleiben. »Ich habe keine Ahnung.«

»Offensichtlich hat ihr Freund, also der junge Mann, den sie erschossen hat, für beide Drogen gekauft. In Pillenform. Diese haben sie eingenommen, bevor sie in das Restaurant fuhren. Er schluckte seine ganz. Sie jedoch hat die Pille im Mund zerbissen und nur etwas weniger als die Hälfte eingenommen. Den Rest hat sie in die Hosentasche gesteckt. So hatten wir Gelegenheit, die Zusammensetzung der Droge zu analysieren. Das Ergebnis war … faszinierend.«

»Was ist drin?«

»Nun, unter anderem die von mir eingangs erwähnten Subtanzen Saxitoxin, Mephedron und Tilidin. Darüber hinaus noch etwa einhundert andere Inhaltsstoffe, die aus dieser Designerdroge einen fürchterlichen Cocktail machen. Eine wahre Zombie-Droge, wenn Sie mir diesen etwas brachialen Ausdruck verzeihen wollen.«

»Und die Wirkung ist ...«

»Verheerend. Es macht aus harmlosen Menschen reißende Bestien. Schmerzunempfindlich, aggressiv, blutrünstig. Monster.«

»Und Sie haben etwas Vergleichbares bislang nicht gesehen?«

»Nein. Noch nie.«

»Wer würde so etwas herstellen? Und warum?«

»Eine sehr gute Frage. Normalerweise sollen Drogen abhängig machen. Je schneller, desto besser. Diese Droge jedoch, nun, sie macht nicht abhängig, sie tötet. Denjenigen, der sie einnimmt und alle, die sich in seiner Nähe aufhalten. Als Droge vollkommen nutzlos, wenn sie mich fragen.«

»Also erleben wir hier möglicherweise eine Art Testphase?«

»So würde ich das sehen, ja.«

»Und wir haben keine Ahnung, wer dahintersteckt.«

Seine Miene erhellte sich etwas. »Da können wir eventuell etwas helfen.«

Sie erreichten sein Büro und Klarholz erklärte Helen, wie sie den Herstellern der Droge eventuell auf die Spur kommen könnten. Sie bedankte sich und ging geradewegs ins Krankenzimmer von Celina.

Das Gespräch mit ihr war zwar kurz, aber auch aufschlussreich. Helen verließ das Krankenhaus und rief Patrick an.

41

»Ich muss wissen, auf welchen Seiten er war.«
Patrick Ebel

»Okay, alles klar. Ich melde mich bei dir, sobald wir etwas haben.« Patrick beendete das Gespräch mit Helen und wandte sich an seine beiden Begleiter. »Wir müssen den Laptop von Dominik finden.«

Löchte und Patrick blieben in Dominiks Zimmer, Beyer ging ins Erdgeschoss.

Patrick hatte gerade die Matratze vom Bett gehoben und Löchte war fast in Gänze im Kleiderschrank verschwunden, als Beyer sie zu sich rief.

Er hatte den Laptop gefunden.

In der Küche.

Er lag auf einem Hocker, halb von einer Zeitschrift verdeckt.

Patrick sah Beyer an und forderte ihn auf, das Gerät zu starten. Er zog sich einen Gummihandschuh über und drückte auf die Enter Taste. Der Laptop fuhr hoch und es kam wie es kam musste: Er war passwortgeschützt.

»Eintüten und mitnehmen«, sagte Löchte an niemanden Bestimmtes gewandt.

Patrick widmete daraufhin der Küche einer eingehenden Inspektion. Im Mülleimer fand er eine recht interessante braune, luftgepolsterte Versandtasche im Format DIN A5. Sie hatte aufgeklebte Adressetiketten. Der Empfänger war Dominik Strassner, der Absender eine Judith Müller aus Karlsruhe. Patrick reichte die Versandtasche an Beyer, der sie eintütete. Ein Anruf von Patrick sorgte dafür, dass Laptop sofort ins Amt für Innere Sicherheit gebracht werden sollte. Da Patrick ohnehin noch am selben Tag zurück nach Berlin fahren wollte, entschied man, dass er das Notebook mitnehmen würde.

Patrick machte sich auf den Weg ins Hotel, checkte Helen und sich aus, packte die Klamotten zusammen und fuhr ins Krankenhaus, um Helen abzuholen.

• • •

Am späten Nachmittag erreichten sie Berlin. Patrick fuhr sofort in die Zentrale des Amtes für Innere Sicherheit und ein sichtlich überlasteter Robert warf einen Blick auf den Laptop. Innerhalb von wenigen Augenblicken hatte er sich Zugang zum Rechner verschafft. Dann jedoch streckte er die Flügel.

»Der Typ hat einen Tor-Browser benutzt. Das heißt, dass er total anonym im Netz gesurft ist. Ich kann mir den Browserverlauf ansehen, aber ich bin mir ziemlich sicher, dass ich die Seiten, die er aufgerufen hat, nicht öffnen kann. Beziehungsweise, dass das mehr Zeit in Anspruch nehmen würde, als ich habe.«

»Weil …?«

»Weil deren Sicherheitskonzept sehr, sehr gut ist.«

»Wessen Sicherheitskonzept ist sehr, sehr gut?«

»Tor sichert jedem, der den Browser installiert, absolute Anonymität im Internet zu. Normalerweise hinterlässt man auf jeder Seite, die man besucht, seine IP-Adresse. Durch Tor wird diese verschleiert, verstehst du? Das ist, als würdest du in einem Tarnkappenbomber sitzen: Man weiß, dass du da bist, man kann dich aber nicht sehen. Der Tor-Browser ist eine Voraussetzung, um ins Dark Net zu kommen. Also in den Teil des Internets, in dem es lauter Sachen gibt, die man nicht gerne öffentlich macht oder kauft. Waffen, gefälschte Papiere, Kinderpornos …«

»Drogen …«

»Und Drogen. Genau.«

»Ich muss wissen, auf welchen Seiten er war.«

Robert seufzte. »Natürlich musst du das. Ich tue, was ich kann.«

Patrick fuhr zurück in sein eigenes Büro. Dort angekommen ging er als erstes zu Helen. Die wollte sich um die Absenderadresse auf dem Umschlag kümmern. Das Ergebnis war genauso frustrierend wie das Gespräch mit Robert.

»Die Adresse gibt es nicht«, erklärte Helen.

»Wie jetzt?«

»Es gibt keine Straße mit diesem Namen in Karlsruhe. Die Adresse ist ein Fake.«

»Dann vermute ich ganz stark, dass die beiden die Droge mit der Post bekommen haben. In diesem Umschlag.«

»Bringt uns das weiter?«

»Wir wissen jetzt, wie der Dealer die Drogen zu seinen Kunden bringt. Das könnte noch nützlich sein.«

Helen nickte zustimmend. »Hast du wegen des Laptops etwas herausgefunden?«

»Ja. Der tote Junge hat mit dem Tor-Browser im Internet gesurft. Das ist eine Art Tarnkappenbomber. Hast du inzwischen mit den Eltern des Toten telefonieren können?«

»Ja. Sie sind am Boden zerstört. Können sich das alles nicht erklären.«

»Haben sie sonst noch etwas gesagt?«

»Ihr Sohn litt unter Migräne.«

42

»Ich habe eine wichtige Frage.«
Innenminister Schranz

Ich traf mich nach meinem Gespräch mit Wittgenstein wieder einmal mit meinen wahren Freunden. Wir mussten nun festlegen, was genau ich den Verschwörern sagen durfte.

»Was meinst du, erwarten sie von dir?«, wollte Kerni von mir wissen.

»Statusberichte über eure Ermittlungen bezüglich der Anschläge. Ich denke, sie wollen wissen, ob ihr irgendwelche Vermutungen habt, wer dahintersteckt.«

»Das könnte aber auch bedeuten, dass, wenn sie von dir erfahren, dass wir vollkommen im Dunklen tappen, du für sie wertlos wirst«, gab Schranz zu bedenken.

»Äh ... ja, durchaus möglich«, musste ich zugeben.

»Also müssen wir sie anfüttern«, schloss Kerni. »Wir müssen ihnen etwas liefern, was nahe an der Wahrheit liegt und gefährlich für sie sein könnte. So stellen wir sicher, dass sie Nicolas nicht ausschließen.«

»Oder ausschalten«, ergänzte Schranz.

»Was könnte das sein?«, fragte ich. »Was könnte ich ihnen sagen, ohne dass dadurch unsere Ermittlungen gefährdet werden?«

Bevor jemand antworten konnte, klingelte eines meiner Handys. Da die Dinger alle gleich aussahen, zog ich zuerst das falsche aus der Tasche. Beim zweiten Versuch erwischte ich schließlich das richtige. Helen war so schlau gewesen, meine gelben Klebezettel durch stabile Plastiketiketten aus einer Maschine zu ersetzen. Es war Hagedorn, der mich anrief.

»Hallo Clemens«, begrüßte ich ihn.

»Wer wird der Nachfolger vom getöteten Verteidigungsminister?«, wollte er sofort wissen.

»Moment, ich frag mal den Innenminister«, sagte ich, aktivierte den Lautsprecher und wandte mich an Schranz. »Wer wird Nachfolger vom Verteidigungsminister?«

»Die kommissarische Leitung übernimmt der parlamentarische Staatssekretär ... ich glaube, der heißt Ahrens ... Rüdiger Ahrens.«

»Hast du das gehört?«, fragte ich Hagedorn.

»Ja. Wird dieser Ahrens auch als Minister vereidigt, oder hat der Kanzler vielleicht jemanden als Favoriten auserkoren?«

»Das weiß ich nicht«, sagte Schranz. »Aber ich kann das in Erfahrung bringen.«

»Das wäre sehr gut. Und sehr wichtig.«

»Warum?«, wollte ich wissen.

»Weil das Verteidigungsministerium ein Schlüsselresort für die Verschwörer sein wird, wenn sie in die Endphase gehen. Das Attentat auf den Minister zu diesem frühen Zeitpunkt war mit Sicherheit Bestandteil ihres Plans. Und der Nachfolger wird aller Wahrscheinlichkeit nach einer ihrer Leute sein.«

Schranz und Kernberger wechselten einen besorgten Blick.

»Wie kommst du auf diesen Gedanken?«, fragte ich ihn.

»Ich passe meinen Plan den aktuellen Ereignissen an. Nehmen wir zum Beispiel die jüngsten Demos. Niemand wurde erschossen. Das hatten wir aber erwartet. So kam ich darauf, dass wir mit einem weitaus größeren Anschlag rechnen müssen als den in Rostock. Die Folge dieses neuen Anschlages werden weitere Demonstrationen sein. Und dann wird es zur Eskalation kommen. Genauso bin ich auch mit dem Umstand des Attentates auf den Minister verfahren. Wem nützt es? Was bringt es? Und so wurde mir klar, dass er getötet worden ist, um den richtigen Mann an der richtigen Stelle zu platzieren.«

»Leuchtet mir ein«, sagte ich. »Rainer, der Bundeskanzler

weiß ja über die laufenden Ermittlungen Bescheid. Kannst du schnell herausfinden, ob er jemanden im Auge hat für diese Position?«

Schranz, dem klar war, dass es eilte, öffnete seine Aktentasche und entnahm ihr das abhörsichere Diensthandy. Sinnvollerweise hatte der Bundeskanzler die Schnellwahltaste eins.

»Herr Bundeskanzler, Schranz hier. Sind Sie alleine?«

Scheinbar war er es nicht, denn es dauerte einen Moment, bis sie das Gespräch fortsetzten.

»Ich habe eine wichtige Frage. Haben Sie eine bestimmte Person als Nachfolger für Minister Müller angedacht?«

Schranz sagte nichts, also sprach wohl der Kanzler.

»Bitte gestatten Sie mir, mit der Antwort auf Ihre Frage noch ein bisschen zu warten ... nein, nicht sehr lange, vielleicht zwei, drei Tage ... okay, danke ... aha, ja, vielen Dank. Ich melde mich schnellstmöglich.«

Schranz sah mich mit sehr ernstem Gesichtsausdruck an. »Herr Hagedorn, wenn Sie mit ihrer Annahme recht haben, dann stecken wir in echten Schwierigkeiten.«

»Ich nehme an, Ihre Aussage bedeutet, dass der Kanzler tatsächlich jemanden vorgesehen hat«, schloss der Architekt.

»Allerdings, ja. Nachfolger des getöteten Verteidigungsministers soll Kanzleramtsminister Gehlsen werden.«

»Was wissen wir über ihn?«, wollte ich wissen.

Schranz zuckte mit den Schultern. »Typischer Karrierepolitiker. Rasanter Aufstieg, auch durch seine guten Kontakte. Ich persönlich empfinde ihn als äußerst unangenehmen Menschen. Er ist heuchlerisch und einzig auf seinen Vorteil bedacht. Aber er ist hochintelligent und gefährlich.«

»Sein Profil passt irgendwie zu Wittgenstein«, stellte ich fest.

»Was ist mit diesem Rüdiger Ahrens?«, fragte Hagedorn.

»Den kenne ich nicht so gut. Aber bislang habe ich nur

Positives gehört. Er agiert recht zurückhaltend, drängt sich nicht in den Vordergrund. Was in Berlin eher selten ist«, antwortete Schranz.

»Auch dieses Verhalten könnte man als verdächtig bezeichnen«, sagte ich frustriert.

»Es könnte also jeder von ihnen sein«, konstatierte Kerni.

»Oder sogar alle beide«, fügte Hagedorn an.

»Großartig«, meinte ich.

»Finden wir es doch heraus«, schlug Hagedorn vor.

»Und wie stellen wir das an?«, fragte ich ihn.

»Ganz einfach«, antwortete Hagedorn und erläuterte uns seine Idee.

Nachdem wir das Gespräch mit Hagedorn beendet hatten, sahen wir uns ratlos an.

Ich brach das Schweigen: »Also müssen wir davon ausgehen, dass der Kanzleramtschef ein Mitverschwörer ist. Das wiederum bedeutet, dass ich denen nicht irgendeinen Scheiß erzählen kann, da wir davon ausgehen müssen, dass sie meine Aussagen überprüfen können. Denn schließlich ist Gehlsen bei jeder Besprechung dabei.«

Schranz seufzte. »Das macht es auch nicht einfacher, nicht wahr …?«

43

»Versuchen Sie es.«
Patrick Ebel

Der neunte Amoklauf hatte sich in einem Büro in Frankfurt ereignet. Diese Tat wich insofern von den anderen sieben ab, als dass der Täter kein junger Mann war, der Drogen konsumierte. Vielmehr handelte es sich bei dem Täter um einen fünfzigjährigen Verkaufsleiter einer Fensterfirma.

Er war bislang niemals auffällig gewesen.

Kernberger stellte Patrick das Gesprächsprotokoll der Beamten zur Verfügung, die mit der Ehefrau des Täters gesprochen hatten. Auch eine Auflistung der Dinge, die sie im Badezimmerschrank des Mannes gefunden hatten, sowie die Kreditkartenabrechnungen des Mannes befanden sich darunter.

Zuerst las er das Protokoll. Daraus ergaben sich keine relevanten Informationen.

Dann widmete sich Patrick der Auflistung der gefundenen Sachen.

Er stutzte.

Sumatriptan.

Metoclopramid.

Die gleichen Präparate, die auch im Schrank des Täters aus Hamburg gefunden worden waren.

Als nächstes durchsuchte Patrick die Kreditkartenabrechnungen des Täters. Die Euro Card war für berufliche Zwecke. Die Visa Card für private Ausgaben.

Hier wurde Patrick fündig.

Er griff zum Telefon und rief Kernberger an. Patrick brauchte die Genehmigung, mit der Frau des Täters sprechen zu können. Er erklärte Kernberger, warum das nötig war, und erhielt die Erlaubnis, sich als Mitarbeiter des Amtes auszugeben. Sollte die Frau skeptisch sein, könnte sie im Amt anrufen. Dort würde man ihr bestätigen, dass Patrick für sie arbeitete.

Dann rief er Elisabeth Kroschke, die Frau des Täters, an.

Er erklärte, wer er war und warum er anrief. Sie war sofort bereit, ihm alle Fragen zu beantworten.

»Ihr Mann war zwei Wochen vor der Tat in Bulgarien, richtig?«

»Ja. Beruflich. Ein Fachhändler dort hatte Interesse daran, Fenster aus Deutschland zu beziehen. Paul hat ihn besucht, um Details zu besprechen.«

»Wussten Sie, dass er danach für zwei Tage in der Türkei war? In Istanbul?«

Sie schwieg einen Moment, offenbar vollkommen überrascht. »Nein. Sind Sie sicher?«

»Laut der Kreditkartenabrechnung von Visa war er zwei Nächte im *Gezi*-Hotel. Von Mittwoch bis Freitag.«

»Am Samstag war er wieder zu Hause. Aber von einem Aufenthalt in der Türkei hat er nichts gesagt. Was hat das zu bedeuten?«

»Das weiß ich nicht. Aber es ist bislang eine von zwei Abweichungen, die ich finden konnte.«

»Zwei? Was ist die andere?«

»Nun, was auch immer ihr Mann in Istanbul getan hat, es war teuer. Zehntausend Euro teuer, um genau zu sein. Leider kann ich nicht erkennen, was er dafür bekommen hat.«

»Das verstehe ich nicht …«

»Am besten wäre es, Sie würden versuchen, von Visa diese Information zu bekommen«, schlug Patrick vor.

»Ich bin wirklich sprachlos. Wir haben immer über alles geredet. Es gab keine Geheimnisse zwischen uns. Dass er eine so hohe Summe ausgibt, ohne mir etwas davon zu sagen, das ist noch nie passiert. Das ist mehr als ungewöhnlich.«

Patrick wunderte sich schon seit langem über nichts mehr. Solche Dinge hatte er schon zuhauf erlebt. Immer wieder war er Männern und Frauen begegnet, die schworen, dass ihr Partner ihnen nichts verheimlichte. Und am Ende kam es anders.

Eigentlich immer.

Jeder hatte Geheimnisse.

Manchmal waren es kleine, eigentlich unbedeutende Sachen.

Aber manchmal ...

Patrick hakte nach. »Versuchen Sie bitte, von Visa die Informationen zu bekommen. Notieren Sie sich meine Nummer und rufen Sie mich anschließend zurück.«

Der Rückruf erfolgte zehn Minuten später.

»Mein Mann hat die zehntausend Euro über so ein elektronisches Kartengerät bezahlt. Dafür musste er seinen Pin eingeben und er wurde wegen der Höhe sogar nochmal angerufen. Die Firma heißt *Gülem Im- und Export.*« Sie nannte Patrick die Adresse.

»Was wollen Sie jetzt tun?«, wollte sie von ihm wissen.

»Mehr über diese Firma herausfinden und dann werde ich nach Istanbul fliegen.«

Das einzig Interessante, dass Patrick über *Gülem Im- und Export* herausfand, war das, was er *nicht* herausfinden konnte. Unter der genannten Adresse gab es diese Firma nicht. Es gab in ganz Istanbul kein Unternehmen namens *Gülem*, das sich mit dem Im- oder Export von was auch immer beschäftigte.

Die von Visa genannte Adresse gehörte zu einem Mehrfamilienhaus im Istanbuler Viertel Şişli.

Patrick beschloss, seine Recherchen vor Ort weiterzuführen. Er buchte sich einen Flug nach Istanbul und reservierte sich ein Zimmer für zwei Nächte im Hotel *Le Meridien,* nicht weit entfernt von der Adresse, die er besuchen wollte.

Patrick verständigte Nicolas und Helen, damit sie wussten, wo er sich die nächsten zwei Tage aufhalten würde, packte ein paar Sachen zusammen und machte sich auf den Weg zum Flughafen.

44

»Irgendwie wirken Sie heute abwesend.«
Leonard Wittgenstein

Diesmal trafen wir uns nicht in dem Blockhaus, sondern in einem Fünf-Sterne-Hotel in Berlin. Sollte mir nur recht sein.

Dietrich wartete in der Lobby auf mich und gemeinsam betraten wir den Aufzug. Wir waren die einzigen Passagiere, also konnte ich ihn ein bisschen provozieren.

»Wie geht's der Nase?«

Er sah mich wütend an. »Besser. Aber mein Teppich ist ruiniert. Der hat mehr als achttausend Euro gekostet.«

»Was zum Teufel war denn das für ein Teppich?«

»Ist doch egal. Ich werde Ihnen den in Rechnung stellen.«

»Wenn Sie das tun, dann komme ich wieder bei Ihnen im Büro vorbei«, drohte ich ihm.

Wir schwiegen, bis Wittgenstein uns in seine Suite ließ.

Kaum hatten wir Platz genommen, kam ich zur Sache. »Das Amt für Innere Sicherheit hat den Verdacht, dass die Anschläge zusammengehören. Allerdings tappen sie vollkommen im Dunklen, was die Verantwortlichen betrifft.«

Wittgenstein sah mich aufmerksam an. »Erzählen Sie weiter«, forderte er mich auf.

Ich wusste nicht, was es war. Die Art, wie er mich ansah, oder vielleicht der Tonfall, in dem er mit mir sprach. Aber vollkommen gleichgültig, was es war, mir wurde schlagartig bewusst, dass er alles, was ich ihm erzählte, längst wusste.

Meine Gedanken rasten, weil ich versuchte, mich an die vorherigen Gespräche zu erinnern. Vor allem daran, wie oft und in welchem Kontext ich Wittgenstein schon angelogen hatte.

»Herr Eichborn?«

Mein Blick wurde wieder klar, als ich ihn ansah. »Es werden erste Zweifel an der Kompetenz des Bundeskanzlers laut«, setzte ich meinen Bericht fort. »Wir vermuten, dass Gehlsen sich in Stellung bringt, falls es zu Neuwahlen kommen sollte.«

Das alles erzählte ich, als hätte ich auf Autopilot gestellt. Wenn das überhaupt möglich war, dann arbeitete meine eine Gehirnhälfte an einer Lösung, während die andere Hälfte auf Zeit spielte und Geschichten erfand, die der Wahrheit sehr nahe kamen.

»Gehlsen, ja?« Wittgenstein lächelte. »Welch absurder Gedanke.«

Ich sah ihn fragend an.

»Gehlsen ist ein Idiot«, erklärte er.

Ich zuckte mit den Schultern. »Meiner Erfahrung nach trifft das auf alle Politiker zu.«

Wittgenstein lachte. »Nun ja, es gibt durchaus nützliche Idioten.«

»Mag sein«, sagte ich mehr oder weniger abwesend.

»Sagen Sie, was halten Sie vom Bundeskanzler?«, wollte Wittgenstein unvermittelt von mir wissen. Er beugte sich vor. »Ich meine, Sie haben ihn nun bei diversen Krisensitzungen live erlebt. Welchen Eindruck hat er auf Sie gemacht?«

Ich dachte kurz mit halbem Hirn über die Frage nach. »Das Überraschende an ihm war ja nicht die Tatsache, dass er gewählt wurde, sondern dass er überhaupt von seiner Partei nominiert worden ist. Unerfahren, ein Typ aus der zweiten Reihe. Ungewöhnlich. Dafür schlägt er sich dann doch relativ gut. Auch wenn es ihm schwerfällt, Entscheidungen zu treffen.«

Er antwortete mir, aber ich hörte ihm nicht richtig zu. In einer Hälfte meines Hirns war etwas eingerastet. Aber ich war nicht in der Lage zu begreifen, was das gewesen war.

Mir war nur klar, dass es wichtig war.

Sehr wichtig sogar.

»Herr Eichborn, irgendwie wirken Sie heute abwesend.«

Ich zuckte zusammen. »Was?«

Wittgenstein lächelte ohne jedes Gefühl. »Genau das meine ich.«

Ich schüttelte mich. »Es tut mir leid, aber ich habe Probleme mit einem Weisheitszahn.«

»Oh je«, sagte Wittgenstein. »Damit ist nicht zu spaßen. Haben Sie einen guten Zahnarzt?«

»Habe ich. Nützt aber nichts, wenn ich nicht hingehe.«

»Sollten Sie unbedingt tun, mein Freund. Wenn sich das entzündet, dann haben Sie da sehr lange etwas davon. Und das wollen Sie nicht, glauben Sie mir.«

»Ich glaube, entzündet ist es schon.«

»Dann brechen wir jetzt ab und Sie machen sich sofort auf den Weg zum Zahnarzt. Hören Sie auf meinen Rat.« Er erhob sich und beendete damit unser Treffen.

Beim Hinausgehen fragte ich mich, ob ich nicht besser wirklich einen Umweg machen sollte, um bei meinem Zahnarzt vorbeizufahren. Nicht, weil ich Schmerzen hatte, sondern nur für den Fall, dass Wittgenstein mich überwachen lies.

Ich entschied mich, genau das zu tun.

Und die ganze Zeit fragte ich mich, was das für ein Gedanke war, den ich nicht zu fassen kriegte.

45

»Sehr viel Geld sogar.«
Günter Maria Helmes

Laut Adresse residierte die *Gülem Im- und Export* in einem der *Selenium Twins*. Diese einhundertvierzig Meter hohen Türme wurden 2008 erbaut und dienten überwiegend zu Wohnzwecken. Aber es gab auch einige kleinere Unternehmen, die hier ihre Büros hatten.

Patrick stand vor dem Eingang des rechten Turms und fluchte leise. Unzählige Namensschilder waren rechts vom Eingang angebracht. Es waren bestimmt hunderte. Sie alle zu lesen würde zu viel Zeit in Anspruch nehmen und auch auffallen. Immer wieder betraten oder verließen Menschen das Gebäude. Innen konnte er einen Empfangstresen erkennen, hinter dem zwei Männer in Uniform arbeiteten. Sie zu fragen war keine Option, da er nicht wollte, dass sie die Person, die er suchte, warnten.

Kurzerhand machte er schnell mit seiner kleinen Digitalkamera Fotos der Namen. Das gleiche tat er beim anderen Turm. So konnte er später die Namen auf sein Notebook laden und in aller Ruhe anschauen. Anschließend setzte er sich in ein Café gegenüber der Türme. Von seinem Standort konnte er die Eingänge beider Türme einsehen. Er verband seine Digitalkamera mit dem Tablet und konnte nun über eine spezielle Software die Zoomfunktion der Kamera über seinen kleinen Computer einstellen.

Sein Plan war, so viele Personen wie möglich zu fotografieren, die die Türme verließen oder betraten.

Am nächsten Tag würde er das wiederholen.

Wenn Patrick ehrlich war, hielt er das Ganze inzwischen für reine Zeitverschwendung.

Er war sich ziemlich sicher, dass es eine recht simple Erklärung für die zehntausend Euro gab. Die wahrscheinlichste war, dass Kroschke eine Geliebte hatte, die hier in einem der Tower eine Wohnung hatte. Sollte sich dies als Tatsache herausstellen, würde er die Frau von Kroschke anlügen, um ihre persönliche Tragödie nicht noch zu vergrößern.

Patrick justierte den Zoom der Kamera und fing an, Fotos zu machen.

Fünf Stunden später war Patrick zurück in seinem Hotelzimmer. Seine Schultern schmerzten vom vielen Sitzen und er entschloss sich, im Fitnessraum des Hotels eine Runde auf dem Laufband zu absolvieren. Danach machte er zwei Durchgänge in der Sauna, arbeitete noch eine Stunde, bereitete die Übertragung der Fotos auf sein Notebook vor und ging essen.

Um 21:00 Uhr kehrte er ins Hotel zurück.

Inzwischen waren alle Aufnahmen auf seinem Rechner und er begann damit, sie zu sichten.

Patrick gliederte die Fotos in drei Gruppen:

Irrelevant.

Relevant.

Interessant.

In die erste Gruppe kamen Bilder von sehr alten Menschen und Kindern, in die zweite kamen alle Aufnahmen von Männern und Frauen zwischen zwanzig und sechzig.

Interessant waren die Aufnahmen, die in ihm etwas zum Vibrieren brachten. Das konnte ein Blick sein, oder eine schwache Erinnerung an ein Gesicht.

Kurzum: Er vertraute seinem Instinkt und hoffte auf eine gehörige Portion Glück.

Er hatte auf seinem Notebook keine Gesichtserkennungssoftware, da diese zu viel Datenmenge beanspruchen würde und sein Rechner dadurch zu langsam wäre. In seinem Büro in Berlin jedoch lief diese Software auf dem Heimcomputer. So lange müsste er sich noch gedulden.

Morgen würde er wieder in das Café zurückkehren und den ganzen Tag Fotos machen.

Dann würde er zurück nach Deutschland fliegen und die Arbeit fortsetzen.

• • •

Als Patrick wieder in Berlin war, schien es so, als hätte er die Hitzewelle aus der Türkei mitgebracht. Die Temperaturen in Deutschland sollten in den nächsten Tagen auf über dreißig Grad steigen, während in Istanbul das Thermometer um zehn Grad auf nur noch fünfundzwanzig Grad fiel.

Er setzte sich an den Schreibtisch und übertrug die Fotos auf seinen Heimrechner. Dann öffnete er die Gesichtserkennungssoftware und startete den Abgleich. In den nächsten Stunden würde nun diese spezielle Software seine Bilder mit den Gesichtern abgleichen, die in den Datenbanken der Kripo, der Landeskriminalämter und des BKA gelistet waren.

Natürlich war das illegal. Dieses Programm dürfte er eigentlich nicht besitzen.

Aber wo kein Kläger, da kein Richter.

Patrick machte sich kurz frisch und fuhr anschließend in sein Fitnesscenter. Danach wollte er noch einkaufen.

Vier Stunden später war er wieder zurück.

Das Programm hatte etwas entdeckt.

Eine einzige Person, die in den Datenbanken der Behörden gelistet war.

Ein Mann.

Tarek Özgür.

Jetzt kam der Haken: Er hatte natürlich keinen Zugriff auf

die Datenbanken der Behörden, die ihm sagen könnten, welcher Delikte Özgür sich schuldig gemacht hatte beziehungsweise beschuldigt wurde.

Also googelte er den Mann.

Ohne Ergebnis.

Das wäre ja auch zu einfach gewesen.

Patrick griff zum Telefon und wählte die Nummer von Helmes.

»Hallo Patrick. Wieder im Lande?«

»Ja. Sag mal, wenn ich dir einen Namen gebe, dann kann doch bestimmt deine alte Behörde Informationen über die betreffende Person herausfinden, oder?«

»Ja. Das ist bestimmt möglich. Wie lautet der Name?«

»Tarek Özgür.«

Ein kurzes Zögern. »Buchstabiere mir den Namen, bevor ich irgendeinen Blödsinn aufschreibe.«

Patrick buchstabierte den Namen und Helmes versprach, sich innerhalb der nächsten halben Stunde zu melden.

Er brauchte nur fünfzehn Minuten.

»Ich habe die Informationen. Kann es losgehen?«

»Erzähl mir von ihm«, bat Patrick, der nun eine Geschichte erwartete, die davon handelte, dass Özgür einen internationalen Prostituiertenring leitete oder sein Geld mit Menschenhandel verdiente. Irgendetwas in dieser Art. Etwas, dass seine Vermutung bestätigen würde.

Aber es kam anders.

Ganz anders.

Offensichtlich war Tarek Özgür eine Art Universalgenie. Zumindest was die Fähigkeit betraf, an das Geld anderer Leute zu kommen. Zu Beginn seiner kriminellen Karriere hatte er mit Drogen gehandelt. Dann mit Waffen und später tatsächlich auch mit Menschen. Auf eine unanständige Weise fühlte sich Patrick bestätigt. Aber das hielt nicht lange an.

Denn aus einem Grund, den wohl nur Özgür selber erklären konnte, wechselte er die Seite. Das geschah unmittelbar nachdem er seine sechsjährige Haftstrafe wegen Beihilfe zum Menschenhandel verbüßt hatte. Plötzlich verkaufte er hochwertige Immobilien. Überwiegend in Dubai und den Vereinigten Arabischen Emiraten.

»Vor ungefähr drei Jahren hat er eine neue Einnahmequelle für sich entdeckt«, berichtete Helmes.

»Nämlich?«

»Gesundheitstourismus.«

»Was ist das denn?«

»Leuten mit Geld, die krank sind und in einem Land leben, dessen medizinische Versorgung suboptimal ist, lassen sich von ihm die Ärzte und Behandlungen vermitteln, die sie benötigen. Nach westlichem Standard natürlich. Am liebsten ist den meisten eine Behandlung nach deutschem Standard. Das Ganze gibt es übrigens auch in entgegengesetzter Richtung. Menschen fahren beispielsweise nach Ungarn, um dort an günstigen Zahnersatz zu kommen. Witzigerweise sind es oft deutsche Zahnärzte, die an zwei Tagen pro Woche dort ihre Sprechstunden abhalten.«

Patrick war skeptisch. »Damit kann man Geld verdienen?«

»Sehr viel Geld sogar.«

»Okay, das ist zwar interessant, bringt mich aber nicht weiter. Der Mann, um den es geht, gehört sicher nicht zu den vermögenden Menschen, die seine Dienstleistung in Anspruch nehmen würden. Darüber hinaus ist er nicht krank. Und selbst wenn; er lebt in Deutschland.«

»Dann passt er sicher nicht ins Beuteschema von Özgür. Aber wenn du möchtest, dann versuche ich, ein wenig tiefer zu graben.«

Patrick dachte kurz über das Angebot nach. »Warum nicht. Schaden kann es nicht.«

46

»Suche vor allem im Dark Net.«
Patrick Ebel

Irgendetwas stimmte mit dem Türken nicht. Deshalb war Patrick seit zwei Tagen Tarek Özgür auf den Fersen. Dabei veränderte er immer wieder sein Aussehen. Darin war Patrick geübt. Mittlerweile wusste er, wo Özgür lebte und er hatte auch in Erfahrung gebracht, mit welchen Frauen er verkehrte.

Das herauszufinden hatte jedoch auch seinen Preis gehabt.

Nicht mehr als drei Stunden Schlaf pro Nacht und Unmengen an Speisen wegen der vielen Restaurants, die Özgür besuchte.

Und vor zwei Stunden dann der Durchbruch.

Endlich war es Patrick dank einer speziellen Software, die er auf seinem Smartphone hatte, gelungen, das Handy des Türken zu klonen. Von jetzt an würde er jedes Gespräch mithören und jede Sprachnachricht, die versendet oder empfangen wurde, lesen können. Auch auf das Adressbuch und auf sämtliche gespeicherte Nachrichten hatte er Zugriff.

Da er nun auch in der Lage war, Özgürs Handy zu orten, konnte Patrick sich in aller Ruhe in sein Hotelzimmer zurückziehen, um das Smartphone des Türken zu durchforsten.

Mit der linken Hand scrollte er durch die diversen Menüs, mit der rechten Hand machte er sich Notizen.

Plötzlich stutzte er.

Özgür stand im Kontakt zu einer Person aus Deutschland.

Der Mann hieß Hans Joachim Streibel.

Patrick gab den Namen des Mannes in das Eingabefeld einer Online-Suchmaschine ein und erhielt sehr aufschlussreiche Ergebnisse. Streibel war eine ebenso fragwürdige und kriminelle Person wie der Türke.

Er war früher einmal ein angesehener Neurochirurg gewesen, bis man ihm wegen Abrechnungsbetrug die kassenärztliche Zulassung entzogen hatte. Über einen Zeitraum von fünf Jahren hatte Streibel Operationen abgerechnet, die entweder gar nicht erfolgt waren, oder aber längst nicht so aufwendig gewesen waren, wie in den Rechnungen ausgewiesen.

Dadurch hatte er mehr als drei Millionen Euro erschwindelt.

Das Geld war natürlich zum Zeitpunkt seiner Verhaftung verschwunden.

Er gab an, es verspielt zu haben.

Seine Anwälte plädierten auf verminderte Schuldfähigkeit und präsentierten ein psychiatrisches Gutachten, in dem ihrem Mandanten Spielsucht und ein labiles Wesen attestiert wurden.

Er bekam drei Jahre und wurde nach der Hälfte der Zeit auf Bewährung entlassen.

Der Richter war der Meinung, dass das genug Strafe wäre, da er ja auch seine Zulassung verloren hatte.

Das hinderte ihn jedoch nicht daran, weiter Privatpatienten zu behandeln.

Nicht mehr als Chirurg, sondern als Schmerztherapeut.

Schon irre, was alles möglich war.

Streibel und Özgür hatten einen sehr regen Kontakt, wie Ebel feststellte.

Sie hatten sich sogar ein paar Mal getroffen. Ausschließlich in München.

Sehr interessant, dachte Patrick. Die beiden machen Geschäfte miteinander.

Nun musste er nur noch herausfinden, welcher Art diese Geschäfte waren.

Streibel war im Vergleich zum Türken definitiv das schwächere Glied in der Kette.

Zum einen lebte er in Deutschland, zum anderen hatte er mehr zu verlieren als Özgür.

Er war vorbestraft und die Strafermittlungsbehörden wären bei einem weiteren Gesetzesverstoß sicher nicht mehr so milde wie zuvor.

Patrick entschied sich, seinen Aufenthalt in Istanbul zu verkürzen, um nach München zu reisen.

Er wollte sich mit Streibel ein bisschen unterhalten. Aber zuvor wollte er noch mehr über ihn erfahren. Und er wollte versuchen, noch mehr über den Türken in Erfahrung zu bringen.

Für diese Aufgabe kannte er genau den Richtigen.

Er griff zum Handy und wählte.

Der achtundzwanzigjährige Welke war ein Genie, wenn es um Computer ging. Das hatten diverse Großbanken und auch die Verkehrsleitzentrale schmerzhaft erfahren müssen. Wobei er keinen Schaden angerichtet hatte, als er deren Sicherheitssysteme überwand. Er hatte sich nur umgesehen und hier und da in die Ecke gekackt, wie er es formulierte.

»Hallo, Nils, Patrick hier.«

»Hey! Cool, von dir zu hören. Was gibt's?«

»Ich möchte, dass du so viel wie möglich über einen gewissen Tarek Özgür herausfindest.« Patrick buchstabierte den Namen. »Mich interessieren Firmenbeteiligungen, Bankkonten- und Guthaben und zu welchen Leuten er Geschäftsbeziehungen pflegt. Kriegst du das hin?«

Am anderen Ende war ein verhaltenes Lachen zu hören. »Klaro. Und ich nehme an, dass es eilt, oder?«

»Wenn du mir die Infos in den nächsten zwölf Stunden lieferst, gibt es einen Bonus«, sagte Patrick. Dann gab er dem jungen Hacker noch einige weitere Informationen.

»Alles klar. Bis später«, sagte Welke und legte auf.

Einer der Suchbegriffe, die Welke benutzen sollte, um mehr über diesen Özgür herauszufinden, sollte laut Patrick *Gesundheitstourismus* sein.

Welke hatte schon merkwürdigere Wünsche erfüllt.

Dann hatte er noch den Namen einer Firma und eine Bankverbindung von Patrick erhalten.

Hier wollte er anfangen.

Zuerst folgte Welke der Spur des Geldes. Hierfür verwendete er eine von ihm entwickelte Spyware. Es bereitete ihm kaum Schwierigkeiten, den Geldfluss nachzuvollziehen.

Die 10.000 Euro von Kroschke gingen auf das Konto einer Istanbuler Filiale der Vakif-Bank, einer der größten Geldinstitute der Türkei. Kontoinhaber war die *Gülem Im- und Export*, eine Firma, die es laut Patrick überhaupt nicht gab. Kaum war das Geld dem Konto gutgeschrieben worden, war es auch schon wieder weg. Von der Türkei ging es nach Gibraltar. Welke grinste. *War ja klar.*

Ein Konto bei einer Offshore-Bank auf Gibraltar hatte gleich mehrere Vorteile. Unter anderem zinsfreie Erträge und ein funktionierendes Bankengeheimnis. Mittlerweile war es sogar schon möglich, ein solches Konto online zu eröffnen. Es gab ein paar Kriterien, die erfüllt werden mussten – dies galt vor allem bei Firmenkonten – aber auch die stellten keine große Hürde dar. Man wollte schließlich potenziell wohlhabenden Menschen keine Steine in den Weg legen, sondern sie als Kunden gewinnen.

Viele renommierte europäische Banken unterhielten entweder Filialen auf Gibraltar, oder aber sie kooperierten mit dort ansässigen Geldunternehmen.

In diesem speziellen Fall war es ein Konto der dänischen Jyske-Bank.

Auch dieses System knackte er ohne Probleme.

Und es wurde richtig interessant.

Das Guthaben des Kontos betrug knapp zwei Millionen Euro. Nicht schlecht.

Aber richtig aufschlussreich waren die Kontobewegungen, also die Überweisungen und Abbuchungen.

Manchmal waren Menschen einfach nur blöd.

Es gab welche, die überfielen eine Bank und trugen dabei eine Maske. Sie erbeuteten Geld – meist eine kleine Summe – und beim Verlassen der Bank nahmen sie die Maske ab. Obwohl auch draußen Überwachungskameras installiert waren. Oder aber sie benutzten ihren eigenen Wagen als Fluchtauto. Irgendeinen total bescheuerten Fehler machten sie alle.

Das war auch hier der Fall.

Welke schüttelte den Kopf und machte sich Notizen.

47

»Lassen Sie mich raten: Steuerfahndung?«

Joachim Streibel

Patrick war zurück in Berlin und hatte es sich auf seiner Terrasse gemütlich gemacht. Er hatte trotz intensiver Bemühungen keine weiteren Informationen über Streibel gefunden. Er öffnete gerade eine Flasche Bier, als sein Handy klingelte. Es war Welke, der Hacker.

Er nahm das Gespräch an und Welke begann unverzüglich mit einem Redeschwall.

»Manche Leute halten sich für super schlau, machen aber die blödesten Fehler. Was nützt es mir, wenn ich total geheime Offshore-Konten auf Gibraltar eröffne, aber dann Überweisungen an die Klarnamen von Leuten rausschicke. Ist das nicht total bescheuert?«

»Nils …«

Welke hörte nicht auf zu reden.

»Denn wenn man diese Klarnamen hat, dann kann man alles, wirklich *alles* herausfinden, was man will. Natürlich nicht jeder. Man muss schon gewisse Fähigkeiten haben, also hacken können und so …«

»Nils!«

Pause. Dann: »Ja?«

»Nicht so schnell. Und nicht so viel. Sag mir zuerst einmal das Wichtigste.«

»Es ist alles wichtig«, protestierte Welke.

»Ist mir schon klar. Hast du Namen?«

»Jede Menge.«

»Sticht da einer hervor?«

»Häh?«

»Taucht ein Name immer wieder auf?«, versuchte es Patrick anders.

»Äh … ja.«

»Wie lautet der Name?«

»Joachim Streibel.«

»Den Namen habe ich schon einmal gehört.«

»Ein Arzt aus München«, erklärte Welke.

»Erkläre mir jetzt, in welchem Zusammenhang du diesen Namen entdeckt hast.«

Das tat Welke.

Er hatte herausgefunden, dass Tarek Özgür über eine Offshore-Bank auf Gibraltar an verschiedene Personen regelmäßig höhere Summen überwiesen hatte.

Einer dieser Empfänger war Streibel.

Seit ungefähr drei Monaten erhielt er von Özgür monatlich zwischen fünf- und achttausend Euro für Beratertätigkeiten.

Ein sehr stattliches Honorar für Beratungen.

»Eigentlich ist dieser Streibel gar kein Arzt mehr, da man ihm die Zulassung entzogen hat.« Welke erklärte Patrick kurz, warum das geschehen war. Obwohl Patrick diese Details schon kannte, hörte er dem jungen Hacker zu, ohne ihn zu unterbrechen. Immerhin war es möglich, dass der noch weitere Informationen herausgefunden hatte, die ihm bislang nicht bekannt waren.

»Und was macht er stattdessen heute?«, wollte Patrick wissen, obwohl er auch diese Antwort schon kannte.

»Er macht einen auf Schmerztherapeut. Keine Ahnung, was das bedeutet.«

»Das heißt wohl, dass er Menschen, die unter Schmerzen leiden, irgendwie behandelt.«

»Na ja, soweit war ich auch schon.«

Patrick bedankte sich bei Welke und sie beendeten das Gespräch.

Jetzt war es wirklich an der Zeit, diesem Streibel einen Besuch abzustatten.

• • •

Patrick Ebel hielt sich seit zwei Tagen in Ottobrunn, einer Gemeinde etwa zehn Kilometer südöstlich von München gelegen, auf. Hans Joachim Streibel wohnte hier. Er besaß im Zentrum der Kleinstadt ein schmuckes Häuschen, das im Süden an einen kleinen Park grenzte.

Entweder hatte Streibel Urlaub, oder er war krank. Auf jeden Fall hatte er seit zwei Tagen das Haus nicht mehr verlassen. Das letzte Mal hatte Ebel ihn am Vormittag seiner Ankunft in Ottobrunn gesehen. Da war Streibel mit seinem Wagen, einem nagelneuen Jaguar, zu einem sechshundert Meter entfernten Bäcker gefahren, um Brötchen zu kaufen. Danach hatte er gewendet, war zurück zum Haus gefahren und war seitdem nicht wieder rausgekommen.

Patrick beschloss, die Warterei einzustellen. Er verließ seinen Wagen, öffnete das kleine, schmiedeeiserne Tor und ging zur Eingangstür. Dann klingelte er. Es dauerte nicht lange, bis die Tür geöffnet wurde.

»Hab' mich schon gefragt, wann Sie endlich aussteigen und hier auftauchen«, sagte Streibel nicht unfreundlich. Er besaß ein offenes, sympathisches Gesicht, hatte graugrüne Augen, die Patrick durch eine Brille neugierig anblickten. Seine Haare waren hellbraun und kurz. Streibel trug eine Jeans und ein Poloshirt. »Lassen Sie mich raten: Steuerfahndung?«

»Nicht wirklich«, sagte Ebel. »Darf ich reinkommen?«

Streibel machte den Eingang frei. »Bitte. Und wenn Sie nicht vom Finanzamt kommen, kriegen Sie vielleicht sogar einen Kaffee.«

Ebel folgte ihm durch einen mit Naturstein gefliesten Flur ins helle, freundlich eingerichtete Wohnzimmer. Streibel machte eine einladende Geste. »Nehmen Sie Platz und verraten Sie mir, was Sie wollen.«

Er setzte sich in einen beigefarbenen Ledersessel und schlug die Beine übereinander.

»Ich wüsste gerne, in was für einem Verhältnis Sie zu Tarek Özgür stehen.«

Streibel zuckte kaum sichtbar zusammen, fing sich aber schnell wieder. »Vielleicht fangen wir damit an, wer Sie eigentlich sind.«

»Mein Name ist Patrick Ebel. Ich bin derjenige, der Ihnen entweder den Arsch rettet oder dafür sorgt, dass sich bestimmte Personen bei der Staatsanwaltschaft und der Kripo wieder eingehend mit Ihnen beschäftigen.«

»Wow, Sie verlieren wirklich keine Zeit, oder? Fangen gleich mit Drohungen an.«

»Ich verliere keine Zeit, da haben Sie recht. Wozu auch?

Sie stehen in direktem und, wenn ich das so sagen darf, intensiven Kontakt zu Özgür. Sie schreiben sich SMS und Sie telefonieren sehr häufig. Ich wüsste also gerne, welche Geschäfte Sie mit ihm machen.«

»Und ich wüsste gerne, was Sie das angeht.«

»Ich unterstütze einen Freund bei seinen Ermittlungen. Es geht dabei um einen fünffachen Mord.«

Jetzt zuckte Streibel sichtlich zusammen. »Mord?«, fragte er entsetzt nach.

»Ja.«

»Und was habe ich damit zu tun?«

»Der Mann, der diese Morde begangen hat, ist offensichtlich ein Kunde von Tarek Özgür. Er hat ihm, beziehungsweise seiner Firma, zwei Wochen vor der Tat zehntausend Euro gezahlt.«

»Özgür macht mit vielen Menschen Geschäfte unterschiedlichster Art. Was hat das alles mit mir zu tun?«

Ebel nickte, als hätte Streibel etwas unendlich Weises gesagt. »Deshalb fragte ich Sie ja nach Ihren Verbindungen zu ihm. Ich möchte einfach wissen, ob ich Sie als Mit-Tatverdächtigen ausschließen kann, oder nicht.«

»Sie klingen, als wären Sie ein Polizist. Sind Sie aber nicht, oder? Also, wenn Sie keinen Dienstausweis haben, auf dem ein Bundesadler gedruckt wurde, sollten Sie besser gehen.«

»Einen solchen Ausweis habe ich in der Tat nicht. Und darüber sollten Sie erleichtert sein.« Ebel beugte sich vor. »Schauen Sie, es gibt genau zwei Möglichkeiten, wie das hier endet. Entweder, Sie sagen mir, was ich wissen möchte, oder aber ich verständige meine Kontakte bei den Behörden. Inklusive der Steuerfahndung. Bitte glauben Sie keine Sekunde, dass ich bluffe. Das tue ich niemals.«

Streibel stand auf. »Ich denke, es ist besser, wenn Sie gehen.«

»Und ich denke, es ist besser, wenn Sie sich wieder setzen.« Ebel holte sein Handy aus der Tasche und wählte eine Nummer. Sobald das Gespräch am anderen Ende angenommen wurde, aktivierte er den Lautsprecher.

»Bundesinnenministerium, Kretschmer, was kann ich für Sie tun?«

»Mein Name ist Patrick Ebel, meine Identifikationsnummer lautet X1304. Den Innenminister, bitte.«

Im Hintergrund hörte man eine Tastatur klappern. »Einen Moment, Herr Ebel, ich verbinde Sie mit dem Minister.«

Streibel bekam große Augen.

»Patrick«, kam die Stimme von Schranz aus dem Lautsprecher. »Was kann ich für Sie tun?«

Ebel blickte zu Streibel, der ihm signalisierte, das Gespräch abzubrechen.

»Ich sitze hier bei jemanden, der für meinen aktuellen Fall über wichtige Informationen verfügt. Er will nicht reden und hat mir geraten zu gehen, da ich nicht in offizieller Funktion bei ihm bin. Es wäre hilfreich, wenn Sie ihm sagen könnten, dass ich durchaus über Verbindungen verfüge, die ihm, zumal vorbestraft, das Leben schwer machen können.«

Schranz räusperte sich. »Sie haben den Lautsprecher aktiviert und dieser Jemand kann mithören, richtig?«

»Richtig.«

»Wie heißt diese Person?«

»Joachim Streibel.«

»Hören Sie mir gut zu, Herr Streibel. Der Mann, der da bei Ihnen sitzt, genießt einen Sonderstatus. Er bekommt vom Innenministerium und vom Amt für Innere Sicherheit jede Unterstützung, die er braucht. Kooperieren Sie besser mit ihm, haben Sie verstanden?«

Streibel beugte sich vor. »Ja.«

»Gut. Patrick, halten Sie mich auf dem Laufenden.«

Die Verbindung wurde unterbrochen.

Streibel starrte ihn fassungslos an. »Wer sind Sie?«

»Jemand, der Ihnen gehörig Ärger machen kann. Ich hoffe, Sie glauben mir das jetzt.«

»Was genau wollen Sie wissen?«

»Alles, was mit Özgür zu tun hat.«

Streibel begann zu erzählen. »Ich halte Vorträge in Schmerztherapie-Gruppen im gesamten Bundesgebiet. Mein Schwerpunkt sind Migräne-Patienten.«

»Haben Sie etwas Strafbares getan?«

»Nein. Ich habe lediglich Namen von geeigneten Schmerzpatienten an eine Kontaktperson weitergegeben. Natürlich mit deren Einverständnis.«

»Wie lief das ab? Haben Sie jemanden persönlich getroffen?«

Streibel schüttelte den Kopf. »Das läuft alles übers Telefon.«

»Wussten Sie, dass die Behandlung Nebenwirkungen hat?«

Das war ein Schuss ins Blaue. Aber vielleicht brachte es ja etwas.

»Ich weiß gar nichts über deren Behandlungsmethode.«

»Sie müssen mich zu Özgür bringen«, forderte Patrick.

Streibel schüttelte den Kopf. »Das würde nichts bringen, da auch er nur ein Vermittler ist. Wenn Sie das alles stoppen wollen, muss ich dafür sorgen, dass Sie an den Professor rankommen.«

48

»Sie sind wohlhabend. Aber ich mache Sie reich.«
Professor Costello

Es war schon etwas ungewöhnlich, dass Tarek Özgür längere Zeit nichts von Joachim Streibel hörte. Der Doktor war zwar ein eher introvertierter Typ und wenn er sich meldete, dann nur, weil es etwas zu berichten gab. Smalltalk war nicht sein Ding. Dennoch telefonierten sie mindestens zwei Mal pro Woche.

Das letzte Gespräch mit ihm war jetzt fast genau eine Woche her.

Deshalb machte sich Özgür allmählich auch Sorgen.

Die nächste Lieferung von Namen und Adressen erwartete er in ein paar Tagen von ihm und normalerweise war es abgesprochen, dass Streibel ihm einen Zwischenbericht gab.

Das war eine der Regeln, die Professor Costello aufgestellt hatte.

Diese, und noch ein paar mehr.

Alle zwei Wochen mindestens zehn, aber nicht mehr als fünfzehn Kandidaten pro Land.

Eine weitere, ebenso wichtige Regel lautete:

Nicht mehr als fünf Behandlungen pro Tag.

Daran hatten sie sich zu halten und das taten sie auch.

Warum das so war, wussten sie nicht.

Mit dem Professor legte man sich besser nicht an.

Mit seinem Partner auch nicht.

Niemand kannte dessen Namen, alle nannten ihn nur den Mechaniker.

Costello und der Mechaniker hatten diese spezielle Behandlung gemeinsam entwickelt.

Özgür hatte den Professor vor etwas mehr als einem Jahr

auf einem Kongress in Dubai kennengelernt. Er war damals die unumstrittene Nummer eins des Gesundheitstourismus gewesen.

Vor allem seine wohlhabenden Kunden aus den Golfstaaten hatten dafür gesorgt, dass Özgür ohne Ende Geld scheffelte. Exzellenter Service und absolute Vertraulichkeit waren seine Markenzeichen. Und das sprach sich herum. Die Kliniken, die zu seinem Netzwerk gehörten, waren die besten, die es gab.

Und Geld spielte bei seinen Klienten keine Rolle.

Özgür erhielt von den Einrichtungen pro vermittelten Patienten ein Honorar in Höhe von fünftausend Euro. In guten Monaten verdiente er einhunderttausend Euro.

Nicht schlecht für jemanden, der aus ärmlichen Verhältnissen kam, kaum Schulbildung besaß und schon sehr früh damit beginnen musste, zu arbeiten. Da Tarek Özgürs Eltern mehr mit sich selbst beschäftigt waren, bekamen sie nicht mit, dass ihr Sohn auf die schiefe Bahn geraten war. Sie interessierten sich nur für das Geld, dass er nach Hause gebracht hatte. Woher es kam, danach fragten sie nicht.

Özgür war zwölf, als er anfing, für eine stadtbekannte Größe im Drogengeschäft als Kurier zu arbeiten. Er war klein und schmächtig, niemand vermutete, dass er mit dem Fahrrad für den größten Dealer der Stadt Drogenpäckchen von einer Stelle zur anderen transportierte.

Mit sechzehn fing er an, selber zu dealen.

Mit achtzehn kam er zum ersten Mal ins Gefängnis.

Ein Jahr später wurde er wieder entlassen und wechselte von Drogen zu Frauen. Später dann zu Waffen.

Angeklagt wurde er immer wieder, aber man konnte ihm nichts nachweisen.

Tarek Özgür hatte dazugelernt.

Als Özgür Mitte dreißig war, wurde er Vater und beschloss, das illegale Leben abzuhaken und ab sofort nur noch ehrlicher Arbeit nachzugehen. Seine Frau hatte ihn vor die Wahl gestellt.

Er hatte sehr gute Kontakte und ein Bekannter aus den Vereinigten Arabischen Emiraten sagte ihm eines Tages, dass es hilfreich wäre, gäbe es jemanden, der den Scheichs die richtigen Ärzte und Kliniken in Europa empfehlen könnte. Özgür gefiel die Idee, sich um diese Dinge zu kümmern, sie zu organisieren, und gründete eine Firma.

So stieg er in das Geschäft des Gesundheitstourismus ein.

Dann lernte er Professor Costello kennen.

Der lud ihn zu einem Abendessen ein und erzählte ihm eine Geschichte.

Darin ging es um eine wunderschöne junge Frau, die alles hatte, was man sich nur vorstellen konnte. Geld, einen wohlhabenden Mann, gesunde Kinder.

Aber sie litt unter einer unheilbaren Krankheit.

Diese Krankheit würde sie nicht umbringen, obwohl sie sich bei besonders schweren Anfällen den Tod des Öfteren wünschte. Ihr Leiden verursachte unvorstellbare Qualen.

»Was meinen Sie«, hatte Costello ihn gefragt. »Wäre ihr Mann bereit gewesen, einhunderttausend Euro für eine Behandlung zu zahlen, die seine Frau geheilt hätte?«

»Auf jeden Fall«, hatte Özgür geantwortet.

Costello hatte lächelnd genickt. »Und nun stellen Sie sich vor, es gäbe Millionen Menschen in Europa, die genau unter dieser furchtbaren Krankheit leiden. Und niemand kann ihnen helfen. Die einzige Linderung, die es gibt, sind starke Schmerzmittel. Niemand kann etwas gegen dieses Leiden tun. Etwas Endgültiges. Und stellen Sie sich weiter vor, es gäbe plötzlich jemanden, der nicht von Linderung der Schmerzen, sondern von Heilung der Krankheit spricht; was glauben Sie, lieber Herr Özgür, wären diese Menschen bereit, dafür zehntausend Euro zu zahlen?«

»Ganz bestimmt«, rief Özgür vollkommen fasziniert aus.

Das Lächeln des Professors wurde breiter.

»Ich habe das Produkt, das diese Krankheit heilen kann.«

Özgürs Augen glänzten vor lauter Gier.

Costello entging das nicht. »Sie sind ein wohlhabender Mann, das weiß ich«, sagte er leise. »Aber ich bitte Sie, jetzt an diese Millionen von Menschen zu denken, die unsere Hilfe benötigen. Das Potenzial ist schier unerschöpflich. Es ist so enorm groß, dass wir in den nächsten zehn Jahren pro Tag fünf Menschen heilen könnten. Und ihr Anteil pro Patient läge bei eintausendfünfhundert Euro.«

Özgür überschlug die Zahlen im Kopf und kam auf ein monatliches Einkommen von zweihundertfünfundzwanzigtausend Euro. Er grinste breit.

»Sie sind wohlhabend. Aber ich mache Sie reich«, hatte Costello gesagt. Es klang wie ein Versprechen.

»Was muss ich tun?«, wollte er vom Professor wissen.

Der erklärte es ihm.

»Das ist überhaupt kein Problem«, sagte Özgür und war erstaunt, wie leicht er dieses Geld verdienen könnte. Das erforderliche Netzwerk hatte er ja schon. Genau deshalb hatte Costello ihn auch angesprochen.

Özgür beugte sich verschwörerisch vor.

»Um was für eine Krankheit handelt es sich?«

»Migräne, mein Freund. Ganz simple Migräne.«

Das war jetzt fast ein Jahr her. Özgür war anfangs enttäuscht, dass es nicht sofort hatte beginnen können. Aber Costello hatte ihm erklärt, dass es noch ein wenig Vorbereitung bedurfte.

Dann, vor drei Monaten erhielt Özgür das Startzeichen.

Sie konnten damit anfangen, die ersten Patienten zu suchen.

In Deutschland übernahm das der Schmerztherapeut Streibel.

Der erhielt für jeden vermittelten Patient immerhin noch achthundert Euro, was ihm ein monatliches Einkommen von rund vierzigtausend Euro bescherte.

Alle verdienten gutes Geld.

Jeder war zufrieden.

Aber jetzt war Streibel verschwunden und er fing an, sich ernsthaft Sorgen zu machen.

49

»Das gefällt mir nicht.«
Patrick Ebel

»Ich habe mir schon Sorgen gemacht«, sagte Tarek Özgür, als Streibel ihn anrief.

»Ich hatte jede Menge zu tun, sorry. Aber dafür habe ich neue Kunden für den Professor.«

Patrick saß neben Streibel und hörte jedes Wort mit.

Ihm war bewusst, dass es durchaus immer noch möglich war, dass Streibel ihn hinters Licht zu führen versuchte. Es konnte sein, dass Özgür und Streibel eine Art Codewort für den Fall vereinbar hatten, das einer von ihnen in Gefahr war. Streibel hatte dies vehement bestritten und darauf hingewiesen, dass er aus der ganzen Sache unbescholten rauskommen wollte und deshalb absolut zur Kooperation bereit sei.

Schließlich entschied Patrick, dass er es riskieren würde.

»Das ist gut. Schick mir die Daten rüber«, forderte der Türke Streibel nun auf.

»Nein.«

Es entstand eine kurze Pause.

»Was?«

»Ich sagte nein. Es gab hier in Deutschland Todesfälle. Sehr spektakuläre Todesfälle. Und darin waren mehrere der Patienten verstrickt, die ich euch vermittelt habe. Von Mord war bei unserem Deal nie die Rede.«

»Was soll das Gequatsche von Mord? Wer hat wen ermordet?«

Streibel erklärte Özgür, was genau er meinte.

»Und du glaubst, das waren wir?«, fragte Özgür erstaunt.

»Zumindest sehe ich einen Zusammenhang zwischen den Behandlungen und den Morden.«

»Du hast eine blühende Fantasie, mein Freund.«

»Es ist mir vollkommen gleichgültig, ob du dir das vorstellen kannst, oder nicht. Mir reicht es vollkommen, dass *ich* es kann. Und deshalb werde ich nichts mehr für euch tun. Und zwar solange, bis ich den Professor persönlich getroffen habe und er mir erklärt, was genau er mit den Patienten anstellt.«

»Das ist aber nicht Bestandteil unserer Vereinbarung.«

»Dann wird es das jetzt. Andernfalls kannst du unseren Deal vergessen.«

»Der Professor wird darüber nicht erfreut sein«, warnte Özgür.

»Und was glaubst du habe ich gedacht, als ich die Zeitungsberichte über die Morde meiner Patienten gelesen habe? Denkst du, ich fand das lustig?«

Patrick machte eine Geste, die bedeuten sollte, dass Streibel ein wenig vom Gaspedal gehen sollte.

»Okay, beruhige dich«, sagte Özgür.

Patrick nickte zustimmend.

»Ich werde mit ihm reden und dich zurückrufen.«

»Gut. Aber mach schnell.«

Sie beendeten das Gespräch und Streibel atmete erleichtert aus.

»Ich hoffe, Sie waren nicht zu forsch«, meinte Patrick.

Streibel warf ihm einen wütenden Blick zu. »Ob Sie es glauben, oder nicht: Ich bin immer noch Arzt. Und dementsprechend fühle ich mich meinen Patienten gegenüber verantwortlich. Wenn die Behandlung des Professors tatsächlich schuld an diesen grauenhaften Taten ist, dann war ich noch sehr zurückhaltend.«

Zwei Stunden später rief der Özgür zurück.

»Okay, der Professor ist bereit, sich mit dir persönlich zu treffen, um alle Unstimmigkeiten aus der Welt zu räumen.«

»Sehr gut. Wann und wo?«

»Übermorgen um vierzehn Uhr in Istanbul. Den genauen Treffpunkt teilen wir dir mit, wenn du gelandet bist.«

»Ich werde anrufen, sobald ich angekommen bin.«

Sie beendeten das Gespräch.

»Das gefällt mir nicht«, sagte Patrick nachdenklich.

»Warum?«, wollte Streibel wissen. »Wir haben alles erreicht, was wir wollten.«

»Mir gefällt es nicht, dass der Treffpunkt nicht direkt vereinbart worden ist.«

Streibel sah Patrick unsicher an. »Was soll das bedeuten?«

»Das bedeutet, dass sie es für möglich halten, dass Sie denen eine Falle stellen.«

50

»Auf jeden Fall würde ich aussteigen.«
Joachim Streibel

Patrick und Streibel flogen im selben Flugzeug von München nach Istanbul. Als sie gelandet waren, begaben sich beide zum Ausgang. Bevor sie das Terminal betraten, gingen sie getrennt voneinander auf die Toilette, wo Patrick dem Doktor einen Kugelschreiber überreichte. Dieser war sowohl Peilsender als auch Mikrofon.

Streibel verließ als erster den Waschraum und wählte Özgürs Handynummer.

Der nahm das Gespräch sofort an.

»Ich bin jetzt im Terminal«, informierte Streibel Özgür.

»Gut, nimm ein Taxi und lass dich zum Hotel *Four Seasons Sultanahmet* bringen. Er reicht, wenn du dem Taxifahrer den Namen des Hotels nennst. Das kennt jeder. Dort haben wir für dich eine Suite gebucht. Der Professor erwartet dich.«

Streibel, der wusste, dass Ebel jedes Wort mithörte, fragte: »Ist die Suite auf meinen Namen gebucht?«

»Ja.«

»Alles klar. Ich fahre gleich los.«

Das Taxi benötigte für die zwanzig Kilometer fast eine Stunde, da auch jetzt, am Nachmittag, in Istanbul die Straßen voll waren. Die Luft war stickig und heiß.

Während der Fahrt zum Hotel rief Patrick Eichborn an und gab ihm ein Update.

Streibel und er erreichten fast zeitgleich das Hotel.

Patrick ließ sich mit der Bezahlung des Taxis genügend Zeit, sodass Streibel alleine die Lobby des Hotels betreten konnte. Der ging sofort zum Empfang, stellte sich vor und erhielt prompt die Zimmerkarte. Kurz bevor er den Lift betrat, tauchte Patrick am Eingang auf.

Die Tür des Aufzuges schloss sich und Streibel fuhr hinauf in den vierten Stock.

Patrick bestellte sich einen türkischen Mokka und nahm in einer der Sitzgruppen in der Lobby Platz.

In seinem rechten Ohr steckte ein kleiner Lautsprecher, der ihm alles übertragen würde, was das Mikrofon des Kugelschreibers übertrug.

Streibel verließ den Aufzug und wandte sich nach links. Wenig später stand er vor der Tür der Suite. Er schob die Karte in den dafür vorgesehenen Schlitz und mit einem leisen Surren wechselte das kleine Lämpchen von Rot auf Grün.

»Die Safran-Suite«, flüsterte er leise in der Hoffnung, Patrick würde ihn verstehen.

Streibel öffnete die Tür und betrat einen kleinen Flur. Von dort ging er direkt in den Wohnbereich, der eine große Fensterfront besaß, die Zugang zur gewaltigen Terrasse bot. Die Möbel waren für seinen Geschmack zu bieder und erinnerten ihn an alte englische Filme.

Auf einem der Sofas saß ein Mann. Als er Streibel sah, stand er auf und ging auf ihn zu.

Streibel schätzte ihn auf Ende vierzig, Anfang fünfzig. Der Mann war groß und schlank, hatte kurzes, dunkles Haar und er trug einen modischen, dunklen Anzug. Das Gesicht war nichtssagend, die Augen ausdruckslos. Wenn er ehrlich war, dann war Streibel enttäuscht.

Er hatte sich den ominösen Professor anders vorgestellt.

Der Mann reichte ihm zur Begrüßung die Hand. »Costello, schön, Sie endlich einmal persönlich kennenzulernen.« Die Stimme Costellos war klar, der Akzent unüberhörbar, aber für Streibel nicht einzuordnen.

Streibel ergriff die Hand und beide nahmen sich gegenüber Platz.

Costello bot Streibel etwas zu trinken an, was dieser ablehnte.

»Also«, begann der Professor. »Was haben Sie auf dem Herzen?«

»Es gab in Deutschland mehrere Todesfälle. Mehrere Morde, um genau zu sein. Die Täter hatten alle eines gemeinsam: Sie waren Patienten von Ihnen, die wegen Migräne von Ihnen behandelt worden sind.«

Die Augenbrauen Costellos zogen sich zusammen. »Sind Sie sicher?«

»Ja. Absolut.«

»Und woher haben Sie diese Informationen?«

Auf diese Frage war er von Patrick vorbereitet worden. »Die Fälle waren mehr als spektakulär und gingen durch die Medien. Es wundert mich, dass Sie davon nichts mitbekommen haben. Auch die Namen der Täter wurden nach einiger Zeit publik gemacht. Daher habe ich den Zusammenhang hergestellt.«

Costello nickte nachdenklich. »Haben Sie mit irgendjemandem darüber gesprochen?«

»Nur mit Tarek Özgür.«

»Sehr gut. Und was genau möchten Sie nun wissen?«

»Ich möchte wissen, welche Art von Behandlung Sie durchführen. Ich möchte wissen, ob eben diese Behandlung zu den fürchterlichen Taten geführt hat.«

»Ich verstehe. Nehmen wir einmal an, dem ist so; was würden Sie dann unternehmen?«

Auf diese Frage war er nicht vorbereitet worden.

Er zuckte mit den Schultern. »Ich weiß es nicht. Auf jeden Fall würde ich aussteigen.«

»Ah ja, natürlich ziehen Sie das in Erwägung. Selbstverständlich nur, wenn unsere Behandlung im kausalen Zusammenhang mit den von ihnen beschriebenen Vorfällen steht.«

»So ist es«, bestätigte Streibel. »Würden Sie mir bitte Einzelheiten bezüglich Ihrer Vorgehensweise geben?«

»Die Behandlung ist eher experimenteller Art und Details darf ich Ihnen nicht geben. Allerdings kann ich Sie beruhigen: Unsere Methode birgt keinerlei Risiken für die Patienten.«

»Ich verstehe. Sie sagten gerade, dass die Methode eher experimenteller Art ist. Darüber hinaus finden die Behandlungen in der Türkei statt, einem Nicht-EU-Staat. Das wiederum bedeutete wohl, dass es sich um eine nicht zugelassene Behandlung handelt. Die Menschen, die ich Ihnen vermittle, sind also mehr oder weniger Testpersonen. Da wäre es doch sicher angebrachter, von Probanden zu sprechen, nicht von Patienten, finden Sie nicht?«

»Wenn Sie meinen ...«

»Ist Valproinsäure Bestandteil ihrer Methode? Oder arbeiten Sie noch mit Triptanen?«

Costello wirkte auf einmal verärgert. »Wie ich bereits sagte ...«

»Sind Sie überhaupt Arzt?«, unterbrach Streibel ihn.

»Erlauben Sie mal ...«

»Sie sind gar nicht Professor Costello, oder?«

• • •

Ebel, der im Erdgeschoss des Hotels das Gespräch mithörte, erhob sich. Irgendetwas ging vier Stockwerke über ihm gerade gehörig daneben. Er ging mit schnellen Schritten zum Aufzug, um in den vierten Stock zu fahren, als er feststellte, dass er ohne Zimmerkarte den Lift gar nicht benutzen konnte. Ebel fluchte und suchte das Treppenhaus. Er öffnete die Tür und lief die Treppen hinauf in die oberste Etage.

Plötzlich blieb er abrupt stehen.

Aus dem Lautsprechen in seinem Ohr kamen Schreie und ein Glas schien zu zerbrechen.

»Was soll das?«, schrie Streibel.

»Sie sind zu einem Risiko geworden«, hörte Ebel den Mann sagen, von dem sie dachten, es wäre Costello.

Dann hörte Ebel einen gedämpften Knall und unmittelbar darauf glaubte er zu hören, wie ein Körper zu Boden fiel. Ihm war klar, was das zu bedeuten hatte. Er kehrte zurück in die Lobby und wartete.

Ebel machte von allen Männern, die das Hotel verließen, unauffällig Fotos mit seinem Handy.

Natürlich war es genauso gut möglich, dass der Mann, der Streibel umgebracht hatte, direkt vom vierten Stock hinunter in die Tiefgarage gefahren war. Aber es war immer noch besser, die Aufnahmen zu machen, als das Hotel zu verlassen.

Dann rief er Helen an und informierte sie über den katastrophalen Ausgang ihres Plans.

»Bist du sicher, dass Streibel tot ist?«

»Absolut sicher. Aber nachsehen kann ich nicht, da ich keinen Schlüssel habe.«

»Was schlägst du vor?«

»Ich werde anonym die Rezeption anrufen und sagen, dass ich aus der Safran Suite Schreie, Kampfgeräusche und Schüsse gehört habe. Dann werden die jemanden hochschicken. Wenn später Polizei und Notarzt kommen, wissen wir, dass meine Vermutung richtig war.«

»Mach das. Aber dann hau' ab. Komm zurück.«

Patrick versicherte ihr, dass er genau das vorhatte. Dann ging er auf die Toilette, griff sich eines seiner Prepaid-Handys, rief die Rezeption an und erzählte mit ängstlicher Stimme seine Geschichte. Als er aufgelegt hatte, nahm er die Sim-Karte aus dem Handy und spülte sie in einer Toilette hinunter.

Dann begab er sich wieder auf seinen alten Platz in der Lobby und wartete.

Es dauerte nicht lange, und ein Mitarbeiter des Hotels verließ aufgeregt den Fahrstuhl, lief zum Concierge und redete schnell auf ihn ein. Beide verschwanden sie daraufhin in einem Büro hinter dem Empfang. Keine zehn Minuten später tauchten Polizisten in der Lobby auf.

Wenig später erreichte der Notarzt das Hotel.

Ebel stand auf, nahm sich ein Taxi und fuhr direkt zum Flughafen.

51

»Die idealen Kunden für eine neuartige Droge.«
Günter Maria Helmes

Es war ein Samstagnachmittag Anfang Juli, als wir das erste Mal seit längerem wieder komplett in einem Meeting saßen. Meine Wenigkeit, Helen, Patrick und Helmes. Der wirkte irgendwie aufgeregt, unruhig. Aber eigentlich verhielt er sich ja immer, als hätte ihm jemand ein Stromkabel rektal eingeführt.

Patrick gab uns eine ausführliche Zusammenfassung der Ereignisse der letzten zwei Wochen.

Und die hatten es in sich.

Vor allem, als er von der Ermordung Streibels in Istanbul berichtete, wurden wir etwas unruhig.

Helmes fing an zu zappeln. Ein untrügliches Zeichen dafür, dass er gleich etwas sagen würde.

Er warf mir einen gehetzten Blick zu und ich nickte ihm zustimmend zu.

Er stand so ruckartig auf, dass sein Freischwinger beinahe umgekippt wäre. »Ichhabdaetwasvorbereitet«, sprudelte es aus ihm heraus.

»Wie bitte?« Helen sah in fragend an.

»Ich glaube, er hat gesagt, dass er etwas vorbereitet hat«, sprang ich Helen zur Seite.

»Ja, das habe ich«, rief er schrill.

Helmes merkte selbst, dass er Gefahr lief zu überdrehen. Er holte tief Luft und ging dann nach vorn zum Beamer. Er schaltete ihn ein und widmete sich anschließend dem Laptop. Zuerst erschien das Logo des Herstellers auf der Leinwand, wenig später wurde eine Aufstellung sichtbar.

Helmes drehte sich zu uns herum. »Ich habe die Vorfälle der letzten Wochen, auch die aktuellen, eingehend analysiert, und bin zu folgendem Ergebnis gekommen.« Helmes drehte sich zur Leinwand herum, bemerkte seinen Fehler und sah uns wieder an. »Es gibt hier zwei verschiedene Gruppen von Tätern, die allerdings genau genommen ebenfalls Opfer waren. Widmen wir uns zunächst der ersten Gruppe. Die habe ich passenderweise Yuppie-Gruppe genannt.« Er sah grinsend in die Runde. Als er merkte, dass wir auf eine Fortsetzung warteten und keiner von uns sein Grinsen erwiderte, machte er weiter.

»Sie besteht aus jungen Männern oder Frauen aus der Oberschicht. Reich, verwöhnt, gelangweilt. Die idealen Kunden für eine neuartige Droge.«

Wir alle hingen an seinen Lippen.

Name	Ort	Tat	Datum	Tote	Droge	Art
Henrik Küster	Hamburg	Mord	21.06.	4	ja	unbekannt
Sören Matthies	Berlin	Mord	21.06	3	ja	unbekannt
Marc Seiler	Berlin	Mord	21.06	3	ja	unbekannt
Markus Schulz	Berlin	Mord	21.06	2	ja	unbekannt

Gunnar Weiler	Köln	Mord	20.06	4	ja	unbekannt
Rolf Gräber	Berlin	Mord	20.06	6	ja	unbekannt
Carsten Beck	Hamburg	Mord	20.06	6	ja	unbekannt
Dominik Winzer	Stuttgart	Mord	23.06	4	ja	unbekannt

Helmes räusperte sich und er blickte kurz zur Leinwand. Dann sah er uns wieder an. »Kommen wir nun zur zweiten Gruppe. Sie trägt den Namen »Migräne«. Hier haben wir es mit Personen beiderlei Geschlechts und unterschiedlichen Alters zu tun. Was sie alle gemeinsam haben, ist, dass sie unter starker Migräne litten und Selbsthilfegruppen besuchten. SH steht für diese Gruppen.«

Name	**Ort**	**Tat**	**Datum**	**Tote**	**Migräne SH**
Paul Kroschke	Hamburg	Mord	19.06	6	ja
Norbert Seelig	Hamburg	Mord	22.06	3	ja
Carmen Ahrens	Bayern	Mord	24.06	4	ja
Michael König	Köln	Mord	24.06	4	ja
Sylvia Carlsen	Schongau	Mord	25.06	4	ja
Vivien Schneider	Hannover	Mord	25.06	3	ja
Maik Kruse	Dortmund	Mord	27.06	1	ja

»Wir wissen durch die Gespräche mit den Angehörigen der Täter, dass sie alle Teilnehmer eines Schmerztherapie-Seminares von Hans Joachim Streibel waren. Dieser hat sie später weitervermittelt an Tarek Özgür.«

Patrick sah alle der Reihe nach an. »Von diesem Özgür wissen wir, dass er mit einem gewissen Professor Costello zusammenarbeitet. Özgür und Costello haben den Patienten der Schmerztherapie ein neuartiges Präparat verkauft. Die chemische Zusammensetzung dieses Medikaments zeigt frappierende Ähnlichkeit mit der Droge, die die Personen der Yuppie-Gruppe eingenommen haben. Das Medikament hat zusätzlich noch ein paar pflanzliche Substanzen, die jedoch medizinisch unwirksam sind. Entweder verkauft hier jemand eine Arznei, die nicht funktioniert, nebenbei auch als Droge, oder jemand hat eine Droge modifiziert und verkauft sie nebenher als Mittel gegen Migräne.«

»Oder aber es handelt sich nicht um ein und dieselbe Person«, warf ich ein.

»Äh ...ja. Das ist auch möglich. Aber wenig wahrscheinlich.«

»Warum?«, wollte ich wissen.

»Weil, wenn es sich um zwei unterschiedliche Personen oder Organisationen handelt, sie annährend dasselbe Produkt zeitgleich entwickelt haben müssten. Und das halte ich für ausgeschlossen.«

»Das war es auch nicht, was ich meinte«, sagte ich und lächelte dabei. Helen hatte mir dazu geraten, öfters zu lächeln. Sie meinte, das würde meinen Worten ein bisschen an Schärfe nehmen.

»Okay ... was meintest du dann?«

»Stellen wir uns vor, jemand entwickelt diese Arznei – wenn wir diesen Höllencocktail wirklich so nennen wollen – und vertreibt sie über bestimmte Kanäle. Einer dieser Kanäle denkt sich: *Hey, daraus kann ich auch eine super Droge machen*. Er bastelt daran herum und vertickt das Zeug übers Internet. Derjenige, der die Arznei entwickelt hat, muss nicht zwangsläufig davon erfahren haben.«

Helmes nickte zustimmend. »Das ist natürlich möglich. Vielleicht sogar wahrscheinlich.«

»Also stimmt es tatsächlich; die Täter sind in Wahrheit Opfer«, sagte Helen leise.

»Wie sehen unsere nächsten Schritte aus?«, fragte ich.

Patrick und Helen wechselten einen kurzen Blick.

Patrick räusperte sich dezent. »Wir haben den Plan, jemanden als Migräne-Patienten einzuschleusen.«

Ich schüttelte den Kopf. »Zu gefährlich. Darüber hinaus könnte ich mir vorstellen, dass es einfach zu viele dieser Selbsthilfegruppen gibt. Wir wüssten ja noch nicht einmal, welche für uns relevant wäre. Darüber hinaus; was, wenn es uns gelingen sollte, die richtige Gruppe zu finden? Wie soll es dann weitergehen – wir schleusen da jemanden rein und der oder diejenige macht dann was? Wir dürfen nicht außer Acht lassen, dass Streibel einfach so ausgeschaltet worden ist. Die gehen buchstäblich über Leichen. Ich rate dringend davon ab, diesen Plan umzusetzen.«

»Da wäre noch etwas«, sagte Helmes leise. »Ihr stellt zwar die richtigen Fragen und zieht die korrekten Schlüsse, aber eine entscheidende Frage hat hier noch niemand gestellt.«

Alle Blicke richteten sich auf Helmes, was ihm sichtlich unangenehm war. Er wurde knallrot im Gesicht.

»Welche Frage wäre das?«, wollte Patrick wissen.

»Die nach dem *Warum*. Warum tut jemand das? Welches Ziel verfolgt er damit? Ich meine, eine Droge auf den Markt zu schmeißen, die innerhalb kürzester Zeit zu einem Amoklauf und zum Tod führt, ist sicher keine so geniale Geschäftsidee. Und ein Medikament anzubieten, das dieselben Folgen hat, dürfte auch nur ein kurzes Dasein haben. Und es wäre ein Desaster für die Pharmafirma, die es vertreibt. Also nochmal: Warum das Ganze?«

Deshalb liebte ich diesen kleinen Kerl so. Er dachte an Dinge, die andere aus den Augen verlor.

»Günter hat recht«, sagte ich. »Wir müssten mit den uns bislang bekannten Fakten nur an die Öffentlichkeit gehen, und die können den Laden zumachen. Also dürfte klar sein, dass es nicht deren Ziel ist, langfristig mit den Pillen Geschäft zu machen. Selbst wenn wir unsere Informationen nicht an die Presse weitergeben, werden sich die Nebenwirkungen herumsprechen und relativ schnell wie ein Lauffeuer verbreiten. Also ist die Frage nach dem *Warum* eine sehr entscheidende.«

»Ich befürchte nämlich«, setzte Helmes seinen Vortrag fort, als hätte ich gerade nichts gesagt, »dass wir es mit einer Art Testlauf zu tun haben. Jemand will herausfinden, was sein Produkt anrichtet. Und zwar bei unterschiedlichen Zielgruppen. Damit meine ich junge, aber auch ältere Menschen. Gesunde und Kranke.«

Wir alle reagierten geschockt auf seine Vermutung.

»Du bist der Meinung, wir haben es hier mit einem biologischen Angriff zu tun?«, fragte ich ihn.

Er schüttelte den Kopf. »Nein. Es ist eher ein Angriff mit einer chemischen Waffe.«

Ich war wie benommen. »Das ist wohl mindestens eine Hausnummer zu groß für uns …«

Plötzlich musste ich an mein letztes Gespräch mit Hagedorn denken, der die Vermutung geäußert hatte, dass ein großer Anschlag kurz bevorstand. Ich erzählte den anderen davon.

Helmes schlug mit der flachen Hand auf den Tisch. »Das würde passen!«

52

»Ich ruf dich wegen des Außenministeriums an.«
Innenminister Schranz

»Bist du dir sicher?«, fragte mich Kernberger, als ich ihm und Schranz von unserem Verdacht berichtete. »Ich meine, du sprichst hier verdammt nochmal von chemischer Kriegsführung. Massenvernichtungswaffen. Möglicherweise Terrorismus. Das ist Wahnsinn …«

»Wem sagst du das«, antwortete ich müde. »Aber alles andere, an dem wir arbeiten, ist auch nicht gerade normal …«

»Scheiße«, seufzte Kerni. »Wir haben sämtliche Ressourcen auf die Verantwortlichen der jüngsten Anschläge angesetzt. Auch das BKA ist rund um die Uhr im Einsatz. Und jetzt so etwas …«

»Könnt ihr weitermachen?«, wollte Schranz wissen.

»Was meinst du?«

»Könnt ihr an dem Fall weiter dranbleiben? Ermitteln? Du weißt schon.«

Ich atmete hörbar ein. »Rainer, das ist zu groß für uns …«

»Quatsch. Ihr könnt das«, sagte er energisch. »Alles was ihr braucht, bekommt ihr.«

»Aber eure Ressourcen sind doch erschöpft«, erinnerte ich ihn.

»In Bezug auf Manpower stimmt das. Aber alles andere ist möglich. Spesen, Waffen, Technik. Was auch immer ihr braucht.«

»Kontakte zum Außenministerium wären vielleicht hilfreich.«

»Du meinst wegen der Verbindung in die Türkei.«

Ich nickte. »Richtig.«

»Das ist zurzeit ein heikles Thema«, sagte er vorsichtig.

Das war mir bekannt.

Der türkische Präsident drehte gerade ein klein wenig am Rad. Soll heißen, er war dabei, sich selbst zu einer Art von Alleinherrscher zu erheben. Und um das zu erreichen, wurden politische Gegner, aber auch unliebsame Journalisten, reihenweise ins Gefängnis geworfen. Darüber hinaus verbat er sich jede Einmischung von Seiten der EU. Gelder aus diesem Topf jedoch nahm er gerne an.

»Ich habe ja nicht vor, eine diplomatische Krise heraufzubeschwören«, versuchte ich, ihn zu beruhigen. »Aber die Ermittlungen werden uns über kurz oder lang dort hinführen. Und wenn das nicht eintritt, dann werden wir mit einem türkischen Staatsbürger reden müssen, sobald er einen Fuß auf deutschen Boden setzt. Und es ist gut möglich, dass dieser Typ Kontakte zur Regierung hat.«

»Scheiße.«

»Richtig.«

Kerni seufzte. »Das macht es nicht einfacher …«

»Nein. Macht es nicht.«

»Ich werde sehen, was ich tun kann.«

Mehr war wohl nicht zu erwarten gewesen.

»Wären wir doch bloß Bäcker oder so geworden«, sinnierte ich vor mich hin.

»Manchmal wünsche ich mir das wirklich«, gab Kerni zu.

»Aber dann dürften wir keine Knarre tragen«, gab ich zu bedenken.

»Auch wieder wahr …«

Ich stand auf, um das Gespräch rechtzeitig zu beenden. Nicht, dass wir noch anfingen zu heulen, oder so.

»Ich rufe dich wegen des Außenministeriums an«, rief Schranz mir zum Abschied zu.

Ich bedankte mich dafür und machte mich auf den Weg zu meinem Auto.

Kaum war ich eingestiegen, klingelte mein Handy. Ich wollte das Gespräch gerade annehmen, aber die über Bluetooth laufende Freisprecheinrichtung war schneller.

»Wann kommst du zurück ins Büro?«, erklang Helens Stimme aus den Bose-Lautsprechern.

»Ich wollte gerade losfahren.«

»Starte jetzt nicht den Motor, sonst …«

Ich startete den Motor und die Verbindung wurde unterbrochen.

Jedenfalls dachte ich das. Dann aber hörte ich Helens

Stimme gedämpft aus dem Lautsprecher des Handys dringen.

»Idiot!«

Nur so zum Spaß unterbrach ich die Verbindung jetzt wirklich.

Wenige Augenblicke später klingelte mein Handy erneut.

Ich nahm das Gespräch an.

»Wenn du mich Idiot nennst, lege ich auf«, erklärte ich.

»Interessante Information«, sagte Schranz. »Bist du noch auf dem Parkplatz?«

»Ja, wieso?«

»Wir müssen sofort ins Kanzleramt.«

Oha.

»Was ist los?«

»Wir kennen jetzt den Grund, weshalb die Leute Amok gelaufen sind. Warte bei deinem Wagen, wir kommen runter und fahren gemeinsam zum Kanzleramt.«

53

»Wie kommen Sie darauf?«

Bundeskanzler Schlüter

Bundeskanzler Schlüter war ein gutaussehender Mann. Er war groß und sportlich, hatte kurzes helles Haar, trug einen Dreitagebart und einen modischen Anzug ohne Krawatte.

Er begrüßte die Teilnehmer der Krisensitzung. Das waren Kanzleramtsminister Hubertus Gehlsen, Innenminister Rainer Schranz, der Präsident des BKA, Stefan Scheuer, Generalbundesanwalt Harald Trenkel, der Leiter des Amtes für Innere Sicherheit, Johannes Kernberger und ich.

»Meine Herren«, begann der Bundeskanzler. »Heute früh um 09:00 Uhr erreichte uns per E-Mail folgende Botschaft.« Der Bundeskanzler nickte dem Präsidenten des BKA zu.

Der betätigte daraufhin eine Taste seines Laptops und auf der uns gegenüberliegenden Wand erschien ein Bild.

Eine vermummte Gestallt saß auf einem Sessel. Die Umgebung war nicht zu erkennen.

Dann ertönte die verzerrte Stimme des Mannes. »Guten Morgen, Herr Bundeskanzler. Ich nehme an, Ihnen ist bekannt, dass es seit Juni zu vermehrten Amokläufen in Deutschland gekommen ist. Zusätzlich zu diesem Video gibt es als Anlage eine Liste. Hier finden Sie die Namen der Personen, die diese Amokläufe begangen haben. Dies war eine Demonstration unsererseits. Damit wollten wir Ihnen beweisen, dass wir in der Lage sind, vollkommen normale und unbescholtene Bürger in reißende Bestien zu verwandeln. Die von uns entwickelte Substanz wirkt schnell und zuverlässig. Und wir haben sehr viel davon. In der erwähnten Liste finden sie die IBAN und BIC einer Bank. Sollten Sie nicht innerhalb von sieben Tagen den Betrag von 100 Millionen Euro in Bitcoins an die genannte Bank überweisen, werden wir das Trinkwasser einer deutschen Großstadt mit der Substanz verseuchen. Die Auswirkungen wären in der Tat apokalyptisch. Um Ihnen zu beweisen, dass wir es ernst meinen, werden wir in Kürze eine größere Demonstration durchführen. Ich bin davon überzeugt, dass Ihnen spätestens dann bewusst ist, dass wir es ernst meinen. Ich wünsche Ihnen noch einen schönen Tag.«

Der Bildschirm wurde schwarz.

Mir war schlecht.

Der Präsident des BKA stand auf und berichtete. »Diese Mail erreichte uns heute früh um 09:00 Uhr. Sie wurde an die allgemeine Mailadresse des BKA gesendet. Der Absender war anonym und es ist uns bis jetzt nicht gelungen, ihn ausfindig zu machen«, gab er zerknirscht zu.

»Hat wohl den Tor-Browser benutzt«, gab ich zum Besten.

»Das hat er in der Tat«, bestätigte Scheuer. »Wir bleiben dran, sind aber nicht sehr optimistisch«, sagte er und blickte zum Kanzler als Signal, das er fertig war.

Der Kanzler sah Innenminister Schranz an. »Was tun wir nun?«

Schranz beugte sich vor. »Herr Bundeskanzler, Sie kennen vielleicht Nicolas Eichborn. Herr Eichborn war bis vor kurzem der Leiter der Behörde für innere Sicherheit, bis er sich dazu entschloss, eine private Sicherheitsfirma zu gründen. Sein Unternehmen wurde vom Vater eines der Täter damit beauftragt, herauszufinden, warum sein Sohn Amok gelaufen ist. Er hat als Erstes herausgefunden, dass es mehrere Fälle gab, die offenkundig zusammenhängen. Darüber hinaus hat er eine erste vielversprechende Spur entdeckt.«

Alle Blicke waren nun auf mich gerichtet.

Der Kanzler nickte mir aufmunternd zu. »Herr Eichborn, bitte. Erzählen Sie.«

Es gibt ein paar Dinge, die ich nicht mochte.

Graupensuppe zum Beispiel.

Halsschmerzen finde ich auch scheiße.

Unvorbereitet in eine Krisensitzung mit dem Bundeskanzler geschmissen zu werden, gehörte ab heute auch auf diese Liste. Zumal ich hier in einem Raum saß, in dem sich auch ein mutmaßlicher Mit-Verschwörer befand.

Kanzleramtsminister Gehlsen glotzte mich aus kleinen Schweinsaugen neugierig an. Ich fragte mich, wie ich diesen Eiertanz überstehen sollte, ohne meine wahren Motive an Gehlsen zu verraten.

Ich meine, ich saß hier mit dem Bundeskanzler, dem Innenminister und dem Generalbundesanwalt in einem Zimmer.

Fehlten eigentlich nur noch der US-Präsident und der Papst.

Und jetzt sollte ich einen Bericht liefern, der dem Maulwurf Gehlsen den Beweis liefern würde, dass ich ein doppeltes Spiel spielte.

Ich konnte ja schlecht den Kanzler anlügen, nur um meine Tarnung nicht auffliegen zu lassen.

Ich warf Schranz einen hoffentlich deutlichen Blick zu und berichtete den Anwesenden von Patricks und Helens Ermittlungen bezüglich Henrik Küster. Irgendwie bekam ich es hin, eine klare Zusammenfassung zu geben, die damit endete, dass ich von unserer Spur in die Türkei erzählte.

Dann ließ ich die Bombe platzen. »Wir sind uns ziemlich sicher, dass diejenigen, die dieses Erpresser-Video aufgenommen haben, identisch sind mit den Personen, die für den Absturz des Jets sowie für den Anschlag in der Rostocker Kirche verantwortlich sind.«

Als ich endete, war es erstmal totenstill im Raum.

»Worauf stützt sich Ihre These?«, wollte der Kanzler tonlos wissen.

Ich erklärte ihm, dass wir den Architekten gebeten hatten, einen Plan zu entwerfen, der zum Ziel hatte, die amtierende Regierung zu stürzen. Weiter führte ich aus, dass bislang alles eingetreten war, was dieser Plan vorgesehen hatte. Bis auf die Eskalation bei den Demos.

Dann erläuterte ich, welchen Grund das Ausbleiben dieser prognostizierten Eskalation unserer Meinung nach hatte.

Damit war die Katze aus dem Sack.

Ich warf Gehlsen einen verstohlenen Blick zu.

Dessen Gesicht war wie versteinert.

Ich konnte nicht einmal ansatzweise erkennen, was er dachte.

Aber eines war klar: Gehörte er zu Wittgensteins Bande, stand ich ab sofort auf deren Abschussliste.

Der Bundeskanzler sah mich eine Weile schweigend an. »Sie haben innerhalb kürzester Zeit eine Menge herausgefunden. Das gibt mir ein wenig Hoffnung. Wenn ich Sie richtig verstanden habe, dann ist dieser Tarek Özgür eine vielversprechende Spur, korrekt?«

»Richtig. Wir vermuten, dass er die Drahtzieher persönlich kennt«, bestätigte ich.

»Worauf begründen Sie diese Annahme?«, wollte der Kanzleramtschef wissen.

Ich wandte mich ihm zu und lächelte freundlich. »Der ermordete Streibel nahm Kontakt zu ihm auf und wenig später brachte man ihn um. Wir gehen davon aus, dass der Auftrag, Streibel zu töten, von eben diesen Drahtziehern kam.«

»Aber es ist genauso gut möglich, dass der Türke Chef des Ganzen ist, oder?«, hakte Gehlsen nach.

Er hatte übrigens mein Lächeln nicht erwidert.

»Möglich schon«, antwortete ich. »Aber nicht sehr wahrscheinlich. Wenn wir uns die Vita des guten Mannes anschauen, dann würde ich behaupten, dass das mindestens eine Nummer zu groß für ihn ist.«

»Dieser Meinung schließe ich mich an«, sagte Kernberger.

»Gut. Wie können wir an diesen Özgür herankommen?«, fragte der Kanzler.

Da ich davon ausging, dass meine Anwesenheit nicht mehr nötig war, erhob ich mich.

»Wo wollen Sie hin?«, erkundigte sich der Kanzler.

»Ich nehme an, Sie wollen jetzt unter sich sein«, sagte ich in der zarten Hoffnung, er würde nicken und mich ziehen lassen.

»Herr Eichborn, ich würde es sehr zu schätzen wissen, würden Sie uns bei dieser prekären Lage weiter unterstützen. Zumal Sie ja schon Kontakt zu den mutmaßlichen Drahtziehern des Putsches aufgebaut haben«, sagte der Kanzler und zerschlug damit all meine Hoffnungen.

Natürlich hätte ich *nein* sagen können. Ich unterlag niemandes Befehlsgewalt hier, war mein eigener Herr, konnte tun und lassen, was ich wollte.

Außer, Helen war dagegen.

Aber ich besaß auch so etwas wie Pflichtgefühl.

Kaum zu glauben, aber wahr.

Ich nickte dem Kanzler zu und setzte mich wieder hin.

Bundeskanzler Schlüter sah den Generalbundesanwalt an. »Herr Trenkel, gibt es juristisch einwandfreie Präzedenzfälle, was das Involvieren von privaten Sicherheitsunternehmen bei solchen Ermittlungen betrifft?«

»Ich kümmere mich in Absprache mit dem Justizminister um die erforderlichen Details«, versprach Trenkel.

»Gut, danke. Ich schlage vor, dass wir von der Annahme ausgehen, dass es sich bei den Erpressern und den Verschwörern um ein- und dieselben Personen handelt. Weiter schlage ich vor, dass Herr Eichborn versucht, über Özgür an die Erpresser heranzukommen.«

»Und wenn wir einfach das Geld zahlen?«, wollte Kanzleramtschef Gehlsen wissen.

»Das ist eine ganz schlechte Idee«, sagte ich.

Erneut richteten sich alle Augenpaare auf mich.

»Wie meinen Sie das?«, fragte der Kanzler.

»Wenn Sie die Erpresser bezahlen, wird das sehr schnell herauskommen. Weil die es nämlich der Presse stecken werden. Aber der Anschlag wird dennoch erfolgen. Verstehen Sie? Die haben gar nicht vor, das Geld zu bekommen und dann abzuhauen. Das ist eine klassische loose-loose-Situation. Egal, was Sie tun, Sie verlieren. Zahlen Sie, haben Sie Millionen an Steuergeldern zum Fenster rausgeschmissen. Zahlen Sie nicht, waren Ihnen die Bürger nicht einmal 100 Millionen Euro wert.«

»Und was bringt uns diese Erkenntnis?«, fragte Gehlsen.

»Was uns das bringt? Diese Typen haben, um ihr Ziel zu erreichen, einen der mächtigsten und am besten bewachten Männer des Planeten einfach so ausgeschaltet. Ich rede vom Verteidigungsminister. Sie wollen jetzt ernsthaft wissen, was uns diese Erkenntnis bringt? Sie sagt uns, dass wir es mit unglaublich gefährlichen Menschen zu tun haben, die über enorme Ressourcen verfügen und langfristig planen. Und das, verehrter Herr Gehlsen, ist verdammt nochmal viel mehr, als wir vor dreißig Minuten wussten.«

Ich sah in die Runde. »Und da ist noch etwas; in dem Video sagte der Mann, dass in Kürze eine Demonstration stattfinden wird. Nur um zu beweisen, dass sie es ernst meinen. Wenn ich diese Typen richtig einschätze, dann wird das heute geschehen.«

Der Kanzler zuckte zusammen. »Wie kommen Sie darauf?«

»Wegen des Effektes, Herr Bundeskanzler. Wir sitzen jetzt alle zusammen. Die wissen das. Und deshalb denke ich, dass ...«

Ich kam nicht dazu, den Satz zu beenden, da fast zeitgleich die Handys des BKA-Präsidenten, des Kanzleramtsministers und von Kernberger zu klingeln anfingen.

Manchmal fand ich gut, wenn ich Recht behielt.

Doch ab und zu hätte ich mich gerne geirrt.

So wie in diesem Fall.

Der Chef des BKA verlor alle Farbe aus dem Gesicht, als er das Gespräch beendete und das Handy auf den Tisch legte.

»Ein Altenheim in Berlin ...«, sagte er stockend. »Plötzlich gingen die Rentner aufeinander los ... es gab achtzehn Tote.«

Entsetztes Schweigen setzte ein. Auch Gehlsen wirkte schockiert.

Es war der Kanzler, der die Stille brach. »Ab sofort betrachten wir die Fälle als einen einzigen. An der Aufgabenteilung ändert sich nichts. Wir müssen diesen Wahnsinn stoppen. Unter allen Umständen. Mit allen Mitteln. Meine Herren, ich danke Ihnen allen für Ihre Kooperation.«

Beim letzten Satz sah mir Schlüter in die Augen.

Die Verantwortung, die ich spürte, schnürte mir die Kehle zu.

54

»Könnte heikel werden.«
Helen Eichborn

Ich fuhr umgehend zurück ins Büro und trommelte meine kleine, aber äußerst effektive Mannschaft zusammen. Helen war sauer, dass ich einfach aufgelegt hatte, aber nachdem ich ihr erklärte, was geschehen war, kam ich mit einem Verweis davon.

Als alle versammelt waren, gab ich ihnen eine ausführliche Zusammenfassung meines Meetings im Kanzleramt. Ich schloss meinen Bericht mit dem Anschlag im Altenheim ab.

Nachdem sich alle einigermaßen von dem Schock erholt hatten, entbrannte eine hitzige Diskussion bezüglich der Tragweite der Entscheidung des Bundeskanzlers, uns mit umfangreichen Kompetenzen auszustatten, um am Fall weiterzuarbeiten.

Ich konnte die Bedenken von Helen durchaus verstehen.

Was, wenn wir im Laufe der Ermittlungen von der Schusswaffe Gebrauch machen mussten?

Was, wenn durch unsere Arbeit ein Zivilist zu Schaden kam?

Dies alles waren Fragen, die geklärt werden mussten, bevor wir einen Fuß vor der Tür setzten.

Allerdings wurden diese Bedenken beseitigt, als ein Bote klingelte und ein wichtig aussehendes Paket bei uns gegen Unterschrift abgab. Wichtig aussehend deshalb, weil der Bundesadler darauf abgebildet war.

Ich öffnete es.

Darin befand sich ein vom Bundesinnenminister unterzeichnetes Dokument, welches unsere Firma ermächtigte, alle notwendigen Mittel einzusetzen, um die Drahtzieher der Erpressung und der Verschwörung ausfindig und unschädlich zu machen.

Auch der Gebrauch von Schusswaffen unter Berücksichtigung der Verhältnismäßigkeit wurde uns gestattet. Für den Fall, das Sach- und/oder Personenschäden entstehen sollten, käme das Bundesinnenministerium dafür auf. Kurz fragte ich mich, wie das Innenministerium für Personenschäden geradestehen wollte, verwarf diesen Gedanken aber gleich wieder.

Des Weiteren erhielt der Umschlag die Zugangsdaten zum internen Netzwerk des Amtes für Innere Sicherheit und des BKA. Wüsste Wittgenstein davon, wäre er wohl hocherfreut gewesen.

Dadurch hatten wir Zugriff auf alle Informationen, die dort hinterlegt waren.

Provisorische Ausweise waren mit separater Post auf dem Weg zu uns.

Helen war beruhigt, sodass wir mit der eigentlichen Besprechung beginnen konnten.

Als erstes zeigte ich Helen, Patrick und Helmes das Video.

Alle verfolgten stumm die Botschaft. Ich konnte sehen, dass sie alle vollkommen geschockt von der Abgebrühtheit der Erpresser waren. Vor allem, wenn man bedachte, dass sie harmlose Rentner umgebracht hatten, nur um uns zu demonstrieren, dass sie es ernst meinten.

Als wir es zu Ende angeschaut hatten, sagte ich: »Das Video war nicht zurückverfolgbar. Bei der Adresse, an die das Geld gehen soll, handelt es sich um eine sogenannte Bitcoin-Adresse. Diese ist anonym und wird nur ein einziges Mal benutzt. Uns allen ist klar, dass das Geld, wird es dieser Andresse gutgeschrieben, sich innerhalb von wenigen Sekunden rund um den Globus auf verschiedene andere Adressen verteilen wird. Eine Rückverfolgung des Geldes, geschweige denn eine Identifizierung des Inhabers der Adresse, ist unmöglich.«

»Perfekt geplant«, stellte Patrick fest.

»Ja, das muss man wohl anerkennen«, sagte ich, ohne groß nachzudenken.

»Schön, dass euch die Vorgehensweise dieser Monster gefällt«, meinte Helen und warf mir einen bösen Blick zu.

»Ich nehme an, das Video wird auf mögliche Hinweise analysiert?«, kam Patrick ungerührt zurück auf den Punkt.

»Ja. Das übernehmen Kernis Spezialisten. So sie denn die Zeit finden …«

»Ich könnte das hier vor Ort auch machen«, bot sich Helmes an.

»Gute Idee, mach das bitte«, antwortete ich.

»Wie wollen wir vorgehen? Wo setzen wir an?«, stellte Helen die entscheidenden Fragen.

»Ich denke, unsere beste Chance ist dieser Özgür Tarek«, sagte ich.

»Tarek Özgür«, korrigierte mich Patrick.

»Genau den meinte ich.«

»Und wie wollen wir an ihn rankommen?«, wollte Helen wissen.

»Patrick weiß, wo er arbeitet. Also, wo sein Büro ist. Und, wenn ich mich recht erinnere, hat er sein Handy geklont. Ich will nicht warten, bis er nach Deutschland kommt. Wir holen ihn uns aus der Türkei. Ich hatte Schranz zwar versprochen, keine diplomatische Krise auszulösen, aber uns bleibt leider keine andere Wahl. Wir müssen es halt hinbekommen, ohne dass es jemand bemerkt.«

Helen wiegte den Kopf hin und her, während Helmes wie besessen auf die Tastatur seines Laptops eindrosch.

»Könnte heikel werden«, meinte sie.

»Ist mir klar. Aber wir haben nur sieben Tage zur Verfügung. Die will ich nicht damit verbringen, hier zu sitzen und darauf zu hoffen, dass er innerhalb der Frist nach Deutschland reist.«

»Aber wenn man euch dort erwischt, verschwindet ihr in irgendeinem Loch und kommt dort nicht mehr raus«, mahnte Helen.

Helmes schnaufte und keuchte leise vor sich hin.

»Helen, ich bin mir der Gefahr bewusst. Glaubst du denn wirklich, die Aussicht auf einen Kurztrip nach Istanbul freut mich?«

Jetzt gluckste Helmes.

»Sag mal, was machst du da eigentlich?«, wollte ich von ihm wissen.

»Ich bin gerade im internen Bereich des Amtes für Innere Sicherheit und überprüfe die Daten aller Flüge von Istanbul nach Deutschland und anderen Ländern Europas. Und ich habe den kleinen Scheißer gefunden. Er fliegt übermorgen nach Barcelona.«

»Wer?«, wollte ich wissen.

»Was?«, fragte Helmes.

»Wer fliegt übermorgen nach Barcelona?«

»Tarek Özgür.«

Ich hätte ihn küssen können.

55

»Es gibt da noch eine andere Möglichkeit.«
Umweltminister Krüger

Krisensitzung im Büro des Bundeskanzlers. Anwesend waren neben Bundeskanzler Schlüter der Präsident des BKA, der Leiter des Amtes für Innere Sicherheit, Kernberger, sowie der Innen- und der Justizminister. Da die Erpresser damit gedroht hatten, das Grundwasser einer Großstadt zu verseuchen, war auch der Umweltminister dabei.

Kanzleramtschef Gehlsen war nicht anwesend.

Schranz hatte dem Kanzler in einem vertraulichen Gespräch mitgeteilt, dass Gehlsen möglicherweise ein aktives Mitglied der Verschwörer war. Schlüter hatte auf diese Nachricht schockiert und ungläubig reagiert. Schranz hatte ihm versichert, dass es sich um einen Verdacht handelte und sie bis zu diesem Zeitpunkt keinerlei Beweise für diese Annahme hatten, aber daran arbeiteten.

Schnell wurde dem Kanzler der Ernst der Lage klar.

»Ich kann ihn unmöglich ausschließen«, hatte er niedergeschlagen gesagt. »Es stehen jede Menge wichtige Gespräche an. Wenn ich ihn nicht mit einbeziehe, weiß er doch sofort Bescheid.«

»Ich weiß«, hatte Schranz geantwortet. »Aber wenn er bei diesen Gesprächen anwesend ist, besteht die Gefahr, dass er Informationen an die Verschwörer weiterleitet.«

Der Kanzler warf in einer verzweifelten Geste die Hände in die Höhe. »Und was tun wir dann, um das zu vermeiden?«

»Er wird einen Autounfall haben. Nichts Ernstes, aber genug, um ihn für ein paar Tage stationär aufzunehmen. Ich hoffe, bis dahin haben wir ihn entweder entlastet, oder aber die Beweise in Händen, um ihn anzuklagen.«

Der Kanzler schüttelte den Kopf. »Großer Gott …«

Es gab nur ein Thema bei der Krisensitzung im Büro des Kanzlers: Was, wenn es nicht gelänge, die Drahtzieher vor Ablauf des Ultimatums zu fassen?

»In diesem Falle tendiere ich dazu, das Geld zu zahlen«, sagte der Kanzler.

»Wenn Sie das machen, schaffen Sie einen Präzedenzfall, der allen weiteren Erpressungsversuchen Tür und Tor öffnet«, mahnte Innenminister Schranz.

Der Justizminister nickte bestätigend. »Sehe ich auch so.«

»Und wenn wir deren Forderung nicht erfüllen, sind wir verantwortlich für den Tod tausender Mitbürger«, erinnerte sie Schlüter.

Er wandte sich an den Umweltminister, einem kleinen, korpulenten Endsechziger mit schütterem Haar und unscheinbarem Gesicht. »Herr Krüger, können wir irgendwie verhindern, dass diese Verbrecher das Grundwasser verseuchen?«

»Herr Bundeskanzler, ich habe mich bis gestern Nacht intensiv mit der aktuellen Bedrohung beschäftigt und dabei Experten des Katastrophenschutzes zu Rate gezogen. Die aktuelle Situation der Grundwasserversorgung sieht folgendermaßen aus: Etwa 74 Prozent unseres Trinkwassers stammt direkt aus Grundwasser oder Quellen. In Brunnen, die mehr als einhundert Meter tief sein können, werden unterhalb des Grundwasserspiegels Pumpen eingebaut, die das Wasser bis in die Hochbehälter befördern. Der Boden, durch den das Wasser sickern muss, bis es zu Grundwasser wird, filtert das Wasser. In Deutschland sorgen etwa zehntausend Kläranlagen dafür, dass ein Großteil der unerwünschten Stoffe im Abwasser nicht in Flüsse und Seen gelangt. Sie filtern Festkörper heraus und bauen organische und unorganische Substanzen ab.« Er machte eine Pause, um einen Schluck

Wasser zu trinken. Plötzlich hielt er inne, beäugte misstrauisch das Glas und stellte es wieder auf den Tisch.

Diese Reaktion blieb den anderen nicht verborgen und sorgte dafür, dass die ohnehin angespannte Atmosphäre noch schlechter wurde.

»Grundwasser besitzt in Deutschland meist sehr gute Qualität. Weitere Quellen für Trinkwasser sind Oberflächengewässer wie Seen, Talsperren und Flüsse sowie Wasser aus deren Uferbereich, der sogenannten Uferversickerung. Die Wasserversorger stellen mit regelmäßigen Kontrollen die chemischen, biologischen und physikalischen Eigenschaften des geförderten Grundwassers fest.« Er blickte in die Runde. »Rings um die Brunnen überwachen die Wasserversorgungsunternehmen Menge und Qualität des Grundwassers. Hochbehälter dienen zur Zwischenspeicherung des Trinkwassers. Auf diese Weise können tageszeitliche Schwankungen in der Nachfrage ausgeglichen werden. Ihre Höhenlage gewährleistet den notwendigen Wasserdruck im Leitungsnetz. An Orten ohne Hochbehälter muss das Trinkwasser in Wassertürmen zwischengespeichert werden. Durch die erhöhte Position erfüllen sie die gleiche Funktion wie die Hochbehälter. Die Kläranlagen, Hochbehälter und Wassertürme stellen in meinen Augen den idealen Angriffspunkt für die Terroristen dar.«

»Können wir die irgendwie bewachen?«, wollte der Kanzler wissen.

»Die Kläranlagen werden durch Kameras überwacht. Bei den Hochbehältern und Türmen war das bislang noch nicht vorgesehen.«

»Verdammt«, sagte der Kanzler leise.

»Es gibt da noch eine andere Möglichkeit«, sagte der Umweltminister zurückhaltend.

Der Kanzler beugte sich vor. »Und die wäre?«

»Für den Verteidigungsfall wurde vor Jahrzehnten eine

Trinkwassernotversorgung konzipiert. Hierzu stehen derzeit mehr als fünftausend leitungsunabhängige Einzelbrunnen zur Verfügung, an deren Zapfstellen sich die Bevölkerung mit Hilfe von Behältnissen selbständig mit Wasser versorgen kann. Darüber hinaus wurden seit Beginn der Wassersicherstellung über einhundertzwanzig Verbundleitungen zwischen Wasserversorgungsunternehmen zur Erhöhung der Redundanz in der leitungsgebundenen Versorgung errichtet.«

»Sie wollen den Leuten das Wasser abstellen und sie auffordern, mit Eimern zu diesen Notfallbrunnen zu pilgern? Und das bundesweit, da wir ja nicht wissen, welche Stadt die Arschlöcher ins Visier genommen haben? Großartiger Plan«, schnaufte der Präsident des BKA.

Der Kanzler nickte bestätigend. »Das wird nicht funktionieren«, sagte er niedergeschlagen.

»Und für die Überwachung der Hochbehälter und Türme haben wir nicht genug Leute«, stellte Innenminister Schranz fest.

»Eine andere Möglichkeit wäre das Inkrafttreten eines Notstandgesetzes. Dann könnten wir die Bundeswehr auch in Deutschland einsetzen. Die könnten die Bewachung dieser Einrichtungen übernehmen«, schlug der Justizminister vor.

»Meine Herren, bei allem Respekt; Sie verkennen die Situation«, meldete sich der Präsident des BKA zu Wort. »Wir würden dieses Notstandsgesetz niemals rechtzeitig genug auf die Straße bringen, um die Soldaten einsetzen zu können. Darüber hinaus bedenken Sie bitte eines: Wer sagt uns, dass es die Terroristen tatsächlich auf das Grundwasser abgesehen haben? Vielleicht ist das einfach eine falsche Fährte und in Wahrheit verfolgen sie ein ganz anderes Ziel.«

Der Kanzler schlug die Hände über dem Kopf zusammen. »Dann sind Eichborn und sein Team unsere einzige Chance ...«

56

»Wie groß schätzt du den Türken?«
Patrick Ebel

Özgür hatte sich mit dem *Grand Hotel Central* standesgemäß einquartiert. Das 5-Sterne-Hotel befand sich in zentraler Lage zwischen dem gotischen Viertel mit seiner eindrucksvollen Kathedrale und dem bei Touristen sehr beliebten Viertel El Born.

Ein hoteleigener schwarzer Jeep holte Özgür vom Flughafen ab und brachte ihn bis an den Eingang. Dort wartete bereits ein Angestellter des Hotels, der jedoch unverrichteter Dinge wieder abzog, da der Türke nur leichtes Handgepäck dabeihatte. Eine schwarze Segeltuchtasche, mehr brauchte er nicht für seinen Kurztrip.

Das alles beobachteten wir von der gegenüberliegenden Straßenseite. Dort standen Helen und ich und taten so, als wären wir in einen Stadtplan vertieft. In der Hotellobby wartete bereits Patrick, um den Verdächtigen drinnen zu observieren. Als dieser das Hotel betrat, stellte sich Patrick neben ihn an den Empfangstresen. Özgür checkte ein und fuhr mit dem Aufzug in die sechste Etage.

Patrick kam zu uns nach draußen. »Er hat die Zimmernummer sechshundertzwölf«, informierte er uns.

»Wie wollen wir vorgehen?«, wollte ich wissen.

»Wie groß schätzt du ihn?«, stellte mir Patrick eine Gegenfrage.

»Ich denke, er ist so knapp eins sechzig.«

Patrick nickte. »Denke ich auch.«

»An was denkst du?«, fragte ihn Helen.

»An einen großen Rollkoffer«, antwortete Patrick.

Dann erklärte er uns seinen Plan.

Jeder Plan hat Schwachpunkte. Das liegt ganz einfach in der Natur der Sache. Je mehr Schwachpunkte ein Plan hatte, desto bescheuerter war er.

Patricks Plan hatte Schwachstellen.

Aber deshalb war er nicht bescheuert. Mal ganz abgesehen davon, dass er wahrscheinlich gar nicht dazu in der Lage war, sich einen dummen Plan einfallen zu lassen.

Eine wesentliche Schwäche seiner Idee konnte wir beseitigen, in dem wir Schranz anriefen, der wiederum mit dem Justizminister Rücksprache hielt. Der telefonierte mit seinem Kollegen im Außenministerium und prompt stand für uns ein kleiner Jet am Flughafen Barcelona bereit.

Nun müssten wir nur noch den Türken in den Flieger stecken.

Womit wir wieder bei den Schwachstellen eines jeden Planes waren.

Özgür dachte gar nicht daran, seine Suite zu verlassen.

Was eigentlich gut war.

Wir buchten uns ein Zimmer im Hotel und bezahlten es. Somit waren wir nun offiziell berechtigt, hier herumzulaufen. Wir entdeckten sogar einen sauberen Rollwagen vom Zimmerservice, den wir uns schnappten. In einem Abstellraum auf unserer Etage fanden wir den Kittel eines Hotelangestellten, der unsere Maskerade komplettierte. Jetzt mussten wir nur noch einhundertfünfzig Euro für eine Flasche Champagner ausgeben, was wir widerwillig taten.

Nun konnten wir sehen, ob die Schwachstellen dazu führten, dass unser Plan scheiterte, oder ob er klappte.

57

»Mehr müssen Sie im Augenblick nicht wissen.«
Nicolas Eichborn

Tarek Özgür stand auf dem Balkon seiner großzügigen Suite und rauchte, als es an der Tür klingelte. Widerwillig, da er keinen Besuch erwartete, drückte er die Zigarette im Aschenbecher aus und ging zur Eingangstür. Er spähte durch den Spion. Vor der Tür stand eine attraktive junge Frau, die einen Kittel des Hotels trug.

»Ja, bitte?«, sagte Özgür durch die geschlossene Tür.

»Eine Aufmerksamkeit der Hoteldirektion«, antwortete die Frau und lächelte.

Der Türke dachte kurz nach, öffnete aber schließlich die Tür.

Die Frau vom Zimmerservice schob den Wagen ins Zimmer.

»Ich hoffe, Sie mögen Champagner«, sagte sie.

Özgür sah ihr hinterher und bewunderte gerade ihren strammen Hintern, als er hinter sich eine Bewegung wahrnahm. Er drehte sich herum. Das letzte, das er bewusst wahrnahm, war eine Hand, die ihm ein Tuch ins Gesicht presste.

Dann wurde alles schwarz.

Als er wieder zu Bewusstsein kam, saß er gefesselt im hinteren Bereich eines kleinen Flugzeugs.

Der Ausstattung nach zu urteilen in einem Jet.

Verstohlen musterte Özgür die anderen Personen im Flieger.

Da war die Frau, die sich als Hotelangestellte ausgegeben hatte. Er schätzte sie auf Mitte Dreißig. Sie war attraktiv, hatte langes, blondes Haar und eine schlanke Figur.

An ihren Hintern konnte er sich noch erinnern. Sie saß eine Reihe vor ihm auf der rechten Seite und las eine Zeitschrift.

Links von ihr in der anderen Reihe saß ein Mann. Ihn schätzte er auf Anfang vierzig. Er hatte kurzes, dunkles Haar, ein ausdrucksloses Gesicht, und, obwohl er saß, konnte Tarek erkennen, dass er groß und sportlich war. Der Mann strahlte ein unerschütterliches Selbstvertrauen aus. Auf ihn würde er aufpassen müssen. Er war eindeutig gefährlich.

Hinter der Frau konnte er den Haarschopf einer weiteren Person erkennen.

Als hätte er ein verstecktes Signal erhalten, hob diese Person den Kopf und sah ihn über die Kopfstütze des Sitzes vor ihm an. Dann grinste er breit.

»Sieh an, sieh an. Unser Gast ist wach. Etwas Tee und Gebäck?«

Der Typ stand auf und kam auf ihn zu.

Der Türke sah ihn aufmerksam an.

Etwa vierzig, dunkelblond, unrasiert, helle, wache Augen, athletisch. Auch ihn würde er nicht unterschätzen.

Der Mann nahm ihm gegenüber Platz.

»Wer sind Sie und warum bin ich hier?«, fragte Özgür.

»Mein Name ist Nicolas Eichborn und Sie sind auf dem Weg nach Deutschland. Mehr müssen Sie im Augenblick nicht wissen.«

Özgürs Gedanken rasten. Er kannte keinen der Anwesenden, wusste nicht, was sie von ihm wollten.

Auf dem Weg nach Deutschland?

Hatte man ihn entführt, weil es in Deutschland zu diesen Todesfällen gekommen war?

Oder ging es um Streibel?

Er wollte sich eine Strategie zurechtlegen, nur war das unmöglich, wenn er nicht wusste, worum es ging.

»Bin ich wegen des Todes von Streibel hier?«

»Sie sind wegen so vieler Dinge hier, dass es mir wirklich schwerfällt, einem der Punkte eine Priorität zu geben.«

Mit anderen Worten: Streibels Tod war *ein* Grund, weshalb er hier im Flieger nach Deutschland saß.

Er musste nur eins und eins zusammenzählen, um zum Ergebnis zu kommen, dass er tief in die Scheiße steckte.

58

»Sie stecken in großen Schwierigkeiten.«
Helen Eichborn

Helen würde das Verhör Özgürs durchführen. Aber sie würde das nicht alleine tun. Vielmehr hatte sie Unterstützung angefordert. Dirk Arnheim, ein Spezialist für Mikroexpressionen wurde eigens für das Verhör aus München eingeflogen. Darüber hinaus wurden im Vernehmungsraum diverse Hochleistungskameras installiert, die Tarek Özgürs Gesicht aus verschiedenen Winkeln aufnehmen konnten. Natürlich wurden sie so eingebaut, dass sie nicht zu sehen waren.

»Was zum Teufel bedeutet Mikroexpression?«, hatte ich von Helen wissen wollen.

»Willst du die einfache oder die komplexere Version?«

»Die einfache.«

»Das sind flüchtige Gesichtsausdrücke.«

»Wie jetzt …?«

»Also doch die komplexe Version. Immer dann, wenn man lügt, aber auch, wenn man lediglich versucht, die Wahrheit vor anderen zu verbergen, zeigt man im Gesicht verräterische Spuren. Die sind aber nur durch ein geübtes Auge zu erkennen, denn sie dauern nur Mikrosekunden.«

»Deshalb Mikroexpressionen«, schloss ich.

»Richtig. Der Spezialist wird im Nebenraum verschiedene Monitore überwachen, auf denen das Gesicht des Verdächtigen in Ultra HD und Nahaufnahme zu sehen ist. Jedes verdächtige Zucken oder sonstige Auffälligkeiten wird er mir übers Ohr-Mikro sofort melden, damit ich darauf reagieren kann.«

»Der Typ tut mir jetzt schon leid«, sagte ich, nicht ohne Stolz auf meine Frau.

»Welchen Typen meinst du?«

Helen hatte sich intensiv mit dem Leben Özgürs beschäftigt und sich so ein umfassendes Bild von ihm gemacht. Sie hatte aufgrund der vorhandenen Informationen ein psychologisches Profil von ihm erstellt, das sie für das kommende Verhör verwenden würde.

Die Kurzfassung ihrer Analyse lautete, dass Tarek Özgür ein unsicherer Mann war, der danach strebte, ein halbwegs legales Leben zu führen. Helen vermutete, dass während seiner sechsjährigen Haftstrafe irgendetwas geschehen sein musste, dass sein Leben von Grund auf veränderte. Sie bohrte tiefer und glaubte, den Grund für den Sinneswandel gefunden zu haben. Sicher sein konnte sie sich nicht.

Aber es war einen Versuch wert.

Als Helen den Verhörraum betrat, schmorte Özgür schon fast eine Stunde darin. Er saß auf einem einfachen, nicht allzu sehr bequemen Stuhl, seine Hände waren mit Handschellen gefesselt.

Helen lächelte ihn kurz an und setzte sich ihm gegenüber. Die Aktenmappe mit diversen Fotos und seinem Lebenslauf legte sie vor sich auf den Tisch.

»Sie stecken in großen Schwierigkeiten, Herr Özgür«, begann sie das Verhör.

»Sie haben mich entführt und in ein anderes Land gebracht. Wenn hier jemand in Schwierigkeiten ist, dann Sie«, antwortete er selbstbewusst.

Helens Lächeln wurde breiter. »Wir arbeiten im Auftrag der deutschen Regierung und Sie gelten als Terrorist. Da gelten andere Regeln, wissen Sie das denn nicht?«

Helen erhielt durch den Ohrlautsprecher den ersten Hinweis.

»Bei der Erwähnung, dass Sie für die Regierung arbeiten und er ein Terrorist ist, gab es eine Reaktion. Unsicherheit und Angst.«

Helen ließ sich nicht anmerken, dass sie verborgene Hinweise bekam. Sie fuhr einfach fort. »Unsere Regierung mag es gar nicht, wenn man Landsleute umbringt. Das macht sie so richtig sauer. Und Sie und Ihre Freunde haben jede Menge deutscher Staatsbürger auf dem Gewissen.«

»Ich weiß nicht, wovon Sie sprechen. Und ich will einen Anwalt.«

Helen nickte, als würde sie die Forderung nach einem Anwalt ernst nehmen. »Ich sage Ihnen, was Sie von uns bekommen: eine einzige Chance, auszupacken. Sollten Sie diese verstreichen lassen, kann ich nichts mehr für Sie tun. Dann übernehmen meine Kollegen. Und die werden Sie in das tiefste Loch stecken, dass sie finden können.«

Özgür sah Helen scheinbar ausdruckslos an.

»Er glaubt Ihnen nicht. Da war ein Ausdruck von Zweifel zu erkennen.«

»Tarek, hören Sie mir gut zu: Ich bin die Einzige, die nicht glaubt, dass Sie ein Monster sind. Meine Kollegen denken da vollkommen anders. Ich will Ihnen wirklich helfen. Aber das kann ich nur, wenn Sie auch mir helfen.«

»Und wie können Sie mir helfen?«

»Ich kann dafür sorgen, dass Ihnen im Gefängnis nichts

passiert, Tarek. Um eine Haftstrafe kommen Sie nicht herum. Aber ich kann für Ihre Sicherheit garantieren.«

Er schüttelte den Kopf. »Kein Gefängnis.«

»Es wird eine deutsche Haftanstalt sein, Tarek. Die sind nicht zu vergleichen mit denen in der Türkei.«

»Kein Gefängnis.«

Helen seufzte und stand auf. »Wissen Sie, was meine Kollegen vorhaben? Sie haben schon mit Ankara telefoniert. Man wird Sie in dasselbe Gefängnis stecken, indem Sie sechs Jahre Ihres Lebens verbracht haben. Man sagte mir, es gäbe dort einige Männer, die es kaum erwarten können, Sie wiederzusehen.«

»*Oh, oh, das ist wohl ein wunder Punkt bei ihm. Ich erkenne Wut und Panik.*«

»Wenn Sie mich fragen, sind das keine schönen Perspektiven«, sagte Helen leise.

Auf Özgürs Stirn bildete sich ein leichter Schweißfilm. »Was wollen Sie von mir?«, fragte Tarek leise.

»Fangen wir mit dem an, was wir wissen. Anschließend füllen Sie dann die Lücken, okay?«

Er nickte fast unmerklich.

Helen setzte sich wieder. »Wir wissen, dass Sie im Auftrag eines gewissen Costello hier in Deutschland Ärzte einsetzen, die in Selbsthilfegruppen nach geeigneten Kandidaten für eine besondere Medikamentenbehandlung gegen ihre Migräne Ausschau halten. Allerdings hat dieses Medikament furchtbare Nebenwirkungen. Parallel dazu wird ein ähnliches Präparat als Designerdroge im Darknet verkauft. Auch hier sind die Nebenwirkungen fürchterlich.«

Davon, dass übers Darknet Drogen verkauft werden, wusste er anscheinend nichts.

»Es ist gut möglich, dass Sie von den Drogenverkäufen nichts wussten. Dass sich Ihre Tätigkeit rein auf die Akquise geeignete Mediziner beschränkt. Aber wie heißt es so schön: Mitgefangen, mitgehangen.«

Helen lehnte sich zurück. »Aber jetzt wird es richtig schmutzig. Bislang sind wir davon ausgegangen, dass hier einfach minderwertige Produkte verkauft worden sind. Aber jetzt, nach der Videobotschaft, wissen wir, worum es tatsächlich geht: Einhundert Millionen Euro. Wow, das lässt alles in einem ganz anderen Licht erscheinen.«

»*Er hat keine Ahnung, wovon Sie sprechen.*«

»Ich muss schon sagen, das ist wirklich raffiniert; man verabreicht ein paar Teenagern und älteren Personen Drogen und Medikamente, von denen man weiß, dass sie denjenigen, der sie einnimmt, innerhalb kürzester Zeit zu einer reißenden Bestie macht, sorgt damit für richtiges Aufsehen, nur um dann den Staat zu erpressen: Entweder, Sie zahlen uns einhundert Millionen Euro, oder wir verseuchen mit unserem Präparat das Grundwasser einer Großstadt. Sie können sich sicher vorstellen, wie sauer die in Berlin deswegen sind.«

»*Ich bin mir sicher; von der Erpressung wusste er nichts. Als Sie die einhundert Millionen Euro erwähnten, war er richtig sauer.*«

»Ich bin kein Terrorist«, sagte Tarek entschieden. »Und von Drogen und dieser Erpressung weiß ich auch nichts.«

Helen zuckte gleichmütig mit den Schultern. »Können Sie das beweisen?«

Man konnte förmlich sehen, wie es hinter seiner Stirn arbeitete.

59

»Und wenn ich das tue; was bekomme ich dafür?«
Tarek Özgür

Anfangs war Tarek Özgür selbstsicher. Dann, als die Frau ihm offenbarte, was sie schon alles herausgefunden hatten, war er verunsichert. Als sie ihm erzählte, dass es um eine Einhundert-Millionen-Euro-Erpressung ging, war er zornig.

Denn davon hatte er absolut nichts gewusst.

Sie hatten ihn ausgenutzt und hintergangen.

Und aus diesem Grunde war Tarek zornig.

Aber wenn er ehrlich war, dann war die Erkenntnis, betrogen worden zu sein, nicht der einzige Grund, weshalb er darüber nachdachte, zu kooperieren. Diese Frau hatte ihn an einer Stelle gepackt, die er gut behütet ganz tief in seinem Inneren verschlossen hatte.

Verdrängt.

Sein Selbsterhaltungstrieb hatte ihn dazu veranlasst, dies zu tun. Bis zum heutigen Tage sehr erfolgreich.

Aber als die Frau ihm sagte, dass ihre Kollegen mit Ankara telefoniert hatten und sie ihn in sein altes Gefängnis zurückbringen wollten, brach der mühsam errichtete Damm in seinem Inneren und die Erinnerungen spülten über ihn hinweg wie ein gewaltiger Tsunami.

Damals, als er in der Türkei im Gefängnis gesessen hatte, war ihm etwas Furchtbares passiert.

Tarek war kein kräftiger Mann, der auf andere einschüchternd wirkte. Ganz im Gegenteil.

Er war klein und schmächtig.

Das ideale Opfer brutaler Männer, die nichts mehr zu verlieren hatten.

Wieder und wieder war er vergewaltig worden.

Brutal. Bestimmt über einhundert Mal.
Das hätte ihn fast zerstört.
Ihn fast umgebracht.
Aber er hatte es überlebt, konnte neu anfangen, und mit der Zeit hatte er diesen inneren Schutzwall errichtet.
Und der hatte gehalten.
Bis ihn diese Frau mit einem einzigen Satz zum Einsturz gebracht hatte.
Dafür hasste er sie.
Aber sie war auch seine Chance.
Womöglich seine einzige.
Deshalb schluckte er seinen Zorn hinunter und dachte darüber nach, wie er aus dieser furchtbaren Situation mit einigermaßen heiler Haut herauskommen könnte.
Es dauerte nicht sehr lange, bis er seine Optionen geprüft hatte.
Eigentlich gab es nur eine einzige.
»Was soll ich tun?«, fragte er die Frau, die er hasste.
Sie sagte es ihm.
Er nickte. »Und wenn ich das tue; was bekomme ich dafür?«
»Sie haben unseres Wissens nach niemanden getötet. Das spricht für Sie. Wenn Sie tun, was wir von Ihnen verlangen, und wenn das zur Verhaftung der Drahtzieher und zur Verhinderung des Anschlages führt, dann schicken wir Sie nicht zurück in die Türkei. Sie werden hier in Deutschland eine kleine Haftstrafe verbüßen. Das war's.«
Innerlich atmete Tarek auf. Damit konnte er leben.
Es gab nur ein Problem: Tarek war sich nicht sicher, ob die Informationen, die er besaß, tatsächlich dazu führen würden, Costello und den Techniker ausfindig zu machen. Und das natürlich, bevor sie das Grundwasser einer Großstadt verseuchten und damit ein Massaker auslösten.

Den Mechaniker hatte er nie zu Gesicht bekommen.

Costello traf sich mit ihm immer an anderen Orten in ganz Europa. Wo der Kerl tatsächlich herkam, wusste er nicht. Auch der Ort, an dem sie ihr Teufelszeug zusammenbrauten, war ihm unbekannt.

Das alles konnte er der Frau natürlich nicht sagen.

Er musste so tun, als verfügte er über ausreichend Informationen, um ihnen wertvolle Hilfe leisten zu können. Und wer wusste es schon, vielleicht hatten sie ja Glück.

Seine einzige Chance war es, ihnen Costello auszuliefern.

Er würde ihn anrufen und versuchen, ein kurzfristiges Treffen zu arrangieren.

Egal wo, Hauptsache schnell.

Dazu würde er einen sehr guten Grund benötigen.

»Ich werde Ihnen Costello liefern«, sagte er und schickte gleichzeitig ein Stoßgebet gen Himmel.

60

»Sicherheit gibt's nicht, Herr Bundeskanzler.«
Kanzleramtschef Gehlsen

Bundeskanzler Schlüter war trotz der Warnung, sein engster Berater und langjähriger Freund Kanzleramtschef Gehlsen könnte mit den Verschwörern unter einer Decke stecken, auf dem Weg ins Krankenhaus, um ihm einen Besuch abzustatten. Drei Tage waren vergangen, seit sie das Erpresservideo erhalten hatten.

Schlüter brachte ihn zunächst auf den neusten Stand.

Dann kam er auf den eigentlichen Punkt zu sprechen. »Ich halte es für fahrlässig, einzig Eichborn und sein Team mit der

Suche nach den Terroristen zu beauftragen. Ich meine, haben BKA und das Amt für Innere Sicherheit nicht auch genügend Ressourcen, um die mutmaßlichen Attentäter zu finden? Wäre es nicht viel sinnvoller, ihnen die Ermittlungen zu überlassen? Sie können ja von mir aus mit Eichborn zusammenarbeiten.«

»Nun, diese Option haben wir natürlich intern intensiv diskutiert«, behauptete Gehlsen. »Leider haben sich Eichborn und dessen Partner als wenig kooperativ erwiesen.«

Der Kanzler runzelte verärgert die Stirn. »Wie meinen Sie das?«

»Da ich davon ausging, dass es auf genau diese Situation hinauslaufen könnte, habe ich Eichborn gebeten, uns einen genauen Überblick seiner Ermittlungsergebnisse zu geben. Darauf warten wir heute noch.«

»Das gibt's doch nicht«, rief Schlüter empört. »Das ist ja schon staatsgefährdendes Verhalten!«

Gehlsen räusperte sich. »Äh, ja. In der Tat.«

Der Kanzler sprang auf und lief im Krankenzimmer auf und ab. Dann griff er zu seinem Handy.

Gehlsen blickte ihn an. »Was haben Sie vor?«

»Ich rufe Eichborn an und scheiße ihn zusammen.«

»Das wäre ein Fehler«, sagte Gehlsen langsam.

Mitten in der Bewegung hielt der Kanzler inne und wartete auf eine Begründung.

Gehlsen lieferte. »Sehen Sie, es ist mehr als unwahrscheinlich, dass die Erpresser tatsächlich eine Großstadt verseuchen. Ihnen muss klar sein, dass, wenn Sie diesen Schritt machen, die Chance auf einhundert Millionen Euro gegen Null geht. Kein Staat der Welt würde ihnen nach so einem Massaker noch Geld zahlen. Vielmehr halte ich es für weitaus realistischer, dass sie, wenn das Ultimatum verstrichen ist, ohne dass Geld geflossen ist, einen weiteren, kleineren Anschlag verüben, um den Druck zu erhöhen. Und das wiederum verschafft uns mehr Zeit, sie ausfindig zu machen.«

Der Kanzler sackte auf dem Besucherstuhl zusammen und sah seinen Kanzleramtschef an. »Sind Sie sicher?«

»Sicherheit gibt's nicht, Herr Bundeskanzler. Aber die Wahrscheinlichkeit, dass wir recht haben, ist sehr hoch.«

»Wahrscheinlichkeiten und Möglichkeiten, mehr habe ich nicht zur Verfügung. Wie soll ich unter diesen Umständen die richtigen Entscheidungen treffen ...?«

»Mehr haben wir doch nie, um zu entscheiden. Keiner von uns hat eine Kristallkugel, die ihm sagt, was richtig und was falsch ist.«

Schlüter seufzte resigniert. »Was also schlagen Sie vor?«

»Alles bleibt beim Alten. Sollte wider Erwarten etwas vollkommen schieflaufen, wird es Eichborns Kopf sein, der rollte. Nicht der Ihre.«

• • •

Nachdem der Kanzler wieder verschwunden war, lag Gehlsen nachdenklich in seinem Bett.

Genau das hatte er erwartet.

Schlüter war schlicht und ergreifend überfordert mit der Situation.

Zu jung.

Zu unerfahren.

Zu ängstlich.

Alles, was Gehlsen zuvor gesagt hatte, war improvisiert gewesen. Weder hatte es eine interne Diskussion gegeben, noch hatten sie Eichborn gebeten, sie über den Stand der Ermittlungen zu informieren.

Auch die These, es würde keinen großen Anschlag geben, war frei erfunden. Gehlsen pokerte hoch, hatte aber wenig zu verlieren.

Natürlich wusste der Kanzler, dass man es ihm ankreiden würde, sollte tatsächlich das Grundwasser einer Großstadt verseucht werden und daraufhin zigtausende Menschen übereinander herfielen. Das wäre das Aus für ihn und wohl auch für seine Partei.

Und darum ging es schließlich: um das eigene Schicksal.

Und Gehlsen? Der dachte im Traum nicht daran, eine Mitverantwortung zu übernehmen.

Erstens waren Eichborn und seine Leute schon viel zu weit mit ihren Ermittlungen; es würde schlicht zu lange dauern, dem BKA einen umfassenden Überblick zu verschaffen. Sie hatten schließlich nur noch wenige Tage Zeit, bis das Ultimatum ablief. Zweitens waren die Erfolgsaussichten einfach zu schlecht. Er konnte nur verlieren.

Und dann ginge es um seine Karriere.

Nein, wenn ihnen die ganze Scheiße um die Ohren flog, wollte er so weit weg sein wie möglich.

61

»Was war das?«
Helen Eichborn

Wieder und wieder hörten wir uns die Aufnahme des Gespräches zwischen Özgür und dem Mann, der höchstwahrscheinlich Costello war, an.

Özgür: Wir müssen uns treffen.
Costello: Warum?

Özgür: Es gibt einiges zu besprechen. Am Telefon geht das nicht. Das wissen Sie doch. Schließlich waren das Ihre Regeln.

Costello: Wo sind Sie gerade?
Özgür: In Deutschland. In Berlin.
Costello: Wann könnten Sie in Zürich sein?
Özgür: Heute Abend?
Costello: Zu früh. Sagen wir morgen Abend. Seien Sie gegen 18:00 Uhr in der Lobby des Park Hyatt. Ich erwarte Sie dort.
Özgür: Einverstanden. Bis dann.

»Das letzte Mal, als es eine Verabredung mit den Typen in einem Hotel gegeben hat, gab es einen Toten«, erinnerte mich Patrick.

»Ich weiß.«

»Streibel war zu ersetzen. Bei Özgür sieht das anders aus«, meinte Helen, die manchmal ziemlich kaltschnäuzig sein konnte.

»Können wir uns da sicher sein?«, wollte ich wissen.

»Natürlich nicht«, sagte Patrick.

»Özgür würde diesem Treffen niemals zustimmen, wenn er befürchten müsste, getötet zu werden«, sagte Helen und klang sehr überzeugt.

Ich nickte zustimmend. »Der Typ Selbstopferung ist er nun wirklich nicht.«

»Und ein Held schon gar nicht«, versetzte Helen.

»Also reisen wir nach Zürich«, stellte Patrick fest.

»Unsere beste und gleichzeitig einzige Chance«, sagte ich wenig begeistert.

»Okay, und wer von uns fährt?«, fragte Helen.

Patrick und ich wechselten einen kurzen Blick.

»So viele wie möglich«, sagte ich in Anbetracht der möglichen Risiken.

Helen sah mich skeptisch an. »Wir sind aber nicht sehr viele.«

»Ich kenne da ein paar Männer, die uns begleiten könnten«, meinte Patrick.

»Was für Männer«, wollte Helen wissen.

»Die Art Männer, die auf einen aufpassen können.«

»Bodyguards«, stellte Helen fest.

»Seriöse, zuverlässige Leibwächter«, entgegnete Patrick. »Keine stupiden Schlägertypen.«

»Das hatte ich auch nicht erwartet«, sagte Helen und lächelte beschwichtigend.

»Dann sind wir uns ja einig«, meinte ich. »Ruf diese Leibwächter an. Die sollen sich bereit machen. Ich möchte morgen Abend in Zürich sein.«

Wir verabschiedeten uns voneinander, um jeder für sich die nötigen Vorbereitungen zu treffen. In Helens und meinem Fall bedeutete dies, dass wir mit dem Fahrstuhl nach oben fuhren, um wenige Sekunden später unsere Wohnung zu betreten. Ziemlich cool, wie ich fand.

Wir hatten gerade die Wohnungstür geschlossen, als mein Handy die Titelmelodie von *Game of Thrones* in ziemlicher Lautstärke von sich gab.

Helen wartete einen Augenblick, dann sah sie mich fragend an. »Willst du nicht rangehen?«

»Ich hör die Musik so gerne.«

Helen verdrehte die Augen.

Ich nahm das Gespräch an.

»Hallo, Herr Eichborn, Gehlsen hier.«

»Gehlsen ... Gehlsen ...«

»Der Kanzleramtsminister?«

»Ach, *der* Gehlsen. Hallo. Wie geht's Ihnen?«

Helen, die auf dem Weg ins Schlafzimmer gewesen war, machte auf dem Absatz kehrt.

»Gut, sehr gut. Danke. Ich wollte mich nach dem Stand der Ermittlungen erkundigen.«

Das fand ich jetzt merkwürdig. Laut Bundeskanzler gab es eine ganz klare Aufgabenverteilung, die besagte, dass wir uns um die Erpresser kümmern sollten. Es war gerade einmal ein paar Stunden her, dass das entschieden worden war. Und Gehlsen war darüber bestimmt in Kenntnis gesetzt worden.

»Läuft. Wir verfolgen eine vielversprechende Spur.«

»Ausgezeichnet. Wenn Sie etwas brauchen, rufen Sie einfach an. Schönen Tag noch.«

Und zack, hatte er aufgelegt.

Nachdenklich starrte ich mein Handy an.

»Was war das?«, wollte Helen von mir wissen.

»Das war ein sehr komischer Anruf des Kanzleramtschefs. Er fragte mich nach dem Stand der Ermittlungen, wollte aber eigentlich gar nichts darüber wissen.«

»Liegt der nicht im Krankenhaus?«

»Auch von dort kann man Telefonate führen, Liebling.«

»Klugscheißer. Und, was schließt du aus seinem Anruf?«

»Keine Ahnung«, gab ich zu.

»Hast du eine Vermutung?«

»Ich traue dem Kerl nicht. Also wenn ich eine Vermutung habe, dann die, dass er sich aus irgendeinem Grund absichern wollte.«

»Wie kommst du darauf?«

»Weil es das ist, was Typen wie er immer machen«, sagte ich und ich wusste, wovon ich sprach.

Helen wusste das auch. »Dann solltest du dich besser auch absichern.«

»Das hab ich vor«, sagte ich und griff zu meinem Handy.

»Wen rufst du an?«

»Rainer.«

62

»Schusswaffengebrauch ist unbedingt zu vermeiden.«
Nicolas Eichborn

Wir fuhren mit drei Fahrzeugen am nächsten Morgen nach Zürich und erreichten unser Ziel am frühen Nachmittag. Ein Flugzeug zu nehmen, wäre schneller gewesen, aber dann hätten wir ein Problem mit unseren Waffen gehabt. Und die wollten wir unbedingt dabeihaben.

Wir checkten ein. Die sechs Zimmer, die wir brauchten, kosteten unsere kleinen Firma über dreitausend Euro. Aber dafür war das Frühstück inkludiert.

Immerhin etwas.

Die Zimmer waren natürlich auch nicht viel größer als in einem normalen Hotel, aber das Badezimmer war schon spektakulär. Freistehende Badewanne, offene Dusche mit einem riesigen Duschkopf. Großes Waschbecken und ein gigantischer Spiegel. Wieder einmal fiel mir auf, dass die Beleuchtung im Bad eines Hotelzimmers nicht zu vergleichen war mit der in einer Wohnung. Woran lag das? Benutzten die in Hotels Leuchtmittel, die man als Normalsterblicher nicht erhielt? Ich nahm mir vor, den Bundeskanzler mal danach zu fragen.

Der würde das doch bestimmt wissen.

Nachdem alle ihr leichtes Gepäck in den Zimmern verstaut hatten, trafen wir uns zu einer Lagebesprechung in Helens und meinem Zimmer. Die drei Bodyguards, die Patrick besorgt hatte, sahen gar nicht so bedrohlich aus. Aber wenn ich eines gelernt hatte, dann das: Am gefährlichsten sind die, denen man nicht ansah, über was für Fähigkeiten sie verfügen.

Tick, Trick und Track hielten sich im Hintergrund, während Helen, Özgür, Patrick und ich am Esstisch Platz nahmen. Vor uns lag eine Aufnahme der Hotellobby, die von oben gemacht worden war.

Ich sah auf meine Uhr. »Es ist jetzt 15:00 Uhr. In drei Stunden wird sich Özgür in der Lobby mit diesem Costello treffen.«

»Wenn es denn Costello ist«, meinte Helen.

»Richtig«, bestätigte ich und blickte zu Özgür. »Deshalb werden Sie unter keinen Umständen die Einladung annehmen, ihn auf sein Zimmer zu begleiten. Beim letzten Mal ging das schief.«

»Sie vergessen, dass ich im Gegensatz zu Streibel weiß, wie Costello aussieht.«

»Schon klar. Aber Sie wissen nicht, wer in dem Zimmer auf Sie wartet.«

Darauf fiel ihm keine kluge Antwort ein.

»Okay«, sagte Patrick. »Die beiden treffen sich in der Lobby. Und dann?«

Aus den Augenwinkeln konnte ich erkennen, wie Tick, Trick und Track Blicke wechselten und kaum merklich die Köpfe schüttelten. Ich musste grinsen, da ich genau wusste, was sie dachten.

Ich wandte mich ihnen zu. »Nicht dass Sie jetzt denken, wir wären alle blöd und machen uns erst jetzt Gedanken über unsere Vorgehensweise. Wir haben schon gestern angefangen, einen Plan zu entwerfen. Dazu hatten wir sogar einen Grundriss der Lobby und der Hotelzimmer. Aber jetzt sind wir vor Ort, haben alles gesehen. Deshalb wiederholen wir nochmal alles.«

Sie schenkten mir etwas, dass sie wohl für ein Lächeln hielten, aber ich sah auch, dass sie erleichtert waren.

Nichts ist für einen Profi schlimmer, als mit Dilettanten zu arbeiten.

Ich lenkte meine Aufmerksamkeit wieder zurück zu den mit mir am Tisch Sitzenden. »Özgür wird also eine Stunde vor dem vereinbarten Termin hier in der Lobby sitzen.« Ich deutete mit dem Finger auf eine Sitzgruppe im äußersten rechten Winkel der Empfangshalle. »Helen und ich sitzen hier.«

Die drei Bodyguards standen auf und gesellten sich zu uns.

Ich tippte auf ein Sofa etwa zwei Meter links von Özgürs Standort. »Patrick, du hältst dich hier auf. Unsere drei Begleiter werden sich aufteilen. Zwei von ihnen werden sich am Eingang postieren, der dritte wird Patrick gegenüber Stellung beziehen.«

Ich markierte jede Position mit einem roten Punkt auf dem Foto, sodass auf einen Blick deutlich wurde, dass wir Tarek und Costello so in die Zange genommen hatten.

»Wir wissen natürlich nicht, ob Costello alleine kommen wird. Es ist durchaus möglich, dass auch er Leibwächter dabeihat.«

Ich blickte unsere drei Begleiter an. »Es wird Ihre Hauptaufgabe sein, diese möglichen Bodyguards von Costello zu identifizieren und notfalls auszuschalten.«

Sie nickten gelassen, was mir gefiel.

»Kommt Costello alleine, erleichtert das unseren Job enorm. Helen und ich werden uns dann zu Özgür und Costello setzen, und ihn höflich, aber bestimmt dazu auffordern, uns zu begleiten. Wir werden dann mit ihm in die Tiefgarage fahren und sofort verschwinden. Sollte er Begleiter haben, müssen die so lange aufgehalten werden, bis wir den Fahrstuhl erreicht haben. Schusswaffengebrauch ist unbedingt zu vermeiden. Nichts wäre schlimmer, als wenn Unbeteiligte verletzt oder gar getötet würden.«

»Verstanden«, sagte Trick, Tick oder Track.

»Sobald Özgür Costello identifiziert hat, geht's los«, sagte ich und sah den Türken auffordernd an.

»Wenn es Costello ist, lege ich die Zeitung, die ich in der Hand halte, auf den Tisch vor mir. Ist er es nicht, lege ich sie neben mich auf das Sofa.«

Ich nickte zufrieden.

Jeder wusste, wo er sich aufzuhalten hatte, jeder wusste, was er zu tun hatte.

Konnte doch eigentlich nichts schief gehen ...

63

»So kann man es natürlich auch nennen.«
Helen Eichborn

Punkt 17:00 Uhr saß Özgür in der Lobby, eine Zeitung in den Händen, die er jedoch nicht las. Er wäre auch viel zu aufgeregt gewesen, um sich auf den Inhalt zu konzentrieren. Vielmehr warf er in regelmäßigen Abständen Blicke in Richtung des Hoteleinganges, der sich vor ihm befand. Wir hatten alle unsere Positionen eingenommen und warteten ebenfalls auf das, was kommen sollte.

Etwa dreißig Minuten später konnten Helen und ich sehen, wie sich Özgürs Körper versteifte.

Ein älterer Mann hatte die Lobby betreten. Er wurde von zwei Männern in dunklen Anzügen begleitet, die zu allem Überfluss auch noch verspiegelte Sonnenbrillen trugen. Der ältere Mann sah sich um, entdeckte Özgür, gab seinen beiden Begleitern offenbar Anweisungen und ging schließlich auf den Türken zu.

Özgür legte die Zeitung auf den Tisch.

Das vereinbarte Zeichen dafür, dass es sich bei dem Mann tatsächlich um Costello handelte.

Özgür stand auf und die beiden gaben sich die Hand.

Helen und ich saßen etwa drei Meter von den beiden entfernt. Bei Patrick waren es nur zwei Meter. Wir konnten hören, was die beiden sagten.

»Lassen Sie uns nach oben in meine Suite gehen«, schlug Costello gerade vor. Er sprach Englisch mit italienischem Akzent. »Dort sind wir ungestört.«

»Ich würde lieber hierbleiben«, entgegnete Özgür und setzte sich.

Costello sah ihn erstaunt an, zuckte dann mit den Schultern und nahm ihm gegenüber Platz.

Jetzt kehrte er Helen und mir den Rücken zu.

Das war gut – und gewollt.

So konnte er zum einen nicht sehen, wie Tick, Trick und Track sich seinen Begleitern näherten. Zum anderen würde er nichts davon mitbekommen, wenn Helen und ich aufstanden und uns ihm nähern würden.

Unsere drei Bodyguards waren inzwischen bei den Begleitern Costellos angekommen und zückten ihre gefälschten Ausweise, die sie als Schweizer Kriminalbeamten auswiesen. Nach schwachem Protest verließen die beiden – flankiert von unseren Jungs – das Hotel.

Perfekt.

Helen und ich erhoben uns. Wir setzten uns links und rechts neben Costello.

Er sah uns erstaunt an. Dann blickte er zu Özgür. »Was haben Sie getan?«

»Das Richtige.«

Costello sah nun wieder zu mir. »Wer sind Sie und was wollen Sie von mir?«

»Mein Name ist Nicolas Eichborn und ich möchte, dass Sie uns nach Deutschland begleiten.«

»Sie wollen mich gegen meinen Willen nach Deutschland

bringen?« Costello schien ernsthaft erstaunt über dieses Anliegen zu sein. »Ich nehme an, Sie verfügen über einen Haftbefehl, der Ihnen diese Vorgehensweise gestattet?«

Ich schüttelte den Kopf. »Viel besser; ich habe ein offizielles Schriftstück des Innenministers der Bundesrepublik Deutschland. Ein *Tun-Sie-was-auch-immer-nötig-ist-um-diesen-Wahnsinn-zu-stoppen*-Schriftstück.«

»Darf ich auch erfahren, was Sie mir vorwerfen?«

»Nun, wenn jemand dem deutschen Staat damit droht, das Grundwasser einer Großstadt mit einer synthetischen Droge, die wahnsinnig macht, zu verseuchen, um einhundert Millionen Euro zu erpressen, dann gibt es durchaus Personen, die mit einem reden wollen.«

Die Reaktion, die darauf folgte, war spektakulär.

Costello zuckte zusammen und verlor alle Farbe aus dem Gesicht. Dann fing er an zu keuchen und Schweißtropfen liefen sein Gesicht herunter.

»Was sagen Sie da ...?«, japste er.

Helen und ich wechselten einen raschen Blick.

Ich konnte erkennen, dass sie das Gleiche wie ich dachte.

Der Typ hatte keine Ahnung, wovon ich sprach.

Ich entschloss mich, alles auf eine Karte zu setzen.

»Haben Sie ein Medikament entwickelt, das angeblich gegen Migräne hilft?«

»Entwickelt habe ich es nicht. Aber ich verkaufe es.«

»Haben Sie in Deutschland Doktor Streibel damit beauftragt, in Selbsthilfegruppen nach geeigneten Probanden Ausschau zu halten, denen dann eine Therapie mit diesen Pillen verkauft wurde?«

»Nun, ich habe meinen sehr geschätzten Kollegen hier damit beauftragt, eine geeignete Person zu suchen, die diese Aufgabe übernimmt«, sagte er und nickte in Richtung Özgür. Langsam erholte sich Costello offenbar von seinem Schock.

»Wurde Doktor Streibel in Ihrem Auftrag in Istanbul getötet?«

»Selbstverständlich nicht. Soweit ich weiß wurde er Opfer eines Überfalls.«

»So kann man es natürlich auch nennen«, murmelte Helen.

Costello sah sie an. »Mit seinem Tod hatte ich nichts zu tun.«

»Wer dann?«, wollte Helen wissen.

»Ich weiß es nicht.«

»Der Mechaniker?«, fragte Özgür.

Erneut zuckte Costello zusammen.

Ich blickte ihn prüfend an. »Wer ist der Mechaniker?«

»Er ist ein sehr böser Mann. Ein sehr gefährlicher Mann.«

»Ich wollte nicht wissen, *was* er ist, sondern *wer* er ist.«

»Sorgen Sie für meine Sicherheit, dann erzähle ich Ihnen alles, was ich weiß.«

Dieses Lied kannte ich. Meistens brachte es nicht die gewünschten Resultate.

Und uns lief die Zeit davon.

Wir hatten nur noch drei Tage, bis das Ultimatum ablief.

»Trauen Sie dem Mechaniker diese Erpressung zu?«, wollte ich von Costello wissen.

»Ich traue ihm alles zu.«

»Wo finden wir ihn?«

»Bringen Sie mich in Sicherheit, garantieren Sie mir Straffreiheit, dann erzähle ich Ihnen, was Sie wissen wollen.«

64

»Woher wissen Sie, dass seine Yacht dort liegt?«
Patrick Ebel

Helen, Patrick, Helmes und ich verzogen uns mit Costello und Özgür in einen Besprechungsraum in unserer Firmenzentrale. Dort warteten schon belegte Brötchen, Kaffeekannen und Wasser auf uns. Leider standen keine Aschenbecher auf dem Tisch.

Ohne irgendein Vorgeplänkel kam ich sofort zur Sache. »Wir haben noch den Rest von heute und drei Tage Zeit, einen Anschlag zu verhindern, der alles in den Schatten stellen würde, was wir bislang erlebt haben. Sind Sie beide zur vollständigen Kooperation bereit?«, wollte ich von Costello und Özgür wissen.

Tarek nickte nur.

Costello hatte was zu sagen. »Unter den von mir gestellten Bedingungen.«

»Ich weiß – vollständige Straffreiheit.«

Ich holte das entsprechende Schriftstück hervor, um das Schranz sich gekümmert hatte, während wir auf dem Rückflug waren, und legte es vor ihm auf den Tisch. »Reicht das?«

Costello las das Formular und nickte zustimmend. »Ja, das reicht.«

»Woher kennen Sie diesen Mechaniker?«, fragte Helen. »Und, was viel wichtiger ist: Wie ist sein richtiger Name?«

»Ich war vor etwa zwei Jahren im Auftrag eines Investment-Unternehmens auf einem wissenschaftlichen Kongress in Madrid. Meine Aufgabe bestand darin, Kontakt zu van Bormann aufzunehmen, da dieser ein sehr interessantes Produkt entwickelt hatte. Am ersten Abend, an der Hotelbar, kam ich mit Bormann ins Gespräch.«

Er trank einen Schluck Wasser und fuhr fort.

»Bormann hatte die Idee, ein wirksames ... nennen wir es Medikament, gegen die, wie er es nannte, Volkskrankheit Nummer eins zu finden. Kopfschmerzen. Recht schnell fand er heraus, dass es sinnvoller wäre, ein effektives Medikament gezielt gegen Migräneattacken zu entwickeln. Sinnvoller ... und vor allem lukrativer. Das hat er schließlich erreicht. Oder geglaubt, es erreicht zu haben. Auf jeden Fall habe ich bei dieser Gelegenheit auch seinen sogenannten Assistenten kennengelernt. Claasen.«

»Und dieser Claasen, den Sie und Özgür den Mechaniker nennen, wie passt der ins Bild? Was tut er, dass Sie solche Angst vor ihm haben?«, wollte Helen wissen.

»Das weiß ich nicht genau, aber ich glaube, dass Claasen zu vielem in der Lage ist. Seine Augen sind ... tot. Da ist kein Leben in ihnen.«

Ich wusste nicht, was ich von diesem Quatsch zu halten hatte und versuchte, wieder auf das Wesentliche zurück zu kommen.

»Und worin bestand nun Ihre Aufgabe? Sollten Sie das Medikament verbessern, oder was?«, fragte ich nach.

»Nein. Van Bormann als Chemiker hat in seinem Labor das Präparat hergestellt. Meine Aufgabe war, nach den geeigneten Vertriebskanälen zu suchen und Kontakt zu möglichen Multiplikatoren aufzubauen.«

»Multiplikatoren wie Streibel?«, fragte Helen nach.

Er nickte. »Richtig.«

»Wo ist dieser Typ, dieser van Bormann?«, wollte ich wissen.

»Wo er wohnt, weiß ich nicht. Aber ich weiß, wo sein Labor ist.«

»Wo?«

»Auf Ibiza.«

»Das ist ein Witz«, sagte ich. Ibiza; wer kam denn auf so eine Idee?

»Nein, das ist kein Witz. Ich glaube, er lebt dort. Mit seinen beiden Söhnen. Aber wie bereits erwähnt, weiß ich es nicht genau.«

»Ibiza …«

»Ja. Seine Yacht liegt zurzeit im Hafen von Eivissa.«

»Im Hafen von was?«

»Eivissa. So heißt die Hauptstadt von Ibiza«, erklärte mir Helmes.

»Woher wissen Sie, dass seine Yacht dort liegt?«, wollte Patrick wissen.

»Er hat es mir gesagt. Vor zwei Tagen. Meinte, er würde eine Woche oder so dort bleiben.«

»Also ist er die nächsten Tage definitiv auf Ibiza?«, hakte Patrick nach.

Costello nickte. »Davon gehe ich aus.«

Helen schaltete sich wieder ein. »Seine beiden Söhne, wie alt sind sie?«

»Keine Ahnung, vielleicht achtzehn. So genau weiß ich das nicht. Was ich weiß, ist, dass es arrogante Nichtsnutze sind. Alle beide.«

»Und die Mutter?«, fragte Helen weiter.

»Ist vor einiger Zeit gestorben.«

»Und wie ist van Bormanns Verhältnis zu seinen Söhnen?«, wollte Helen wissen.

»Er würde alles für sie tun. Umgekehrt wohl eher nicht. Aber welchen Vater interessiert das schon.«

Helen und ich wechselten einen Blick.

Wir hatten offenbar denselben Gedanken.

Fies, aber effektiv.

65

»Ist ziemlich cool, so sein Geld zu verdienen.«
Mark van Bormann

Ein moderner Architekt hätte die Villa vielleicht als gelungenes Experiment bezeichnet. Es handelte sich um einen rechteckigen, mit weißem Putz verkleideten Betonkasten. Mit über sechshundert Quadratmetern Grundfläche, die sich über zwei Ebenen erstreckten, lag die Villa auf einem zweitausend Quadratmeter großen Grundstück oberhalb des Yachthafens von Ibiza-Stadt und bot einen spektakulären Blick auf die Stadt und das Meer.

Das Anwesen hatte drei Badezimmer, ein gigantisches Wohnzimmer, eine Küche, die einem Restaurant alle Ehre gemacht hätte, sowie drei Schlafzimmer. Die untere Terrasse hatte die Größe von zwei Tennisplätzen und der Pool maß fünf mal zehn Meter.

Die beiden jungen Männer saßen auf der oberen Terrasse, die nicht ganz so groß war wie die untere, aber einen ebenso fantastischen Ausblick hatte. Allerdings interessierten sich die beiden nicht für die Szenerie. Sie saßen an einem Tisch aus Naturstein unter einem schattenspendenden Sonnenschirm und bearbeiteten beide die Tastatur ihrer hochmodernen Laptops.

Ab und zu hob einer der beiden den Kopf und blickte hinunter zur Straße, die zum Anwesen führte, um zu schauen, ob sich ein Fahrzeug näherte.

Sie erwarteten keinen Besuch.

Die einzige Person, die den Weg hinauf zur Villa nehmen würde, wäre ihr Vater.

Und der würde in Kürze zurückkehren.

Sobald sie seinen SUV den Berg hochfahren sahen, würden

sie die Arbeiten an ihrem Projekt einstellen und in den Pool springen.

Nichts wirkte harmloser als junge Menschen, die ausgelassen in einem Pool herumtollten.

Es war nicht so, dass sich ihr Vater dafür interessierte, was die beiden den ganzen Tag so machten. Er stellte keine Fragen und sie kämen im Traum nicht auf die Idee, ihn in ihre Arbeiten einzuweihen.

Er würde es ohnehin nicht verstehen.

Wie besessen arbeiteten sie weiter.

Nach etwa zehn Minuten richtete der Jüngere der beiden wieder seinen Blick auf die Straße.

»Vater kommt«, sagte er.

Beide beendeten das laufende Programm auf ihren Laptops, klappten sie zu, verstauten sie in den Taschen und sprangen in den Pool.

Wenige Minuten später tauchte ihr Vater auf der Terrasse auf.

Als er sah, wie seine beiden Sprösslinge im Pool herumplanschten, lächelte er.

»Hey, wie sieht's aus, habt ihr Hunger?«, rief van Bormann den beiden Jungs entgegen.

Beide kamen prustend an die Oberfläche und grinsten ihren Vater an.

»Willst du kochen oder gehen wir essen?«, fragte der ältere der zwei.

»Wir gehen essen. Runter an den Hafen.«

»Dann gerne«, sagte er und alle lachten.

• • •

Eine Stunde später saßen sie im Außenbereich eines sehr guten Restaurants. Von ihrem Platz aus konnten sie den Yachthafen sehen, in dem auch das Boot ihres Vaters ankerte.

Es handelte sich um eine elegante, zwanzig Meter lange Yacht mit vier Kabinen, einer bestens ausgestatteten Küche und einem luxuriösen Badezimmer. An Deck gab es eine große Fläche, die zu einer Lounge inklusive Sonnendeck umgebaut worden war.

Das Boot war der ganze Stolz ihres Vaters.

»Ich muss morgen früh wieder nach Barcelona«, sagte van Bormann. »Material einkaufen. Wollt ihr mit?«

Die beiden wechselten einen schnellen Blick. Einen ganzen Tag ungestört Zeit für ihr Projekt wäre perfekt.

»Nö, lass mal«, sagte Mark, der Ältere der beiden. »Wir arbeiten gerade an einem Projekt.«

Van Bormann schmunzelte. »Wieder so ein Ballerspiel, das ihr entwickelt und dann verkauft?«

Beide nickten synchron.

»Ja«, sagte Ruud, der Jüngere. »Da ist richtig viel Geld zu machen.«

Van Bormann sah seine beiden Söhne wohlwollend an. »Ich beneide euch, wisst ihr das?«

»Ach ja? Warum?«, wollte Mark wissen.

»Als ich in eurem Alter war, gab es diese Möglichkeiten nicht. In eurem Alter eine eigene Firma zu besitzen und von zuhause aus zu arbeiten. Das meine ich. Oder vom Boot aus. Egal, wo ihr seid; eure Arbeit könnt ihr quasi überall machen. Ich brauche immer mein Labor.«

»Aber das ist doch auch zuhause«, meinte Ruud.

»Ja, schon. Aber auf dem Boot kann ich nichts tun, außer die Yacht zu steuern. Ihr könnt da rumliegen und auch noch Geld verdienen. Deshalb beneide ich euch.«

»Ja«, sagte Mark. »Ziemlich cool, so sein Geld zu verdienen.«

»Also bleibt ihr in der Villa, während euer Vater raus aufs Meer fährt, um Beute zu machen«, sagte van Bormann und lachte schallend.

Seine Söhne lachten halbherzig mit und sahen sich dabei in die Augen.

Wie sehr sie ihn hassten.

66

»Du kannst richtig fies sein, weißt du das?«
Nicolas Eichborn

Wir saßen etwa fünf Meter vom Tisch entfernt, an dem van Bormann mit seinen beiden Söhnen saß. Gerade hatte er seinen Sprösslingen wohl einen Witz erzählt, denn alle drei lachten.

»Okay«, sagte Helen und nippte an ihrer Weißweinschorle. »Wie ist der Plan?«

Ich konnte nicht verstehen, wie man trockenen Weißwein, der an sich schon ekelhaft war, auch noch mit Mineralwasser verunreinigen konnte.

Dann schon lieber ein eiskaltes San Miguel.

Natürlich vom Fass. In einem eisgekühltem Glas.

»Nicolas?«

Ich zuckte zusammen und löste meinen Blick vom Bier, das vor mir stand. »Ja?«

»Wie. Ist. Der. Plan?«

Er blickte kurz zu einem Tisch, der ein klein wenig näher an dem van Bormanns stand.

Dort saß Patrick und trank … Wasser.

Wir waren am Vorabend in Ibiza eingetroffen und hatten uns sofort nach dem Check-In auf den Weg zum Yachthafen gemacht. Es war nicht allzu schwer, die Yacht von van Bormann zu finden, denn wir hatten ein Foto vom Boot und so groß war der Hafen nun auch wieder nicht. Da wir nicht wussten, wo der Kerl wohnte und da wir die örtlichen Behörden zu diesem Zeitpunkt noch nicht hinzuziehen wollten, blieb uns nichts anders übrig, als die Yacht zu beobachten, in der Hoffnung, der Besitzer würde vorbeikommen. Nach drei Stunden des Beobachtens bei fast vierzig Grad hatte ich die Idee, ein Boot zu mieten, um dann die Yacht zu rammen. Dann, schloss ich messerscharf, müssten die Behörden den Besitzer verständigen, und zack, würde er auftauchen.

Helen hatte mich aus müden Augen angesehen. »Kannst du Boot fahren? Ich meine, hast du einen Motorbootführerschein?«

»Nein.«

»Dann kannst du auch kein Boot mieten, Sherlock. Ohne Führerschein kriegst du höchstens ein Tretboot. Und damit die Yacht rammen? Ich glaube, das wird nichts.«

»Du kannst richtig fies sein, weißt du das?«

»Ja.«

Ich wollte gerade zu einer passenden Antwort ausholen, als sich jemand der Yacht näherte. Ich hatte auf die Phantomzeichnung geblickt, die wir anhand der Beschreibung Costellos hatten anfertigen lassen.

»Das könnte er sein«, hatte ich geflüstert.

Und tatsächlich. Der Mann war auf die Yacht gegangen, die van Bormann gehörte.

»Kann auch sein, dass das nur der Skipper ist«, hatte Helen gesagt.

»Was war nochmal ein Skipper?«

»Das ist der, der die Verantwortung fürs Schiff hat. Er muss einen Führerschein haben.«

»Ist ja gut, ich hab das mit dem Lappen schon beim ersten Mal kapiert.«

Helen hatte sich die Zeichnung angesehen und dann durchs Fernglas gespäht. »Bingo«, hatte sie leise gesagt.

»Er ist es, oder?«

»Ja. Oder aber der Skipper sieht genau so aus wie er.«

»Du bist doof.«

Wir hatten gewartet, bis er die Yacht wieder verlassen hatte und waren ihm dann bis zu seinem Geländewagen gefolgt. Da wir nicht blöd waren, hatten wir uns auf diese Situation vorbereitet.

Patrick parkte nur eine Seitenstraße entfernt mit seinem Mietwagen.

Er war dem Jeep van Bormanns schließlich bis zu dessen Anwesen in den Hügeln von Talamanca gefolgt. Da wir nun wussten, wo er wohnte, war der Rest ziemlich einfach gewesen. Abwechselnd beobachteten wir seine Villa und als er mit seinen beiden Söhnen zum Essen in die Stadt fuhr, waren wir ihm dicht auf den Fersen gewesen.

Nachdem van Bormann die Rechnung beglichen hatte und die drei aufgebrochen waren, kam Patrick zu uns an den Tisch.

»Ich spreche zwar nicht gerade perfekt niederländisch, aber er hat vor, heute noch mit der Yacht nach Barcelona zu fahren, um, wie er es nannte, Material einzukaufen. Seine Söhne bleiben hier. Sie entwickeln anscheinend Computerspiele.«

Ein Gedanke, so flüchtig wie eine Seifenblase, flog durch mein Hirn und löste einen Alarm aus.

Aber bevor ich diesen Gedanken fassen konnte, war er auch schon wieder fort.

Die Seifenblase war geplatzt.

»Dann schnappen wir uns die beiden, sobald er losgefahren ist«, meinte Helen angriffslustig.

Patrick nickte vorsichtig und sah dann zu mir. Offenbar wollte er eine Bestätigung dessen, was Helen gerade gesagt hatte.

Als ob ich in der Lage wäre, Helen zu stoppen, wenn sie im Angriffsmodus war.

Niemand konnte das.

»So machen wir das. Allerdings behagt mir der Gedanke nicht, ihn einfach so losschippern zu lassen«, sagte ich.

»Wieso?«, wollte Helen wissen. »Was spricht dagegen?«

»Stell dir vor, er hat mit seinen Söhnen irgendein Geheimzeichen verabredet. So was wie alle drei Stunden ein Anruf, keine Ahnung. Und wenn dieses Zeichen ausbleibt, weiß er, dass etwas nicht in Ordnung ist.«

»Okay ...«

»Und dann haben wir eine beschissene Patt-Situation. Er sagt, lasst meine Söhne frei, sonst verseuche ich das Grundwasser von Berlin. Wir sagen, wenn du machst, was wir dir sagen, lassen wir deine Söhne frei.«

»Oh«, meinte Helen.

»Und wie kommen wir aus dieser Nummer raus?«, fragte Patrick.

Ich sah ihn an. »Einer von uns beiden muss aufs Boot.«

67

»Wovon zum Teufel sprechen Sie?«

Mark van Bormann

Van Bormann brachte seine Söhne zurück in die Villa, packte Sachen für seinen Kurztrip und machte sich anschließend wieder auf den Weg zurück zum Hafen. Dort meldete er sich beim Hafenmeister ab, ging aufs Boot und überprüfte die

Technik der Yacht. Als er damit fertig war, startete er die drei Volvo-Penta-Dieselmotoren mit je 662 Kilowatt Leistung, die für eine Höchstgeschwindigkeit von 36 Knoten sorgten. Langsam und vorsichtig steuerte er seine dreieinhalb Millionen Euro teure Yacht aus dem Hafen. Als er das offene Meer erreichte, beschleunigte er sanft. Je nachdem, wie ruhig das Meer war, würde er für die Fahrt nach Barcelona zwischen sechs und acht Stunden benötigen.

Er lehnte sich in dem komfortablen Sessel zurück und genoss den warmen Fahrtwind.

• • •

Schon bevor Patrick das Boot betrat, hatte er alle möglichen Szenarien, wie er Bormann überwältigen könnte, durchgespielt. Die meisten endeten irgendwie damit, dass van Bormann ihn entdeckte, bevor Patrick ihn unschädlich machen konnte.

Ihm einfach gegenübertreten kam also nicht in Frage.

Patrick würde van Bormann überraschen müssen.

Wie immer war er perfekt vorbereitet, für alle Eventualitäten gewappnet.

Patrick steckte die Glock zurück in das Schulterhalfter. Stattdessen bereitete er eine Spritze vor. Er holte eine kleine Ampulle aus seiner Segeltuchtasche, stach die Spritze hinein und zog die Flüssigkeit, ein starkes Betäubungsmittel, hinein. Zuletzt drückte er den Kolben der Spritze nach oben, um Luftblasen zu entfernen. Dann schlich er auf Socken geräuschlos nach oben an Deck.

Van Bormann hatte ihm den Rücken zugewandt, sodass sich Patrick ihm unbemerkt nähern konnte.

Patrick erreichte van Bormann, ohne ein einziges Geräusch gemacht zu haben. Ohne zu zögern stach er ihm die Nadel in den Hals und injizierte ihm das Mittel.

Van Bormann schrie auf und schlug mit einer Hand auf die Stelle, an der ihn etwas gestochen hatte. Dabei entdeckte er Patrick. Er riss erschrocken die Augen auf.

»Was zum Teufel …«

Dann wurden seine Augen glasig und er sackte zusammen.

Patrick fing ihn auf und ließ ihn sanft zu Boden sinken.

Nun hieß es warten.

Es dauerte fast eine Dreiviertelstunde, bis van Bormann wieder zu sich kam. Patrick hatte ihn währenddessen an Hand- und Fußgelenken gefesselt und auf das Sonnendeck gezerrt. Dort fiel ein auf dem Rücken liegender Mann nicht weiter auf. Nur für den Fall, dass ein anderes Boot ihren Weg kreuzen würde und dessen Passagiere neugierig waren.

Patrick hatte die Motoren ausgeschaltet, aber keinen Anker geworfen.

Als van Bormann die Augen öffnete, sah er sich zuerst desorientiert um.

Dann blieb sein Blick auf Patrick haften. »Wer sind Sie und was wollen Sie?«, fragte er mit trocknem Hals.

Patrick hielt ihm eine Wasserflasche an den Mund und van Bormann trank gierig.

»Mein Name ist Patrick Ebel und ich will, dass Sie uns verraten, welche Stadt Ziel Ihres geplanten Anschlages ist. Und natürlich möchten wir wissen, wo Sie das Präparat versteckt haben, dass Sie ins Grundwasser leiten wollen.«

Van Bormann starrte Patrick voller Unverständnis an. »Wovon zum Teufel sprechen Sie? Was für ein Anschlag?«

»Verkaufen Sie mich nicht für dumm, Herr van Bormann. In diesem Moment dringen Freunde von mir in Ihre Villa ein und nehmen Ihre Söhne in Gewahrsam. Sie bedrohen die Bundesrepublik Deutschland. Dachten Sie wirklich, das hat keine Konsequenzen?«

Van Bormann schüttelte fassungslos den Kopf. »Wenn Sie meinen Söhnen etwas tun, ich schwöre Ihnen, dann bringe ich Sie um!«

»Das wäre ja mal ein toller Trick«, sagte Patrick vollkommen unbeeindruckt.

»Das ist ein Alptraum«, stammelte er. »Ein furchtbarer Alptraum. All das, was Sie mir vorwerfen, ist vollkommen surreal. Ich bin ein unbescholtener Geschäftsmann. Ich entwickle Medikamente gegen Migräne, Herrgott nochmal. Ich bin doch kein Terrorist. Und meine Söhne sind genau so harmlos. Das ist, nein ... das muss eine Verwechslung sein.«

»Sie arbeiten mit Tarek Özgür und Professor Costello zusammen. Glauben Sie mir; das ist weder ein Irrtum noch eine Verwechslung.«

»Özgür und Costello? Sie kennen die beiden? Sie werden Ihnen bestätigen, dass ich unschuldig bin. Reden Sie mit den beiden. Ich bitte Sie.«

»Was glauben Sie, haben wir getan, bevor wir nach Ibiza kamen? Wer, glauben Sie, hat uns erzählt, dass wir Sie hier finden?«

»Ich verstehe das alles nicht. Die beiden haben behauptet, ich wäre ein Terrorist?«

»So in etwa, ja.«

»Das kann nicht sein.«

Patrick war tatsächlich verunsichert. Die Reaktion van Bormanns wirkte auf ihn ehrlich, nicht gespielt.

Es war nicht einfach, ihm etwas vorzumachen und Patrick durchschaute Lügner erfahrungsgemäß sehr schnell. Bei van Bormann hatte er den Eindruck, er wusste tatsächlich nichts von dem geplanten Anschlag und der Erpressung.

»Nehmen wir einmal an, ich glaube Ihnen, dass Sie nichts mit der Erpressung zu tun haben ...«

»Sie müssen mir glauben!«, rief van Bormann.

Patrick beschwichtigte ihn mit einer Handbewegung. »Nehmen wir das mal an; wer hat Zugriff auf ihre Arbeiten? Zum Beispiel auf die Formel dieses Medikaments gegen Migräne.«

»Niemand ...«

»Denken Sie nach. Wenn Sie die Wahrheit sagen, muss es jemanden geben.«

Patrick konnte die Gedanken van Bormanns fast schon hören, so angestrengt dachte dieser nach.

»Okay, versuchen wir es anders: Wo ist Ihr Labor?«

Van Bormann hob den Blick. »In meinem Haus.«

»Sie meinen die Villa oberhalb von Talamanca?«

»Ja, richtig.«

»Leben Sie da alleine?« Patrick wusste, dass das nicht so war, aber er wollte sehen, was Bormann antwortete.

Der schüttelte den Kopf. »Nein. Ich lebe dort mit meinen beiden Söhnen.«

»Was machen ihre Söhne?«

»Sie entwickeln Computerspiele«, sagte er.

Trotz der prekären Situation konnte man den Stolz auf seine Söhne heraushören.

Bei Patrick ergab plötzlich alles Sinn. »Hören Sie, Herr van Bormann, ich glaube, wir haben hier ein riesiges Problem. Wenn ich Ihnen jetzt sage, dass das Erpresservideo über mehrere, anonyme Server lief, die wiederum zum Tor-Netzwerk gehören, die Erpresser Bitcoins, anstatt Euro oder Dollar verlangten, und Zugriff auf die Substanz haben, die Sie entwickelten, was löst das bei Ihnen aus?«

Patrick beobachtete ihn genau.

Zuerst spiegelte seine Miene angestrengtes Nachdenken wider.

Dann Erkenntnis, gefolgt von Entsetzten und Unglaube.

»Ganz recht«, sagte Patrick leise und griff zu seinem Handy. »Nicht Sie sind der Erpresser. Es sind Ihre Söhne.«

68

»Gott, sind wir dämlich.«
Helen Eichborn

Wir fuhren die lange Auffahrt zur Villa hinauf und blieben vor dem geschlossenen Rolltor stehen. Links von uns, genau auf Augenhöhe, befanden sich ein Kasten mit Klingelknopf, eine Kameralinse und ein Lautsprecher.

Ich drückte auf die Klingel.

Es dauerte einen kleinen Moment, dann knackte es im Lautsprecher.

»Wer ist da?«, fragte mich eine junge Stimme auf Englisch.

»Mein Name ist Nicolas Eichborn, meine Partnerin und ich arbeiten für die deutsche Regierung. Wir hätten da ein paar Fragen.«

Kurz darauf ging das Rolltor geräuschlos auf.

Ich sah zu Helen. »Kinder sind so leichtgläubig.«

Wir fuhren direkt bis zur Villa und blieben auf der mit weißem Kies ausgelegten Auffahrt stehen. Als wir den Wagen verlassen hatten, sahen wir uns um.

Die Aussicht war fantastisch.

Und teuer.

Die Haustür ging auf und einer der beiden Söhne sah uns neugierig an. Er machte eine einladende Handbewegung. Helen und ich kamen der Aufforderung nach. Wir gingen die wenigen Stufen hinauf zum Eingang und betraten die Villa.

Der Jüngling streckte uns die Hand entgegen. Er war lässig angezogen: an den Knien abgeschnittene Jeanshose, weißes Leinenhemd und Flip-Flops. Seine Haare waren blond und kurz, seine Augen blau wie das Meer, und er sah aus, als käme er gerade aus der Grundschule.

»Mark van Bormann«, stellte er sich vor. »Lassen Sie uns

hinaus auf die Terrasse gehen. Aber ich sagen Ihnen gleich, mein Vater ist nicht da.«

»Wissen wir«, antwortete ich und erntete einen irritierten Blick von ihm.

Trotzdem ging er vor und bot uns einen Platz im Schatten an. Von hier war der Blick noch besser.

»Ihr Bruder ist nicht da?«, fragte Helen mit einem strahlenden Lächeln.

Mark erwiderte das Lächeln.

Das passierte Helen immer.

»Er ist oben, arbeiten. Soll ich ihn holen?«

»Gleich. Lassen Sie uns erst ein bisschen plaudern«, schlug ich vor.

»Ja, klar. Schießen Sie los.«

»Womit verdient Ihr Vater sein Geld?«, fragte Helen.

»Er ist Chemiker. Entwickelt irgendwelche Pillen gegen irgendwelche Schmerzen.«

»Es scheint Sie nicht sehr zu interessieren, was Ihr Vater macht«, bemerkte sie.

»Mein Vater ist ein Arschloch«, antwortete Mark unerwartet offen. »Und Sie haben vollkommen recht; es interessiert uns nicht, was er tut.«

Okay, soweit, so gut.

»Können Sie sich vorstellen, dass Ihr Vater in illegale Aktivitäten verstrick ist?«, fragte Helen nach.

Erstaunlicherweise lachte Mark lauthals. »Unser Vater? Illegale Geschäfte? Sie kennen ihn nicht, oder? Unser Vater ist der langweiligste Mensch auf diesem Planeten.«

»Wissen Sie, wo sein Labor ist?«, wollte ich wissen.

»Natürlich. Hier im Haus.«

»Dürfen wir uns das mal anschauen?«

»Ich weiß nicht …«, zögerte er. »Brauchen Sie dafür nicht einen Durchsuchungsbefehl oder so?«

»Nicht, wenn Sie es uns erlauben.«

»Okay … ach, was soll's. Kommen Sie, ich bringe Sie hin.«

Er stand auf und ging voraus. Offenbar befand sich das Labor im Keller, denn er führte uns in den Flur und öffnete eine Tür zur Linken, die hinab führte.

»Von außen sieht man gar nicht, dass das Haus einen Keller hat«, bemerkte ich.

»Der ist ja auch unterirdisch«, sagte Mark.

Kleiner Klugscheißer.

Er blieb vor einer massiv aussehenden Tür stehen, griff nach oben zum Türrahmen und fand den Schlüssel. Er sah uns an und grinste. »Ich sagte doch; mein Vater ist langweilig. Und absolut harmlos.«

Er schloss auf und bat uns einzutreten.

Dumm wie wir waren, gingen wir tatsächlich vor.

Kaum waren wir drinnen, schlug er die Tür von außen zu und verschloss sie wieder.

Helen und ich sahen uns an.

»Gott, sind wir dämlich«, sagte Helen.

Ich wollte gerade antworten, als mein Handy klingelte.

»Eich …«

»Es sind die Söhne«, rief Patrick. »Nicht der Vater. Die Söhne.«

Ich sah mich in dem Labor um. »Was du nicht sagst.«

Vierter Teil

69

»Solange ich da bin, wird dir niemand etwas tun.«
Mark van Bormann

Der Mann sah die beiden Jugendlichen mit ausdruckslosen Augen an. »Ihr hättet die beiden töten müssen«, sagte er leise.

Mark van Bormann schüttelte den Kopf. »Nein. Das waren deutsche Bundesbeamte. Hätten wir die umgelegt, würde das Konsequenzen haben, die wir überhaupt nicht abschätzen können. Es war die richtige Entscheidung, sie einfach nur wegzusperren.«

»Aber jetzt wissen sie, dass ihr etwas damit zu tun habt. Bislang hatten sie nur Costello, Özgür und euren Vater im Verdacht.«

Mark blickte zu seinem jüngeren Bruder und beide schmunzelten.

»Findet ihr das lustig?«

»Wir sind zwei harmlose junge Männer, die von zwei vollkommen fremden Leuten, die sich nicht einmal mit Ausweisen identifiziert haben, bedroht worden sind. Uns blieb nichts anderes übrig, als abzuhauen«, erklärte Mark.

»Wir hatten nämlich Angst, entführt zu werden«, führte Ruud weiter aus. »Das ist schon häufiger passiert, dass die Kinder wohlhabender Leute entführt wurden.«

Der Mann sah die beiden Brüder einfach nur schweigend an.

Mark entschied, dass es an der Zeit war, die Befehlskette klarzustellen. »Darüber hinaus ist es doch so; nicht wir tun das, was du uns sagst, sondern du tust das, was wir dir sagen. Schon vergessen?«

Der Mann nahm die Zurechtweisung ohne erkennbare Gefühlsregung hin.

»Gut«, sagte Mark und lächelte. »Da wir das jetzt geklärt haben, können wir ja über die nächsten Schritte sprechen. Die erste Frage, der wir uns widmen müssen, ist, ob es ein Problem darstellt, dass unser heißgeliebter Vater in den Händen der deutschen Behörden ist.«

»Vor allem wäre es interessant zu wissen, wie sie auf ihn gekommen sind«, fügte Ruud an.

Mark sah seinen jüngeren Bruder mit mildem Blick an. »Das liegt doch auf der Hand«, erklärte er. »Über Özgür kamen sie auf Costello. Und über den auf Vater. Hätten wir Streibel nicht verloren, sähe alles etwas rosiger aus, nicht wahr?«

Die letzte Frage richtete er direkt an den Mann, der ihnen gegenübersaß.

»Streibel war ein unkalkulierbares Risiko«, sagte der Mann mit ruhiger Stimme.

Das Lächeln auf Marks Gesicht wurde breiter. »Da haben wir es; so etwas wie *unkalkulierbares Risiko* gibt es nicht. Alles ist Ursache und Wirkung. Aktion und Reaktion.«

Er sah den Mann jetzt direkt an. »Es ist doch so; hättest du Streibel im Hotel in Istanbul nicht getötet, hätten wir ihn durch Zahlung einer Abfindung ruhigstellen können. Wir hätten ihm einen sehr langen Urlaub auf einer kleinen, beschaulichen Insel irgendwo im Indischen Ozean geschenkt und alles wäre gut gewesen. Aber du musstest ihm ja eine Kugel ins Hirn jagen. Das war die Aktion. Die daraus resultierende Reaktion war, dass die deutschen Behörden, die bis zu diesem Zeitpunkt nur davon ausgingen, dass illegale Medikamente oder harte Drogen im Umlauf waren, plötzlich eins und eins zusammenzählten. So kamen sie auf Özgür. Und so weiter und so fort. Ursache und Wirkung.«

Ruud hörte seinem älteren Bruder vollkommen hingerissen zu und nickte an passender Stelle heftig.

»Okay«, sagte der Mann immer noch gelassen. »Was schlägt das Superhirn nun vor? Wie geht es weiter?«

Marks Blick verschleierte sich, als er nachdachte.

Er besaß einen IQ von über einhundertvierzig und es machte ihm keine Mühe, mehrere Probleme simultan zu analysieren.

»Weißt du, mein Vater ist ein riesengroßes Arschloch. Er ist schuld, dass unsere Mutter tot ist. Aber in einem hatte er recht; wir können von überall aus arbeiten. Wir brauchen nur Strom und eine stabile Internetverbindung. Also werden wir uns in Luft auflösen.« Er schnippte mit den Fingern. »Einfach so.«

»Aha«, sagte der Mann. »Also werden wir Ibiza verlassen. Kluge Entscheidung. Ich schlage vor, wir reisen aufs spanische Festland. Barcelona zum Beispiel.«

Mark nickte. »Eine ausgezeichnete Idee.«

»Dann geh ich mal in mein Zimmer. Packen«, sagte der Mann, stand auf und verschwand.

Als er das Hotelzimmer verlassen hatte, schüttelte sich Ruud. »Der Typ macht mir Angst«, gestand er leise.

Mark legte seinem Bruder eine Hand auf die Schulter. »Solange ich da bin, wird dir niemand etwas tun.«

»Ich weiß«, sagte Ruud, dem plötzlich Tränen übers Gesicht liefen.

»Was ist los?«, wollte Mark wissen.

»Hat Vater wirklich schuld an Mutters Tod?«

Mark stand abrupt auf. »Weißt du, wo er war, als Mutter im Sterben lag? Aufgefressen von dieser scheiß Krankheit?«

»Arbeiten …?«

»Nein, mein Lieber. Er hat rumgevögelt. Hat eine andere Frau gefickt, während Mama qualvoll verreckte.«

»Aber sie waren doch gar nicht mehr zusammen, oder?«, fragte Ruud leise.

Mark schüttelte energisch den Kopf. »Darum geht's doch nicht«, rief er erzürnt. »Er hätte bei ihr sein müssen, als sie ihn so sehr brauchte. Aber stattdessen hat er rumgevögelt. Er hätte ein Medikament für sie erfinden müssen, und nicht für fremde Menschen, die nur Kopfschmerzen haben.«

»Ja«, sagte Ruud leise. »Du hast recht.«

Mark setzte sich wieder zu seinem Bruder. »Vater ist ein egoistisches Arschloch. Das darfst du niemals vergessen. Wir können ihm nicht vertrauen.«

»Ich weiß. Es gibt nur dich und mich.«

Jetzt umarmte er seinen jüngeren Bruder.

»Ja, nur dich und mich.«

Ruud nickte in Richtung des Nachbarzimmers. »Und was ist mit ihm?«

Um Marks Mund erschien ein bitterer Zug. »Er gehört nicht zur Familie. Er ist nur ein Werkzeug.«

»Ein Werkzeug, das wir wegschmeißen, wenn wir es nicht mehr brauchen«, sagte Ruud mit mehr Sicherheit, als er verspürte.

Mark lächelte zufrieden. »Jetzt hast du es kapiert, kleiner Bruder.«

Er blickte auf das linke Handgelenk seines jüngeren Bruders. »Neue Uhr?«

Der hob die Hand und lächelte stolz. »Ja. Eine Omega. Ist cool, oder?«

70

»Haben Sie weiterhin vor, die Ehefrauen verheirateter Promis zu vögeln?«
Bradley Claasen

Bradley Claasen stand in seinem Zimmer und dachte darüber nach, wie er die beiden kleinen Scheißer umbringen würde. Immer dann, wenn ihre Arroganz oder Dummheit ein Maß annahmen, dass selbst ihn überforderte, malte er sich diese Szenarien aus.

Das beruhigte ihn.

Claasen war eins neunzig groß, breitschultrig, und, wie die meisten Frauen sofort bestätigen würden, gutaussehend.

Bis sie ihm in die Augen schauten.

Taten sie das, beschlich sie ein eigenartiges Gefühl.

Seine Augen waren leblos.

Das lag zum Teil an den Dingen, die sie gesehen hatten. Sehen *mussten.*

Zum anderen natürlich an den Dingen, die er getan hatte. Tun *wollte.*

Das alles hatte sämtliche positiven Gefühle, die er vielleicht früher einmal in der Lage war zu empfinden, aus seinem Körper gespült. Und waren die einmal fort, gab es kein Zurück mehr.

Claasen war ein Soziopath.

Er war nicht in der Lage, Mitgefühl zu empfinden.

Er wusste sehr wohl zwischen Richtig und Falsch zu unterscheiden.

Aber das waren nicht die Kriterien, die ihm wichtig waren.

Was ihn interessierte, war nur, ob ihm etwas nützte, oder nicht.

Er wusste nicht mehr, wie viel Menschen er schon umgebracht hatte. Aber auch das war nicht wichtig. Schließlich gehörte er nicht zu den Männern, die sich damit brüsteten.

Aber es waren verdammt viele gewesen.

Claasen war Mitte vierzig. Geboren in Pretoria lebte er mit seinen Eltern und Geschwistern auf einer Farm. Er wuchs in einer sehr unruhigen Zeit auf. Das Ende der Apartheid war abzusehen und die schwarze Bevölkerung begann damit, das von den weißen Einwanderern illegal beschlagnahmte Land zurückzufordern.

Er war sechzehn, als er seinen ersten Menschen tötete.

Das veränderte ihn für immer.

Nicht, weil es Schaden an seiner Seele anrichtete.

Es hatte nichts in ihm ausgelöst. Rein gar nichts.

Mit achtzehn verließ er die Farm seiner Familie und wurde Söldner.

Er kämpfte in Ruanda, in Zaire und anderen Kriegsgebieten des Kontinents.

Davon gab es schließlich auch genug.

Schon bald eilte ihm ein gewisser Ruf voraus; der einer furchtlosen und effektiven Tötungsmaschine.

Ende der neunziger Jahre musste er Afrika verlassen. Zu viele Feinde von ihm hatten ein gigantisches Kopfgeld auf ihn ausgesetzt.

So kam er nach Europa.

Zuerst arbeitete er als Auftragskiller für die korsische Mafia. Es folgten Aufträge der italienischen und russischen Mafia.

Auch hier erarbeitete er sich einen guten Ruf.

Er machte sehr viel Geld, was ihm nichts bedeutete.

Schließlich kam er in ein Alter, wo er sich fragen musste, wie lange er den physischen Anstrengungen seines Jobs noch gewachsen war. Er fing an, nach anderen lukrativen Einnahmequellen zu suchen.

Ein Bekannter riet ihm dazu, in den privaten Sicherheitssektor zu wechseln.

Gute Bezahlung, wenig Stress.

So lernte Claasen Dietrich kennen und wurde ein Mitarbeiter dessen Sicherheitsunternehmen.

Für Dietrich erledigte er Sonderaufgaben. Also Aufträge, die andere niemals ausführen würden. Innerhalb kürzester Zeit empfahl er sich für noch brisantere Aufgaben.

Schließlich setzte Dietrich ihn auf van Bormann an.

Van Bormann lebte zu der Zeit getrennt von seiner an Krebs erkrankten Frau und hatte ein Verhältnis mit einer anderen verheirateten Frau angefangen. Deren Ehemann, ein bekannter Fernsehmoderator, schickte ihm einen Schlägertrupp auf den Hals. Nur mit Mühe und viel Glück gelang es van Bormann, ihnen zu entkommen.

Aber damit fing der Ärger erst an.

Eines Abends war Bormann mit seinen Söhnen in einem Restaurant zum Abendessen, als drei übel aussehende Typen an seinen Tisch kamen und Bormann bedrohten. Schließlich wurden auch Mark und Ruud in die Auseinandersetzung verwickelt.

Claasen, der ebenfalls in dem Restaurant saß, war Bormann zur Hilfe geeilt und hatte die drei Schläger in die Flucht geschlagen. Bormann hatte keine Ahnung, dass die drei Männer im Auftrag von Dietrich gehandelt hatten. Er war sicher, dass der Moderator erneut versucht hatte, ihn zusammenschlagen zu lassen. Das sagte er Claasen auch, als er ihn auf ein Bier einlud.

Dann fragte er Claasen, ob er an einem Job interessiert wäre.

»Warum?«, hatte Claasen gefragt. »Haben Sie weiterhin vor, die Ehefrauen verheirateter Promis zu vögeln?«

Van Bormann hatte gelacht, wurde dann aber schnell wieder ernst. »Nein. Aber ich habe ein Produkt entwickelt, das mir möglicherweise Ärger einbringen könnte. Allerdings ist der Gewinn das Risiko wert. Also, interessiert?«

Um den Schein zu wahren, fragte Claasen nach. »Was für ein Produkt? Warum Ärger und mit wem?«

»Ich habe ein Produkt gegen Migräne entwickelt, das ich nun verkaufen will. Das ist ein Milliardenmarkt, den die Pharmagiganten unter sich aufgeteilt haben. Mit denen würde ich mich anlegen. Unter anderem.«

»Ein Produkt oder ein Medikament?«

»Ein Produkt, kein zulassungspflichtiges Medikament. Das würde noch Jahre dauern und mehr Geld kosten, als ich bezahlen möchte.«

Claasen sagte zu und wurde zum Angestellten van Bormanns.

Und er lernte dessen Söhne kennen.

Es heißt, dass Soziopathen einander erkennen, wenn sie sich sehen.

Als Claasen eines Tages van Bormanns ältesten Sohn Mark kennenlernte, schrillten bei ihm sämtliche Alarmglocken. Ihm war sofort klar, dass mit Mark etwas nicht stimmte.

Claasen erkannte bei dem jungen Mann die gleiche Kälte wie bei sich selbst.

Claasen nahm sich vor, Mark ganz genau im Auge zu behalten.

Van Bormann hingegen entpuppte sich als kompletter Idiot. Genial, wenn es um seine Arbeit ging, aber vollkommen naiv. Er merkte nichts davon, dass seine Söhne ihn verabscheuten.

Claasen war gut ein Jahr in Diensten van Bormanns, als Mark mit einer Idee auf ihn zukam.

Claasen war beeindruckt.

Und gierig.

Sein Vater hatte lange Zeit gebraucht, um ein wirkungsvolles Mittel gegen Migräne zu entwickeln. Vor allem die teilweise heftigen Nebenwirkungen hatten ihm zu schaffen gemacht. Als die beiden Brüder einmal mit ihrem Vater beim Abendessen zusammensaßen, hatte der ihnen erzählt, dass er vor einiger Zeit kurz davor gestanden war, ein Produkt herzustellen, das tatsächlich gewirkt hätte. Aber leider musste er es wieder verwerfen, da die Nebenwirkungen entsetzlich gewesen waren.

»Woher weißt du das mit den Nebenwirkungen?«, hatte Mark wissen wollen.

Sein Vater hatte sich gewunden und versucht, sich um eine Antwort zu drücken. Aber als Mark nicht lockerließ, rückte er schließlich mit der Sprache raus.

Bormann hatte auf der Insel ein paar Obdachlose angesprochen und ihnen für ihre Verhältnisse viel Geld angeboten, wenn sie sich als Testperson für ein harmloses Präparat zur Verfügung stellten.

Mark und Ruud hatten ihren Vater fasziniert angestarrt.

»Und?«, wollte Ruud wissen. »Was ist passiert?«

Ihr Vater hatte das Gesicht verzogen, als hätte er in eine Zitrone gebissen. »Sie haben sich gegenseitig umgebracht«, hatte er leise geantwortet.

»Wow …«, entfuhr es Ruud. »Waren das die Nebenwirkungen?«

»Ja.«

Dann hatte ihr Vater ihnen in allen Einzelheiten geschildert, was das Produkt angerichtet hatte.

Als sie zurück in ihrer Villa waren, sprachen Mark und Ruud noch lange über das, was ihnen ihr Vater erzählt hatte.

Sie kamen überein, dass sie versuchen wollten, an die Formel dieses Präparates zu kommen, um es schließlich als Superdroge anzupreisen und zu verkaufen.

Einfach so, zum Spaß.

Sie durchsuchten das Labor ihres Vaters und stellen erfreut fest, dass sie die Formel gar nicht benötigten, da ihr Vater genug von diesem Höllenzeug produziert hatte.

Aber sie wussten nicht, wie sie das Zeug an den Mann bringen sollten.

Da kam Claasen ins Spiel.

Mark weihte ihn ein und er verbündete sich mit den beiden Brüdern. Gemeinsam schmiedeten sie ihre Verschwörung gegen van Bormann und nutzten sein Produkt für ihre Zwecke.

Bei einem zu erwartenden Gewinn von dreißig Millionen Euro konnte man seine Loyalität durchaus in den Wind schlagen.

Claasen machte jedoch einen Fehler.

Er erzählte Dietrich von dem Produkt.

Claasen wusste zwar, dass Dietrich und seine Organisation irgendeine krasse Scheiße in Deutschland planten. Ihm war aber nicht bekannt, was genau sie vorhatten. Aber als Dietrich Tage später anrief und Claasen mitteilte, dass sie Verwendung für das Präparat hatten, wurde für ihn plötzlich die Luft sehr dünn. Als er jedoch erfuhr, welche Mengen die Bormann-Brüder im Labor ihres Vaters entdeckt hatten, konnte Claasen Dietrich etwas von dem Zeug zukommen lassen und dennoch mit den beiden Brüdern das Nebengeschäft ohne Probleme durchziehen.

71

»Zwei Nadeln, um genau zu sein.«
Helen Eichborn

Das erste, was wir taten, nachdem Patrick Helen und mich aus dem Labor befreit hatten, war, eine internationale Fahndung nach Mark und Ruud van Bormann zu veranlassen. Van Bormann senior stellte uns aktuelle Fotos seiner Söhne zur Verfügung, die wir in einem Büro der örtlichen Polizei einscannten und versendeten. Natürlich auch an Europol.

Van Bormann war immer noch geschockt ob der Tatsache, dass seine Söhne Terroristen waren.

Dennoch war er bemüht, uns zu helfen. Wir saßen auf der unteren Terrasse seiner Villa, tranken Eistee und überlegten, wie es jetzt weitergehen sollte.

»Wo würden Ihre Söhne sich verstecken? Gibt es da irgendein Ziel, dass Ihnen spontan einfällt?«, wollte Helen von ihm wissen.

Er dachte über die Frage nach, schüttelte dann aber den Kopf. »Da fällt mir nichts ein. Tut mir Leid.«

Helen und ich ließen ihn erst einmal in Ruhe, damit er sich von seinem Schock erholen konnte. Wir schickten ihn mit Patrick in das Haus.

Sie sollten nachsehen, ob es irgendwo etwas Essbares gab.

»Wenn du Mark wärst«, wollte Helen von mir wissen. »Was würdest du tun?«

Ich dachte über die Frage nach. »Ich würde auf jeden Fall Ibiza verlassen. Ich müsste damit rechnen, dass eine internationale Fahndung nach mir raus ist, also würde ich es vermeiden, Grenzen zu passieren. Auch Flughäfen und Bahnhöfe fallen weg.« Ich überlegte einen Moment. Helen ließ mich nicht aus den Augen, was ich irgendwie komisch fand.

»Ich würde mich auf den Weg zum spanischen Festland machen. Möglichst in eine große Stadt, in der ich untertauchen könnte. Valencia oder Barcelona wären meine erste Wahl.«

»Du bist gut, weißt du das?«, sagte Helen und lächelte.

»Das sind alles Vermutungen«, wandte ich ein. »Vielleicht haben sie auch einen Privatflieger und sind schon auf dem Weg nach Kuba oder so.«

»Glaub ich nicht. Ich denke, du hast recht und sie sind auf dem Weg zum Festland. Ich würde Barcelona wählen.«

»Selbst wenn; die Stadt hat mehr als 1,6 Millionen Einwohner. Wir suchen die Nadel im Hauhaufen.

Helen nickte. »Zwei Nadeln, um genau zu sein.«

»Es sind eher drei«, hörten wir van Bormann sagen. Wir hatten gar nicht bemerkt, dass Patrick und er zu uns zurückgekehrt waren. Wir sahen ihn an.

»Wieso drei?«, wollte ich wissen.

»Ich befürchte, dass mein Leibwächter bei ihnen ist. Ich denke, er ist derjenige, der die Fäden in der Hand hält.«

»Wir haben uns drinnen unterhalten«, erklärte Patrick. »Und da fiel ihm ein, dass sich Bradley Claasen, so heißt sein Leibwächter, noch nicht bei ihm gemeldet hat. Wir sind hoch in sein Zimmer gegangen, und haben festgestellt, dass seine Sachen weg sind. Van Bormann hatte schon länger den Eindruck, dass sein ältester Sohn und Claasen irgendetwas ausheckten.«

»Was ist dieser Claasen für ein Typ?«, wollte ich von van Bormann wissen.

»Südafrikaner, ehemaliger Söldner. Ein gefährlicher Mann. Das zeigt auch sein Spitzname; man nannte ihn damals in Afrika den Mechaniker. Weil er funktionierte wie eine Maschine.«

Ich fand ja, dass er dann eher Maschine heißen sollte, als Mechaniker.

Aber was verstand ich schon von solchen Sachen?

»Also gehen wir davon aus, dass sie zu dritt sind. Macht den Kohl auch nicht fett«, meinte ich.

»Wir brauchen die Handynummern Ihrer Söhne«, sagte Helen.

»Ja, natürlich.«

»Dann hoffen wir mal, dass wir sie darüber orten können«, sagte sie ohne viel Hoffnung in der Stimme.

»Ich befürchte, so einfach werden sie es uns nicht machen. Aber es ist definitiv einen Versuch wert«, sagte ich und bat ihn um die Rufnummern.

»Auch die von Claasen, bitte«, sagte Helen.

Als wir alle Nummern hatten, gaben wir sie an Helmes weiter, der schon ungeduldig auf eine Aufgabe wartete. Er sollte auch die Aufnahmen der Überwachungskameras sämtlicher Fähren anfordern, die in den letzten vier Stunden von Ibiza aus auf das spanische Festland abgefahren waren. Eine Fähre zu nehmen war in unseren Augen die einzige Option für die drei.

Die Alternative wäre, ein Boot zu mieten.

Dies ging nur mit Ausweis und Kreditkarte. Alles zurück verfolgbar. Der einfache Ticketkauf für eine Überfahrt war da schon weitaus anonymer.

»Okay, dann gehen wir das Risiko ein und machen uns auf den Weg nach Barcelona. Wir werden fliegen. Da wir davon ausgehen, dass die drei alle Flughäfen meiden werden, weil dort ihre Fotos aushängen, nehme ich an, sie sind mit der Fähre unterwegs. Wenn wir schnell aufbrechen, könnten wir sogar noch vor ihnen ankommen. Soweit ich weiß, braucht die Fähre acht Stunden.« Ich sah auf meine Uhr. »Sie sind seit sechs Stunden weg. Wir brauchen einen Hubschrauber.«

»Da kann ich Ihnen behilflich sein«, sagte van Bormann.

72

»Jetzt wird es spannend.«
Patrick Ebel

Auf dem Weg zum Flughafen versuchte ich, einen alten Bekannten zu erreichen. Amaretto war Kriminalbeamter in Málaga und hatte mir vor einigen Jahren bei der Jagd nach dem russischen Mafioso Fjodor Semjonow geholfen. Genau der Fjodor, mit dem mich mittlerweile so was wie eine Freundschaft verband und der gerade auf meine Eltern aufpasste.

Der Spanier hieß natürlich nicht wirklich Amaretto, sondern Armando.

Nach einigem Hin und Her bekam ich ihn ans Telefon. Zu meiner Überraschung erinnerte er sich an mich und er freute sich sogar, von mir zu hören.

Ich erzählte ihm, was geschehen war und welche Art von Hilfe wir benötigten. Er versprach, alles Nötige in die Wege zu leiten. Zwar arbeitete er immer noch in Málaga, kannte aber, im Gegensatz zu mir, die richtigen Ansprechpartner in Barcelona.

Für den Fall, dass wir es nicht rechtzeitig vor Anlegen der Fähre im Hafen Barcelonas schaffen sollten, würden Polizisten in Zivil die Passagiere der Fähre unauffällig nach den drei Flüchtigen absuchen. Sie alle hatten Fotos der beiden Söhne von van Bormann.

Vom Mechaniker gab es nur eine Phantomzeichnung, da unter seinem Namen keine Einträge zu finden waren. Wie zu erwarten, war Bradly Claasen nicht sein richtiger Name.

Wir hatten noch etwa zwanzig Minuten zu fliegen, als ich dreihundert Meter unter uns ein riesiges Gefährt entdeckte.

»Wow«, sagte ich in das Kinnmikrofon. »Ein Flugzeugträger.«

Der Pilot antwortete mir auf Englisch. »Das ist die Fähre Ibiza – Barcelona.«

Helen sah mich an und schüttelte amüsiert den Kopf.

Ich machte eine Geste, die so viel bedeuten sollte wie: »Was?«

»Flugzeugträger«, sagte sie leise. »Ich lach mich tot …«

Ich ignorierte die Gehässigkeit meiner Frau.

Es gab Wichtigeres.

Wir würden es rechtzeitig schaffen.

Die Anlegestelle der Fähre befand sich im nördlichen Teil des Hafens, quasi vor der Haustür der Millionenstadt. Es war also von äußerster Wichtigkeit, die drei schnell zu finden, da sie ansonsten ohne Probleme in der Stadt untertauchen konnten. Der Hubschrauber landete auf einem Parkplatz für PKWs, gegenüber und nur unweit von der Stelle, wo die Fähre in Kürze anlegen würde.

Die Passagiere würden die Fähre verlassen und in ein Terminalgebäude gehen. Von dort erreichte man einen Vorplatz, an dem Taxis und andere Beförderungsmöglichkeiten auf sie warteten.

Als wir die Anlegestelle fast erreicht hatten, öffnete sich rechts von uns die Schiebetür eines Transporters und Amaretto grinste uns entgegen. Wir stiegen zu ihm in das Überwachungsfahrzeug.

Er erklärte uns, wie die Observierung organisiert war.

Die spanischen Behörden hatten einen guten Job gemacht.

Alle für uns relevanten Überwachungskameras waren mit diversen Bildschirmen im Bus verbunden worden. Sie zeigten den Ankunftsbereich der Fähre, den Eingang des Terminals, sowie dessen Ausgang.

Insgesamt konnten wir auf die Aufnahmen von zwölf Kameras zugreifen.

Darüber hinaus waren rund um und im Terminal zwanzig Beamte in Zivil eingesetzt, die genau wussten, wie die Zielpersonen aussahen.

Unter normalen Umständen dürften sie uns nicht entkommen.

Nach einer Weile wurde der Sprechfunk hektischer. Die gigantische Fähre fuhr langsam durch das Hafenbecken in Richtung Anlegestelle.

Alle Insassen des Busses standen unter Hochspannung und starrten auf die Monitore.

Nach einer Weile verließen die ersten Passagiere die Fähre.

Unwillkürlich beugten Helen, Patrick, Amaretto und ich uns weiter vor.

»Jetzt wird es spannend«, sagte Patrick.

73

»Keine dumme Idee.«
Bradley Claasen

Instinkt ist ein Gefühl, das auf Erfahrung beruht. Meistens auf negativen. Menschen, die über Jahre regelmäßig angelogen worden sind, oder aber solche, die selbst jahrelang gelogen haben, entwickeln ein untrügliches Gespür dafür, Lügen zu erkennen.

War jemand über einen längeren Zeitraum ständig diversen Gefahren ausgesetzt, spürte dieser Mensch eine potenzielle Bedrohung, noch bevor diese für andere erkennbar wurde.

Claasen war so ein Mensch.

Und er spürte, dass im Hafen von Barcelona eine Gefahr drohte.

Claasen saß mit den beiden Brüdern in einer Cafeteria im Inneren der Fähre. Die beiden wirkten irritierend aufgeregt und ausgelassen.

Er entschloss sich, die beiden auf den Boden der Tatsachen zurückzuholen.

»Wir müssen damit rechnen, dass euer Vater den Bullen erzählt hat, dass ich verschwunden bin. Also werden sie Ausschau nach drei Personen halten. Wir sollten uns aufteilen.«

»Wenn überhaupt jemand nach uns Ausschau hält«, entgegnete Mark.

»Davon sollten wir ausgehen«, erklärte Claasen. »Alles andere wäre fahrlässig.«

Mark zuckte gleichgültig mit den Schultern. »Von mir aus«, sagte er gelangweilt. »Wir müssen dann aber einen Treffpunkt ausmachen.«

Claasen blickte die Brüder an. »Kennt ihr die Kirche *La Sagrada Família*?«

Beide nickten.

»Gut. Westlich davon ist ein Park. Er heißt *Placa de la Sagrada Família*. Auf der nordwestlichen Seite dieses kleinen Parks gibt es ein Café. Dort treffen wir uns. In vier Stunden.«

»Einverstanden«, sagte Mark.

»Und wie komme ich dann da hin?«, fragte Ruud, dem es offenbar nicht behagte, alleine zu sein.

»Mit dem Taxi«, erklärte Mark. »Geh aus dem Terminal und schon siehst du die wartenden Taxis.«

»Können wir nicht zusammenbleiben? Du und ich?«

»Du hast doch gehört, was Bradley gesagt hat. Sie werden drei Personen suchen. Auf jeden Fall zwei Brüder. Also dich und mich. Wenn wir einzeln unterwegs sind, sinkt die Wahrscheinlichkeit, dass sie uns entdecken.«

»Aber du sagst doch selbst, dass sie wahrscheinlich gar nicht auf uns warten«, begehrte Ruud auf.

Mark wurde ungeduldig. »Aber wir wissen es nicht, oder? Bradley hat schon recht, wenn er sagt, dass wir auf alles vorbereitet sein sollten.«

Ruud sackte in sich zusammen. »Okay …«

Claasen stand auf. »Ich geh dann mal«, sagte er. »Bis später.«

»Sollten wir nicht irgendwie ein Zeichen ausmachen? Ich meine, wenn sie einen von uns schnappen und ihn zwingen, Kontakt zu den anderen aufzunehmen, dann wäre es doch gut, wenn wir ein Geheimwort vereinbaren. Sagt jemand dieses Wort, dann wissen die anderen, dass er geschnappt wurde«, sagte Ruud.

Mark und Claasen wechselten einen kurzen Blick.

»Keine dumme Idee«, sagte Claasen.

»Find ich auch«, bestätigte Mark.

Ruud strahlte. »Wie wäre es mit Rosebud?«, schlug er vor.

»Wir sollten vielleicht ein Wort nehmen, das man leicht in einen Satz einbauen kann«, entgegnete Mark.

»Sonne«, sagte Claasen. »Das Wort ist Sonne.«

Beide Brüder stimmten zu und Claasen verschwand.

Ruud sah seinen Bruder mit ängstlichem Blick an. »Meinst du, sie warten im Terminal schon auf uns? Glaubst du, Vater hat ihnen geholfen, uns zu schnappen?«

Mark wusste zwar nicht, was das eine mit dem anderen zu tun haben sollte, antwortete dennoch. »Ich denke nicht, dass sie Zeit genug hatten, Leute im Hafen zu postieren. Immerhin sind es deutsche Bullen, die bei uns in der Villa waren, keine spanischen. Also bleib ruhig und tue das, was ich dir sage. Dann wird alles gut gehen, okay?«

»Alles klar.«

Die Fähre wurde langsamer, dann legte sie an.

Mark stand auf. »Okay«, sagte er. »Es geht los.«

74

»Wie pervers und feige ist das denn?«
Nicolas Eichborn

Als die ersten Passagiere die Fähre verließen, war die Anspannung kaum noch auszuhalten.

Es gab drei Ausgänge, die auf den Pier hinaus führten. Von dort waren es nur wenige Schritte bis ins Terminal. Vom Kapitän der Fähre hatte Armando erfahren, dass rund achthundert Menschen an Bord waren, die nun alle so schnell wie möglich in die Stadt wollten. Ich verlor langsam die Hoffnung, dass es uns gelingen würde, die drei zu entdecken.

Plötzlich zeigte Patrick auf einen der Monitore. »Das ist Mark!«, rief er.

Und tatsächlich, ich erkannte ihn wieder. Es war eindeutig van Bormanns ältester Sohn, der gerade lässig den Pier entlangschlenderte.

Armando gab einen Befehl auf Spanisch über sein Headset.

»Das da könnte der jüngere Sohn sein«, rief Helen plötzlich. Ich blickte auf den Bildschirm vor Helen und verglich dann das Gesicht des jungen Mannes mit dem Foto, das uns van Bormann gegeben hatte.

»Er ist es«, sagte ich und ballte die Faust.

Erneut sagte Armando etwas in sein Mikro.

Plötzlich wurde es hektisch. Armando sprach maschinengewehrartig in sein Mikro und wurde dabei immer lauter. Ich verstand kein Wort und wurde unruhig.

Dann verstummte Armando und sah mich an. »Wir haben diesen Mark verloren«, sagte er mit mühsam unterdrückter Wut.

»Was ist mit dem anderen?«, fragte ich. »Diesem Ruud?«

»Den haben wir.«

»Und der Mann, dieser Mechaniker?«, wollte Patrick wissen.

Armando schüttelte den Kopf.

Wir verließen den Transporter und gingen zum Terminal. Dort hatte man Ruud in einen abgeriegelten Bereich gebracht. Er saß in einem schmucklosen Büro und schien am Boden zerstört zu sein. Patrick versuchte am Pier mit den Leuten von Armando, Mark zu finden.

Bevor wir zu Ruud gingen, hielt Helen mich am Arm zurück. »Wir gehen beide rein. Du sprichst mit ihm. Ich beobachte, okay?«

Ich nickte. »Alles klar. Soll ich ihn hart angehen oder erstmal locker bleiben?«

»Versuche, eine Beziehung zu ihm aufzubauen. Verständnis und so. Du weißt, was ich meine.«

Ich sah sie fragend an. »Ich soll eine Beziehung zu ihm aufbauen? Vielleicht sollte ich besser beobachten, und du sprichst mit ihm. Ich glaube, das mit der Beziehung kannst du besser als ich.«

Helen grinste. »Komm schon, du kannst das auch.«

Ich schüttelte den Kopf und betrat den Raum.

Ruud zuckte zusammen und sah Helen und mich aus weit aufgerissenen Augen an.

Helen setzte sich etwas abseits hin, ich nahm ihm gegenüber Platz.

»Hallo Ruud, mein Name ist Nicolas Eichborn.«

Sein Blick irrte unentwegt zwischen Helen und mir umher.

»Ruud«, sagte ich, »sieh mich an.«

Er tat es.

»Du steckst so dermaßen in Schwierigkeiten, dass es mir fast die Sprache verschlägt.« Ich zählte an den Fingern ab. »Erpressung, Mord und Terrorismus. Und du bist erst … wie alt? Achtzehn, Neunzehn?«

Hinter mir räusperte sich Helen leise. Scheinbar verstand sie unter Beziehung aufbauen etwas anderes.

»Ich hab niemanden umgebracht«, sagte Ruud leise.

»Was hast du gesagt?«

»Ich sagte, ich habe niemanden getötet«, sagte er nun etwas lauter.

»Ach Ruud, weißt du, es ist egal, ob du der Meinung bist, niemanden umgebracht zu haben. Das Einzige, was zählt, ist, was wir dir vorwerfen. Ihr erpresst Deutschland. Und ihr habt einen Angriff mit chemischen Waffen auf ein Altenheim verübt.« Ich schlug mit der flachen Hand auf die Tischplatte. »Auf ein Altenheim! Wie pervers und feige ist das denn? Da hört es bei uns auf, kapierst du das? Da kennen wir keine Gnade mehr.«

»Davon wusste ich nichts«, schrie er.

»Ach nein? Und wovon weißt du?«

Er wich zurück und sah mich voller Misstrauen an.

Klappte doch hervorragend mit der Beziehung.

»Ich will einen Anwalt«, sagte er und schob trotzig sein Kinn vor.

Ich lachte. »Du guckst die falschen Serien, Kleiner. Einen Anwalt kriegst du nicht. Weder heute noch morgen, oder irgendwann. Du bist ein Terrorist. Da gelten andere Regeln. *Das* hast du auch nicht gewusst, oder?«

»Ich habe Rechte«, protestierte er.

»Einen Scheiß hast du. Du hast eine einzige Chance, dein Leben nicht vollkommen gegen die Wand zu fahren. Nämlich die, mit uns zu reden. Uns alles zu sagen, was du weißt. Und uns zu verraten, wo sich dein Bruder und dieser Claasen aufhalten. Tust du das nicht, und zwar sofort, verschwindest du in einem tiefen, schwarzen Loch, aus dem du nicht mehr rauskommst.«

»Sie bluffen doch«, sagte er wenig überzeugt von seinen eigenen Worten.

»Willst du dein Leben darauf verwetten?«

Sein Adamsapfel schlug Purzelbäume.

Er tat mir fast ein bisschen leid.

Aber nur fast.

»Wir wissen, dass nicht du der Drahtzieher bist«, schaltete sich Helen ein.

Sie stand auf und kam zu uns an den Tisch. »Wir vermuten, dass es dieser Claasen ist, der euch dazu gebracht hat, so etwas zu tun. Claasen ist ein sehr gefährlicher Mann, der schon sehr viele Menschen getötet hat. Für ihn spielt ein Toter mehr oder weniger keine Rolle. Ihr seid anders. Du und dein Bruder.«

»Claasen ist ein Psychopath«, rief Ruud aufgebracht.

»Das wissen wir«, beruhigte Helen ihn.

»Er hat mich und meinen Bruder dazu gezwungen, all diese Sachen zu machen.«

»Das ist uns klar«, sagte Helen.

»Was für Sachen?«, wollte ich wissen.

»Na, das mit dem Altenheim und so.«

»Und so? Was *und so*?«

»Diese ganzen anderen Sachen, die Sie uns vorwerfen«, sagte er ungeduldig.

Helen und ich wechselten einen Blick.

»Herrgott, Ruud. Du hast keine Ahnung, was dein Bruder getan hat und noch plant, stimmt's?«

75

»Mein Bruder ist dir doch scheißegal.«
Mark van Bormann

Als Mark merkte, dass er beobachtet wurde, drehte er sich um und versuchte, in der Masse der Menschen unsichtbar zu werden. Das gelang ihm auch für eine gewisse Zeit. Aber ihm war klar, dass er ein Problem hatte. Er sah sich vorsichtig um und entdeckte drei verdächtig aussehende Männer, die sich ständig umsahen, als würden sie jemanden suchen.

Wahrscheinlich ihn.

Vor ihm erstreckte sich das runde *World Trade Center* in die Höhe. Das Gebäude erinnerte an die Form eines Schiffes und ist ein wichtiges Geschäftszentrum mit einer großen Anzahl an Büros, einem Kongress- und Tagungszentrum, Restaurants und einem Luxushotel. Es lag am Ende des Kais *Moll de Barcelona*.

Mark sah nur eine einzige Möglichkeit.

Er wandte sich nach rechts und lief am Pier entlang zur Rückseite des Gebäudekomplexes.

Er sah sich um.

Niemand folgte ihm.

Sie waren zu sehr damit beschäftigt, die Fähre und das Terminal zu beobachten.

Mark umrundete das Gebäude. Hier hielten sich keine Touristen auf.

Nur Lieferanten und Arbeiter des Hafens.

Sehr gut.

Als Mark nach vorne sah, fluchte er leise.

Der Weg wurde ihm durch eine fest installierte Hebebühne versperrt. Arbeiter waren gerade dabei, den Inhalt eines Schiffes zu löschen, das rechts von ihm im Wasser dümpelte.

Gerade, als er überlegte, was er nun tun sollte, ging links von ihm ein Rolltor auf und ein Fahrzeug kam herausgefahren. Ohne groß nachzudenken rannte Mark durch das Tor in die Tiefgarage.

Jetzt war er erst einmal in Sicherheit.

Aber es wurde immer besser, denn ein Teil der Tiefgarage gehörte zum Hotel *Eurostar*, das sich im westlichen Teil des Centers befand. Hier gab es einen direkten Zugang zur Lobby des Hotels.

Mark atmete einmal tief durch und machte sich dann auf den Weg zur Hotellobby.

Dort angekommen rief er sich ein Taxi und ließ sich zum vereinbarten Treffpunkt bringen.

Als das Taxi den Hafen verließ und in den dichten Verkehr der Stadt eintauchte, atmete Mark erleichtert aus.

Er hatte es geschafft.

Ob das auch auf seinen Bruder und auf Claasen zutraf, wusste er nicht.

Um Claasen machte er sich keine Sorgen.

Aber um Ruud schon.

Er hing an seinem Bruder, wusste aber auch, dass dieser schwach war.

Deshalb hatte er ihn nicht in sämtliche Details des Plans eingeweiht. Nur für den Fall, dass etwas schieflaufen würde und Ruud in die Hände der Behörden fiel.

Geschah dies, könnte er nichts verraten, was die Vollendung des Plans betraf.

Das war nicht seine Idee gewesen. Vielmehr war es eine Bedingung, die Claasen gestellt hatte.

Aber Mark kannte seinen Bruder besser als er sich selbst. Daher wusste er, dass Ruud, wenn er davon erfuhr, weder gekränkt noch sauer auf ihn sein würde.

So war Ruud; einfach zu gut für diese Welt.

Mark würde gut auf ihn Acht geben müssen.

Das Taxi hielt in einer Parkbucht und der Fahrer gab ihm zu verstehen, dass sie ihr Ziel erreicht hatten.

Natürlich hatte Mark ihm nicht sein eigentliches Ziel genannt. Immerhin konnte es ja sein, dass die Behörden auch die Taxiunternehmen kontaktieren und um Mithilfe bitten würden. In Deutschland war es mittlerweile vollkommen normal, dass Taxifahrer der Polizei Amtshilfe leisteten.

Unglaublich.

Man konnte wirklich niemandem mehr vertrauen.

Mark bezahlte den Fahrer und verließ das Fahrzeug.

Er wandte sich nach rechts. Dort befand sich in unmittelbarer Nähe die berühmte unvollendete Kirche des wahrscheinlich vollkommen wahnsinnigen Architekten Gaudi.

Ohne auf das berühmte Bauwerk zu achten, ging er in den kleinen Park. Nach wenigen Minuten erreichte er das Café.

Mark sah sich um, konnte aber weder Claasen noch seinen Bruder irgendwo sehen.

Ihn überkam ein ungutes Gefühl.

Er warf einen Blick auf seine Uhr. Vor nicht einmal einer Stunde hatten sie die Fähre verlassen.

Das vereinbarte Treffen sollte also in drei Stunden stattfinden.

Wie lange sollte er warten, wenn niemand kam?

Und was würde er tun, wenn keiner von ihnen hier auftauchen würde?

Eine Kellnerin kam zu seinem Tisch und fragte ihn, was er bestellen wollte.

Mark entschied sich, dreieinhalb Stunden zu warten, und orderte einen Cappuccino.

Er hatte die Tasse zur Hälfte ausgetrunken, als sich Claasen zu ihm an den Tisch setzte.

Zuerst war Mark erleichtert, dass er es geschafft hatte. Als er jedoch den Gesichtsausdruck Claasens sah, war er sofort alarmiert.

»Wo ist mein Bruder?«

»Sie haben ihn erwischt.«

»Scheiße ...«, sagte Mark leise. »Verdammte scheiße.«

»Wir müssen trotzdem weitermachen«, sagte Claasen eindringlich. »Um deinen Bruder werden wir uns später kümmern.«

Mark sah ihn verächtlich an. »Mein Bruder ist dir doch scheißegal.«

»Dir ist er nicht gleichgültig, also kann er mir auch nicht egal sein.«

Jetzt lächelte Mark. »Da ist was dran. Was schlägst du vor?«

»Wir bereiten alles vor wie geplant. Nur das Lösegeld wird um eine Komponente erhöht.«

Marks Lächeln wurde breiter.

»Einhundert Millionen Euro und meinen Bruder.«

»So ist es.«

76

»Wir haben eventuell noch ein ganz anders Problem.«
Johannes Kernberger

Die nächste Krisensitzung im Kanzleramt. Anwesend waren die üblichen Verdächtigen.

Auch Gehlsen war wieder mit von der Partie.

Bundeskanzler Schlüter sah sich suchend um. »Wo ist Eichborn?«

Schranz antwortete: »Herr Bundeskanzler, er ist in Barcelona. Es ist ihm gelungen, die Personen zu identifizieren, die für die ganze Misere verantwortlich sind.«

Der Kanzler wirkte erstaunt. »Das ist ja großartig«, sagte er. »Ausgezeichnet. Wer sind diese Schurken? Islamisten bestimmt, oder?«

Schranz schüttelte den Kopf. »Nein. Es handelt sich bei ihnen um zwei junge Männer aus Holland.«

Dem Kanzler entglitten die Gesichtszüge. »Das ist ein Scherz …«

»Nein. Das ist kein Witz. Ihre Namen sind Mark und Ruud van Bormann. Es sind die Söhne des Mannes, der die Substanz entwickelte, die zu den Amokläufen führten. Wobei van Bormann senior tatsächlich davon ausging, ein Mittel gegen Migräne erfunden zu haben. Darüber hinaus gehört noch eine dritte Person zu den Tätern; Bradley Claasen, ein südafrikanischer Söldner. Wir gehen davon aus, dass er derjenige ist, der zu der Organisation gehört, die diese Verschwörung geplant hat. Allerdings ist das nicht sein richtiger Name, sodass wir über ihn noch keine weiteren Informationen haben.«

»Was heißt *die Täter identifiziert*? Hat Eichborn sie in Gewahrsam genommen?«, wollte der Präsident des BKA wissen.

»Nur den jüngeren der beiden Brüder. Diesen Ruud. Die beiden anderen sind leider im Hafen von Barcelona entkommen.«

»Und denkt Eichborn, dass er jetzt den Anschlag stoppen kann?«, fragte Scheuer.

»Ich kann Ihnen nicht sagen, was Herr Eichborn denkt. Aber ich gehe davon aus, dass er den jüngeren Bruder dazu benutzen wird, an die anderen zwei heranzukommen«, entgegnete Schranz.

»Das liegt ja wohl auf der Hand«, knurrte Scheuer.

»Und wie stehen die Chancen, dass ihnen das gelingt?«, fragte der Kanzler.

»Unmöglich, diese Frage zu beantworten. Aber ich denke, dass unsere Chancen in den letzten Stunden gestiegen sind«, sagte der Innenminister.

»Uns läuft die Zeit davon«, erinnerte Scheuer ihn.

Kanzleramtsminister Gehlsen sah den BKA-Präsidenten mit spöttischem Lächeln an. »Ach, tatsächlich?«

Scheuer wurde rot im Gesicht und schwieg.

»Wir haben eventuell noch ein ganz anderes Problem«, ergriff Kernberger das Wort.

Der Bundeskanzler stöhnte leise auf. Innenminister Schranz nickte Kerni aufmunternd zu.

»Uns erreichen aus Hamburg alarmierende Nachrichten. Offensichtlich hat ein Mitarbeiter des Amtes für Umweltschutz, ein gewisser Siegfried Köhler, seine Familie und auch seine Freunde vor einem bevorstehenden Anschlag mit chemischen Waffen gewarnt. Sie kennen ja alle den Spruch *Drei Menschen können ein Geheimnis bewahren, wenn zwei von ihnen tot sind*. Hier trifft das auch zu, denn diese Nachricht hat sich wie ein Lauffeuer verbreitet. Es ist nur noch eine Frage von Stunden, bis wir in Hamburg eine Massenpanik haben.«

Der Kanzleramtsminister hieb mit der Faust auf den Tisch. »Verdammt! Wie konnte das passieren?«

»Nun«, sagte Kernberger, »jemand hier in diesem Raum muss geplaudert haben. Denn schließlich sind nur wir hier eingeweiht.«

»Wir und Eichborn«, stellte Gehlsen fest und sah dabei den Kanzler an.

Kernberger blickte dem Kanzleramtschef fest in die Augen. »Wollen Sie damit andeuten, dass Herr Eichborn das Leck ist?«

»Er wäre meine erste Wahl. Eichborn hat schon früher zur Genüge bewiesen, dass er auf alle Regeln pfeift.«

Kernberger nickte, als wollte er dem zustimmen. »Nicolas hat unkonventionelle Methoden. Das gebe ich zu. Aber sie dienen einzig und allein der Lösung des Falles. Und seine Erfolgsraten sind außergewöhnlich. Niemals hat er vertrauliche Informationen nach außen dringen lassen. Nicht ein einziges Mal. Ich verbürge mich für ihn.«

Gehlsen schnaubte verächtlich, schwieg aber.

»Wie dem auch sei«, fuhr Kerni fort. »In diesem Augenblick befindet sich mein Stellvertreter auf dem Weg nach Hamburg. Er wird versuchen herauszufinden, wer dem Mitarbeiter der Behörde für Umweltschutz diesen Floh ins Ohr gesetzt hat. Ich denke, wir werden recht bald erfahren, wer wirklich das Leck ist.«

Die Tür des Büros ging auf und die Sekretärin des Kanzlers kam mit hochrotem Kopf herein. Sie ging direkt zu Schlüter und flüsterte ihm etwas ins Ohr. Dann verschwand sie wieder.

Der Kanzler sah zu Kernberger. »Haben Sie die Handynummer von Herrn Eichborn?«

77

»Die denken alle, das wäre eine Übung?«
Patrick Ebel

Wir saßen zusammen mit Amaretto in einem Straßencafé und berieten uns, wie es nun weiter gehen sollte. Wir hatten noch zwei Tage und den Rest von heute, um einen möglichen Anschlag zu verhindern. Wenn es denn überhaupt einen geben würde, da Ruud keine Gelegenheit ausließ, um uns davon zu überzeugen, dass das nie Teil des Plans war.

Der sah nämlich vor, mit einem großen Anschlag zu drohen und das Geld einzusacken.

Würde die Regierung nicht zahlen, war es das. Sie wollten sich dann einfach verpissen.

Kein Anschlag, keine amoklaufende Stadt.

Wir hätten ihm wirklich gerne geglaubt, aber die Tatsache, dass in einem Altenheim in Berlin die Substanz freigesetzt und damit sehr viele Menschen getötet wurden, sprach dagegen.

Und die Tatsache, dass sie, ohne es zu wissen, für Wittgenstein und Konsorten arbeiteten.

Denn deren Pläne sahen garantiert vollkommen anders aus.

Und die würden keine Sekunde zögern, den nächsten Schritt zu gehen.

»Wir sollten den Holzhammer rausholen«, meinte Armando und schlürfte Kaffee con Leche.

»Was heißt das?«, wollte Helen wissen.

»Wir riegeln Barcelona ab«, antwortete er und grinste.

»Abriegeln …? Die ganze Stadt …«, echote ich.

Er nickte. »Ja. Das funktioniert. Wir werden sämtliche verfügbaren Kräfte vor Ort aktivieren und die *Grupo Especial de Operaciones*, die ist vergleichbar mit eurer GSG 9, hinzuziehen. Nur die Guardia Civil lassen wir außen vor. Die mögen wir hier nicht. Alles in allem sind das rund eintausend Mann. Damit riegeln wir die Stadt ab. Um ehrlich zu sein, haben wir damit schon angefangen.« Er holte eine Fotografie aus seiner schmalen Ledertasche und legte sie auf den Tisch. »Und wir haben das hier. Wir haben die Aufnahmen sämtlicher Passagiere, die die Fähre verlassen haben, analysiert und mit der Phantomzeichnung abgeglichen. Und wir hatten einen Treffer. So sieht euer Söldner aus. Wir haben das Foto von Mark van Bormann und von Claasen an alle Dienststellen gesendet. Jeder Polizist – zivil oder uniformiert – hat diese Bilder dabei. Taxifahrer, Hotels, egal wie abgefuckt es auch ist, Pensionen, Krankenhäuser, Restaurants, ja sogar Kirchen, sie alle wissen, wie unsere Verdächtigen aussehen. Und sie halten Ausschau nach ihnen.«

Ich war sprachlos. »Wann hast du das alles gemacht?«

»Angefangen habe ich damit, als du mich angerufen und mir dein Problem geschildert hast. Wir hatten schon lange keine ernste Bedrohung mehr. Madrid hat es in der Vergangenheit erwischt. Wir hatten den Amokfahrer vor ein paar Monaten. Es ist der ideale Zeitpunkt, um unsere Einsatzbereitschaft zu testen.«

»Die denken alle, das wäre eine Übung?«, fragte Patrick skeptisch nach.

»Nein. Die Beamten wissen, dass es sich um eine reale Gefahr handelt. Aber die Bevölkerung weiß das nicht. Damit vermeiden wir Selbstjustiz und Panik.«

»Aber es besteht doch die Gefahr, dass das keiner richtig ernst nimmt, oder?«, wollte Helen wissen.

»Da kennen Sie uns Katalanen aber schlecht«, sagte Armando und grinste. »Alle werden das sehr ernst nehmen. Wenn einer der Verdächtigen irgendwo auftaucht und entdeckt wird, werden wir das sofort erfahren. Und dann ziehen wir das Netz enger und enger. Bis wir sie haben.«

Mein Handy klingelte. Es war Kerni. Ich nahm das Gespräch an.

Kerni berichtete mir von der jüngsten Entwicklung in Hamburg.

»Wie konnte das denn passieren?«, fragte ich ihn.

»Wir haben ein Leck.«

»Scheiße.«

»Ja.«

»Irgendeine Vermutung?«, wollte ich wissen.

»Gehlsen.«

»Der Kanzleramtsminister?«, fragte ich erstaunt. »Ich dachte, den hat Schranz aus dem Verkehr gezogen.«

»Jetzt ist er wieder dabei. Und ich habe erfahren, dass der Kanzler ihn kürzlich im Krankenhaus besucht hat. Alleine.«

»Und weißt du, warum er das getan hat?«

»Brauchen Idioten einen triftigen Grund für das, was sie tun?«

»Nein.«

»Siehst du. Aber wenn du es unbedingt wissen willst; der Kanzler ist mit der Situation schlicht überfordert. Und Gehlsen will, dass wir alle auf die Schnauze fliegen. Wenn es diesen großen Anschlag gibt, bricht hier alles zusammen. Danach dann Neuwahlen. Und Gehlsen will hoch hinaus. Er hat Ambitionen, das weiß jeder.«

»Und du wunderst dich, dass ich aus diesem Scheißspiel ausgestiegen bin«, sagte ich leise.

»Ich wundere mich schon lange nicht mehr.«

»Und nun?«

»Scholli ist in Hamburg und klopft ein bisschen auf den Busch. Mal schauen, wen er aufscheucht.«

»Oh Mann, wenn Scholli auf den Busch klopft, gibt es danach nichts mehr, was sich bewegen könnte.«

Kerni lachte. »Er macht das schon. Wie läuft es bei euch?«

»Die beiden haben sich eindeutig mit der falschen Stadt angelegt.«

»Na ja, mal sehen. Es gibt noch einen Grund, weshalb ich dich anrufe; während unserer Besprechung im Kanzleramt hat Mark van Bormann angerufen.«

»Oh, interessant. Und was wollte er?«

»Deine Handynummer.«

Jetzt war ich wirklich überrascht. »Ich hoffe, ihr habt sie ihm gegeben.«

»Natürlich.«

»Hat er gesagt, was er will?«, wollte ich wissen.

»Nein. Aber ich bin sicher, das werden wir in Kürze erfahren.«

78

»Torsten, was hast du getan ...?«
Kriminalrätin Brechmann

Scholli besuchte zuerst Siegfried Köhler in der Behörde für Umweltschutz und konfrontierte ihn mit seinem Vergehen. Der Mann war am Boden zerstört. Er versuchte verzweifelt, Scholli klar zu machen, dass er gar nicht anders hätte handeln können, da ja seine gesamte Familie in Gefahr gewesen wäre.

Scholli hörte ihm mit unbewegter Miene zu.

Als Köhler dann Gefahr lief, in Tränen auszubrechen, und mehrmals um Entschuldigung bat, platzte ihm der Kragen. »Hören Sie auf zu flennen, Mann. Mir wird ganz schlecht. Sagen Sie mir einfach, von wem Sie die Informationen wegen des geplanten Anschlags erhalten haben, damit ich hier wieder verschwinden kann.«

»Sie waren zu zweit«, schluchzte Köhler. »Von der Kripo. Einer hieß Kiesling. Wie der andere hieß, weiß ich nicht mehr.«

»Beschreiben Sie diesen Kiesling«, forderte Scholli ihn auf.

Das tat Köhler. Ohne sich zu verabschieden, verschwand Scholli. Er fuhr in Richtung Stadtzentrum und telefonierte über die Freisprecheinrichtung mit der Zentrale des Amtes für Innere Sicherheit. Die sollten versuchen, diesen Kiesling zu finden. Ganz so blöd schien dieser nicht zu sein, da er keine Visitenkarte bei Köhler hinterlassen hatte. Aber über die Personenbeschreibung und den Namen gelang es dem Kollegen von Scholli, den richtigen Mann zu finden.

»Hauptkommissar Torsten Kiesling. Arbeitet im Kommissariat 11. Sitz ist in der Zentrale der Region Mitte. Adresse ist Caffamacherreihe 4.«

Scholli gab das Ziel ins Navi ein und brauste wild entschlossen los.

Eine knappe halbe Stunde später erreichte er sein Ziel. Er parkte im Halteverbot vor dem Rotklinkerbau, betrat das Kommissariat und bat, den Leiter zu sprechen.

Wenig später stand eine Frau Brechmann vor ihm. Sie war die Dienststellenleiterin.

»Was kann ich für Sie tun?«, wollte sie von Scholli wissen.

Ohne zu antworten zückte er seinen Dienstausweis und hielt ihn ihr hin. »Arbeitet bei Ihnen ein Torsten Kiesling?«

»Ja, warum?«

»Ist er hier?«

»Ja, warum?«

»Wo?«

»Wo *was?*«

»Wo ist sein Schreibtisch?«

»Würden Sie jetzt bitte die Freundlichkeit besitzen, mir zu erzählen, was Sie von ihm wollen?«

»Er hat Scheiße gebaut. Und wenn Sie mir nicht augenblicklich sagen, wo ich ihn finde, stecken auch Sie in Schwierigkeiten. Es geht hier um die nationale Sicherheit.«

Scholli konnte sehr überzeugend sein.

»Kommen Sie mit«, sagte Brechmann, machte auf dem Absatz kehrt und ging voraus. Sie blieb nach einigen Metern vor einem unaufgeräumten Schreibtisch stehen, an dem ein mürrisch dreinblickender Mann saß. Scholli nahm kurz Maß; Kiesling war leicht übergewichtig, hätte mal einen Haarschnitt nötig, war unrasiert und hatte einen miesen Geschmack, was seine Kleidung betraf.

Er hob den Blick und sah Scholli gelangweilt an. »Ja?«

»Torsten, das ist ...«

»Ich bin der Typ, der Ihnen gleich einen so heftigen Arschtritt verpasst, dass Sie sich auf der Straße wiederfinden.«

Kiesling wollte aufspringen, aber Scholli hielt ihn davon ab, indem er ihm einfach eine Hand auf die Schulter legte und ihn wieder runterdrückte.

Scholli war sehr kräftig.

»Bleiben Sie sitzen und rühren Sie sich keinen Millimeter. Es sollen schon Kollegen fast erschossen worden sein, nur weil sie zum Handy gegriffen haben. Also machen Sie keine falsche Bewegung.«

Kiesling sah zu Brechmann. »Was ist hier los? Wer ist dieser Typ?«

»Du hörst ihm besser zu«, riet Brechmann ihrem Mitarbeiter.

»Ich stelle Ihnen jetzt ein paar Fragen«, erklärte Scholli. »Auf ein paar davon kenne ich die Antwort bereits, also kommen Sie nicht auf die Idee, mich anzulügen. Sie stecken schon tief genug in der Scheiße.«

»Was zum Teufel ...«, protestierte Kiesling, aber Scholli ließ ihn nicht ausreden.

»Schnauze. Erste Frage: Waren Sie und ein Kollege gestern in der Behörde für Umweltschutz und haben Sie dort einem gewissen Siegfried Köhler Glauben gemacht, es stünde ein Anschlag auf das Hamburger Grundwasser kurz bevor?«

Scholli konnte sehen, dass Kiesling fieberhaft nach einem Ausweg suchte.

Er schnaubte genervt. »Okay, Klugscheißer. Vereinfachen wir das Ganze. Ein Kollege hat mir die Aufzeichnungen der Überwachungskamera im Eingangsbereich der Umweltbehörde besorgt. Ich weiß also, dass Sie gestern da waren. Ich weiß auch, was Sie dort für eine Nummer abgezogen haben. Was Sie nicht wissen, ist, dass Köhler, gleich nachdem Sie und Ihr Kollege von dort wieder verschwanden, seine komplette Verwandtschaft und seinen nicht gerade kleinen Freundeskreis vor einem Anschlag mit chemischen Waffen gewarnt hat. Die wiederum haben ihrerseits ihren Freundeskreis gewarnt. Verstehen Sie, worauf das jetzt hinausläuft?«

Brechmann sah Kiesling erschüttert an. »Torsten, was hast du getan …?«

Kiesling sah sie an und selbst ein Blinder hätte die Verzweiflung in seinem Gesicht erkennen können.

Scholli war es vollkommen gleichgültig, ob der Mann sein Tun bereute oder ob man ihn dazu gezwungen hatte. Er war nur aus einem einzigen Grund hier.

Scholli sah Kiesling scharf an. »Wir stehen in Hamburg kurz vor einer Massenpanik. Um diese zu verhindern, müssen wir mit einer Entwarnung an die Öffentlichkeit gehen. Da es aber tatsächlich eine ernste Bedrohung gibt, und da wir nicht wissen, für welche Stadt diese gilt, kann es sehr gut sein, dass wir in Hamburg Entwarnung geben, obwohl genau hier in zwei Tagen ein Anschlag verübt wird. Kapieren Sie, was Sie angerichtet haben?«

Brechmann hatte alle Farbe aus dem Gesicht verloren. Sie stützte sich am Schreibtisch ab und wirkte unendlich müde.

»Ich komme jetzt gleich zur alles entscheidenden Frage: Wer hat Ihnen diesen Tipp mit dem Anschlag gegeben?«

Kiesling blickte hilfesuchend zu Brechmann, aber die schüttelte nur den Kopf.

»Der Anruf war anonym«, sagte Kiesling leise.

»Keine Vermutung, wer es gewesen sein könnte?«

Er schüttelte den Kopf. »Nein. Aber wer immer es war, er war sehr gut informiert.«

79

»Ich komme klar. Alles bestens.«

Mark van Bormann

Etwa zehn Minuten, nachdem Kerni mich vorgewarnt hatte, klingelte mein Telefon. Die Zeit hatte aber ausgereicht, um eine Fangschaltung zu aktivieren. Natürlich rief Mark mit unterdrückter Nummer an.

»Eichborn.«

»Hallo, Arschloch«, begrüßte er mich. »Ich mache es kurz: Zu den einhundert Millionen Euro kommt noch eine weitere Komponente hinzu. Nämlich mein Bruder. Lasst ihn unverzüglich frei. Wenn nicht, gibt es einen weiteren Probelauf mit vielen Toten.«

»Du kannst mich mal«, sagte ich und unterbrach die Verbindung.

Patrick sah mich ausdruckslos an.

»Der ruft wieder an, wetten?«, sagte ich heiter.

Kaum hatte ich das ausgesprochen, klingelte es wieder.

»Sind Sie total bescheuert?«, rief Mark zornig.

»Nicht in diesem Ton«, antwortete ich und drückte ihn erneut weg.

»Übertreibe es nicht«, warnte mich Helen.

»Ich will mit ihm erst reden, wenn er sich beruhigt hat. Ich muss sicher sein, dass ich die Oberhand habe.«

»Bei seinem zweiten Anruf eben klang es aber nicht so, als hätte er sich beruhigt«, meinte Helen.

Mein Handy klingelte, aber es war nicht Mark, sondern Helmes.

»Was sind denn das für Telefonate?«, beschwerte er sich. »Geht's nicht ein bisschen länger? Innerhalb von fünf Sekunden kann man nämlich niemanden orten.«

»Es gab keine Telefonate«, erklärte ich ihm. »Ich habe jedes Mal aufgelegt.«

»Ach so. Na dann ... kommt denn noch ein Gespräch?«

»Davon gehe ich aus, Günter.«

Ich hoffte inständig, dass Mark jetzt da, wo er war, auf- und ablief, Dampf abließ und erst dann wieder anrief, wenn er ruhig war.

Es dauerte fast zehn Minuten, dann meldete er sich wieder.

»Können wir jetzt reden, oder legen Sie gleich wieder auf?«

»Nein Mark, jetzt können wir uns unterhalten.«

»Wie geht es meinem Bruder?«

»Dem geht's gut. Er hat Paella und ein Bier bekommen. Es geht ihm wirklich gut. Aber er macht sich Sorgen um dich.«

»Ich komme klar. Alles bestens.«

»Kann ich mir nicht vorstellen«, sagte ich. »Du bist in sehr schlechter Gesellschaft. Schlecht und verdammt gefährlich.«

Mark lachte. Es klang gezwungen. »Sie meinen Claasen? Den hab ich im Griff.«

»Ich glaube, du hast keine Ahnung, mit wem du da Geschäfte machst.«

»Ach nein?«

»Nein. Vielleicht gehst du davon aus, dass Claasen auf eigene Faust arbeitet. Aber du irrst dich. Claasen ist nur ein kleiner Fisch. Zugegeben, einer mit krimineller Energie. Aber er arbeitet für eine Organisation, die in Deutschland bislang drei furchtbare Anschläge mit über zweihundert Toten verübt hat. Und sie plant gerade den nächsten, noch größeren Anschlag. Und du bist mittendrin, mein Junge.«

»Interessant.«

»Er wird auch dich töten, Mark. Ruud hat das begriffen. Deshalb sorgt er sich.«

»Er kann mich gar nicht töten. Er braucht mich nämlich, um an die Kohle zu kommen.«

»Aber ums Geld geht es doch gar nicht. Die verfolgen ganz andere Ziele. Aber selbst wenn es Claasen nur um die Kohle gehen würde; glaubst du wirklich, er verschwindet einfach so? Keine Chance, Mark. Er wird das ganze Geld einsacken, dich umbringen und *dann* verschwindet er.«

»Dazu muss er erstmal an mir vorbei«, sagte Mark etwas zu selbstsicher.

»Das Problem dabei ist, dass du kein Killer bist. Er schon. Du bist für ihn lediglich Mittel zum Zweck. Danach bist du nur noch Ballast. Er wird keine Sekunde zögern. Du wirst nicht einmal begreifen, was passiert, dann ist es schon vorbei.«

»Nennen Sie mir einen einzigen Grund, warum ich Ihnen glauben sollte.«

»Ich will nicht, dass noch mehr Menschen sterben, Mark. Ich will auch nicht, dass du draufgehst. Und ich weiß, dass du den Anschlag auf das Altenheim in Berlin gar nicht wolltest. Du und Ruud, ihr wart der Meinung, dass der Einsatz der Drogen Beweis genug für die Gefährlichkeit der Substanz war. Und das stimmt auch. Aber Claasen, der wollte diese Demonstration unbedingt durchziehen. Er hat euch belogen, nicht wahr? Er hat behauptet, dass die Dosis des Mittels nicht so hoch war. Er hat gesagt, dass die Rentner vielleicht ein bisschen rumpöbeln, mit Sachen schmeißen und so. Deshalb habt ihr zugestimmt. Aber es kam anders, nicht wahr?«

»Ja«, sagte Mark leise. »Das stimmt.«

»Ich weiß auch, dass ihr gar nichts von dem großen Anschlag wisst. Ihr habt keine Ahnung, dass sie wirklich vorhaben, mit diesem Zeug das Grundwasser einer Großstadt zu vergiften. Ihr wolltet nur versuchen, an die Kohle zu kommen. Hätte es nicht funktioniert, wärt ihr einfach verschwunden. Nichts wäre geschehen, richtig?«

»Ruud hat Ihnen wirklich eine Menge erzählt.«

»Ja. Weil er weiß, dass ich euch helfen will. Denn eins ist sicher: Claasen wird den Anschlag durchziehen. Er wird diese Katastrophe auslösen.«

»Das heißt, das Lösegeld wird nicht bezahlt«, stellte er nüchtern fest.

»Eher nicht, nein.«

»Scheiße.«

»Tja, tut mir echt leid. Aber du solltest jetzt das Richtige tun.«

»Und das wäre?«

»Stell dich uns. Wir können dich beschützen.«

»Und dann komme ich in den Knast, nein danke.«

»Du bist schon über achtzehn, Mark. Ja, du kommst ins Gefängnis. Aber wenn du uns hilfst, dann werden wir uns für dich einsetzen, damit deine Haftstrafe milde ausfällt.«

»Ich denke drüber nach«, sagte er und unterbrach die Verbindung.

»Und nun?«, wollte Helen wissen.

»Nun hoffen wir mal, dass er das Richtige tut. Wenn nicht, ist er mit ziemlicher Sicherheit in ein paar Stunden tot.«

80

»Wir sollten diesem Bullen eine Lektion erteilen.«
Bradley Claasen

Mark van Bormann dachte im Traum nicht daran, aufzugeben. Seinem Bruder ging es gut, das war sicher, und das war ihm wichtig gewesen. Ruud würde als Mitläufer gelten und hätte wohl nicht mit einer Gefängnisstrafe zur rechnen.

Aber die einhundert Millionen hatte Mark noch nicht aufgegeben.

Eichborn hatte zwar behauptet, dass die Regierung dieses Geld nicht zahlen würde, aber das war garantiert ein Bluff gewesen. Niemals würde der Kanzler das Leben zigtausender Deutscher leichtfertig aufs Spiel setzen. Politiker dachten doch immer an die nächste Wahl. Dieser, wenn auch junge und unerfahrene Bundeskanzler war da bestimmt nicht anders. Und was dieses Gerede von einer Organisation betraf, die schon mehrere Anschlage verübt hatte und vollkommen andere Pläne verfolgte, das war ganz sicher nur eine Finte von diesem Arschloch Eichborn.

Mark warf das Prepaid-Handy, mit dem er Eichborn angerufen hatte, in einen Papierkorb und ging weiter. Er würde sich gleich mit Claasen treffen, um die weitere Vorgehensweise zu besprechen.

Auch in Bezug auf Claasen irrte sich Eichborn.

Natürlich wusste Mark von dessen Vergangenheit. Wäre Claasen ein herkömmlicher Bodyguard gewesen, hätte er sich ihn nicht als Partner ausgesucht. Mark wusste, dass Claasen ein Killer war. Deshalb war er an Bord.

Denn in einem Punkt hatte Eichborn recht: Er, Mark, hatte noch niemanden direkt umgebracht. Ein Mord aus der Ferne zählte für ihn nicht.

Er war also im klassischen Sinne tatsächlich kein Mörder. Und er wusste auch nicht, ob er zu einem werden könnte. Wenn es hart auf hart käme – und so, wie es jetzt aussah, würde genau dieser Fall eintreten – wusste Mark schlicht nicht, ob er in der Lage wäre, bis zum Letzten zu gehen.

Es würde ihn reizen, diese Erfahrung zu machen. Sehr sogar.

Aber er hatte auch Angst davor, zu versagen, wenn es darauf ankäme.

Bei Claasen musste er sich da keine Gedanken machen.

Marks Plan hatte sogar seine eigene Fehlbarkeit einkalkuliert.

Deshalb war er sich auch so sicher, dass es funktionieren würde.

Sie trafen sich etwa einen Kilometer nördlich des Hafens, an dem sie mit der Fähre angelegt hatten. Dort befand sich ein großer Yachthafen. Claasen kannte einen der größten Drogenbarone Kataloniens. Er hatte ihm vor vielen Jahren zweimal das Leben gerettet. Von ihm hatten sie falsche Ausweispapiere gekauft und ein kleines Boot geliehen. Alles für einen Freundschaftspreis.

Mark ging über den breiten Steg und betrat das Boot.

Claasen war bereits an Bord. Er saß an einem Tisch an Deck und trank Bier aus der Flasche. Als er Mark sah, öffnete er die Kühltasche, entnahm ihr ein Bier, öffnete es und reichte ihm die kühle Flasche.

»Und?«

»Ruud geht es gut. Und Eichborn geht davon aus, dass alles nur ein Bluff ist. Aber so wie es aussieht, werden sie nicht zahlen.«

»Die werden zahlen, da bin ich mir ganz sicher«, sagte Claasen selbstbewusst.

»Da ist noch etwas«, sagte Mark und er sah Claasen lauernd an. »Sie sprachen davon, dass du für eine Organisation arbeitest, die ganz andere Ziele verfolgt. Das Geld interessiert die gar nicht.«

»Und das glaubst du, ja?«

»Keine Ahnung. Was weiß ich schon über dich?«

»Merkst du nicht, dass die ihre übliche Strategie durchziehen? Die versuchen einen Keil zwischen uns beide zu treiben.«

»Kann schon sein ...«

»Habe ich bislang alles, was ich versprochen habe, auch gehalten?«

»Ja.«

»Und ich werde jetzt ganz bestimmt nicht damit aufhören, okay?«

Mark dachte kurz nach, dann nickte er. »Okay.«

»Gut. Und jetzt werden wir diesem Eichborn zeigen, was es heißt, sich mit uns anzulegen.«

Claasen griff sich seinen Laptop und gab ein paar Befehle ein.

Mark sah ihm neugierig dabei zu, konnte allerdings nicht sehr viel erkennen. »Was machst du da?«

Claasen bestätigte seine Eingabe und sah dann Mark grinsend an. »Eichborn etwas ablenken.«

81

»Danke, Patrick, jetzt fühle ich mich schon sehr viel besser.«
Nicolas Eichborn

Etwa zehn Minuten, nachdem das Gespräch mit Mark beendet worden war, hatte mich Günter angerufen, um mir mitzuteilen, dass das Handy, mit dem Mark mich angerufen hatte, nicht sein eigenes war, sondern ein Prepaid-Handy. Er war nicht in der Lage gewesen, seinen Standort zum Zeitpunkt des Anrufes zu lokalisieren.

Patrick fasste knapp zusammen, was das bedeutete. »Er hat nicht vor, aufzugeben.«

»Sehe ich genauso«, antwortete ich niedergeschlagen. »Ich war mir wirklich sicher, ihn erreicht zu haben.«

»Mach dir nichts draus. Er war für logische Argumente oder Emotionen einfach nicht empfänglich.«

»Und jetzt?«, fragte ich an niemanden Bestimmtes gerichtet.

Es war das erste Mal seit sehr langer Zeit, dass ich weder eine Idee, noch einen blöden Spruch parat hatte. Kein gutes Zeichen.

»Wir veröffentlichen ihre Fotos. Europaweit«, sagte Helen, deren Stimme vor Wut zitterte. »Sagen, dass es sich bei ihnen um die Köpfe einer sehr gefährlichen Terrorzelle handelt. Jeder Sender wird ihr Gesicht regelmäßig im Fernsehen zeigen. Überall. Wir treiben sie in die Enge.«

Ich fand Helen ziemlich heiß, wenn sie so in Fahrt kam.

Aber sie hatte auch recht mit dem, was sie vorschlug. Wir sollten agieren und nicht reagieren.

»Okay«, sagte Patrick. »Lasst uns einen Moment darüber nachdenken, welche Nachteile es hätte, wenn wir so vorgehen, wie Helen es vorgeschlagen hat. Unabhängig davon, dass mir Mark van Bormann ein klein wenig jung erscheint, um der Kopf einer Terrorzelle zu sein.«

Wir überlegten einen Moment lang schweigend.

»Sie könnten untertauchen und nie wieder zurückkehren«, sagte Helen.

»Oder sie drehen völlig durch«, schlug ich vor. »Schmeißen das Zeug ins Grundwasser von irgendeiner Großstadt und holen sich auf das Chaos einen runter.«

Patrick sah mich direkt an. »Was würdest du tun, wärst du einer von ihnen?«

Ich dachte nach. »Ich habe jetzt schon so viel Zeit und Geld investiert. Bin Risiken eingegangen, habe meinen Bruder verloren ... ich würde alles tun, was möglich ist, um an das Geld ranzukommen. Egal, ob mein Gesicht in ganz Europa bekannt ist. Herrgott, mit einhundert Millionen Euro kann ich mir jede Woche ein neues Gesicht basteln lassen.«

Patrick nickte. »Das sehe ich auch so.«

»Also machen sie weiter, egal, was wir tun«, sagte Helen.

»Richtig«, bestätigte ich.

»Und genau das wird ihnen das Genick brechen«, stellte Patrick fest.

»Dafür müssten wir sie aber kriegen«, sagte Helen.

»Das werden wir«, antwortete Patrick und ich fragte mich, was ihn so sicher machte.

Helen fragte sich das Gleiche. »Was macht dich da so sicher?«

Patrick sah mich an. »Als du mit Mark telefoniert hast, hattest du das Gefühl, seine Sorge um Ruud war echt?«

Ich rekapitulierte vor meinem geistigen Auge das Gespräch, dann nickte ich.

»Gut. Ich schlage Folgendes vor ...«

Nachdem Patrick uns seinen Plan erläutert hatte, nickte ich nachdenklich.

»Könnte funktionieren ...«

Helen stimmte zu.

Dann klingelte mein Handy.

Es war Helmes. Und er war sehr aufgeregt.

Ich musste ihn fast anschreien, damit er ruhiger wurde und Verständliches von sich gab.

Allerdings war das, was er zu sagen hatte, etwas, das ich nun wirklich nicht hören wollte.

Ich dankte ihm und unterbrach die Verbindung.

Helen sah mich forschend an. »Was ist los?«

»Wusstet ihr, dass es im Darknet eine Seite für Attentate gibt? Da kann man auf den Tod einer bestimmten Person wetten. Du zahlst deinen Einsatz und tippst den Tag, an dem die betreffende Person das Zeitliche segnet. Hast du auf den richtigen Tag getippt, gehört dir der Jackpot.«

»Warum erzählst du uns das?«, wollte Helen wissen, obwohl sie den Grund wohl ahnte. Jedenfalls sah sie so aus.

»Nun ja, vor etwa fünf Minuten hat jemand eine Million Bitcoin darauf gesetzt, dass ich in den nächsten zwei Tagen sterbe. Bis jetzt haben sich mehr als zweihundert weitere Typen an dieser Auktion, oder was auch immer das ist, beteiligt. Der Jackpot liegt mittlerweile bei 1,5 Millionen.«

»Ich habe von dieser Seite gehört«, schaltete sich Patrick ein. »Die meisten, die da was setzen, sind Spinner. Aber es beteiligen sich auch professionelle Killer an den Auktionen. In der Regel mischen sie nur bei den großen Beträgen mit. Und wer weiß schon besser, wann jemand stirbt, als der, der denjenigen umlegt?«

»Danke, Patrick, jetzt fühle ich mich schon sehr viel besser.«

»Das war Mark«, sagte Helen und ihre Augen sprühten Feuer.

»Garantiert«, bestätigte Patrick. »Das war ihre Eröffnung.«

82

»Wie sicher sind Sie sich, junger Mann«?
Bundeskanzler Schlüter

Wir waren zusammen mit einem Sondergast im Kanzleramt. Neben Helen, Patrick und unserer Begleitung waren der Kanzler, Innenminister Schranz und Kernberger anwesend. Wir hatten explizit gesagt, dass wir weder den Präsidenten des BKA, noch Gehlsen dabeihaben wollten.

Ausnahmsweise tat der Kanzler, was wir verlangten.

Patrick übernahm es, dem Bundeskanzler, der in den letzten Tagen scheinbar gealtert war, über unseren Plan zu informieren.

Als er geendet hatte, sah uns Schlüter erstaunt an. »Sie sagen mir jetzt also, dass ich das Lösegeld doch zahlen soll?«

»Ja«, bestätigte ich. »Aber mit großer Wahrscheinlichkeit kriegen Sie es wieder und wir können Mark van Bormann und Claasen fassen.«

»Und wie soll das gehen?«, wollte Schranz wissen. »Immerhin ist dieses Bitcoin-Ding doch nicht zurück verfolgbar.«

Jetzt war es an der Zeit, unseren Gast ins Spiel zu bringen.

»Herr Bundeskanzler, ich möchte Ihnen Nils Welke vorstellen. Er ist ein ... äh ... Computerfachmann.«

»Hacker«, sagte Welke und grinste schief. »Ich bin ein Hacker, Herr Bundeskanzler. Ein verdammt guter.«

»Aha«, sagte der Kanzler wenig begeistert.

»Herr Welke hat einen Weg gefunden, wie wir das Geld, also diese Bitcoins, verfolgen können«, half ich dem Kanzler auf die Sprünge.

»Und wie soll das gehen?«

»Na ja, wir brauchen natürlich Unterstützung«, sagte Welke.

»Von wem?«, fragte der Kanzler.

»Vom Heimatschutzministerium und der NSA.«

»Wenn's weiter nichts ist …«, meinte Schranz.

»Erklären Sie mir bitte, was Sie vorhaben«, bat Bundeskanzler Schlüter.

»Okay, also; der Tor-Browser ist eigentlich eine Erfindung der Amis. Es hat sich zwar verselbstständigt, aber die Amerikaner mischen immer noch mit. Das Prinzip von Tor ist das einer Zwiebel. Es tauchen immer mehr Schichten auf, verstehen Sie? Tor basiert auf der Annahme, dass es niemandem gelingen würde, das gesamte Internet zu überwachen. Tor verfügt über ein verteiltes Anonymisierungsnetzwerk mit dynamischer Routenwahl. Das unterscheidet Tor von vielen anderen Anonymisierungsdiensten, die auf dem Ansatz von statischen Routen in Form von Mixkaskaden beruhen. Tor setzt auf das Prinzip der großen Zahl; je mehr Ressourcen ich zur Verfügung habe, desto schwerer wird es, eine einzelne zu identifizieren. Nahezu jeder Besitzer eines Breitbandanschlusses kann durch Betrieb eines Tor-Knotens etwas zum Anonymisierungsdienst beitragen.«

Welke sah an den Gesichtern der Anwesenden, dass sie ihm nicht folgen konnten.

»Okay, ich fasse mich kurz und drücke mich einfach aus: Viele der Server, die zum Tor-Netzwerk gehören und über die Transaktionen abgewickelt werden, gehören der US-Regierung. Sehr viel mehr, als allgemein vermutet wird. Wenn die US-Regierung uns hilft, dann können wir das Geld zurückverfolgen. Und zwar in beide Richtungen. So wird es uns möglich, die Bösen zu schnappen und das Geld zu sichern.«

Der Kanzler sah Welke, der ihm gegenübersaß, prüfend an. »Wie sicher sind Sie sich, junger Mann«?

Welke schluckte trocken. »Sehr sicher.«

Schlüter legte den Kopf schief und ließ ihn nicht aus den Augen.

Es war das erste Mal, dass ich verstehen konnte, warum Schlüter eine solch hohe Position erreichen konnte. Er wirkte beeindruckend und auch einschüchternd, so, wie er Welke jetzt ansah. Alleine der Blick Schlüters baute ungemein viel Druck auf.

Welke gab sich einen Ruck. »Wenn das Heimatschutzministerium und die NSA uns helfen, bin ich mir zu einhundert Prozent sicher, dass wir das Geld zurückbekommen und die Typen schnappen.«

Der Bundeskanzler lehnte sich zurück und schloss kurz die Augen. »Gut, wir zahlen.« Er blickte zu mir. »Wann soll die Überweisung erfolgen?«

»Sobald wir die Unterstützung der Amerikaner haben.«

»Also noch vor Ablauf des Ultimatums?« Er sah auf seine Uhr. »Wir haben nur noch knapp über vierundzwanzig Stunden Zeit.«

»Ich will nicht, dass Mark auf dumme Gedanken kommt«, erklärte ich ihm. »Immerhin habe ich bei unserem letzten Gespräch gesagt, dass wir nicht zahlen werden.«

»Okay, dann werde ich mal telefonieren.«

Der Kanzler stand auf und ging zu seinem Schreibtisch.

Ich wandte mich an Schranz. »Ruud van Bormann«, sagte ich.

»Was ist mit ihm?«

»Wir lassen ihn laufen.«

»Ich gehe davon aus, du weißt, was du tust, und dass ihr einen Plan habt. Also, in Herrgotts Namen, lassen wir ihn gehen.«

Nach wenigen Minuten kehrte Schlüter zurück zu uns. »Ich habe gerade mit dem US-Präsidenten gesprochen. Er hat mir seine volle Unterstützung zugesagt. Er wird sich sofort mit dem Heimatschutzminister und dem Direktor der NSA treffen. In spätestens zwei Stunden werden sich beide bei mir melden, um zu erfahren, was genau sie für uns tun sollen.« Er blickte zu Welke. »Sprechen Sie Englisch?«

»Ja, sehr gut sogar.«

»Gott sei Dank.«

Es vergingen keine neunzig Minuten, da erhielt Schlüter den erwarteten Anruf aus Washington. Schön zu sehen, dass man in Krisenzeiten wirklich zusammenhielt.

Der Kanzler übergab nach der Begrüßung den Hörer weiter an Welke, den er als seinen Berater in Sachen Computersicherheit bezeichnete. Daraufhin entstand eine zehnminütige Diskussion zwischen dem Hacker und den amerikanischen Behördenleitern, der keiner von uns folgen konnte.

Nach einer gefühlten Ewigkeit bedankte sich Welke bei seinen neuen Freunden und legte den Hörer auf.

»Alles klar«, sagte er etwas schweratmig. »Sie werden in den nächsten zwei Stunden alles in die Wege geleitet haben.«

»Das heißt?«, fragte Schlüter nach.

»Das heißt, in spätestens zwei Stunden erhalte ich das Go aus den USA. Dann können Sie die Summe anweisen. Den Rest erledigen dann die Amis.«

Der Kanzler nickte. »Okay. Was brauchen Sie jetzt von uns?«

»Einen Rechner mit schneller Internetverbindung.«

Bundeskanzler Schlüter nickte in Richtung des Laptops von Welke. »Sie können unseren Gast Zugang fürs WLAN nutzen.«

Welke lachte. »Herr Bundeskanzler, ich glaube, Sie verstehen nicht, was ich hier gleich machen werde. Aber eins ist sicher; einhundert Mbit reichen da nicht aus.«

»Unsere Verbindung ist auch nicht viel schneller«, behauptete der Kanzler.

Jetzt lachte Welke richtig laut. »Bitte, Herr Bundeskanzler, wir wissen beide, dass das nicht wahr ist.«

»Was meint er?«, wollte ich von Patrick wissen.

Anstatt Ebel antwortete Welke auf meine Frage. »Glauben Sie wirklich, dass die Regierungen dieser Welt wichtige Online – Konferenzen einer üblichen WLAN-Verbindung anvertrauen? Mit hundert Mbit pro Sekunde? Lächerlich. Die surfen hier mit einer Geschwindigkeit, die Sie sich gar nicht vorstellen können. Jüngsten Erkenntnissen zufolge sind das so um die 1,4 Terabyte pro Sekunde. Wissen Sie, was das heißt? Das bedeutet, dass sie innerhalb von einer Sekunde ungefähr vierundvierzig HD Filme von jeweils neunzig Minuten Spieldauer downloaden können. Noch Fragen?«

»Ich kann Sie doch nicht an einen Regierungsrechner lassen«, empörte sich Schlüter. »Immerhin sind Sie ein Hacker.«

»Ein Hacker, der uns gerade den Arsch rettet«, sagte ich.

Schranz sah den Kanzler an. »Ich denke, diese Diskussion sollten wir uns sparen. Geben Sie ihm diesen Rechner und den Zugang.«

Der Kanzler machte einen Anruf und wenig später wurde Welke abgeholt.

Nun hieß es warten.

Nach knapp zwei Stunden erhielten wir aus den Vereinigten Staaten grünes Licht.

Der Kanzler setzte sich an seinen Schreibtisch und telefonierte mit den Ministern der Justiz und der Finanzen. Wenig später kehrte er zu uns zurück.

»Ich habe gerade einhundert Millionen Euro Steuergelder ins Nirwana geschickt.«

»Es ist für einen guten Zweck, Herr Bundeskanzler«, sagte ich aufmunternd, erntete aber nur Kopfschütteln.

Wir verließen das Büro des Kanzlers. Auf dem Flur zog mich Schranz zur Seite.

Kerni gesellte sich zu uns.

»Was unternehmt ihr in Bezug auf das Kopfgeld, das auf dich ausgesetzt worden ist?«, wollte Schranz wissen.

Ich zuckte mit den Achseln. »Was können wir denn dagegen unternehmen?«

»Du könntest dich zurückziehen. Büroarbeit machen zum Beispiel.«

»Und wie lange? Was, wenn dieses Angebot noch ein paar Monate im Darknet bleibt? Soll ich nie wieder auf die Straße gehen?«

»Die Abteilung Cyber-Crime des BKA arbeitet an dem Problem«, erklärte Kerni. »Natürlich kann ich nicht sagen, ob – und wenn ja, wann – sie die Seite offline stellen können.«

Ich deutete auf Kerni und sah Schranz an. »Siehst du? Uns sind die Hände gebunden. Es ist fast unmöglich, diese Seiten zu löschen. Geschweige denn, die Besitzer ausfindig zu machen. Ich werde mich bestimmt nicht in irgendeinem Loch verkriechen und hoffen, dass alles gut wird.«

Kerni sah mich an. »Es gibt vielleicht noch eine andere Möglichkeit …«

83

»Was machst du jetzt?«
Bradley Claasen

Sie fuhren mit ihrem Boot auf dem Mittelmeer in Richtung Nordosten. Ihr Ziel war Monaco.

Damit sie Internet-Empfang hatten, hielten sie sich immer in der Näher der Küste auf.

Claasen war unter Deck und bereitete eine Kleinigkeit zu essen vor.

Mark saß an Deck und genoss die Sonne.

Als sein Handy summte, runzelte er überrascht die Stirn und warf einen Blick auf das Display.

Er hatte eine Kurznachricht bekommen.

Von einer ganz bestimmten Bank.

Er konnte nicht fassen, was da stand.

Ihm wurde schwindelig.

»Bradley«, brüllte er, ohne die Nachricht aus den Augen zu lassen. »BRADLEY! Verfickt nochmal, wir sind reich!«

Claasen kam langsam an Deck und sah Mark fragend an. »Was ist los?«

»Die Deutschen haben bezahlt! Jeden verdammten Euro. Einhundert Millionen verfickte Euro sind dem Konto gutgeschrieben worden.«

»Das gibt's doch nicht«, sagte Claasen ungläubig und kam zu Mark. Er sah auf den Bildschirm und tatsächlich, es stimmte.

Claasens Gesichtsausdruck wurde nachdenklich. »Warum dieser plötzliche Sinneswandel?«, sagte er leise.

»Was meinst du?«

»Eichborn hat ganz klar gesagt, dass die Bundesregierung nicht zahlen wird. Und jetzt plötzlich bezahlen sie noch vor Ablauf der Frist. Das ergibt doch keinen Sinn.«

»Es war wohl nur seine Meinung, die er nicht mit den wirklichen Entscheidern abgesprochen hat«, vermutete Mark. »Ist doch auch egal; sie haben bezahlt, Mann. Wir haben es geschafft!«

Mark ging mit seinem Notebook online.

»Dann transferiere ich das Geld gleich mal auf die anderen Konten«, verkündete er und klickte sich durch die Anwendungen.

Claasen reagierte nicht. Er war mit seinen Gedanken woanders.

Irgendetwas machte ihn misstrauisch.

Nicht Mark, sondern die Tatsache, dass das Geld gezahlt worden war.

Als Mark zum zweiten Mal vor Freude schrie, wusste er sofort, was geschehen war.

»Ruud ist frei«, rief Mark erfreut. »Ich habe gerade eine Mail von ihm bekommen. Sie haben ihn ohne Auflagen freigelassen.«

Jetzt wurde Claasen bewusst, dass hier etwas nicht stimmte.

Nur wusste er nicht, *was* falsch war.

Er wandte sich wieder an Mark. »Kannst du noch ein bisschen warten, ehe du das Geld auf die anderen Konten überweist?«

Mark sah ihn erstaunt an. »Zu spät. Ich habe es gerade gemacht. Warum denn? Was ist los?«

Claasen machte eine wegwerfende Handbewegung. »Ach nichts«, sagte er. »Schon okay.«

Aber was er dachte, war: *Scheiße.*

84

»Im Mittelmeer? Also unter Wasser?«
Bundeskanzler Schlüter

Welke saß vor einem großen Bildschirm, auf dem eine Weltkarte zu sehen war. Auf ihr blinkten unzählige rote Kreuze.

Jedes dieser Kreuze stand für einen Server des TOR-Netzwerkes.

Dann ging es los.

Als erstes wurde eines der roten Kreuze in den Vereinigten Arabischen Emiraten grün.

Dieses Kreuz stand für die Bank, auf die die einhundert Millionen Euro überwiesen worden waren.

In einem wahnsinnig schnellen Tempo wechselten immer mehr Kreuze rund um den Globus die Farbe. Es war eine rasante und fast schon berauschende Achterbahnfahrt und Welke genoss jede Sekunde davon. Vor allem deshalb, weil ihm bewusst war, dass er an dem leistungsstärksten Rechner saß, den er jemals zu Gesicht bekommen würde und weil er direkt und in Echtzeit mit einem Supercomputer des Heimatschutzministeriums in den USA verbunden war.

Das erste Kreuz hörte auf zu blinken und verharrte in grünem Licht.

Eine Bank in Singapur.

Welke notierte sich Namen, Adresse und Kontonummer.

Das nächste Kreuz.

Eine Bank auf den Malediven.

Es dauerte noch weitere zwei Minuten, dann war die Reise vorbei.

Er riss den Zettel vom Block und sprintete los.

Nach wenigen Augenblicken erreichte Welke das Büro des Bundeskanzlers.

Vor der verschlossenen Tür blieb er stehen. Er traute sich nicht, einfach die Tür aufzumachen. Und klopfen erschien ihm bei der Dicke der Tür sinnlos zu sein. Unschlüssig sah er sich um. Niemand war zu sehen.

Welke griff zu seinem Handy und wählte die Nummer von Patrick.

Der nahm das Gespräch sofort an. »Ja?«

»Ich bin fertig«, rief er.

»Wo bist du?«

»Vorm Büro des Kanzlers.«

Er erfolgte keine Antwort, aber Augenblicke später wurde die Tür geöffnet.

Patrick machte eine einladende Geste. »Komm rein.«

Welke betrat das große Büro des Kanzlers und blickte in erwartungsvolle Gesichter.

Er grinste breit, denn er wusste, dass er liefern konnte.

»Also«, sagte Welke und startete mit einer Fernbedienung einen großen Bildschirm an der Wand links von ihm. »Das Geld wurde auf fünf andere Konten überwiesen. Vier davon waren sofort identifizierbar. Sie sind in Singapur, auf den Malediven, in Kuala Lumpur und Bangkok.«

»Und wie viel Geld habe ich verloren?«, wollte der Kanzler wissen.

Welke sah ihn mit hochgezogenen Augenbrauen an. »Entschuldigung?«

»Sie sagten, von den fünf Transaktionen konnten nur vier bis zu ihrem Bestimmungsort zurückverfolgt werden. Also ist eine Überweisung verloren. Ich möchte einfach nur wissen, wie viel der einhundert Millionen Euro weg sind.«

»Äh ... es waren fünf Überweisungen zu je zwanzig Millionen Euro. Und das ist die Summe, die im Moment noch nicht auffindbar ist: zwanzig Millionen Euro.«

»Alle Banken, die wir identifizieren konnten, befinden sich in Südostasien«, stellte Patrick fest. »Es wäre nur logisch, wenn die fünfte auch in dieser Region zu finden wäre.«

Welke nickte heftig. »Genau. Ich vermute, dass das endgültige Reiseziel der Flüchtigen ebenfalls in dieser Region liegt.«

»Ziemlich großes Suchgebiet«, stellte Innenminister Schranz enttäuscht fest. »Und fast nur Länder ohne Auslieferungsabkommen mit uns.«

»Es ist uns auch gelungen, das Ausgangssignal zurückzuverfolgen«, sagte Welke und sein Grinsen wurde noch breiter.

»Ausgangssignal ...?« Der Kanzler war irritiert.

»Damit ist das Signal gemeint, dass die Überweisungen auslösten.«

»Ach so.«

»Es liegt im Mittelmeer.«

Schlüter verstand nicht, was er da hörte. »Im Mittelmeer? Also *unter* Wasser?«

Welke sah ihn an, als zweifelte er an dessen Verstand. Dann erinnerte er sich, dass es ja der deutsche Bundeskanzler war, den er gerade anstarrte.

»Nein, Herr Bundeskanzler. Nicht unter, sondern auf dem Wasser. Sie sind auf einem Boot.«

85

»Du verrennst dich da in was.«
Mark van Bormann

Claasen hatte die letzten sechzig Minuten intensiv in sich hineingehört, seinen Instinkten freien Lauf gelassen, und er war zu einem Entschluss gekommen.

Wenn alles zu glatt lief, dann gab es einen Haken. Musste es einen geben.

Warum sollten die Deutschen das Lösegeld zahlen? Und das vor Ablauf des Ultimatums.

Warum hatten sie Ruud frei gelassen?

Analysierte man die Fakten, blieben zwangsläufig nur zwei Begründungen übrig.

Entweder hatten die Deutschen die Hosen gestrichen voll, oder aber sie verfolgten einen ganz konkreten Plan. Claasen glaubte nicht eine Sekunde an Variante eins.

Sie hatten einen Plan.

Betrachtete man diese Option etwas genauer, dann konnte man nur zu einem Rückschluss kommen:

Die Deutschen hatten einen Weg gefunden, sie aufzuspüren.

Aber wie?

Auch da bot sich nur eine einzige Möglichkeit.

Die Überweisungen.

Irgendwie musste es ihnen gelungen sein, den Geldfluss zu verfolgen.

Und zwar in beide Richtungen.

Obwohl das nach Marks Aussage durch den Tor-Browser unmöglich war.

Aber offenbar hatten sie es dennoch geschafft.

Und das bedeutete, dass das Geld wahrscheinlich nicht erreichbar für sie war.

Verdammte Scheiße.

Aber eins nach dem anderen.

Zunächst einmal musste er so schnell wie möglich von diesem verfluchten Boot kommen.

Bradley Claasen hatte immer einen Plan B. Immer. Und wenn sein Instinkt ihm dazu riet, sogar einen Plan C.

Jetzt, in diesem Moment, entschied Claasen sich, Plan B umzusetzen.

Er wandte sich an Mark, der immer noch vollkommen aus dem Häuschen war. »Wo sind wir?«

»Links von uns ist schon französisches Festland.«

»Geht's ein bisschen genauer?«

»Ich schätze, so in einer Stunde sind wir auf der Höhe von Marseille.«

»Bring mich an Land«, befahl Claasen.

Mark sah ihn aus großen Augen an. »Was? Warum? Was zum Teufel ist denn los?«

»Bring. Mich. An. Land. Sofort!«

»Ist ja gut«, sagte Mark beschwichtigend und änderte die Richtung. »So, wir steuern aufs Festland zu. Verrätst du mir jetzt, was los ist?«

Claasen erzählte ihm von seinen Schlussfolgerungen.

Mark hörte ihm mit wachsender Unruhe zu.

Als Claasen geendet hatte, schwieg Mark eine Weile und dachte über das Gehörte nach.

»Es ist unmöglich, die Überweisungen zurückzuverfolgen. Das geht einfach nicht. Schon gar nicht in beide Richtungen«, sagte Mark vollkommen überzeugt.

»Sie müssen aber einen Weg gefunden haben«, entgegnete Claasen.

»Na ja, kein System ist hundertprozentig sicher«, gab Mark zu. »Es ist allgemein bekannt, dass einige der Server – keiner weiß genau, wie viel und welche – der amerikanischen Regierung gehören.«

Claasen, der das zum ersten Mal hörte, sah Mark fassungslos an. »Wie bitte?«

»Ja, ist so. Aber das stellt an sich kein Problem dar, weil es immer noch ausreichend viele Server gibt, die total anonym sind. Jedenfalls wäre eine Möglichkeit, das Geld zu verfolgen, wenn man sozusagen alle Server temporär miteinander vernetzt und die anderen ausschaltet. Aber das kann wohl nur die NSA oder so. Und bis die das machen, vergehen Tage oder Wochen. Also ich glaube, du irrst dich.«

»Es ist mir egal, was du glaubst. Ich will von diesem Boot runter. Was du machst, ist deine Entscheidung.«

»Du verrennst dich da in was.«

»Ich habe in den letzten Jahren gelernt, meinem Instinkt

zu folgen. Und der sagt mir, dass es auf dem Boot nicht mehr sicher ist.«

In der Ferne konnten sie schon Land sehen.

»Ich rate dir, mich zu begleiten. An das Geld kommst du niemals ran, das garantiere ich dir«, sagte Claasen.

Mark dachte darüber nach und schüttelte dann den Kopf. »Ich fahre weiter nach Monaco.«

»Deine Entscheidung, Kleiner. Ich hol meine Sachen.«

Nach etwa dreißig Minuten erreichten sie den kleinen Hafen von Le Racou, der zu dem Badeort Argelès-sur-Mer gehörte.

»Hier trennen sich also unsere Wege«, stellte Mark fest.

»Letzte Chance, Kleiner. Du kannst dich mir immer noch anschließen.«

»Und du kannst es dir noch anders überlegen«, bot Mark an.

»Auf keinen Fall. Es gibt nur einen einzigen Grund, weshalb ich noch am Leben und auf freiem Fuß bin: Weil ich auf meinen Instinkt höre. Immer.«

»Ist okay. Aber was, wenn du dich irrst? Was, wenn ich ohne Probleme nach Monaco und von dort nach Thailand komme. Und was ist, wenn ich an das Geld herankomme, Bradley? Was dann?«

Er zuckte mit den Schultern. »Wenn du ans Geld herankommst, dann werde ich das auch schaffen. Deshalb haben wir es ja schließlich aufgeteilt.« Er sprang vom Boot auf den Steg. »Ich wünsche dir viel Glück, Mark. Über E-Mail bleiben wir in Kontakt.«

Mark wendete das Boot vorsichtig und fuhr wieder hinaus aufs Meer.

Claasen wandte sich um und ging auf direktem Weg in das nächstgelegene Restaurant. Bodega du Port hieß es und es pries mediterrane Küche an. Er bestellte sich ein Bier und fragte den Wirt, ob der ihm ein Taxi rufen könnte. Er telefonierte und meinte dann, dass es etwa eine Stunde dauern könnte, bis es ankam. Ob er denn etwas essen wolle? Claasen bestellte sich eine Kleinigkeit und ging anschließend mit seinem Laptop online. Der Plan hatte vorgesehen, das Lösegeld in fünf Tranchen zu je 20 Millionen Euro aufzuteilen und auf fünf verschiedene Banken in Südostasien zu überweisen. Er hatte die Zugangsdaten von zwei dieser fünf Banken. Mark besaß die Daten der anderen drei.

Im Gegensatz zu Mark hatte sich Claasen eine Sicherung in Form eines Strohmannes eingebaut. Dieser hatte ebenfalls Zugang zu einer der beiden Banken, auf denen das Geld von ihm lag. Jedoch waren das eingeschränkte Rechte.

Es war ihm nur möglich, ein einziges Mal die Summe von zehntausend Dollar abzuheben.

Sollte dies möglich sein, wusste Claasen, dass die Konten nicht gesperrt waren und er Zugriff auf das Geld hatte. Er ging jedoch davon aus, dass sein Strohmann entweder sofort verhaftet werden würde, oder aber schlicht kein Geld bekam.

Er schrieb seinem Strohmann eine Nachricht, in der er ihn aufforderte, das Geld abzuheben.

Wegen der Zeitverschiebung würde er auf das Ergebnis bis zum späten Abend warten müssen.

Dann, aus lauter Langeweile, surfte er im Internet und gelangte auf eine Nachrichtenseite aus Deutschland. Erstaunt las er, dass es in Hamburg fast zu einer Massenpanik gekommen wäre.

Aus unerklärlichen Gründen war das Gerücht aufgekommen, es gäbe in Kürze einen Anschlag auf das Grundwasser der Stadt mit chemischen Waffen.

Falsche Stadt, aber der Rest stimmte.

Nur, wie hatten sie davon erfahren?

Mehr und mehr bekam Claasen das Gefühl, dass alles den Bach runterging.

Kurz dachte er daran, Dietrich anzurufen und ihn zu fragen, ob alles noch nach Plan lief.

Aber er entschied sich, erstmal abzuwarten, ob sein Strohmann die zehntausend Euro abheben konnte. Wenn ja, wäre es wohl die bessere Option, mit dem Geld einfach zu verschwinden.

86

»Ich finde die Idee von Kerni scheiße.«
Helen Eichborn

Ich hatte keine Lust, mich an der Jagd von Mark van Bormann und Claasen zu beteiligen. Das sollten lieber andere übernehmen. Wir schickten die GSG 9 los. Die kannte sich mit so was wirklich aus.

Helen, Patrick, Kerni und ich saßen auf der Dachterrasse unserer Wohnung, tranken Bier, rauchten und fragten uns, ob es wohl einen großen Anschlag geben würde. Wir hatten uns mit dem Kanzler und dem Innenminister auf eine bestimmte Vorgehensweise geeinigt, die zweifellos gewisse Risiken barg.

Aber in Ermangelung einer besseren Idee hatten alle zugestimmt.

Die Bombe würde heute Abend in Form einer Pressekonferenz platzen.

Natürlich wusste ich, was die verstohlenen Blicke zu bedeuten hatten, die Patrick mit Helen und Kerni austauschte. Irgendwann wurde es mir zu blöd.

»Glaubt ihr wirklich, ich merke das nicht?«

Helen schenkte mir ein hinreißendes Lächeln. »Was denn?«

»Na, diese Blicke.«

»Was für Blicke?«, wollte Helen wissen.

»Die, die ihr untereinander austauscht. Seit gefühlten zwei Stunden. Vielleicht sagt mir einfach einer von euch, was los ist.«

Zuerst wollte keiner was sagen, dann sprachen alle auf einmal.

»Also, es geht ...«, versuchte es Kerni.

»Ich finde die Idee ...«, sagte Helen gleichzeitig.

»Ich halte mich da raus«, lautete der Beitrag von Patrick.

»Woraus?«, fragte ich Patrick.

Patrick sah hilflos zu Helen, dann zu Kerni.

Als ihm keiner zur Hilfe kam, breitete er in einer Geste der Resignation die Arme aus. »Aus allem.«

Ich bedachte ihn mit einem verächtlichen Blick und wandte mich an Kerni. »Dann du.«

Kerni erstarrte und verlor spontan die Fähigkeit, zusammenhängende Sätze auszusprechen. »Ich ... also wir ... oder anders ...«

»Ich finde die Idee von Kerni scheiße«, platzte es aus Helen raus. »Und ich finde es total scheiße, dass du ihr zugestimmt hast, ohne mit mir darüber zu reden.«

Ich nickte. »Das war mir klar, Liebling. Aber hast du eine bessere Idee?«

Helen sah mich mit bebenden Lippen an. Ihr Blick spiegelte verschiedenen Emotionen wider. Wut, Angst, aber auch Frustration. Weil sie eben keine bessere Idee hatte.

Gäbe es eine, hätten wir sie gefunden.

Denn ich bin vieles, aber nicht bescheuert oder lebensmüde.

»Glaubst du, es gefällt mir, als lebende Zielscheibe herumzulaufen?«, wollte ich von Helen wissen. »Es gefällt mir nicht. Aber was ist die Alternative? Wenn wir Pech haben, brauchen wir noch sehr lange, bis wir diese Attentäter-Seite vom Netz nehmen können. Wenn es ganz blöd läuft, klappt das überhaupt nicht. Und was das bedeuten würde, brauche ich wohl nicht auszusprechen. Dann haben wir ein Riesenproblem. Indem ich mich zur Zielscheibe mache, bestimmen wir Zeitpunkt und Ort des Geschehens und haben Zeit, um uns darauf vorzubereiten. Es werden überall Profis um mich herum sein, die verhindern werden, dass mir etwas passiert. Bleibt ein Restrisiko? Ja klar. Aber wie gesagt, die Alternative sieht noch beschissener aus.«

»Ich weiß«, sagte Helen leise.

»Nicolas wird nichts passieren«, sagte Kerni sehr zuversichtlich. »Wir werden ihn rund um die Uhr beschützen. Niemand wird an ihn herankommen. Wenn es einer versucht, werden den Killer erwischen, bevor er etwas tun kann.«

»Und wenn es mehr als nur ein Killer ist?«, fragte Helen. »Was, wenn diese perverse Auktion oder was immer das auch sein soll, mehr als einen Wahnsinnigen auf den Plan ruft? Was, wenn es einer ist, der etwas vorhat, mit dem keiner rechnet?«

»Ich sagte ja: ein Restrisiko bleibt«, erklärte ich. »Aber der kann mich auch in einer Woche oder in einem Jahr beim Einkaufen erwischen.«

»Scheiß Internet«, sagte Helen.

Ich gab ihr recht.

Dann klingelte mein Handy. Es war Helmes, der immer noch im Büro saß und Dinge tat, die wahrscheinlich jenseits meiner Vorstellungskraft waren. Ich hörte ihm zu, bedankte mich und unterbrach die Verbindung.

Alle sahen mich erwartungsvoll an.

»Unter meinem Auto war schon wieder ein Peilsender versteckt.«

87

»Müsste klappen reicht mir nicht.«
Bradley Claasen

Ohne Probleme erreichte Claasen am späten Abend die Stadt Saarbrücken. Dank des bestens funktionierenden Netzwerkes seiner Auftraggeber wartete dort bereits ein neues Fahrzeug mit Berliner Kennzeichen auf ihn.

Zwischen Erfurt und Jena, auf etwa der Hälfte der Strecke nach Berlin, erreichte ihn eine Nachricht seines Strohmannes aus Singapur: Er hatte kein Geld bekommen.

Scheiße.

Jetzt würde Claasen auf zwei Hochzeiten tanzen müssen.

Zum einen würde er den Anschlag auf Eichborn vorbereiten und durchführen müssen. Zum anderen müsste er den geplanten Anschlag auf das Trinkwasser einer Stadt organisieren.

Denn für ihn war jetzt klar, dass der erfolgen musste.

Sein Plan, mit der Kohle zu verschwinden, hatte sich gerade in Luft aufgelöst.

Darüber hinaus war das für ihn jetzt auch eine Frage der Ehre.

Fickst du mich, ficke ich dich.

Über die Spracherkennung ließ er eine Nummer wählen. Nach dem zweiten Klingeln wurde das Gespräch angenommen.

»Ja?«

»Ich bin’s. Hast du alles vorbereitet?«

»Ja.«

»Können wir die Stadt noch ändern?«

Kurzes Schweigen.

»Kommt darauf an, welche es jetzt sein soll.«

»Berlin.«

»Müsste klappen.«

»*Müsste* klappen reicht mir nicht.«

Längeres Schweigen. Tastaturgeklapper.

»Klappt.«

»Gut. Wir machen es in Berlin.«

»Okay, läuft.«

Als nächstes wechselte er das Handy und wählte die Nummer von Dietrich.

Er hörte das Rufzeichen, jedoch nahm Dietrich das Gespräch nicht an.

Kein gutes Zeichen.

Dietrich ging immer ans Telefon. Egal, wie spät es war.

Was war da los?

Außer Dietrich hatte er auch noch Castrop persönlich kennengelernt. Claasen hatte die Telefonnummer des Majors, war sich aber nicht sicher, ob er ihn kontaktieren sollte.

Er fuhr auf den nächsten Parkplatz, machte den Motor aus und dachte nach.

Claasen hatte eindeutige Aufträge erhalten:

Als Dietrich erfahren hatte, was für eine Substanz Bormann hergestellt hatte und welche Nebenwirkungen diese besaß, sollte er dafür sorgen, dass Dietrich dieses Präparat erhielt.

So viel wie möglich.

Des Weiteren war es Claasen, der den Anschlag ausführen sollte.

Als Ziel hatten seine Auftraggeber München auserkoren.

Die Lösegelderpressung war jedoch der Alleingang von Claasen und Mark gewesen.

Seine Auftraggeber hatten davon nichts gewusst.

Deshalb war es auch unerheblich, ob das Geld gezahlt worden war oder nicht.

Der Anschlag würde so oder so erfolgen.

Da er vollkommen autark zu Werke ging, war eine Kontaktaufnahme nur in Notfällen vorgesehen. Der war nun eingetreten, wenn Claasens Befürchtungen zutrafen.

Er musste davon ausgehen, dass Dietrich geschnappt worden war.

Würde er reden?

Wohl nicht.

Warum auch? Wenn der Anschlag ausgeführt worden war, herrschte für lange Zeit Chaos in Deutschland. Und dann gäbe es Neuwahlen. Und deren Ausgang war bekannt.

Spätestens dann würde Dietrich wieder auf freiem Fuß sein und der wusste das.

Claasen beruhigte sich wieder. Die Wahrscheinlichkeit, dass auch er aufgeflogen war, ging gegen Null.

Er startete den Motor und setzte seinen Weg nach Berlin fort.

88

»Um den kümmert sich schon jemand.«
Leonard Wittgenstein

Wittgenstein und Hoffmann trafen sich mit Castrop in einer Hotelsuite in München. Ständig wechselnde Treffpunkte waren mittlerweile eine Routine bei ihnen.

Sie setzten sich an einen massiven Esstisch und Wittgenstein machte eine auffordernde Geste in Richtung Castrop. »Bringen Sie uns bitte auf den neusten Stand, Major.«

Castrop räusperte sich. »Die Brüder sind in Gewahrsam der Behörden. Aufenthaltsort unbekannt. Meine Informanten sind dran, aber es wird schwierig, wenn nicht unmöglich, sie auszuschalten. Claasen ist auf dem Weg zum Einsatzort. Er ist Profi. Ich gehe nicht davon aus, dass man ihn schnappt.«

»Wie ist Ihre Einschätzung bezüglich der Bormann-Brüder? Werden sie anfangen zu reden?«

»Bei Typen wie denen weiß man nie so genau, wie sie reagieren werden«, antwortete Castrop zurückhaltend. »Müsste ich raten, würde ich sagen, dass sie ein bisschen was erzählen, um annähernd mit heiler Haut aus der Nummer rauszukommen. Aber sie werden keine entscheidenden Hinweise geben, die das Projekt gefährden würden. Dafür sind die zu geil darauf, das Endprodukt mitzuerleben.«

»Und dieser Eichborn?«, wollte Hoffmann wissen. »Ich denke, er kann uns wirklich gefährlich werden.«

Castrop nickte bestätigend. »Er hat erstklassige Mitarbeiter. Die werden nicht lockerlassen. Ich darf nur daran erinnern, dass es Eichborn und seine Leute waren, die als Erstes den Zusammenhang zwischen den Anschlägen und den Amokläufen hergestellt haben.«

»Leider hatten wir die Söhne von Bormann nicht auf dem Schirm. Hätte es deren Erpressungsversuch und das Video nicht gegeben, hätten wohl auch Eichborn und seine Leute Schwierigkeiten gehabt zu begreifen, was genau vor sich geht«, sagte Wittgenstein.

»Das ist wahr«, bestätigte Hoffmann. »Wir haben diese Bengel vollkommen falsch eingeschätzt. Das Eichborn möglicherweise ein doppeltes Spiel spielt, nun, dieses Risiko kannten wir. Das er allerdings in kurzer Zeit so viel herausfindet …«

»Sie konnten aber auch nicht ahnen, dass das Innenministerium sie offiziell an den Ermittlungen beteiligt«, warf Castrop ein.

»Zumal ja das Verhältnis zwischen Eichborn und dem Innenminister zerstört schien«, fügte Hoffmann an.

»Was ganz offensichtlich eine Finte war«, sagte Wittgenstein. »Rückblickend war es ein großer Fehler, dass wir uns mit Herrn Eichborn persönlich getroffen haben. Aber so ist das nun einmal, wenn man den falschen Leuten vertraut. Aber ich denke, den entscheidenden Fehler haben wir schon viel früher gemacht. Und zwar, als Dietrich empfahl, an Major Olaf Böttcher heranzutreten, um ihn zur Mitarbeit zu bewegen. Ich weiß inzwischen, dass eben dieser Böttcher unmittelbar nach dem Anwerbungsversuch an den Innenminister herangetreten ist. Das hat den Stein ins Rollen gebracht. Es war allerdings nicht Dietrichs erster Fehler.«

Darauf wusste niemand eine kluge Erwiderung.

»Würde es Ihrer Meinung nach die Ermittlungen aufhalten, würde Eichborn ausfallen?«, wollte Wittgenstein von Castrop wissen.

Der dachte über die Frage nach. »Ich glaube, dass es sie nicht stoppen, aber verlangsamen dürfte.«

Wittgenstein und Hoffmann wechselten einen Blick.

Wittgenstein seufzte. »Ich denke, es ist an der Zeit, gewisse Vorkehrungen zu treffen. Wir können leider zu diesem Zeitpunkt nicht gänzlich ausschließen, dass wir scheitern.«

Er sah jetzt direkt zu Castrop. »Ich möchte, dass Sie sich um Dietrich kümmern. Persönlich. In ihm sehe ich die größte Schwachstelle. Und es war seine Idee, Kontakt zu Eichborn aufzunehmen. Erledigen Sie das. Und zwar innerhalb der nächsten drei Tage.«

Castrop nickte. »Verstanden. Was ist mit Eichborn?«

Wittgenstein lächelte schwach. »Um den kümmert sich schon jemand.«

Castrop wusste natürlich, dass es im Darknet eine Auktion gab, die erst enden würde, wenn Eichborn tot wäre.

Er stand auf. »Wenn es weiter nichts gibt, dann mache ich mich an die Arbeit«, sagte er an Wittgenstein gerichtet.

Auch der erhob sich. Als sie sich gegenüber standen, streckte Wittgenstein ihm die Hand entgegen.

»Es ist vermutlich das letzte Mal, dass wir uns persönlich treffen. Ich danke Ihnen für Ihren Dienst an Ihrem Land, Herr Major.«

89

»Immer, wenn sich Politiker einmischen, geht's in die Hose.«
Johannes Kernberger

Der Bundeskanzler hatte sehr darauf gedrängt, an die Öffentlichkeit zu gehen, weil er so ein klein wenig aus der Schusslinie geraten würde. Schranz wusste das, Kernberger wusste es, und der Präsident des BKA wusste es auch. Und der Kanzler wusste, dass sie es wussten.

Typisch Berlin.

Also hatten sich alle dazu entschieden, in Form einer Pressekonferenz den Bürgern alles offenzulegen.

Na ja, fast alles.

Um dem Ganzen die nötige Seriosität und Dringlichkeit zu verleihen, war es unumgänglich, dass auch der oberste Polizist der Republik daran teilnahm.

Natürlich erklärte sich der BKA-Präsident dazu bereit.

Die ihnen gesetzte Frist würde am nächsten Tag ablaufen,

sodass es nötig war, diese Pressekonferenz, die live im Fernsehen übertragen wurde, noch am heutigen Tage stattfinden zu lassen.

Sie machten es kurz und schmerzlos.

Mit ernster Miene berichtete der Bundeskanzler von der Erpressung, den Fahndungserfolgen, aber auch darüber, dass einer der Täter immer noch auf der Flucht war. Und dass es sich bei ihm um den gefährlichsten Mann der Gruppe handelte. Es wurde ein Foto von Claasen eingeblendet mit der Warnung, dass es sich bei ihm um einen äußerst gefährlichen Mann handelte, der mit Sicherheit bewaffnet war und auch Gebrauch von der Waffe machen würde.

Dann kam die Ankündigung, dass am nächsten Tag um neun Uhr vormittags im gesamten Bundesgebiet in Städten mit mehr als zweihunderttausend Einwohnern das Wasser abgestellt würde.

Man empfahl den Bewohnern der betreffenden Städte, deren Namen sofort eingeblendet wurden, sich mit Wasservorräten einzudecken. Das Deutsche Rote Kreuz, die Feuerwehren sowie der Katastrophenschutz wären ab sofort in den relevanten Städten im Einsatz, um der Bevölkerung mit Rat und Tat zur Seite zu stehen.

Natürlich stünden alle Wasserschutzgebiete und Brunnen unter strengster Beobachtung und man sei sich sicher, den flüchtigen Claasen in Kürze zu fassen. Aber dennoch wäre es verantwortungslos von der Regierung, würde sie nicht reagieren und nichts unternehmen.

Man ginge davon aus, dass der Spuk am übernächsten Tag vorüber wäre.

Nach der Pressekonferenz saßen Schranz, Kernberger, Kanzleramtschef Gehlsen und BKA-Präsident Scheuer zusammen, um die nächsten Schritte zu koordinieren.

Diese Besprechung dauerte keine dreißig Minuten, dann trennten sie sich.

Zurück blieben Schranz und Kernberger.

»Ich finde Gehlsens Verhalten irgendwie merkwürdig«, sagte Kerni.

»Zumal er sich mit dem Kanzler getroffen hat und ihm einen Floh ins Ohr setzte«, fügte Schranz an.

»Ach ja? Was für einen Floh?«

»Der Kanzler hat sich da mir gegenüber nicht so klar ausgedrückt, aber es lief wohl darauf hinaus, Nicolas als Sündenbock hinzustellen, für den Fall, dass es uns nicht gelingen würde, den Anschlag zu verhindern.«

»Na wunderbar«, sagte Kerni genervt. »Immer, wenn sich Politiker einmischen, geht's in die Hose.«

»Meistens«, verbesserte Schranz ihn. »Sagen wir meistens.«

»Ich vergesse einfach immer, dass du jetzt ja auch auf der dunklen Seite der Macht bist.«

Beide schmunzelten, wurden aber schnell wieder ernst.

»Ich befürchte, dass Gehlsen immer noch seine eigene Suppe braut«, sagte Schranz leise.

»Oh, da bin ich mir ganz sicher.«

90

»Wir haben es verpennt, dich zu informieren.«
Nicolas Eichborn

Clemens Hagedorn zweifelte mittlerweile an seinem eigenen Plan. Das lag daran, dass nun in der Phase fünf nichts mehr von dem geschah, was er vorhergesagt hatte.

Keine große Demonstration, die eskalierte.

Niemand, der sich in den Vordergrund gedrängt hatte, um für sich als Hoffnungsträger zu werben.

Aber all das wäre nötig gewesen.

Jedenfalls dann, wenn alles planmäßig laufen würde.

Am Anfang hatten sich die Verschwörer genau so verhalten, wie er es prognostiziert hatte.

Aber nun ...

Dabei musste es doch von elementarer Bedeutung sein, den zukünftigen Anführer der Bundesrepublik Deutschland zu etablieren. Ihn den Wählern schmackhaft zu machen.

Aber genau das geschah nicht.

Und das machte Hagedorn sehr nachdenklich.

Hatte er etwas übersehen?

Er hielt sich nicht für unfehlbar. Schließlich war er kein Narzisst.

Dennoch glaubte er nach wie vor, dass sein Plan funktionieren würde, wenn man ihn ein zu eins umsetzte. Natürlich war es möglich, dass es noch andere Wege gab, an das Ziel zu kommen.

Möglich war vieles.

Aber wie wahrscheinlich war es?

Er ging den Plan noch einmal Punkt für Punkt durch, wägte alles ab, hinterfragte sämtliche Schritte.

Als er damit fertig war, wiederholte er alles erneut.

Sein Fazit: Alles passte. Bis auf die aktuelle Phase, in der sie sich befanden. Befanden *mussten*.

Hagedorn blickte hinaus aufs Meer.

Es war schon dunkel, aber es ging ihm nicht um das, was er sehen konnte.

Das Rauschen der Wellen hatte eine schon fast hypnotische Wirkung auf ihn.

Immer noch.

Er stellte sich immer wieder dieselbe Frage: Was übersehe ich?

Er beugte sich vor, ging online und kontrollierte die jüngsten Ereignisse in Deutschland.

Die Schlagzeile war unübersehbar.

Terroranschlag auf deutsches Grundwasser steht kurz bevor!

Hagedorn las den vollständigen Bericht, wechselte dann auf eine etwas seriösere Seite und merkte schnell, dass der Tenor der Nachricht unverändert blieb.

Schließlich fand er eine Seite, auf der es ein Video der kompletten Pressekonferenz gab.

Er sah sie sich an.

Und schüttelte danach den Kopf.

Warum hatten Eichborn oder Ebel ihn nicht darüber informiert?

Gut, allen war klar, dass es einen großen Anschlag geben würde.

Aber dennoch hätten sie ihn benachrichtigen müssen.

Hagedorn lehnte sich zurück und schloss die Augen.

Was hatte es zu bedeuten, dass der Hauptakteur bislang nicht ins Rampenlicht getreten war?

Und das, obwohl gerade jetzt in Erwartung eines Anschlages Panik in Deutschland herrschen würde.

Was konnte das bedeuten …?

Plötzlich riss er die Augen auf.

Die Erkenntnis traf ihn wie ein Hammerschlag.

Er griff zum Handy und wählte die Nummer von Patrick Ebel.

Der ging sofort ans Telefon. »Entschuldige, Clemens. Wir haben es versäumt, dich zu informieren.«

»Hab ich gemerkt. Aber deshalb rufe ich nicht an.«

»Okay, was gibt's?«

»Ich weiß jetzt, warum sie von meinem Plan abweichen.«

»Welche Abweichung meinst du?«

»Ich habe prognostiziert, dass sich der neue Anführer spätestens in Phase fünf der Öffentlichkeit zu erkennen gibt. Erinnerst du dich?«

»Ja.«

»Das ist bislang aber nicht passiert und ich habe mich die ganze Zeit gefragt, woran das liegt. Jetzt weiß ich es.«

91

»Na ja, besser, als zigtausende von Leichensäcken.«
Helen Eichborn

Als Helen und ich uns am nächsten Tag auf den Staatsakt für den getöteten Verteidigungsminister vorbereiteten, erreichte uns eine alarmierende Nachricht aus Singapur.

Jemand hatte versucht, von einem der Konten, auf das ein Teil des Lösegeldes überwiesen worden waren, und die wir überwachten, Geld abzuheben.

Die Fotografie des Mannes wurde uns zugemailt, aber niemand kannte den Typen.

»Jetzt weiß Claasen, dass er nicht ans Geld herankommt«, stellte Helen fest.

»Richtig.«

»Stellt sich die Frage, was Claasen nun tut. Ob er was unternimmt.«

Mark war aus dem Spiel. Die GSG 9 hatte ihn im Hafen von Monaco gestellt; er war jetzt in Moabit und wartete auf seinen Prozess. Er war zwar noch minderjährig, aber es gab ja auch Jugendstrafen.

Ruud hatten wir auch wieder eingesackt.

»Er steht nach wie vor auf der Fahndungsliste. Vielleicht löst sich dieses Problem ja noch von selbst«, sagte ich mit mehr Optimismus in der Stimme, als ich fühlte.

»Ich weiß nicht ... meistens erledigen sich unsere Probleme eben nicht von selbst«, antwortete Helen.

Damit hatte sie leider recht.

Wie immer.

»Wir können jetzt sowieso nichts tun«, sagte ich und zwängte mich in das schwarze Sakko. »Mit diesen Klamotten könnte ich mich nicht einmal gegen eine achtzigjährige Oma mit Rollator wehren.«

Das Sakko saß sehr eng, da ich darunter eine schusssichere Weste trug.

Helen schlüpfte in ihre schwarzen Stilettos. »Ich weiß genau, was du meinst«, sagte sie.

»Du kannst mit deinen Absätzen wenigstens noch um dich stechen«, sagte ich. »Ich kann mich nur auf jemanden drauffallen lassen. Mehr geht nicht.«

»Jammer nicht rum, Nicolas. Du wolltest es doch so.«

»Ist ja gut«, sagte ich kleinlaut.

Helen war gereizt.

Ich auch.

Besser schwieg man in solchen Momenten.

Oder man sprach über weniger brisante Themen.

»Kerni und Schranz wissen Bescheid über die Vermutung von Hagedorn. Ihnen ist auch klar, dass es jetzt doch zum Anschlag kommen könnte. Schranz hat die höchste Warnstufe ausgerufen. Ich denke, sie werden der gesamten Republik den Wasserhahn abdrehen.«

»Geht das überhaupt?«, wollte Helen wissen.

Ich zuckte mit den Achseln. »Ist bestimmt ein riesiger Aufwand, aber warum nicht?«

»Na ja, besser, als zigtausende von Leichensäcken.«

Wir verließen unsere Wohnung. Draußen, vor dem Fahrstuhl, warteten zwei Beamte der Sicherungstruppe des BKA auf uns.

Eigentlich nur auf mich.

Einer sagte was in sein Kragenmikro und kündigte uns an.

Wir betraten den Aufzug und fuhren nach unten.

Im Eingangsbereich des Gebäudes standen zwei weitere Beamte.

Sie nahmen mich und Helen in die Mitte und eskortierten uns zum wartenden Wagen. Wir stiegen hinten ein, einer der Bodyguards setzte sich auf den Beifahrersitz.

Die anderen stiegen in ein zweites Fahrzeug.

Als wir losfuhren, setzte sich ein drittes Fahrzeug der Sicherungstruppe vor uns.

»Was das alles kostet ...«, meinte Helen und grinste mich freudlos an.

»Meinst du, wir sollten einen Teil der Kosten über die Firma erstatten?«

»Ich meine, du solltest alles aus eigener Tasche bezahlen.«

Herrgott, war Helen sauer.

Die Trauerfeier fand im Berliner Dom statt. Wo auch sonst?

Ich kannte den Dom.

Helen hatte da schon einmal jemanden erschossen.

Und ein Staatssekretär, den ich nicht sonderlich gemocht hatte, hatte sich damals in die Hosen gepinkelt. Also hatte ich jede Menge positive Erinnerungen an diesen Bau.

Geplant war ein Trauerzug durch einen Teil der Stadt, darauffolgend der Trauergottesdienst und anschließend die Beisetzung auf dem Friedhof in Dahlem.

Wir vermuteten den Anschlag – wenn es denn überhaupt einen gab – entweder auf dem Friedhof oder am Dom. Die

Experten hielten den Friedhof für den wahrscheinlichsten Tatort. Trotz der vielen Bäume.

Ich hoffte sehr, dass die jetzt nicht alle verfügbaren Männer am Friedhof einsetzten und ich am Dom auf mich allein gestellt wäre.

Aber ich hatte ja auch noch Helen, die auf mich aufpasste.

Natürlich hatte ich nicht vor, den Trauermarsch mitzumachen.

Um nichts auf der Welt würde ich stundenlang einem leeren Sarg hinterher latschen.

Die Personenschützer fanden meinen Entschluss, das nicht mitzumachen, übrigens klasse.

Wir saßen also in einem Café, umringt von Personenschützern, die jeden anknurrten, der mich schief ansah, und warteten darauf, dass es in den Dom ging.

92

»Sag hallo, du Arschloch.«
Der Mann

Die Entfernung vom Standort des Mannes bis zum Berliner Dom betrug neunhundertfünfzig Meter Luftlinie. Er befand sich auf einer Höhe von fünfundachtzig Metern und besaß einen idealen Überblick.

Genau geradeaus war der Dom.

Links davon lag das Deutsche Historische Museum. Auch ein guter Standort für einen Schuss.

Rechts von ihm die Sankt Hedwigs Kathedrale. Ein ebenso geeigneter Platz.

Besser wäre das Gebäude nordöstlich der Kirche.

Aber das war das Auswärtige Amt. Da kam keiner rein oder rauf, der nicht dahingehörte.

Auch die Business School auf der Spreeinsel würde gehen, wenn auch der Schusswinkel nicht optimal wäre.

Der Mann spähte durch das Leupold Zielfernrohr und suchte die Gegend ab.

Am meisten fiel im Moment das auf, was nicht zu sehen war.

Nirgends waren Scharfschützen des BKA an den relevanten Stellen positioniert.

Die hätten normalerweise längst dort Stellung bezogen, um das Umfeld zu sichern.

Aber das Fehlen dieser Männer war ja zu erwarten gewesen.

Er sah wieder durch das Fernrohr.

Plötzlich hielt er inne.

Auf dem Dach des Staatsratsgebäudes hatte er eine Bewegung wahrgenommen.

Er sah genau hin und tatsächlich; eine Gestalt robbte an den Rand des alten Gebäudes.

Perfekt getarnt, deshalb schwer auszumachen.

Die Farbe der Kleidung der Person stimmte fast zu einhundert Prozent überein mit dem Grau des Flachdachs.

Da war er also, der Attentäter. Jedenfalls einer von ihnen.

Der Mann zoomte näher ran. Nur um sicher zu gehen, dass es doch kein BKA-Scharfschütze war.

Allerdings würden die sich nicht so tarnen.

Vielmehr setzten sie auf Präsens, also darauf, dass man sie sehen konnte.

Abschreckung als Strategie.

Funktionierte auch auf dem Dach des Weißen Hauses in Washington.

Jetzt, da er wusste, wo einer von ihnen war, konzentrierte sich der Mann auf die linke Seite.

Zum Beispiel auf das Dach des Historischen Museums.

Hätte er vor, Nicolas Eichborn zu erschießen, würde er sich genau dort platzieren.

Nicht auf dem Dach des Museums selbst, sondern auf dem des Hauses vor dem Museum.

Rechts gelegen vom Zeughaus. Zwei aneinandergebaute Gebäude mit Innenhöfen. Links und rechts rote Satteldächer.

Aber in der Mitte war das Dach flach.

Entfernung zum Ziel nicht einmal zweihundert Meter.

Der Schuss könnte gar nicht daneben gehen.

Und genau dort tauchte der zweite Schütze auf.

Der Mann schraubte einen Schalldämpfer auf den Lauf des Gewehres und schob das Magazin in den Schacht.

Er lud durch und nahm den Killer auf dem Dach des Staatratsgebäudes ins Visier.

»Sag *hallo*, du Arschloch«, sagte er leise.

93

»Bis hierhin ging`s gut.«
Nicolas Eichborn

Claasen wusste von der Pressekonferenz, weil er von seinem Kontakt darüber informiert worden war.

Er hatte fest damit gerechnet, dass sie eine abhalten würden.

Er veränderte seine liegende Position ein klein wenig und blickte durch das Zielfernrohr.

Das Wetter war ideal.

Sonnig, kaum Wind.

Er ging davon aus, dass die Gäste des Traueraktes in den nächsten Minuten auftauchen würden.

Er fing mit seinen Atemübungen an.

Bald schon war seine Herzfrequenz von sechzig auf vierzig reduziert.

Er war bereit.

• • •

Der Mann beobachtete, wie die ersten Gäste des Traueraktes ihre dunklen Limousinen verließen.

Diese waren zuvor vom Schlossplatz rechts in den Lustgarten abgebogen.

Beide Straßen waren von der Polizei für den öffentlichen Verkehr schon Stunden zuvor gesperrt worden.

Der Mann achtete ganz besonders auf eine bestimmte Person.

Er kannte diesen Mann zwar nicht persönlich, aber wenn alles planmäßig lief, würde sich das bald ändern.

Nicolas Eichborn.

Es dauerte nicht lange, dann entdeckte der Mann ihn.

Eichborn war in Begleitung einer Frau.

Einer sehr schönen Frau, wie er feststellte.

Er konzentrierte sich auf den Schützen, der sich auf dem Dach des Staatsratsgebäudes positioniert hatte.

Der Mann blickte durch das Hochleistungs-Zielfernrohr und erkannte, dass auch der Killer Nicolas Eichborn gesehen hatte.

Er nahm den Killer ins Visier.

Atmete tief und ruhig durch.

Und schoss.

• • •

»Bis hierhin ging's gut«, murmelte ich vor mich hin. »Bis hierhin ging's gut.« Ich sah mich um, blickte wieder nach vorn und sagte: »Bis hierhin ging's gut.«

»Ich schwöre dir; wenn du das noch einmal sagst, bin ich es, die dich umbringt«, sagte Helen, während sie irgendeinem Anzugträger zulächelte.

Ich nickte dem Mann freundlich zu. »Bis hierhin ging's gut«, rief ich ihm zu.

Er sah mich unsicher lächelnd an, nickte, als hätte ich etwas unendlich Weises gesagt, und zog weiter.

Plötzlich stand Bundeskanzler Schlüter vor mir.

»Herr Bundeskanzler ...«, sagte ich überrascht.

Er kam einen Schritt näher und legte mir unbeholfen eine Hand auf die Schulter. »Danke für alles, was Sie für unser Land getan haben«, sagte er.

Ich war vollkommen erstaunt über diese öffentlich zur Schau gemachte Danksagung.

»Gern geschehen«, murmelte ich.

Er zog seine Hand wieder weg und blieb noch einen Moment unentschlossen stehen. Sein Gesicht verzog sich, als hätte er in eine Zitrone gebissen und er blinzelte.

»Alles okay mit Ihnen?«, erkundigte ich mich.

Er nieste einmal kurz und lächelte mich entschuldigend an. »Heuschnupfen. Schrecklich nervig.«

Er wirkte auf mich angespannt und unsicher.

Dann, unmittelbar bevor er sich umdrehte und im Dom verschwand, meinte ich noch etwas anderes in seinem Gesicht gesehen zu haben: Verärgerung.

• • •

Der Mann sah, dass er den Killer auf dem Dach erwischt hatte.

Tödlich getroffen.

Einer weg. Blieb noch der andere.

Der, den er kannte.

Langsam bewegte er den Lauf des Gewehres nach links,

bis er das Dach des Gebäudes rechts vom Zeughaus im Visier hatte.

Auch der Scharfschütze schien bereit zu sein.

Der Mann hatte ihn in kompletter Länge vor sich. Vorn die Füße, hinten der Kopf.

Der andere Killer war seitlich von ihm postiert gewesen.

Leichter zu treffen.

Obwohl er bei dem hier den gesamten Körper vor sich hatte.

Er visierte den Hinterkopf der Zielperson an und atmete ruhig und tief ein und wieder aus. Bis er ganz ruhig war.

• • •

Claasen entdeckte Eichborn. Aber er wartete, bis dieser vor dem Eingang des Doms stand.

Maximaler Effekt.

Claasen atmete tief ein und wieder aus.

Er war die Ruhe selbst.

Eichborn und seine Begleiterin wurden flankiert von vier Personenschützern.

Aber die wären nur wirkungsvoll, wenn einer direkt angreifen wollte.

Gegen einen Schuss aus einer erhöhten Position könnten auch acht von ihnen nichts ausrichten.

Eichborn stand jetzt vor den Stufen des Doms, bereit, diese hochzugehen, um dann im Inneren zu verschwinden.

Ein Mann näherte sich ihm und legte Eichborn eine Hand auf die Schulter.

Jetzt war der richtige Zeitpunkt.

Behutsam drückte Claasen den Abzug bis zum Widerstand durch.

• • •

Der Mann spürte geradezu, dass Claasen gleich schießen würde.

Er hätte auch gewartet, bis die Zielperson vor den Treppen stand.

Maximaler Effekt.

Herrliche Panik, Blut und Hirnmasse.

Er konnte nicht länger warten.

Er zielte etwas oberhalb des Kopfes und drückte den Abzug.

Das Geschoss verließ den Lauf mit Unterschallgeschwindigkeit, stieg erst etwas an und verlor dann an Höhe. Als es in den Hinterkopf des Killers eindrang und diesen zum Platzen brachte, hatte der Mann sein Gewehr schon fast zerlegt.

94

»Das war anders abgesprochen.«
Helen Eichborn

Mein Handy klingelte, als ich gerade im Begriff war, den Dom zu betreten. Es war das erste Mal, dass ich wegen des Klingelns eines Handys fast zu Tode erschrak.

Ich kannte die Nummer nicht, ging aber trotzdem ran.

»Eichborn.«

»Hallo, Herr Eichborn. Sie kennen mich nicht, aber das werden wir rasch ändern. Zunächst aber zur aktuellen Lage: Ein Killer liegt auf dem Dach des Staatsratsgebäudes. Das ist, wenn Sie sich umdrehen, westlich gelegen. Ein zweiter liegt auf dem Dach des Gebäudes rechts vom Zeughaus. Das ist östlich von Ihnen.«

»Killer?«, rief ich etwas zu laut.

Neben mir erstarrte Helen.
Sie zog ihre Waffe und sah sich suchend um.
Als die Personenschützer des BKA das sahen, zogen auch sie ihre Waffen, bildeten einen Schutzring um Helen und mich und richteten die Pistolen auf einen unsichtbaren Angreifer.
Der Mann lachte. »Sagen Sie Ihren Personenschützern, dass die Gefahr vorbei ist.«
»Haben Sie die beiden getötet?«
»Ja. Bevor sie auf Sie schießen konnten, was zweifelsfrei deren Auftrag war.«
»Wie ... ich meine, woher ...?«
»Lassen Sie uns später in Ruhe darüber reden. Jetzt sollten Sie erst einmal klären, warum nicht ein einziger Scharfschütze des BKA hier postiert war. Das kann nicht richtig sein. Da ist was schiefgelaufen. Wer hat die Macht, dafür zu sorgen, dass sie entweder abgezogen, oder gar nicht erst eingesetzt wurden?«
Mit dieser sehr guten Frage legte er auf.
Helen sah mich an.
»Wer war das?«
»Mein Schutzengel.«
»Was soll das heißen?«
Ich deutete nach rechts. »Irgendwo da oben, auf einem der Dächer, liegt Attentäter Nummer eins.« Dann zeigte ich nach links in Richtung des Staatratsgebäudes. »Und auf dem Dach liegt Nummer zwei. Beide sind tot.«
Der Leiter unserer kleinen Gruppe Aufpasser hatte das mitbekommen und sprach etwas in sein Mikro am Kragen.
Helens Blick verlor sich in der Ferne. »Ich versteh das nicht ...«, sagte sie langsam. »Hätten nicht überall auf den Dächern Scharfschützen des BKA liegen sollen?«
»Das hat der Anrufer auch bemerkt. Also, dass die eben *nicht* da waren.«

Wenig später gesellten sich Schranz und Kernberger zu uns. Beide waren etwas außer Atem.

»Wir haben gerade erfahren, was passiert ist«, sagte Schranz. »Es befinden sich tatsächlich zwei Tote auf den besagten Dächern. Ganz offensichtlich handelte es sich bei den beiden um Auftragskiller, denn beide hatten Scharfschützengewehre dabei.«

»Wer hat die beiden erledigt?«, wollte Kernberger wissen.

Ich sah die beiden an. »Keine Ahnung. Aber er hat mich gerade angerufen und mir alles erzählt. Wir werden uns wohl bald auf ein Bier treffen.«

»Unfassbar«, sagte Schranz.

Helen sah ihn scharf an. »Weißt du, was wirklich unfassbar ist? Dass nicht ein einziger Beamter des BKA auf den Dächern postiert war. Das war anders abgesprochen.«

Schranz sah sie erstaunt an. »Da ist etwas gehörig schiefgelaufen. Wir klären das. Umgehend.«

95

»Kommen wir nun zum nächsten Punkt.«
Innenminister Schranz

Wir brachten die Trauerfeier mit Anstand zu Ende, auch wenn Helen und Schranz kochten vor Wut. Gerade Helen hatte Mühe, ihren Zorn zu unterdrücken. Vor allem, als sie erfuhr, dass BKA-Präsident Scheuer nicht vor Ort war.

Der Kanzler hielt eine Rede, die mehr nach Wahlkampf, denn nach Trauer klang, und nach einer Stunde war der Zauber vorbei. Es wurde der Witwe kondoliert und als der offizielle Teil vorüber war, ging Schranz zum Kanzler und flüsterte ihm etwas ins Ohr. Schlüter zuckte zusammen und verlor alle Farbe aus dem Gesicht.

Schranz kehrte zu uns zurück.

»Alle ins Kanzleramt. Wir haben eine Besprechung.«

Eine halbe Stunde später saßen wir am großen Besprechungstisch im Büro des Kanzlers.

Zu meiner Überraschung waren sowohl der Justizminister als auch der Generalbundesanwalt anwesend.

Der Kanzler ergriff das Wort. »Ich habe Justizminister Fehlbein und Generalbundesanwalt Trenkel zu dieser Besprechung dazu geholt, weil wir es hier mit einer Verschwörung ungeahnten Ausmaßes zu tun haben«, begann er mit bemüht fester Stimme. »Sowohl der Präsident des BKA als auch Kanzleramtschef Gehlsen wurden von mir heute ihres Amtes enthoben und in den Ruhestand geschickt.« Sein Blick blieb auf mir ruhen. »Uns liegen eindeutige Beweise vor, dass Scheuer in direktem Kontakt zu Bradley Claasen, einem der Erpresser, gestanden hat.«

Er machte eine Pause und schüttelte betroffen den Kopf.

»Mit diesem Claasen, übrigens einer der Scharfschützen, der Sie, Herr Eichborn, vor dem Berliner Dom erschießen wollte, hat sich Herr Scheuer verschworen, um Sie aus dem Verkehr zu ziehen. Scheuer hat einen Pakt mit Claasen geschlossen; der Präsident des BKA sorgt dafür, dass die Beamten vom Gelände rund um den Dom abgezogen werden. Im Gegenzug erhält er die nötigen Informationen, wo und wann der Anschlag stattfindet. Somit hätte sich das BKA mit der Vereitelung des Anschlages brüsten können. Es gab noch eine Bedingung; eines der Konten sollte wieder freigegeben werden. Scheuer hat sich darauf eingelassen. Wohlwissend, dass das Ihr Leben fordern würde.«

»Und das alles wissen Sie, weil …«, fragte ich.

»Weil wir sein Handy abgehört haben«, antwortete Kerni.

»Mit meiner ausdrücklichen Genehmigung«, bekräftigte der Kanzler. »Denn ich bin an dieser ganzen Entwicklung nicht ganz unschuldig.«

Ich sah den Kanzler verblüfft an. »Wie meinen Sie das?«

»Ich habe mich auf ein gefährliches Spiel eingelassen«, sagte der Kanzler. Er berichtete uns von seinem Vieraugengespräch mit Kanzleramtschef Gehlsen, indem er ihm vorgeschlagen hatte, mich im Falle eines Scheiterns der Ermittlungen zum Sündenbock zu machen.

Er wirkte tatsächlich niedergeschlagen. »Ich bitte Sie um Verzeihung, Herr Eichborn. Ich war mit der Situation schlicht überfordert und habe nach jedem sich bietenden Strohhalm gegriffen. Darüber hinaus hätte ich niemals gedacht, dass Gehlsen mich hintergehen würde. Ich kenne ihn schon sehr lange.«

»Von mir werden Sie keine Vorwürfe hören«, sagte ich und warf einen raschen Blick zu Helen.

Bei ihr war ich mir da nicht so sicher. Aber sie schwieg tapfer.

»Danke«, sagte der Kanzler. »Das bedeutet mir viel. Nichtsdestotrotz werde ich, sobald sich die Situation beruhigt hat und wir sicher sein können, dass die Gefahr endgültig vorüber ist, die Vertrauensfrage stellen. Ich gehe davon aus, dass es zu Neuwahlen kommen wird.«

Ich war plötzlich wie benommen.

Endlich hatten sich in meinem Hirn die Schaltkreise in richtiger Reihenfolge miteinander verbunden.

Jetzt sah ich die Wahrheit glasklar vor mir.

Und mir wurde schlecht.

»Kommen wir nun zum nächsten Punkt«, schaltete sich Innenminister Schranz ein und riss mich dadurch aus meinen Gedanken. »Jetzt, da Claasen tot ist, wissen wir natürlich nicht, ob, und wenn ja, wo der Anschlag stattfinden wird.«

Ich hatte Mühe, mich zusammenzureißen und aufmerksam zuzuhören.

»Nicolas«, fuhr Schranz fort. »Würdest du bitte umgehend mit Mark van Bormann sprechen? Wir alle hier hoffen, dass er dir verrät, wo der Anschlag stattfinden wird.«

Plötzlich wurde mir klar, warum Justizminister und Bundesanwalt dabei waren.

Die meinten es wirklich ernst ...

96

»Du hast einen Plan.«
Helen Eichborn

»Es ist nicht fair von denen, so etwas von dir zu verlangen«, sagte Helen verbittert, als wir uns auf dem Weg in unsere Firma befanden. »Von *uns* zu verlangen«, fügte sie nach einer kurzen Pause hinzu.

»Sie sind verzweifelt, haben Angst«, antwortete ich nachdenklich. »Wir haben auch den enormen Druck gespürt, als wir ermittelt haben. Aber die im Kanzleramt, denen wird man die Schuld geben, wenn's schief geht. Man würde sie öffentlich an den Pranger stellen. Sie für zigtausende von Toten verantwortlich machen. Ich mag mir gar nicht vorstellen, welchen Druck die haben.«

»Ja, schon richtig. Aber jetzt dir den schwarzen Peter zuschieben. Nach dem Motto: Du bist keiner von uns. Hol mal die Kohlen aus dem Feuer – egal, wie. Das ist unfair, Nicolas.«

Ich schwieg. Tat so, als würde ich den Verkehr aufmerksam beobachten.

Helen sah mich lange Zeit prüfend von der Seite an.

»Nicolas …?«

»Ja?«

»Du hast aber nicht wirklich vor, das zu tun, was sie von dir erwarten, oder?«

»Nein, nicht wirklich«, sagte ich, aktivierte die Freisprecheinrichtung des Autos und rief Helmes an.

»Ich bin's, Nicolas. Du hast doch vor ein paar Tagen die Kontoverbindungen von diesem van Bormann überprüft, richtig?«

»Ja. Alle Konten, die auf seinen Namen laufen, habe ich unter die Lupe genommen.«

»Hast du auch die Konten der Söhne überprüft?«

»Äh …. Sollte ich?«

»Nein. Aber hast du?«

»Na ja, ich dachte, wenn ich schon mal …«

Ich atmete erleichtert aus. »Also hast du. Sehr gut. Gab's da was?«

»Nicolas, ich habe mir die Informationen besorgt, analysiert habe ich sie noch nicht.«

»Aber du hast sie noch.«

»Ja, sicher. Soll ich …?«

»Leg los. Sofort. Du hast eine halbe Stunde. Wenn wir im Büro sind, brauche ich alles, was du finden konntest.«

»Okay«, sagte Günter und legte auf.

Helen lächelte mich an. »Also hast du einen Plan«, sagte sie.

»Ich habe eine Idee«, bremste ich ihren Optimismus. »Ob daraus mehr wird, werden wir sehen.«

»Du hast einen Plan«, wiederholte Helen und grinste.

Ich setzte den Blinker und fuhr rechts ran.

Helen sah mich erstaunt an. »Was ist?«

»Wir haben ein Problem«, sagte ich. Dann erzählte ich ihr

alles, was ich herausgefunden hatte beziehungsweise vermutete.

Als ich geendet hatte, war Helen blass im Gesicht.

»Wie sicher bist du dir?«, fragte sie mit leiser Stimme.

»Zu einhundert Prozent.«

»Oh Scheiße ...«

97

»Damit kann ich arbeiten.«
Günter Maria Helmes

Helmes machte sich umgehend an die Arbeit. Die privaten Konten der zwei Brüder hatte er schon gefunden, aber noch nicht überprüft. Das gleiche galt für ihr Firmenkonto.

Helmes fing bei den privaten an. Das Guthaben hielt sich in Grenzen. Beide zahlten sich kein festes Gehalt. Vielmehr holten sie sich immer dann Geld vom Firmenkonto, wenn sie welches brauchten.

Es gab keine festen Kosten wie Miete oder ähnliches.

Helmes machte eine Aufstellung aller Ein- und Auszahlungen auf beiden privaten Konten der letzten zwölf Monate.

Dann konzentrierte er sich auf das Unternehmen der beiden.

Sie entwickelten Computerspiele und verkauften sie. Das Firmenkonto wies ein stattliches Guthaben auf.

Scheinbar lief ihre Firma sehr gut.

Helmes wandte sich an seinen neuen Kollegen. Nils Welke. Der Hacker.

Er gab ihm eine IP-Adresse. Mehr brauchten Typen wie Welke nicht.

Schon tauchte er tief in das Unternehmen ein.

Er wusste nicht, was er suchte – bis er es fand.

Das Erste, was auffiel, war, dass das Unternehmen seinen Sitz in Monaco hatte.

Das Zweite, was ins Auge fiel, war das Datum der Firmengründung.

Helmes rechnete kurz nach.

Es war jemandem, der noch nicht volljährig war, mit Sicherheit nicht möglich, ein Unternehmen im Ausland zu gründen. Eine kurze Recherche bestätigte das.

Wer also hatte die Unternehmensgründung vorgenommen?

Er grub weiter. Tiefer.

Welke fand heraus, dass das Unternehmen der Brüder nur ein Ast in einem großen Baum darstellte.

Ein schier undurchdringbarer Dschungel aus Tarn- und Briefkastenfirmen, die rund um den Globus verstreut waren.

Aber warum? Die beiden entwickelten doch nur harmlose Ballerspiele.

Er fand weitere Konten. Sie alle liefen auf den Namen Madlen Marvieck.

Der Name sagte ihm nichts.

Aber er ging methodisch vor.

Und fand die Erklärung.

Marvieck war der Geburtsname der Mutter von Mark und Ruud.

Was bei ihm leicht aussah, war in Wahrheit nur Resultat jahrelanger Routine.

Jede Suche im Internet ähnelte sich auf die eine oder andere Art.

Zuerst stand man vor dem Problem wie der sprichwörtliche Ochse vorm Berg.

Man hatte keine Ahnung, wie man da rauf kommen sollte.

Hatte man aber die erste Spur entdeckt, fielen die Dominosteine. Einer nach dem anderen.

So war es immer.

Ganz offensichtlich hatte die Mutter vor ihrem Tod ein Firmenkonstrukt errichtet und damit ihren Söhnen geholfen, Steuern zu hinterziehen.

Das war an sich nicht wirklich schlimm.

Machte ja irgendwie jeder – im Rahmen seiner Möglichkeiten.

Aber hatte sie ihnen auch dabei geholfen, illegale Geschäfte zu verschleiern?

Und wenn ja, welche?

Welke erstellte ein Organigramm der verschiedenen Unternehmen und ihrer Verbindung untereinander.

Als Nächstes folgte eine Aufstellung der beteiligten Konten, deren Guthaben, sowie den Ein- und Ausgängen von Zahlungen.

Damit ging er zu Helmes.

Der sprang auf und gemeinsam begannen sie damit, die Wände seines Büros mit den Zetteln zuzupflastern. Helmes Blick raste über die Informationen, saugte sie auf, würfelte sie in seinem Kopf durcheinander und sortierte sie neu.

Anschließend fing er an, einzelne Zettel wieder abzureißen und neu zu sortieren.

Gelbe, blaue und rote Post-it-Zettel folgten.

Am Ende würden dann seine bunten Stofffäden folgen, mit denen er relevante Punkte miteinander verbinden würde.

Aber so weit war er noch nicht.

»Und?«, wollte Welke wissen.

Helmes starrte mit glasigen Augen auf die vollgeklebte Wand.

»Damit kann ich arbeiten.«

98

»Das können Sie nicht tun …«
Ruud van Bormann

Als Helen und ich die Zentrale erreichten, bereiteten wir uns auf das nun Kommende vor.

Wir waren uns einig, dass wir das, was ich vermutete, zunächst nach hinten schieben würden.

Unsere oberste Priorität galt der Verhinderung des drohenden Anschlags.

Alles andere würde warten müssen.

Helmes war nirgendwo zu sehen.

Er war wahrscheinlich zu beschäftigt, um uns ein erstes Update zu geben.

Etwa eine Stunde später traf der erste unsere beiden *Gäste* ein.

Die neutrale Limousine mit Ruud im Fond fuhr direkt in die Tiefgarage. Dort wartete bereits Patrick, der den jungen Mann in Empfang nahm und mit ihm zusammen direkt hoch ins Penthaus fuhr.

Etwa zwanzig Minuten später erreichte eine zweite Limousine unsere Zentrale.

Hier waren die Vorzeichen ein klein wenig anders.

Zwar saß auch Mark im hinteren Teil des Wagens, jedoch waren seine Hände mit Handschellen gefesselt. Auch brachte man ihn nicht in unsere Wohnung. Er wurde in einen Vernehmungsraum eskortiert. Dort würde er die nächste Zeit vor sich hin schmoren.

Natürlich wusste er nicht, dass Ruud auch hier war.

Genauso wenig, wie Ruud von Marks Anwesenheit wusste.

Zuerst beschäftigten wir uns mit Ruud.

Helens und meiner Meinung nach war er das schwächste Glied in der Kette.

Als Helen und ich unsere Wohnung betraten, saß Ruud am Esstisch und wirkte irgendwie verloren. Patrick hatte sich um ihn gekümmert, während wir uns auf das folgende Gespräch vorbereitet hatten.

Als Patrick uns sah, nickte er knapp und verschwand.

Wir nahmen Ruud gegenüber Platz. Helen holte zwei Fotografien aus ihrer Ledertasche und legte sie verkehrt herum auf den Tisch.

Ruuds Blick wanderte unruhig von den verborgenen Aufnahmen zu Helen und zu mir.

»Jetzt hast du wirklich Probleme«, sagte Helen leise und mit so etwas wie Bedauern in der Stimme.

»Wie …? Warum?«, stammelte Ruud.

Helen drehte die erste Aufnahme um.

Darauf war der tote Claasen zu erkennen.

»Euer Freund ist tot. Erschossen beim Versuch, uns zu töten.«

Ruud blickte entsetzt auf das Foto. »Oh Gott … davon wusste ich nichts …«

»Das, mein Freund«, sagte Helen und tippte mit dem Finger auf das Foto, », das bricht dir und deinem Bruder endgültig das Genick.«

»Warum das denn?«, wollte Ruud ängstlich wissen. »Damit haben wir nichts zu tun.«

Helen schüttelte den Kopf, als würde sie das alles sehr traurig machen. »Ist dir klar, was das für dich und deinen Bruder bedeutet?«

Ruud schüttelte den Kopf.

»Es bedeutet, dass ihr Verbindungen zu einem professionellen Killer hattet, der einen Bundesbeamten töten wollte.

Jetzt ist es wirklich egal, ob ihr minderjährig seid, oder nicht. Jetzt kann euch keiner mehr helfen«, erklärte Helen.

»Aber ich kenne diesen Mann überhaupt nicht«, rief Ruud. »Und Sie können doch nicht ernsthaft glauben, dass ich was mit dem Attentat auf einen Bundesbeamten zu tun habe.«

»Das mit dem Glauben ist so eine Sache«, sagte ich langsam. »Man kann die Tatsachen manchmal so herrlich verdrehen, dass die Leute einem alles glauben.«

Er sah mich mit weit aufgerissenen Augen an. »Das können Sie nicht tun ...«

Ich beugte mich vor. »Ruud, du bist doch ein schlaues Kerlchen. Denk doch mal einen Augenblick nach; warum glaubst du, dass du hier in dieser Wohnung sitzt, und nicht in einem Verhörraum im Gefängnis? Warum wohl sprechen wir mit dir – und nicht ein Staatsanwalt oder Polizist?«

Man konnte sehen, wie er versuchte zu verstehen, was das alles zu bedeuten hatte.

Schließlich zuckte er niedergeschlagen mit den Schultern. »Keine Ahnung ...«

»Weil die da oben verzweifelt sind. Und sie haben Angst. Angst davor, dass der Anschlag stattfinden wird und es niemanden gibt, der ihn aufhalten kann. Du behauptest, nichts zu wissen. Dein Bruder weigert sich, irgendetwas zu sagen und Claasen ist tot. Deshalb haben sie mir vollkommen freie Hand gelassen. Ich kann mit dir tun und lassen, was immer ich will. Niemand wird mich jemals für irgendetwas zur Rechenschaft ziehen. Verstehst du das?«

»Sie ... Sie wollen mich ... foltern?«

»Das ist das, was die anderen wollen, ja. Aber es ist nicht das, was ich will.«

»Und was wollen Sie? Was soll ich tun?«

»Uns endlich alles sagen, was du weißt«, antwortete

Helen. »Als ich vorhin sagte, dass euch jetzt keiner mehr helfen kann, meinte ich damit, keiner außer euch selbst. Ihr habt immer noch eine Chance, mehr oder weniger unbeschadet aus der Sache rauszukommen. Aber dafür müsst ihr endlich reden. Sollte es zu diesem Anschlag kommen, ist alles aus.«

Das Telefon klingelte. Es war Helmes, der uns bat, runter ins Büro zu kommen.

»Denk darüber nach«, sagte Helen. »Wir kommen gleich zurück.«

99

»Sie machen sich ja keine Vorstellungen.«
Bert van Bormann

Helmes starrte auf die Wand. Er schien, als wäre er in einer Art Trancezustand.

Er wusste genau, dass sich hier die Lösung des Problems befand.

Irgendwo hier, zwischen den bunten Zetteln, den Fotografien und Notizen – alle miteinander durch farbige Bindfäden verbunden – verbarg sich die Wahrheit.

Helmes war sich ganz sicher.

Genauso sicher war er, dass die verstorbene Mutter der beiden eine entscheidende Rolle spielte.

Er griff zum Telefon und rief das Büro an, in dem Welke saß. »Besorg mir alles an Informationen, die du über die Mutter finden kannst. Ihr Name ist Madlen Marvieck.«

Es dauerte eine halbe Stunde, dann lag ein Dossier von Madlen Marvieck vor ihm auf dem Tisch.

Sie war im August 1960 als die Tochter eines bekannten Diamantenhändlers aus Belgien geboren worden. Sie absolvierte ein Studium der Betriebswirtschaft und trat in den elterlichen Betrieb ein, den sie wenige Jahre später übernahm. Sie lernte van Bormann kennen, heiratete und bekam zuerst Mark, später dann Ruud.

Aber was war mit der Firma ihres Vaters, die sie zuvor übernommen hatte?

Helmes suchte weiter. Und fand die Antwort.

Sie hatte dieses Unternehmen niemals verkauft. Vielmehr hatte sie einen Geschäftsführer eingesetzt, der die Firma nach außen hin vertrat.

Unterlagen belegten jedoch, dass sie immer noch Inhaberin und somit Entscheidungsträgerin geblieben war. Helmes konnte sich auch denken, warum.

Das Unternehmen war überaus lukrativ.

Jedes Jahr erwirtschaftete es einen Nettogewinn von bis zu fünf Millionen Euro.

Dieses Geld bunkerte sie auf diversen Konten im Ausland.

Das Geflecht von Scheinfirmen und Offshore-Konten gehörte nicht den Brüdern, sondern der Mutter.

Aber die Söhne profitierten davon. Also hatte die Mutter sie darüber informiert.

Ihren Ehemann offenbar nicht.

Helmes pfiff leise durch die Zähne.

Es gehörte eine gehörige Menge krimineller Energie dazu, ein Konstrukt dieser Art aufzubauen.

Er rechnete nach. Auf den Konten lagen mehr als dreißig Millionen Euro.

Also finanziell hätten die beiden das Geld aus der Erpressung überhaupt nicht nötig gehabt.

Helmes hatte nicht die Zeit, um mehr über die Persönlichkeit der Frau herauszufinden.

Aber es gab jemanden, der ihm einige offene Fragen beantworten könnte.

Er suchte die Telefonnummer raus und wählte.

»Ja?«

»Herr van Bormann, mein Name ist Günter Helmes, ich arbeite mit Nicolas Eichborn zusammen. Hätten Sie ein paar Minuten für mich?«

»Woher soll ich wissen, dass Sie wirklich mit Nicolas arbeiten?«

Da hatte er natürlich recht.

»Haben Sie eine Visitenkarte von ihm?«

»Ja.«

»Da steht die Büronummer drauf. Rufen Sie da an und lassen Sie sich zu mir durchstellen.«

Sie beendeten das Gespräch und wenige Augenblicke rief er an.

»Okay, was kann ich für Sie tun?«

»Mir verraten, was Ihre verstorbene Frau für ein Mensch war.«

»Warum das denn?«

»Weil ich glaube, dass sie einen schlechten Einfluss auf ihre Söhne hatte.«

Van Bormann lachte bitter. »Sie machen sich ja keine Vorstellungen.«

Er erzählte. Helmes machte sich Notizen.

Nach und nach offenbarte sich vor ihm die ganze Tragödie.

Madlen Marvieck war eine zutiefst gestörte Persönlichkeit gewesen.

Narzisstisch, jähzornig, gierig.

Und da sie überwiegend für die Erziehung der Söhne verantwortlich gewesen war – van Bormann hatte sich mehr und mehr zurückgezogen und sich bald nur noch mit seinen

Forschungen beschäftigt – wurden aus den Söhnen kleine Kopien der Mutter. Als sie erfuhr, dass sie unheilbar an Krebs erkrankt war und nur noch kurze Zeit zu leben hatte, gab sie so richtig Gas.

Und sie trieb einen tiefen Keil zwischen die Söhnen und ihren Vater.

Nicolas war bislang davon ausgegangen, dass zumindest der jüngere der beiden Brüder ein Opfer, bestenfalls ein Mitläufer war.

In Wahrheit jedoch waren sie beide Soziopathen wie aus dem Lehrbuch.

Kleine, perverse Sadisten.

Wahrscheinlich waren sie deshalb auch so erfolgreich mit der Entwicklung ihrer Ballerspiele.

Helmes wusste nun, worauf er achten musste und suchte weiter.

Und wurde fündig.

Das neuste Projekt, an dem die beiden gearbeitet hatten, brachte den Durchbruch.

Er rief sofort Nicolas an.

100

»Mach diesen Scheiß aus.«
Nicolas Eichborn

»Okay«, sagte Helmes, der seltsam ruhig war. »Ich habe etwas vorbereitet. Schaut es euch an und sagt mir, was ihr denkt.«

Er gab einige Befehle in den Computer ein und wenige Augenblicke später erschien ein aufwändiges, aber auch sehr reißerisches Titelbild auf dem Bildschirm. Es zeigte zwei bis an die Zähne bewaffnete Soldaten, die auf einer Straße standen. Auf beiden Seiten lagen jede Menge Leichen und vor ihnen hatte sich eine sehr aggressiv aussehende Menge versammelt.

Dann erschien oben rechts auf dem Monitor eine Menüleiste.

Helmes drückte auf »Demoversion starten«.

Aus dem Off ertönte der tiefe Bass einer Männerstimme.

»Was machst du, wenn deine Feinde dir zahlenmäßig weit überlegen sind?«

»Was tust du, wenn deine Feinde keine Hemmungen mehr zu besitzen scheinen?«

»Wie reagierst du, wenn deine Feinde all deine Freunde getötet haben?«

»Was tust du, wenn deine Feinde keine Menschen mehr sind?«

»Was tust du, wenn es nur einen einzigen Ausweg gibt, nämlich sie alle zu töten?

»Genau: Du tötest sie. Alle.«

Was dann geschah, jagte mir eine Gänsehaut über den Rücken.

Wir sahen eine normale Straßenszene in einer normalen Stadt.

Zwei junge Männer, die frappierende Ähnlichkeit mit Mark und Ruud hatten, schlenderten auf einem Fußweg eine Einkaufsstraße entlang. Sie schienen sich zu amüsieren.

Plötzlich, aus heiterem Himmel, bog eine größere Gruppe um die Ecke. Menschen, die an ihnen vorbei wollten, wurden von ihnen ohne erkennbaren Grund niedergerissen und brutal zusammengeschlagen- und getreten. Andere Passanten rannten voller Panik davon, wurden aber sofort von Teilen der Gruppe verfolgt, gestellt und ebenfalls niedergestreckt.

Die beiden jungen Männer hatten sich inzwischen in dem

Laden, vor dem sie gestanden hatten, versteckt. Glücklicherweise war es ein Waffengeschäft.

Der Verkäufer kauerte hinter dem Verkaufstresen.

»Wir werden alle sterben«, jammerte er.

»Sind die Waffen hier echt?«, wollte einer der beiden jungen Männer wissen.

»Ja, natürlich.«

»Dann her damit«, sagte der andere der beiden.

Der Verkäufer erhob sich ängstlich und brachte die beiden in den hinteren Teil des Ladens.

Hier konnten sich die beiden nun aus verschiedenen Pistolen und Schnellfeuergewehren bedienen.

Die Auswahl war jedoch begrenzt, erklärte uns Helmes.

Erst musste man ein paar dieser Amokläufer töten, so Punkte sammeln, um schließlich mehr und bessere Waffen kaufen zu können.

»Mach diesen Scheiß aus«, sagte ich zu ihm.

Helen sah mich erschüttert an. »Die haben ein Videospiel zu dem Anschlag geschrieben ...«

Ich nickte. Mir war schlecht. »Ja. Wahrscheinlich wollten sie es gleich nach dem Anschlag in den Handel bringen. Und so wie ich es einschätze, hätten sie ein Vermögen damit verdient.«

»Aber sie brauchen das Geld überhaupt nicht«, erklärte Helmes. »Ihre Mutter hat ihnen so viel Geld hinterlassen, die hätten ihr Leben nicht mehr arbeiten müssen.«

»Warum wollten sie es dann tun?«, fragte ich ihn.

»Weil sie wahnsinnig sind, Nicolas. Sie ticken nicht wie normale Menschen. Die beiden sind sadistische, kleine Monster.«

Plötzlich kam mir ein Gedanke. »Hast du diese Version bis zum Ende durchgesehen?«

Helmes verzog das Gesicht. »Nein.«

»Dann lass uns das jetzt machen. Vielleicht erfahren wir ja, welche Stadt das hier sein soll. Wenn du recht hast mit deiner Annahme, was die beiden betrifft, dann haben sie dieses Spiel mit Sicherheit so echt wie nur möglich geschrieben. Und dann haben sie auch die Stadt gewählt, in der der Anschlag stattfinden wird. Jede Wette.«

»Ich will diese Scheiße nicht sehen«, sagte Helen angewidert. »Ich gehe wieder hoch und rede nochmal mit Ruud.«

»Aber du bleibst nicht alleine mit ihm in einem Raum«, ermahnte ich sie.

»Patrick ist doch da. Er wird schon aufpassen«, meinte Helen und machte sich auf den Weg.

Als ich Helen entschlossenes Gesicht sah, fragte ich mich, auf wen er aufpassen musste.

101

»Nicolas ist da schon dran.«
Helen Eichborn

Patrick wartete vor der Tür, während Helen die Wohnung betrat. Sie setzte sich an ihren alten Platz und sah Ruud prüfend an.

Der zog wieder seine Nummer durch: kleiner, ängstlicher Hosenscheißer.

Helen hatte sich dazu gezwungen, ihren Puls runterzufahren. Würde sie jetzt ihren Emotionen nachgeben und Ruud hart angehen, wäre das kontraproduktiv. Helen ging davon aus, dass Ruud sie bislang für ein Leichtgewicht hielt. Für eine Frau, die immer versuchte, das Gute in den Menschen zu sehen und Verständnis für ihr Handeln aufzubringen.

Das wollte sie nicht ändern.

Jedenfalls nicht sofort.

Daher lächelte sie ihn an. »Also, erst einmal sag ich Chapeau. Es ist bislang erst zwei Männern gelungen, mich an der Nase herumzuführen. Der eine war mein Vater, der andere mein Ex-Verlobter. Du bist Nummer drei.«

»Ich verstehe nicht …«

»Ich habe mich ein wenig mit deiner Vergangenheit beschäftigt. Deiner und der von Mark. Es tut mir wirklich sehr leid, ihr hattet weiß Gott keine einfache Kindheit.«

»Was soll das heißen? Was sagen Sie da?«

»Euer Vater ist ein ziemlicher Egoist, oder?«

Ruud verzog das Gesicht. »Mein Vater ist ein Arschloch.«

»Ich weiß, was du meinst. Mein Vater hat den Mann, der mich vergewaltigen wollte, zu seiner Geburtstagsfeier eingeladen.«

Ruuds Augen wurden groß. »Wie krass ist das denn?«

Helen nickte. »Ja, das war wirklich krass. Und als ich dann gehen wollte, war er sogar sauer auf mich. Hatte kein Verständnis dafür.«

»Und Ihre Mutter? Hat die nichts unternommen?«

»Leider nein. Sie stand sehr unter den Fittichen meines Vaters.«

»Meine Mutter hätte so einen Scheiß nicht zugelassen. Die hätte den Typen, der Ihnen das antun wollte, eher umgelegt«, sagte Ruud im Brustton der Überzeugung.

»Deine Mutter scheint ein besonderer Mensch gewesen zu sein.«

Ruud nickte heftig. »Oh ja, das war sie. Und mein Vater hat sie alleine sterben lassen.«

»Das habe ich gelesen. Tut mir wirklich sehr leid …«

»Alles was Mark und ich können, was wir wissen, haben wir ihr zu verdanken. Unser Vater war nie für uns da.«

»Eure Mutter hat wirklich viel für euch getan«, bestätigte Helen.

»Ja.«

»All die Firmen, das viele Geld …«

Ruuds Augen wurden zu Schlitzen und er sah Helen misstrauisch an. »Was meinen Sie damit …?«

»Ich sagte doch, dass ich mich mit eurer Vergangenheit beschäftig habe.«

»Die besteht aber aus mehr, als nur aus Firmen und Geld.«

»Na ja, Grundstock für alles bilden doch die illegalen Aktivitäten eurer Mutter, oder etwa nicht?«

»Sie wissen nichts über meine Mutter«, rief er.

»Ich weiß genug, um zu verstehen, wie alles zusammenhängt.«

»Ach ja?«, sagte Ruud höhnisch. »Dann lassen Sie mal hören.«

»Eure Mutter hat *alles* für euch getan. Sie war sogar so weitsichtig, für eure Zukunft vorzusorgen, als sie wusste, dass sie sterben wird. Euer Vater hingegen hat sich ganz und gar in seine Arbeit gestürzt.«

Ruuds Lippen bebten, als er antwortete. »Vertraut nur euch selbst, niemals anderen. Das hat sie uns immer eingetrichtert. Das galt auch für unseren eigenen Vater. Ihm durften wir auch nicht vertrauen.«

»Muss schlimm gewesen sein«, sagte Helen leise.

»Schlimm wurde es erst, als sie zu sterben begann. Wir konnten nichts für sie tun. Und Vater? Der hatte da schon längst eine neue Freundin.«

»Eure Mutter hat, bevor sie starb, ein sehr kreatives Steuersparmodell für euch errichtet.«

Ruud grinste. »Das Vermögen hat *sie* in die Ehe gebracht, nicht mein Vater. Und sie wollte dafür sorgen, dass wir es auch behalten. Vater wusste gar nicht, wie viel Geld sie besaß.

Es reichte ihm vollkommen, dass immer genug für ihn und seine Arbeit da war. Sogar die Geschichte, dass wir viel Geld verdienten, weil wir Spiele programmieren, hat er uns abgekauft. Hauptsache, wir fallen ihm nicht zur Last.«

Helen wurde hellhörig. »Das haben wir auch geglaubt«, sagte sie vorsichtig. »Ich meine, dass ihr einen Haufen Geld mit dem Programmieren von Ballerspielen verdient.«

Ruud machte eine wegwerfende Handbewegung. »Nein, das bisschen Kohle, das dadurch reinkam, hätte niemals ausgereicht, um unseren Lebensstandard zu erhalten.«

»Aber dieses neue Spiel, das ihr erfunden habt. Ich glaube, wenn es zu dem Anschlag gekommen wäre, hättet ihr damit ein kleines Vermögen verdienen können.«

Ruud sah sie harmlos an. »Ich weiß nicht, wovon Sie sprechen.«

Ganz allmählich verlor selbst Helen die Geduld. »Hör auf zu lügen, Ruud. Wir haben auf deinem Rechner die Demo-Version des Spiels gefunden. Zwei junge Männer, die erstaunliche Ähnlichkeit mit dir und Mark haben, schießen sich durch eine post-apokalyptische Stadtszene. Einfach widerlich.«

Er grinste. »Sie müssen es ja nicht kaufen.«

»Ihr musstet ja so enden«, sagte Helen, der nun endgültig der Geduldsfaden riss. »Eine soziopathische Mutter und ein gleichgültiger Vater. Was für eine beschissene Mischung.«

Die Verwandlung kam so plötzlich, ohne erkennbaren Übergang, dass Helen fast überrumpelt wurde.

Aber nur fast.

»Ich leg dich um, du Fotze«, brüllte Ruud, sprang auf und war schon halb über den Tisch, als ihn Helen mit beiden Händen an den Haaren packte und sein Gesicht mit Wucht auf die Tischplatte schmetterte.

Sie konnte hören, wie seine Nase brach.

Blut spritzte über den Tisch.

Helens einziger Gedanke war: Ich will einen neuen Tisch.

Sie ging um den Tisch herum, packte den fast bewusstlosen Ruud und zog ihn zurück auf seinen Stuhl. Patrick kam ins Zimmer gestürmt und blieb wie erstarrt stehen.

Mit beiden Händen auf seinen Schultern drückte Helen Ruud auf den Stuhl und sah zu Patrick. »Falls du dich fragst, warum ich so sauer bin: Dieser kleine Scheißkerl hier hat zusammen mit seinem Bruder ein Videospiel geschrieben, dass genau die Zustände beschreibt, die entstehen, wenn diese Substanz das Trinkwasser einer Stadt verseucht. Es ist ein Ballerspiel, Patrick. Ein primitives, brutales Ballerspiel, in dem sich zwei junge Männer ihren Weg durch die amoklaufende Bevölkerung einer Großstadt freischießen müssen. Und es gibt Punkte: Für erwachsene Männer drei, für Frauen zwei und für Kinder einen Punkt. Toll, oder?«

Ruud wand sich unter dem Druck von Helens Händen.

Patrick kam näher.

»Sie haben dieses Spiel also geschrieben, obwohl der Anschlag noch gar nicht durchgeführt wurde? Dann gibt uns das Spiel ja vielleicht Aufschluss darüber, …«

»Wo und wie er erfolgen soll«, beendete Helen den Satz. »Nicolas ist da schon dran.«

102

»Sie wissen von dem Spiel …«
Ruud van Bormann

Es war trotz der brillanten Grafik sehr schwer, in dem Spiel Straßen oder Gebäude zu entdecken, die einem bekannt waren. Zum einen lag das daran, dass wohl kein Mensch jede Straße einer Stadt kannte, zum anderen war es natürlich auch möglich, dass die beiden Wahnsinnigen mehrere Städte einfach zusammengeworfen und eine Fantasiewelt erschaffen hatten.

Günter war wieder in sein Büro zurückgekehrt, um zu versuchen, dem Dickicht aus Zetteln weitere Informationen zu entlocken. Ich suchte weiter nach bekannten Details im Ballerspiel. Mittlerweile hatte ich den Laptop mit einem Beamer verbunden und war vom Bildschirm zur großen Leinwand gewechselt.

Das erleichterte die Suche ein klein wenig.

Gerade schlichen Ruud und Mark durch ein zerstörtes Kaufhaus. Ich hatte den beiden Protagonisten des Spiels die Namen der Brüder gegeben, da ich mir mittlerweile sicher war, dass das so auch geplant war.

Sie wichen am Boden liegenden Leichen aus. Verstreut im Kaufhaus lagen jede Menge Plastikflaschen.

Die beiden sammelten irgendwelchen Scheiß ein, der ihnen aus mir unbekannten Gründen Punkte einbrachte, dann gingen sie wieder auf die Straße.

Das Bild änderte sich.

Man sah nun die Straße aus der Vogelperspektive.

Ich stutzte und drückte schnell auf Pause.

Irgendetwas von dem, was man hier sah, hatte bei mir gerade etwas ausgelöst.

Das Bild zeigte eine breite Straße, zweispurig, auf jeder Seite überbreite Fußwege.

Links und rechts hohe Geschäftshäuser. Restaurants. Cafés.

Überall lagen Leichen herum.

Und dann war da dieser Imbiss …

Den kannte ich, verdammt nochmal.

Einer der beiden deutete mit der Hand auf die andere Straßenseite. Beide schienen zu lachen und überquerten die Straße. Dabei kickten sie jede Menge Plastikflaschen aus dem Weg.

Diesen Imbiss kannte ich.

Er stand auf der Spitaler Straße.

In Hamburg.

Ich machte mit dem Handy ein Foto der Straßenszene, um es später mit der richtigen Straße vergleichen zu können, schaute weiter, machte mir Notizen, rief oben an und bat um Unterstützung von Helen und Patrick.

Die beiden kamen wenig später bei mir an. Neben ihnen stand Ruud, oder das, was von ihm übrig war.

»Ist er ausgerutscht?«, wollte ich wissen.

Helen nickte. »Ja. Mit dem Gesicht. Auf unserem Esstisch.«

Ich verzog das Gesicht.

Helen sah das und wusste sofort, was es bedeutete. »Ich möchte auch einen neuen Esstisch.«

Ich wandte mich an Patrick. »Brauchen wir einen Arzt wegen dem da?«

»Wir sollten zumindest etwas Ähnliches anrufen. Nur, um späteren Irritationen vorzubeugen.«

»Hä?«

»Ich kümmere mich darum.«

Er zog Ruud mit sich.

Mir kam ein Gedanke. »Patrick, warte mal«, rief ich ihm hinterher.

Gemeinsam gingen wir mit Ruud zu dem Zimmer, in dem Mark seit längerem wartete. Ich betrachtete mir Ruuds Gesicht, stellte fest, dass seine Nase nicht mehr blutete und drückte sie fest zusammen. Er quickte vor Schmerz und sofort begann die Nase wieder stark zu bluten. Ich nickte Patrick zu, der öffnete die Tür und ich stieß Ruud in das Zimmer.

Mark, der mit Handschellen gefesselt war, zuckte erschrocken zusammen, als sein blutender Bruder ins Zimmer getorkelt kam.

»Was zum Teufel …?«, rief er.

Ich packte Ruud am hinteren Schopf, riss seinen Kopf in die Höhe und drückte ihn dicht an Marks Gesicht heran. »Verabschiede dich von deinem geisteskranken Bruder, Arschloch.«

Ruud hatte Tränen in den Augen. Ich ging davon aus, dass es weder Tränen der Trauer, noch der Verzweiflung waren.

»Sie wissen von dem Spiel …«, kreischte er Mark entgegen, als Patrick ihn wieder aus dem Zimmer zog.

»Ja, genau«, sagte ich zu Mark. »Wir wissen von dem Spiel. Und von eurer perversen Mutter, die euch zu Monstern erzogen hat. Herrgott nochmal, Mark, ihr habt echt die Arschkarte gezogen, oder?«

Sein Gesicht wurde zu einer Fratze aus Zorn und Hass. »Ich bring dich um, du Scheißkerl«, schrie er mir entgegen.

Ich sah ihn ausdruckslos an. »Ja, bitte, versuche das.«

103

»Heureka …«

Günter Maria Helmes

Helmes war wahrscheinlich der einzige Mensch auf dem Planeten, der noch durch das Geflecht aus Bindfäden und Zetteln durchstieg. Er stand vor der Wand, als wäre er dort festgewachsen. Seine Augen scannten regelrecht jedes noch so winzige Detail, sein Gehirn sortierte die Informationen nach Relevanz, Datum und Person.

So entstand in seinem Kopf ein chronologischer Ablauf der Ereignisse und der daran beteiligten Menschen.

Er spürte eine immer stärker werdende Unruhe.

Ein untrügliches Zeichen dafür, dass es da etwas zu entdecken gab.

Nur konnte er es noch nicht sehen.

Helmes hatte seit Stunden weder etwas gegessen noch getrunken.

Als ihm schwindelig wurde, sah er sich im Büro um. Auf dem kleinen Besprechungstisch an der Tür stand eine Flasche Wasser.

Er ging hin, öffnete die Plastikflasche und trank sie in einem Rutsch zur Hälfte aus.

Stellte sie zurück auf den Tisch.

Stutzte.

Nahm sie wieder in die Hand und glotzte sie an, als hätte er noch niemals zuvor eine gesehen.

Sein Blick wanderte zur Wand.

Suchte.

Fand.

Langsam, als bestünden seine Beine aus Blei, schleppte Helmes sich zur Wand.

Ließ dabei die eine Stelle, die er fixiert hatte, nicht mehr aus den Augen.

Blieb davor stehen.

Dachte nach.

»Heureka ...«, flüsterte er heiser.

Plötzlich befreite er sich von der Starre. Seine Finger flogen über die Tastatur des Rechners.

Er öffnete Dateien, schloss sie wieder, verschob einige, suchte weiter, fluchte, schimpfte.

Und fand die Information, die er gesucht hatte.

Las, machte sich Notizen, suchte eine Bestätigung.

Fand sie.
Suchte noch eine.
Fluchte, schimpfte, fand auch diese.
Machte sich noch mehr Notizen, ging online, setzte seine Suche fort.
Dann schließlich:
»Heureka!« Er brüllte es heraus.
Helmes stürmte aus dem Büro, machte sich auf die Suche nach Nicolas.

104

»Bringt uns das weiter?«
Innenminister Schranz

Ich hatte auf ein längeres Gespräch mit Mark verzichtet. Vorerst jedenfalls. Sollte er lieber noch länger im eigenen Saft schmoren.
Ich kehrte zurück in den Besprechungsraum und schaute mir weiter die Demo-Version des Spiels an.
Hamburg hatte ich erkannt. Da war ich mir sicher.
Aber als ich meine Suche fortsetzte, merkte ich schnell, dass diese perverse Menschenjagd tatsächlich in einem bunten Gemisch verschiedener Städte stattfand. Die nächste Szene nach der Spitaler Straße fand zum Beispiel in der Friedrichsstraße statt.
Und die war bekanntermaßen in Berlin.
Dann tauchte plötzlich ein Gebäude auf, das verdammte Ähnlichkeit mit dem Kölner Dom hatte.
Später dann gab es Kampfszenen in München.
Und so weiter und so fort.

Kurzum: Es war nicht möglich, eine einzelne Stadt anhand des Spiels zu identifizieren.

Wäre ja auch zu einfach gewesen.

Trotzdem war ich enttäuscht.

Und uns lief die Zeit davon.

Immer schneller.

Ich kratzte mir mein unrasiertes Kinn. Ich wusste nicht mehr, wann ich zuletzt etwas gegessen hatte, verspürte aber keinen Appetit. Müde war ich nicht – dieses Stadium hatte ich längst hinter mir gelassen.

Mein Handy klingelte. Es war Schranz.

»Wir haben jetzt schon Panik im ganzen Land. Die Leute kaufen Nahrungsmittel und Trinkwasser, als ob morgen die Welt untergehen würde. Merkwürdigerweise kaufen sie auch Toilettenpapier ohne Ende ... «

»Das mit dem Weltuntergang könnte für einige sogar zutreffen«, meinte ich schlecht gelaunt. Irgendetwas an dem, was Schranz gerade gesagt hatte, brachte bei mir Saiten zum Klingen. Ich konnte nur nicht sagen, was es war. Toilettenpapier war es ganz sicher nicht gewesen ...

»Und, kommt ihr weiter?«

Ich erzählte ihm von dem Spiel und von dem, was wir noch herausgefunden hatten.

»Bringt uns das weiter?«

»Leider nein.«

»Verdammt. Wir haben nur noch wenige Stunden ...«

»Wir arbeiten mit Hochdruck an der Sache.«

»Ich weiß«, sagte Schranz. »Aber um ehrlich zu sein, uns allen geht hier der Arsch auf Grundeis.«

Ich wusste, worauf er hinauswollte.

»Ich bin mir nicht sicher, ob wir diese eine Grenze überschreiten sollten.« Ich dachte an die gebrochene Nase von Ruud. Ich wollte Schranz gerade erzählen, dass wir sie schon ein Stückchen überschritten hatten, als meine Bürotür aufflog und Helmes hereingestürzt kam.

Seine Augen glänzten im fiebrigen Wahn.

»Wasserflaschen!«, schrie er. »Es sind Wasserflaschen!«

105

»Oh mein Gott …«
Innenminister Schranz

»Bleib mal eben dran«, sagte ich zu Schranz. »Wir haben vielleicht was.« Ich legte das Handy auf den Tisch und sah zu Helmes. »Was ist los?«

»*SieverseuchennichtdasGrundwassersondernfüllendas Gift …*«

»Günter«, schrie ich heiser. »Beruhige dich. Ich verstehe kein Wort.«

Er sah mich erschrocken an, sackte auf einen Stuhl, atmete tief durch und begann von vorn. »Sie verseuchen nicht das Grundwasser. Sie füllen das Gift in Wasserflaschen ab.«

Plötzlich wusste ich, was mir die ganze Zeit im Hirn rum schwebte.

Der Gedanke, den ich nicht fassen konnte.

In dem Spiel lagen überall Plastikflaschen herum.

Alle sahen sie gleich aus.

Und vor nicht einmal fünf Minuten hatte Schranz erwähnt, dass die Leute Wasserflaschen ohne Ende horteten.

Ich schlug mit der Faust auf den Tisch. Griff zum Handy. »Stoppt sofort den bundesweiten Verkauf von Wasserflaschen!«

»Nicolas …«, sagte Helmes leise.

»Was?«, wollte Schranz wissen.

»Die verseuchen nicht das Grundwasser«, brüllte ich ins Telefon. »Die haben Wasser vergiftet und es dann in Plastikflaschen abgefüllt.«

»Oh mein Gott …«, sagte Schranz.

»Nicolas …«, versuchte es Helmes erneut.

»Aber wie sollen wir wissen, welche Art von Flasche es ist? Und wo sie die verkaufen?«

»Deshalb ja bundesweit«, schrie ich Schranz an.

»NICOLAS!«, brüllte Helmes.

Ich zuckte zusammen, sah ihn erschrocken an. »Was ist?«

»Ich weiß, wie die Flaschen aussehen. Ich weiß, wo sie abgefüllt worden sind. Ich weiß, wie viel Flaschen es sind.«

»Was? Ich meine … weißt du auch, wo sie verkauft werden?«

»Nein. Aber das finden wir raus.«

»Aber wie denn?«

»Hallo?«, rief Schranz.

»Ich weiß, wo sie abgefüllt wurden. Also fragen wir die, wohin die Flaschen gebracht wurden.«

»So einfach?«

Helmes nickte grinsend. »So einfach.«

Ich sprang auf und lief zusammen mit Helmes in dessen Büro.

»Hallo?«

Mein Handy hatte ich auf dem Schreibtisch liegen gelassen.

Schranz hatte ich vollkommen vergessen.

106

»Ist wohl eine gute Entscheidung.«
Nicolas Eichborn

Die Abfüllanlage lag inmitten der Tschechischen Republik. Hier wurden schon vor zwei Wochen insgesamt fast dreihunderttausend Halbliterflaschen Wasser ohne Sprudel für einen Sondertransport nach Deutschland geordert.

Wir erfuhren, dass die Lieferung ursprünglich für die Stadt Göttingen bestimmt war, dies aber kurzfristig geändert wurde. Nun waren die zehn LKWs auf dem Weg in die Hauptstadt.

Das Rote Kreuz bestätigte uns, dass ein wohlhabender Unternehmer aus Berlin diese Flaschen gespendet hatte. Sie sollten an diejenigen verteilt werden, die nicht genug Geld hatten, um sich mit Trinkwasser zu bevorraten.

Da die LKWs mit einem GPS-Sender ausgestattet waren, fiel es uns nicht schwer, ihren aktuellen Standort herauszufinden. In diesem Augenblick fuhren sie in einer Kolonne auf der A13 in Höhe der kleinen Stadt Schipkau. Bis zum Ziel hatten sie noch etwa einhundertvierzig Kilometer vor sich.

Kernberger und Scholl waren zu uns ins Büro gekommen, nachdem ich sie über unsere Erkenntnisse informiert hatte. Schranz hatte inzwischen auch erfahren, dass das Grundwasser nicht gefährdet war, sondern die Bedrohung aus Trinkwasser in Plastikflaschen bestand.

»Wie sicher seid ihr euch?«, hatte er wissen wollen.

»So sicher, wie man nur sein kann«, lautete meine Antwort.

»Sollen wir Entwarnung geben und das Wasser wieder laufen lassen?«

»Nein. Erst, wenn wir die Ladung der LKWs überprüft haben.«

»Wann wird das geschehen?«

»Im Laufe der nächsten zwei Stunden.«

Da wir wussten, nach welchen chemischen Subtanzen wir suchten, war es nicht kompliziert, einen Schnelltest entwickeln zu lassen. Sah aus wie ein Schwangerschaftstest. Wasser drüber kippen und warten. Wurde das Teststäbchen rot, war Gift drin. Blau war harmlos.

Der Plan sah vor, die zehn Sattelschlepper an der Autobahnraststätte Kahlberg einzukassieren. Es sollte aussehen wie eine normale Kontrolle der Autobahnpolizei.

Wir gingen davon aus, dass die Fahrer nichts von ihrer brisanten Fracht wussten.

Dennoch würden wir die Beschlagnahmung und Kontrolle der LKWs von einem SEK durchführen lassen.

Eine eilig durchgeführte Vernehmung der Mitarbeiter und eine Durchsuchung der Geschäftsräume der Abfüllanlage in der Tschechischen Republik überführte den Produktionsleiter des Unternehmens als den Insider, der die Substanz in die Flaschen füllte. Er hatte den Betrag von fünfzigtausend Euro für seine Mithilfe erhalten. Von einem Konto, das auf den Namen Madlen Marviek lief.

Helen und ich wurden mit einem Hubschrauber zum Autorasthof geflogen. Es dauerte nicht lang, dann traf auch das SEK ein. Das Team bestand aus zwanzig gefährlich aussehenden Beamten.

Obwohl sie eine Einweisung erhalten hatten, bevor sie sich auf den Weg hierher gemacht hatten, wiesen wir sie nochmals darauf hin, dass die Fahrer der LKWs aller Wahrscheinlichkeit nach keine Ahnung hatten, was sie tatsächlich transportierten.

Wir wollten nicht, dass Unschuldige zu Schaden kamen.

Davon hatten wir in den letzten Tagen genug gehabt.

Etwa eineinhalb Stunden später meldete sich der Hubschrauber der Verkehrspolizei. Er hatte die Autobahn nach der LKW-Kolonne abgesucht, und, nachdem er sie fand, verfolgt.

Sie waren unmittelbar vor der Raststätte und würden in wenigen Minuten aufgefordert werden, die A13 verlassen.

Nach und nach erreichten die zehn Sattelschlepper den für sie vorgesehenen Parkplatz. Die Fahrer verließen wiederstandlos ihre Fahrzeuge und wurden in einen bereitstehenden Bus gebracht. Dort nahm man ihre Personalien auf. Sobald sie aller außer Sicht waren, öffneten die SEK-Männer die Ladeklappen der LKWs und die Chemiker begannen mit ihren Tests.

Sie entnahmen jede Menge Proben von unterschiedlichen Paletten.

Das Ergebnis war immer das gleiche.

Die Teststäbchen verfärbten sich rot.

Nachdem wir sicher sein konnten, dass alle LKWs kontaminiertes Wasser geladen hatten, rief ich Schranz an.

»Wir haben das verseuchte Wasser sichergestellt«, erklärte ich ihm.

»Das ist sehr gut«, sagte er. Dann, nach einer kurzen Pause: »Wie sicher können wir sein, dass es nicht noch weitere Transporte gibt? Können wir wirklich davon ausgehen, dass es vorbei ist?«

Mir war klar, dass er diese Frage stellen musste. Aber warum ausgerechnet mir?

»Es gibt keine Indizien, die darauf hindeuten, dass es weitere LKWs gibt, die mit dieser Scheiße durch die Gegend fahren. Es gibt auch keine Hinweise darauf, dass die Substanz auf anderem Weg irgendwie ins Grundwasser oder so kommt. Nach menschlichem Ermessen würde ich sagen, dass die Gefahr vorüber ist.«

Er schwieg und dachte nach.

Hätte ich an seiner Stelle auch getan.

»Wir warten noch vierundzwanzig Stunden. Wenn dann das Grundwasser immer noch sauber ist, lassen wir es wieder fließen.«

»Ist wohl eine gute Entscheidung.«

»Nicolas?«

»Ja?«

»Das war verdammt gute Arbeit. Danke.«

»Immer wieder gerne. Krieg ich jetzt meine Firma zurück?«

Er lachte und unterbrach die Verbindung.

Ich deutete das als ein Ja.

Fünfter Teil

107

»Na, wovon reden wir denn die ganze Zeit?«
Helen Eichborn

Endlich kamen wir wieder zum Luftholen und konnten uns nun auf das Wesentliche konzentrieren.

Wir hatten eine Telefonverbindung zu Clemens Hagedorn aufgebaut, damit der seine neusten Erkenntnisse mit einbringen konnte.

Es galt jetzt nur noch eine einzige Frage zu beantworten:

Wer war die Person, die Wittgenstein an der Spitze seiner wahnsinnigen Vision etablieren wollte?

Ich hatte einen Verdacht. Aber der war so verrückt, dass ich ihn noch für mich behielt.

Nur Helen hatte ich vor einigen Tagen im Auto davon erzählt.

Und Günter wusste auch von meinem Verdacht.

Ich musste ihn einweihen, da er der einzige war, der in der Lage wäre, die Beweise dafür zu finden.

Helen beschäftigten jedoch vollkommen andere Sachen.

»Wenn dieser unbekannte Schutzengel die Killer nicht getötet hätte, wäre ich jetzt Witwe. Ich möchte wissen, wer die Sicherheitskräfte abgezogen hat. Und ich will wissen, wer der Mann ist, der Nicolas das Leben gerettet hat.«

»Nun ja«, sagte Schranz und sah dabei abwechselnd Helen und mich an. »Was den Abzug der Beamten am Dom betrifft, so wird sich die Antwort auf diese Frage etwas verzögern. Scheuer ist spurlos verschwunden.«

»Der Präsident des Bundeskriminalamtes ist verschwunden?«, fragte ich zur Sicherheit nach. »Wie um alles in der Welt kann der einfach so … verschwinden …?«

»Gute Frage«, murmelte Schranz.

Die Stimme von Hagedorn kam aus dem Lautsprecher. »Entweder wurde er beseitigt, weil er zu viel wusste, oder aber er hat sich aus dem Staub gemacht. Egal, was zutrifft, Scheuer war wahrscheinlich Teil der Verschwörung.«

Ich sah zu Schranz. »Sehe ich auch so.«

»Aber das bringt uns der Person nicht näher, die von den Verschwörern als neuer Anführer vorgesehen war. Denn eines ist klar: Scheuer war es nicht«, gab uns Hagedorn die Richtung vor.

»Warum eigentlich schließen Sie ihn so kategorisch aus?«, wollte Schranz wissen.

»Als Präsident des BKA ist Scheuer denkbar ungeeignet, um die Bevölkerung hinter sich zu vereinen. Darüber hinaus ist er auch nicht bekannt genug.«

»Und Gehlsen?«, meinte Helen. »Der ist doch immer noch im Rennen, oder?«

»Auf jeden Fall«, antwortete Schranz.

Helen sah mich an. »Was meinst du?«

»Wozu?«

»Na, wovon reden wir denn die ganze Zeit?«

Sollte ich jetzt mit der Sprache rausrücken?

Wollte sie mir das signalisieren?

»Ich bin mir nicht sicher ...«, sagte ich ausweichend.

Sie nickte mir auffordernd zu. Also hatte ich wohl recht mit meiner Vermutung, dass sie es nun für angebracht hielt, den anderen von meinem Verdacht zu erzählen.

Ich erklärte allen Anwesenden, was ich für einen Verdacht hatte und begründete diesen.

Alle verharrten in Schockstarre. Sie mussten erstmal verdauen, was ich ihnen da vorgesetzt hatte.

Schließlich sprach Hagedorn und ich wollte ihm gerade antworten, als die Tür aufflog und Helmes hereinstürzte.

»Du hattest recht«, keuchte er.

108

»Ja, leck mich doch am Arsch ...«
Günter Maria Helmes

Im Grunde seines Herzens hielt Helmes die ihm übertragene Aufgabe für reine Zeitverschwendung.

Gut, in der Vergangenheit hatte sich der Instinkt von Nicolas sehr oft als richtig erwiesen.

Aber hier ...?

Hier lag er doch ganz sicher daneben.

Musste er einfach.

Trotzdem war Helmes mit vollem Einsatz dabei.

Er tat das, was er am besten konnte: Günter Maria Helmes suchte nach Verbindungen.

Und zwar zwischen Leonard Wittgenstein und einer ganz bestimmten Person.

Allerdings fand er keine.

Der Altersunterschied von fast zwanzig Jahren schloss es aus, dass sie Schulkameraden gewesen waren. Auch Kommilitonen konnten sie nicht sein.

Wittgenstein hatte zwar in den letzten Jahren regelmäßig an Parteien gespendet, aber da er sein Geld auf unterschiedliche Gruppierungen verteilt hatte, war keine klare Präferenz zu erkennen.

Auch gab es keine Fotos aus der Vergangenheit, die beide Männer gemeinsam abbildeten.

Aber Helmes wäre nicht der, der er war, wenn er sich davon entmutigen lassen würde.

Er konzentrierte sich nun auf die Ehefrauen der beiden.

Was er dann entdeckte, war so simpel, so ... einfach, dass er fast schon enttäuscht war.

Jeder hätte das herausfinden können.

Okay, vielleicht nicht jeder.

Aber es war keine wirkliche Herausforderung für ihn gewesen.

Die Ehefrau von Leonard Wittgenstein war einundzwanzig Jahre jünger als ihr Mann. Also war sie zwei Jahre älter als die Ehefrau des Verdächtigen.

Die Mutter von Leonard Wittgenstein hatte eine Schwester.

Und die wiederum hatte eine Tochter.

Die Ehefrau des Verdächtigen.

Die beiden Männer waren zwar nicht direkt verwandt, aber ihre Ehefrauen waren Cousinen.

»Ja, leck mich doch am Arsch …«, flüsterte Helmes.

Aber das alleine war natürlich noch kein Beweis dafür, dass die beiden Männer sich kannten.

Helmes suchte in den sozialen Netzwerken nach weiteren Hinweisen.

Die beiden Frauen hatten weder ein Facebook- noch ein Instagram-Profil.

Bei den Töchtern sah das aber anders aus.

Vor allem die Tochter des verdächtigen Mannes war eifrig dabei gewesen, Fotos zu posten.

Von ihrem Pferd.

Ganz viel von ihrem Pferd …

Von ihren besten Freundinnen.

Auch eine Menge Aufnahmen.

Helmes ging immer weiter zurück in der Zeit.

Schließlich fand er mehrere Aufnahmen eines Weihnachtsfestes der Familie.

Und da standen sie. Gemeinsam Punsch trinkend.

Wittgenstein und der Mann, den Nicolas in Verdacht hatte.

Helmes druckte alles aus und machte sich auf den Weg zu Nicolas.

109

»Fahrt zu Dietrich und bringt ihn an einen sicheren Ort.«
Major Castrop

Castrop musste jetzt eine Entscheidung treffen.

Wittgenstein und Hoffmann hatten sich verpisst. Wohin, wusste er nicht.

Ganz bestimmt in irgendein Tropenparadies, das kein Auslieferungsabkommen mit Deutschland besaß.

Auf Abel und Seifert würde er nicht zählen können.

Die lebten inzwischen in einer ihm vollkommen fremden Welt mit einer ihm größtenteils unbekannten Sprache und rekrutierten noch immer verzweifelte und geschädigte Veteranen für ein Ziel, das es nicht mehr gab.

Sie waren keine Soldaten mehr.

Als er die beiden auf den Anschlag in der Kirche in Rostock angesprochen hatte, hatten die zwei nur mit einem gleichgültigen Schulterzucken reagiert.

Das waren Kollateralschäden für sie, weiter nichts.

Was sollte er nun tun?

Dass er etwas gegen Wittgenstein unternehmen, ihn aufhalten wollte, hatte er schon vor einigen Tagen entschieden.

Aber nun war der verschwunden.

Was blieb ihm jetzt noch?

Da war immer noch dieser Ex-Bulle Eichborn.

Was, wenn er Kontakt zu ihm aufnehmen würde?

Er könnte ihm wertvolle Hinweise geben. Zum Beispiel, wie sie an die Soldaten herankamen, die für die letzte Phase bestimmt waren.

Das waren doch bestimmt wichtige Informationen, die ihm, Castrop, so etwas wie Straffreiheit garantieren sollten.

Wenn die Behörden ihn überhaupt auf dem Schirm hatten …

Es war durchaus denkbar, dass dem nicht so war.

Aber wie sollte er den Behörden helfen, ohne dabei preiszugeben, dass er in die Verschwörung involviert war?

Darüber müsste er in Ruhe nachdenken.

Sein Gefühl sagte ihm jedoch auch, dass dieser Eichborn durchaus ein Typ war, mit dem man reden konnte. Und mehr wollte Castrop ja auch nicht.

Zunächst jedenfalls nicht.

Darüber hinaus hatte er auch noch einen Trumpf im Ärmel.

Immerhin hatte er Eichborn das Leben gerettet.

Auch wenn dieser noch nicht wusste, dass er die Killer ausgeschaltet hatte, die ihn töten wollten.

Er griff zu seinem Handy und wählte die Nummer eines der Männer, denen er noch vertrauen konnte.

»Ich bin's. Fahrt zu Dietrich und bringt ihn an einen sicheren Ort.«

110

»Alpha 23 Bravo.«
Jonathan Seiler

Ein unscheinbarer Mann mittleren Alters mit Hornbrille und grauem Geschäftsanzug von der Stange verließ das Flugzeug, betrat die Ankunftshalle des Flughafens und begab sich mit langsamen Schritten zum Gepäckband.

Der Mann reiste viel.

Daher wusste er, dass in Ländern wie dem, in das er gerade einreisen wollte, die Verladung des Gepäcks auf den bereitstehenden Wagen mit den vielen Anhängern lange auf sich warten lassen konnte.

Er setzte sich auf eine Bank, holte aus seinem Rucksack ein Buch, und begann zu lesen.

Der Mann klinkte sich mental aus dem Geschehen um sich herum aus.

So bekam er nicht mit, dass das Ehepaar, das im Flugzeug zwei Reihen vor ihm in der Business Class gesessen hatte, einen lautstarken Streit anfing. Es entging ihm auch, dass mehrere Kleinkinder erst unruhig wurden, um schließlich in Tränen auszubrechen. Auch dass ein älterer Herr sich bei einem Mitarbeiter des Flughafens über die lange Wartezeit beschwerte, bemerkte er nicht.

Als schließlich ein akustisches Signal erklang und das Laufband sich träge in Bewegung setzte, kam wieder Leben in den Mann.

Er legte ein Lesezeichen ins Buch, klappte es zu und beobachtete das Laufband.

Plötzlich fühlte er sich beobachtet.

Suchend bewegte er den Kopf und sein Blick blieb schließlich auf einem kleinen Mädchen ruhen, das ihn neugierig anstarrte.

Mit ausdruckslosem Gesicht starrte er zurück.

Das Mädchen, es war vielleicht acht oder neun Jahre alt, lächelte scheu.

Das Gesicht des Mannes bewegte sich nicht.

Das Mädchen wurde rot.

Der Mann reagierte nicht.

Das Mädchen wollte sich gerade abwenden, als der Mann die Lippen verzog.

In Erwartung eines Lächelns entspannte sich das kleine Mädchen wieder, nur um sich wenig später erschrocken schluchzend in die Arme ihrer Mutter zu flüchten.

Der Mann hatte nicht gelächelt.

Er hatte ihr die Zähne gezeigt.

Große, weiße und ebenmäßige Zähne.

Das Mädchen weinte.

Jetzt erst lächelte der Mann.

Wenig später stand er vor einem Beamten, der seinen Pass prüfte und ihn misstrauisch ansah.

Der Name in dem gefälschten Pass lautete Jonathan Seiler.

Wohnhaft in Wien.

Weil Wien so wunderbar harmlos klang.

Der Mann wusste, dass alle Beamten, die auf internationalen Flughäfen die Einreise kontrollierten, diesen Blick geschult bekamen. Wenn man so angesehen wurde, bedeutete das nicht, dass etwas nicht stimmte. Es bedeutete nur, dass er das tat, was man ihm beigebracht hatte.

Die meisten wussten das aber nicht und wurden nervös.

Vor allem die, die etwas zu verbergen hatten.

Drogen, Pornos oder anderes Zeug, dessen Einfuhr verboten war.

Solch einen Fehler machte der Mann natürlich nicht.

Leichtes Gepäck.

Nicht zu viel, aber auch nicht so wenig, um aufzufallen.

Alles, was er benötigte, um seinen Job zu erledigen, hatten seine Auftraggeber längst für ihn in seinem Hotelzimmer deponiert.

Das taten sie immer.

Als er zwei Stunden später seine Suite betrat, fand er sein Werkzeug im Kleiderschrank.

Jonathan Seiler nahm den Koffer, setzte sich an den Esstisch, gab den Zahlencode ein und öffnete ihn.

Darin befanden sich in entsprechenden Fächern mehrere Wurfmesser, zwei Pistolen – eine Heckler und Koch und eine Glock, vier Magazine, zwei Schalldämpfer und ein Reinigungsset.

Mehr brauchte er nicht.

Langsam begann er damit, die Pistolen auseinanderzubauen und zu reinigen.

Als er damit fertig war, stand er auf, ging zur Balkontür und öffnete sie.

Sofort überfiel ihn eine Welle feucht-heißer Luft.

Er trat auf den Balkon und blickte hinab auf die Stadt.

Shanghai. Eine Metropole mit fast dreißig Millionen Einwohnern.

Hier konnten zwei unbekannte Männer aus Deutschland einfach verschwinden, ohne dass jemand Notiz davon nahm.

Oder sterben.

Seiler griff zum abhörsicheren Telefon und wählte aus dem Gedächtnis eine Nummer in Europa.

Es dauerte einen kurzen Augenblick, dann erfolgte eine automatische Bandansage.

»*Nennen Sie Identifikationsnummer.*«

»Alpha 23 Bravo.«

»*Einen Moment bitte.*«

Teilnahmslos blickte Seiler hinab auf die Straße.

Erneut erklang die mechanische Stimme.

»*Ihr Auftrag wurde bestätigt. Bitte nach eigenem Ermessen vorgehen.*«

»Bestätigt.«

So einfach war es, das Ende des Lebens zweier Menschen zu beschließen.

111

»Wo zum Teufel steckst du?«
Leonard Wittgenstein

Leonard Wittgenstein hätte erleichtert sein sollen.

War er aber nicht.

Er hätte sich sicher fühlen sollen.

Tat er aber nicht.

Im Gegenteil; er war unruhig. Ängstlich.

Wittgenstein war kein Mann, der etwas dem Zufall überließ. Als sie damals, vor vielen Jahren, auf ihn zugekommen waren und ihm ihre Vision erklärten, war er sehr angetan von den Perspektiven gewesen.

Aber er hatte auch immer ein Scheitern mit einkalkuliert.

Jemand hatte einmal zu ihm gesagt, wenn Plan A genial ist und er funktioniert, brauchst du keinen Plan B. Aber wenn Plan A scheitert, und man keinen Plan B hat, fällt man doppelt auf die Schnauze.

Und da man niemals sicher sein konnte, dass ein Plan wirklich funktionierte, war es im eigenen Interesse immer besser, einen alternativen Plan zu haben.

Wittgenstein hatte diese Alternative gehabt.

Mehrere falsche Identitäten, Immobilien, die auf andere Namen liefen, Konten auf ausländischen Banken, die ebenfalls von Strohmännern eröffnet worden waren.

Denn eines war ihm von Anfang an klar gewesen. Die Männer, die auf ihn zugekommen waren, mit denen war nicht zu spaßen. Die gingen buchstäblich über Leichen.

Sie verfügten über ein globales Netzwerk von Kontakten in die größten Konzerne des Planeten, in die Spitzen von Regierungen rund um den Globus, ja sogar bis in den Vatikan.

Sie berieten die TOP-100 der börsennotierten Konzerne,

gingen dort ein und aus. Also niemand, den man zum Feind haben wollte.

Nicht einmal verärgern wollte man sie.

Und Wittgenstein musste davon ausgehen, dass sie sehr verärgert waren.

Deshalb sein Plan B.

Aus diesem Grund hatte er mit seinem alten Leben abgeschlossen und ein neues geplant. Der Preis war hoch: Auch Menschen wie er hatten Familie und Freunde. Wittgenstein hatte sich von allem und allen trennen müssen.

Endgültig. Seine Exit-Strategie hatte keine Rückfahrkarte.

Obwohl er und seine Frau sich in den letzten Jahren voneinander entfernt und er viele Affären gehabt hatte, war es dennoch ein sonderbares Gefühl, sie wohl niemals wieder zu sehen.

Erstaunt musste er feststellen, dass er sie vermisste.

Wittgenstein schüttelte den Kopf.

Nein, er hatte keine Sehnsucht nach ihr. Vielmehr musste er sich einfach an den Gedanken gewöhnen, aus seiner jahrelangen Routine gerissen worden zu sein. Wittgenstein wusste, dass Hoffmann verrückt nach einer bestimmten Frau war. Wie hieß sie noch gleich …? Martina? Monika? Ja, er glaubte sich zu erinnern, dass sie Monika hieß.

Er und Hoffmann waren in München nach einer Besprechung noch in die Hotelbar gegangen, um etwas zu trinken. An einem Tisch hatten zwei Frauen gesessen. Monika und eine Freundin von ihr. Hoffmann war sofort hin und weg gewesen. Wittgenstein musste gestehen, dass er die Begleitung von Monika äußerst attraktiv gefunden hatte.

Es war Augenkontakt entstanden und wenig später saßen sie zu viert am Tisch.

Es wurde viel getrunken und gelacht und es kam, wie es kommen musste; beide nahmen die Frauen mit aufs Zimmer. Hoffmann und Monika. Wittgenstein und Sybille.

Nach dieser Nacht trafen sich Hoffmann und Monika regelmäßig.

Sybille hatte ihn ein paarmal angerufen und einmal hatten sie sich noch getroffen.

Dann nahm die Arbeit überhand und der Kontakt war eingeschlafen.

Schade eigentlich, dachte er jetzt.

Und seine Kinder?

Die hielten ihn für ein Arschloch und hatten, nachdem sie von seinen außerehelichen Aktivitäten erfuhren, jeden Kontakt abgebrochen. Wittgenstein hatte seiner Frau so viel Geld überlassen, dass sie und die Kinder ausgesorgt hatten.

Der einzige Mensch aus seinem alten Leben, zu dem er noch Kontakt hatte, war Klaus Hoffmann, Leidensgenosse und Bruder im Geiste.

Auch der hatte sich mit einer neuen Identität aus dem Staub gemacht.

Wohin, wusste Wittgenstein nicht. Genauso, wie Hoffmann keine Ahnung hatte, wo Wittgenstein sich aufhielt. Das hatten sie so abgesprochen.

Zur Sicherheit.

Sollte einer von ihnen entdeckt und verhört werden, konnte er den anderen nicht verraten.

Einmal hätte Wittgenstein um ein Haar verraten, wohin er gehen würde, wenn sie Plan B ziehen müssten. Zuviel Wein und zu wenig Schlaf hatten dafür gesorgt, dass er unvorsichtig geworden war.

Beinahe hätte er sein Ziel ausgeplaudert …

Genau konnte er sich nicht mehr erinnern, was er damals gesagt hatte. Aber er war sich sicher, dass ihn sein Zufluchtsort nicht über die Lippen gekommen war.

Er und Hoffmann telefonierten dreimal die Woche, um sicherzugehen, dass es sie noch gab. Heute war es wieder soweit.

Aber Hoffmann ging nicht ans Telefon und rief auch nicht an.

Erneut versuchte Wittgenstein, ihn zu erreichen. Nach dem zweiten Klingeln sprang die Mailbox an.

Wittgenstein blieb nichts anderes übrig, als eine Nachricht zu hinterlassen. »Wo zum Teufel steckst du? Ruf mich an.«

112

»Ich hab schon alles vorbereitet.«
Klaus Hoffmann

Klaus Hoffmann hatte überhaupt keine Probleme damit gehabt, Deutschland und seinem alten Leben den Rücken zu kehren. Es gab dort nichts, was ihn hätte halten können.

Eine geldgeile Ex-Frau, die im Leben nicht daran dachte, jemals wieder zu heiraten, da der monatliche Unterhalt, den Hoffmann an sie zahlen musste, fünfstellig war.

Nichtsnutzige Kinder, die ihn nur dann anriefen, wenn sie etwas brauchten.

In der Regel war das Geld.

Ein Bekanntenkreis, der ihn nur noch gelangweilt hatte.

Was sollte daran zu vermissen sein?

Einzig Monika, seine Geliebte seit fast fünfzehn Monaten, fehlte ihm.

Sie war dreißig Jahre jünger, fantasievoll in jeder Hinsicht, und sie stellte keine Ansprüche. Außer an seine Zeit. Die er aber ohnehin gerne mit ihr verbrachte.

Hoffmann hatte lange überlegt, ob er sie hierherholen sollte, sich dann aber entschieden, es zu tun. In seinem Alter war es zwar nicht unmöglich, Frauen kennenzulernen, auch junge Frauen. Aber man konnte sich nie sicher sein, dass sie es nicht nur auf sein Geld abgesehen hatten. Natürlich wäre es auch eine Option gewesen, Escorts zu buchen.

Er wusste, dass einige von ihnen immer nach wohlhabenden Männern Ausschau hielten, um dann, wenn sie ihn gefunden hatten, ihren Job an den Nagel zu hängen, um sich nur noch diesem einen zu widmen.

Aber das hatte mit Gefühlen oder Romantik auch nichts zu tun …

Monika hingegen …

Schließlich hatte er sie angerufen und ihr ein Flugticket am Frankfurter Flughafen hinterlegt.

First Class, natürlich.

Und wenn sich herausstellen sollte, dass es mit ihr nicht passte – neue Umgebungen konnten schon für Irritationen und Verhaltensveränderungen sorgen – würde er sie einfach wieder nach Hause schicken.

Hier in Shanghai würden dann jede Menge Abenteuer auf ihn warten.

Hoffmann warf einen Blick auf seine Uhr. In drei Stunden würde Monikas Flugzeug landen.

Zeit, sich auf ihre Ankunft vorzubereiten.

Er hatte ihr am Telefon gesagt, dass ein Taxi vor dem Terminal auf sie warten und ins Hotel bringen würde. Das war natürlich gelogen.

Er wollte sie in einer Limousine persönlich abholen.

Selbstverständlich mit Fahrer.

So hätten sie die Fahrtzeit für andere Dinge zur Verfügung.

Er stellte sich vor, dass sie einen engen Rock trug.

Ohne Unterwäsche.

Und ein Paar ihrer heißen High Heels.

Hoffmann spürte, wie die Erregung ihn packte.

Es war die richtige Entscheidung gewesen, sie anzurufen.

Er wählte ihre Handynummer. Natürlich wusste er, dass es ausgeschaltet war.

Er wollte ihr einfach eine Nachricht hinterlassen.

Die würde sie dann abhören, während sie auf ihr Gepäck warten würde.

»Hi, ich bin's. Ich wollte nur sagen, dass ich es kaum erwarten kann, bis du endlich hier bist. Ich hab schon alles vorbereitet. Bis später.«

Er unterbrach die Verbindung und ging pfeifend ins Bad.

113

»Manchmal kriegen wir nicht, was wir gerne hätten.«
Nicolas Eichborn

Ich sah Schranz forschend an. »Weißt du, ob der Bundeskanzler Heuschnupfen hat?«

Der Innenminister erwiderte meinen Blick. Jedoch schien er sich zu fragen, ob ich noch ganz dicht war.

»Woher soll ich das wissen? Warum fragst du?«

Ich erzählte allen, wie der Kanzler vor dem Dom auf mich zugekommen war, mir eine Hand auf die Schulter legte und sich bei mir bedankt hatte. Und von seiner merkwürdigen Reaktion. Das Verziehen des Gesichtes, das leichte Zurückweichen, dann die Irritation und schließlich die Verärgerung in seinem Blick. Sie hörten mir stumm zu.

Schranz brach das Schweigen. »Was schließt du daraus?«

Hagedorns Stimme kam aus dem Lautsprecher. »Das ist doch offensichtlich. Da waren zwei Scharfschützen auf verschiedenen Dächern. Sämtliche Sicherheitsbeamte wurden abgezogen und der Präsident des BKA ist spurlos verschwunden. Wenn ich diese Fakten nehme und dazu die beschriebene Reaktion des Kanzlers, bleibt nur ein Schluss übrig: Der Kanzler wusste von den Scharfschützen. Also, von einem der beiden ganz bestimmt. Es war die Aufgabe des Kanzlers, Nicolas vor dem Dom aufzuhalten, damit dieser ein leichtes Ziel wäre. Die Reaktion entstand durch die Tatsache, dass der Kanzler jederzeit damit rechnen musste, dass ein Projektil den Schädel von Nicolas zum Platzen bringt. Dann das Erstaunen, weil dies ausblieb. Und schließlich die Verärgerung, darüber. Meine Herren, der Kanzler ist Teil der Verschwörung.«

Ich wollte gerade etwas sagen, als die Tür aufflog und Helmes hereinstürzte.

»Du hattest Recht«, keuchte er.

Ich wollte ihm schon wieder sagen, er möge tief durchatmen und sich setzen, aber das tat er jetzt auch ohne Aufforderung.

»Bundeskanzler Schlüter und Leonard Wittgenstein sind entfernte Verwandte. Ihre Ehefrauen sind Cousinen. Und sie sind sich mindestens einmal persönlich begegnet.«

Helmes legte die Beweise auf den Tisch und schwieg.

Schranz las sich die Ausdrucke als erste durch. Stirnrunzelnd vertiefte er sich in die Lektüre.

Dann hob er den Blick. »Das sind zwar interessante Informationen, aber keine validen Beweise.«

»Das habe ich auch nicht behauptet«, maulte Helmes.

Ich seufzte. »Aber selbst wenn wir Beweise gegen ihn hätten, könnten wir nichts gegen den Kanzler unternehmen. Er genießt doch Immunität.«

Schranz schüttelte den Kopf. »Nein, dieses Privileg haben nur Bundestagsabgeordnete. Der Kanzler hat sein Mandat abgegeben. Somit hätte er im Falle einer Ermittlung keine Immunität.«

»Na dann, laden wir ihn doch vor«, schlug ich vor.

»Davon würde ich im Moment abraten«, erklang die Stimme von Hagedorn.

»Erklärung bitte«, forderte Schranz.

Als Innenminister durfte er das.

»Nun«, sagte Hagedorn. »ich denke, dass Nicolas mit seinem Verdacht ins Schwarze getroffen hat. Der Bundeskanzler ist Teil der Verschwörung. Aber gerade weil wir noch nicht über ausreichende Beweise verfügen, würde Folgendes passieren, wenn Sie ihn jetzt mit ihrer Vermutung konfrontieren: Zum einen würde er sie alle kaltstellen. Sie wären draußen und könnten nur noch mit beschränkten Mitteln weiter ermitteln. Wenn überhaupt. Zum anderen würde er die dadurch gewonnene Zeit dazu verwenden, um alle möglichen Beweise zu vernichten. Beziehungsweise sie vernichten zu lassen. Es wäre sinnvoller, ihn in Sicherheit zu wiegen und im Verborgenen gegen ihn zu ermitteln. Wir dürfen eines nicht vergessen: Es handelt sich um den rechtmäßig gewählten Bundeskanzler der Bundesrepublik Deutschland. Einer der mächtigsten Männer des Planeten.«

Ich wollte gerade etwas Geistreiches sagen, als mein Handy klingelte.

Ich blickte aufs Display.

Die Nummer wurde unterdrückt.

Ich nahm das Gespräch an.

»Eichborn.«

»Guten Tag Herr Eichborn. Ich würde mich gerne mit Ihnen persönlich unterhalten. Mit Ihnen alleine.«

»Und ich würde gerne mit Stephen Spielberg über die Filmrechte meiner Biographie reden. Manchmal kriegen wir nicht, was wir gerne hätten.«

»Haben Sie ihn schon mal gefragt?«

»Habe ich wen was gefragt?«

»Stephen Spielberg. Haben Sie ihn schon einmal gefragt, ob er Interesse hätte?«

»Nein, natürlich nicht.«

»Aber ich habe Sie gefragt.«

»Und wer sind Sie?«

»Ich bin der, der zwei Killer in Berlin erschossen hat, bevor die Sie töten konnten.«

»Oh …«

»Und, treffen wir uns?«

114

»Ja. Wir telefonieren regelmäßig.«
Klaus Hoffmann

Der dunkle Wagen erreichte pünktlich das Grand Kempinski Hotel. Der Fahrer nutzte einen extra reservierten Parkplatz, der sogar seiner überlangen Mercedes-Maybach-Pullmann-Limousine genügend Platz bot, und meldete sich beim Empfang. Der verständigte Hoffmann.

Wenige Minuten später verließ Hoffmann den Aufzug und blickte sich suchend um.

Ein uniformierter Mann mittleren Alters kam auf ihn zu und stellte sich als John vor, seinen persönlichen Fahrer für die nächsten Stunden.

Gemeinsam verließen sie das Hotel. John ging voraus, öffnete die hintere Tür der Limousine und ließ Hoffmann einsteigen. Kurz darauf nahm John hinter dem Lenkrad Platz und fuhr los.

Da Hoffmann das Ziel der Fahrt bei der Reservierung des Wagens angegeben hatte, musste der Fahrer nicht danach fragen. Er holte sich ein Update der aktuellen Verkehrslage, blickte in den Rückspiegel und ließ die Trennscheibe nach unten fahren. »Die Fahrtzeit wird etwa fünfunddreißig Minuten betragen.«

Hoffmann sah auf und nickte. »Alles klar. Vielen Dank.«

»Vor der Ankunftshalle ist ein Parkplatz für uns reserviert. Sie können also direkt ins Terminal gehen. Ich warte draußen im Wagen auf Sie.«

»Ausgezeichnet.«

John ließ die Trennscheibe wieder nach oben gleiten.

Den Rest der Fahrt über schwiegen sie.

Nach dreißig Minuten erreichten sie den Shanghai Hongqiao International Airport.

Wie angekündigt war unmittelbar vor dem Eingang des Terminals ein großer Parkplatz für sie freigehalten worden. John stellte den Wagen ab, stieg aus und öffnete Hoffmann die Tür.

Ohne den Fahrer eines Blickes zu würdigen, setzte sich Hoffmann in Bewegung und betrat das Terminal.

Er war überpünktlich. Die Maschine von Monika würde erst in zwanzig Minuten landen.

Hoffmann blickte sich suchend um, fand ein Café, setzte sich an einen freien Tisch und wartete.

Als es an der Zeit war, erhob Hoffmann sich und ging dorthin, wo die ankommenden Passagiere das Terminal betraten.

Monika gehörte zur ersten Gruppe, die das Terminal betraten.

Als sie ihn entdeckte, lächelte sie.

Hoffmanns Herz setzte einmal aus, dann eilte er zu ihr und umarmte sie.

Dass sie nur recht wenig Gepäck dabeihatte, registrierte er. Aber darüber könnten sie zu einem späteren Zeitpunkt immer noch reden.

Monika fächelte sich Luft zu und machte ein gequältes Gesicht.

»Gott, ist das heiß hier.«

Hoffmann fand diese Bemerkung ein wenig merkwürdig, empfand er die Temperatur in der Ankunftshalle als sehr angenehm, da die Klimaanlage lief.

Draußen war es allerdings sehr heiß.

Sie hielt ihm den Griff ihres Rollkoffers hin und als sie sich dem Ausgang zuwandten, hakte sie sich bei Hoffmann unter.

»Also, Schatz, ich habe mich mal über Shanghai und so schlau gemacht«, sagte sie im Plauderton. »Und ganz ehrlich; ob ich hier leben will ...?«

Er blieb stehen und sah sie erstaunt an. »Was meinst du?«

»Die behandeln ausländische Frauen hier wie Scheiße. Vor allem die, die aus Europa kommen. Das Wetter ist entsetzlich, die Küche furchtbar und ständig gibt es hier total krasse Stürme, die alles kaputt machen. Wie klingt das für dich?«

»Äh ...«

»Für mich klingt das wie die Hölle.«

»Also ...«

Sie erreichten die Limousine. John wartete davor auf sie und öffnete sofort eine der hinteren Türen.

Monika schlüpfte ins Innere und bot Hoffmann dabei einen ausgiebigen Blick auf ihre langen, nackten Beine. John verstaute das Gepäck im Kofferraum und setzte sich anschließend hinters Steuer.

Als auch Hoffmann eingestiegen war, setzte sich der Wagen in Bewegung.

Hoffmann wandte sich an Monika. »Also, was das Wetter betrifft ...«

Sie legte ihm eine Hand in den Schritt und begann ihn zu massieren. »Es ist hier viel zu heiß«, sagte sie und griff fester zu. Hoffmann stöhnte auf. »Und viel zu schwül.«

»Warte doch erstmal ab, vielleicht …«

Sie legte ihm einen Finger auf die Lippen und brachte ihn damit zum Schweigen.

Dann öffnete sie ihm die Hose.

Langsam näherte sich ihr Kopf seiner Körpermitte. »Überleg dir jetzt gut, was du als nächstes sagst«, sagte sie leise.

»Wir gehen, wohin du willst«, keuchte Hoffmann.

»Das war das Richtige«, sagte sie und nahm ihn tief in ihren Mund.

»Wo ist eigentlich dein Freund?«, fragte sie Hoffmann hinterher. Sie waren immer noch in der Limousine auf dem Weg zum Hotel.

»Wen meinst du?«

»Na, den Typen, mit dem du damals im Hotel in München warst. Der kurz was mit Sybille hatte. Übrigens fragt sie ständig nach ihm. Ich glaub, sie hat sich in ihn verknallt.«

»Du meinst Leonard.«

»Ja, genau, den meine ich.«

»Keine Ahnung, wo der gerade ist.«

»Aber ihr habt doch bestimmt noch Kontakt, oder?«, wollte sie beiläufig wissen.

»Ja. Wir telefonieren regelmäßig.«

»Dann sag ihm beim nächsten Mal, dass Sybille ganz verrückt nach ihm ist und ihn unbedingt wiedersehen will.«

Hoffmann blickte aus dem Fenster des Wagens. Plötzlich fand er es hier auch unausstehlich. »Venezuela«, sagte er leise.

Monika sah ihn an. »Was?«

»Leonard ist in Venezuela. Glaub ich jedenfalls.«

»Wie geil ist das denn?«, rief Monika begeistert. »Südamerika. Mein Traum.« Sie wandte sich ihm zu. »Liebling, ruf Leonard an. Sag ihm, wir kommen alle zu ihm. Du, ich und Sybille. Was meinst du?«

»Okay, das mache ich.« Hoffmann wühlte sein Handy aus der Jacke und wählte. Während er dies tat, stoppte die Limousine.

Irritiert blickte er aus dem Fenster und sah dann nach vorn. »Warum halten wir. Das ist nicht das Hotel.«

Die hintere Tür wurde von außen geöffnet und das letzte, was Hoffmann sah, war der Lauf einer Pistole, die auf sein Gesicht gerichtet war.

Nachdem Jonathan, der sich als der Fahrer John ausgegeben hatte, und Monika die Leiche entsorgt hatten, widmeten sie sich dem Handy des verstorbenen Klaus Hoffmann.

Sie waren nun im Besitz der Handynummer der zweiten Zielperson, Leonard Wittgenstein.

Sie sendeten eine sogenannte stille SMS an das Handy von Wittgenstein. Diese spezielle Art von Nachricht war weder auf dem Zielhandy zu sehen, noch wurde sie durch einen Ton angekündigt.

Sie war unsichtbar und stumm.

Aber sie erfüllte einen sehr wichtigen Zweck.

Sie verriet dem Sender der Nachricht den Standort des Handys.

Innerhalb weniger Minuten wussten Jonathan und Monika, wo exakt Leonard Wittgenstein sich aufhielt.

Tatsächlich Venezuela.

Genauer gesagt Caracas.

115

»Hast du Waffen dabei?«
Nicolas Eichborn

»Du fährst da nicht alleine hin«, sagte Helen und funkelte mich wütend an.

»Der hat mir doch nicht das Leben gerettet, um mich hinterher umzulegen«, widersprach ich.

»Wenn er es denn tatsächlich gewesen ist. Vielleicht ist das eine Falle. Ich meine, Wittgenstein, Hoffmann, Dietrich, sie alle sind verschwunden. Haben sich aus dem Staub gemacht, als sie merkten, dass ihr Plan den Bach runtergeht. Auch Scheuer ist verschwunden. Der Präsident des BKA war wohl an der Verschwörung beteiligt. Genauso wie der beschissene Bundeskanzler. Wäre ich die, würde ich jetzt anfangen, aufzuräumen. Unbequeme Zeugen ausschalten. Und zu denen gehörst auch du.«

»Das wäre dann aber eine sehr komplizierte Art, mich zu beseitigen«, gab ich zu bedenken. »Überleg doch mal: Er hat uns exakt gesagt, wo die Killer liegen, die er abgeknallt hat. Er hat uns sogar verraten, von wo aus er geschossen hat. Und er hat uns gesagt, mit welchem Kaliber er die zwei getötet hat. Sehr viele Informationen, die sich alle als richtig erwiesen haben. Wie gesagt, wollte er mich nun töten, wäre das wirklich eine sehr umständliche Methode.«

»Oder eine sehr raffinierte.«

»Das kann natürlich auch sein«, gab ich zu.

»Also gibst du mir recht.«

»Ja. Aber ich fahre trotzdem.«

Sie sah mich völlig entgeistert an. »Du bist ja nicht ganz dicht …«

Ich warf die Hände in die Luft. »Was soll ich stattdessen

tun? Wir haben keine Beweise gegen den Kanzler. Nichts. Nada. Willst du, dass er einfach so davonkommt?«

Helen sah mich schweigend an. Ich blickte zu den anderen.

Patrick. Schranz.

Alles gestandene Männer.

Aber wenn Helen in Fahrt war, taten sie so, als ginge sie das alles nichts an.

Ich warf ihnen einen verächtlichen Blick zu und fuhr fort. »Dieser Typ ist wahrscheinlich unsere einzige Chance, an Informationen heranzukommen. Ist es möglich, dass es eine Falle ist? Ja. Ist es wahrscheinlich? Ich sage nein.«

»Das ist jetzt nicht der richtige Moment für Wahrscheinlichkeitsrechnungen, du Idiot.«

»Okay, weißt du was? Dann komm einfach mit. Aber wenn dieser Typ abhaut, oder gar nicht erst auftaucht, dann ist unsere einzige Chance, die Arschlöcher zu schnappen, dahin.«

»Das nehme ich in Kauf«, sagte Helen entschlossen.

»Das sagst du jetzt.«

Ich warf einen Blick auf meine Uhr.

Es wurde Zeit, sich auf den Weg zu machen.

Wenn ich schon nicht alleine kam, wollte ich wenigstens pünktlich sein.

Treffpunkt war ein stillgelegtes Fensterwerk in Neuruppin.

Das lag etwa achtzig Kilometer nördlich von Berlin. Wir würden eine Stunde brauchen.

»Hast du Waffen dabei?«, wollte ich von Helen wissen.

»Pfefferspray, Desinfektionsmittel und eine unendliche Wut im Bauch.«

Ich nickte. »Sollte reichen.«

»Und du?«

Ich sah sie an und grinste. »Ich hab dich dabei.«

116

»Ich bin doch nicht bescheuert.«
Major Castrop

Wir erreichten Neuruppin, fuhren von der Autobahn ab und bogen dann wenig später rechts ab in ein kleines Industriegebiet. Wir sahen die Halle des ehemaligen Fensterwerkes schon von weitem.

Ein Maschendrahtzaun umgab das Werk. An der Vorderseite beim Haupteingang gab es ein Tor.

Es war offen.

Entweder war das der Dauerzustand, oder aber der Typ war schon da.

Wie auch immer. Ich fuhr durch das geöffnete Tor, parkte den Wagen vor der Halle und wir stiegen aus.

Erst jetzt sahen wir, dass eine breite Tür in der Mitte der Halle ebenfalls geöffnet war.

Wir gingen langsam darauf zu und als wir davorstanden, sahen wir uns an.

»Wenn du jetzt wieder mit deinem Mantra *Bis hierhin ging's gut* anfängst, raste ich aus«, sagte Helen.

»Stimmt aber.«

Helen verdrehte die Augen und wollte durchs Tor gehen.

Ich kam ihr zuvor, indem ich mich vordrängelte.

Wir betraten die Halle.

Sie war etwa zehntausend Quadratmeter groß und leer.

Na ja, fast leer.

In der Mitte der Halle stand ein Auto, davor ein Mann, der eine Zigarette rauchte.

Als er uns sah, schnippte er die Kippe auf den Betonboden, trat sie aus und kam auf uns zu.

Ich musterte ihn forschend.

Mittelgroß, kurze, helle Haare, sportlich, sein Alter war sehr schwer zu schätzen. Als er vor mir stand, tippte ich auf sechzig. Er blickte mich aus klaren, hellblauen Augen an. Sein Gesicht schien aus Leder zu bestehen. Faltig, wie gegerbt. Er trug einen beeindruckenden Schnurrbart.

»Sie sollten alleine kommen«, stellte er nüchtern fest und sah dabei Helen an.

Ich zuckte mit den Achseln. »Waren Sie schon mal verheiratet?«

Er grinste schwach. »Dafür hatte ich nie die Zeit.«

»Zu beschäftigt damit, Kirchen in die Luft zu jagen?«, wollte Helen wissen.

Er widmete ihr seine volle Aufmerksamkeit. »Ich bin Soldat. Mein Leben lang. Ich habe gelogen, betrogen und getötet. Aber niemals hätte ich so etwas getan. Niemals.«

Ich spürte, dass er die Wahrheit sagte. Helen ging es auch so.

»Warum sind wir hier?«, fragte ich ihn.

»Weil Sie ein Problem haben.«

»Hab ich das?«

Castrop lächelte. »Jede Menge Verdächtige, aber keine Beweise. Das nenne ich Problem. Wie heißt das bei Ihnen?«

»Eine Frage der Zeit?«, schlug ich vor.

»Haben Sie genug Zeit?«

»Okay, lassen wir das«, sagte ich. »Machen wir es doch so: Ich erzähle Ihnen, was wir wissen. Und wenn Sie so aufmerksam wären, die Lücken zu schließen, können wir etwas für Sie tun. Ob es auf Straffreiheit hinausläuft, kann ich allerdings nicht versprechen.«

Castrop lachte. »Sie sind ein Witzbold, Eichborn, wissen Sie das? Denken Sie wirklich, ich treffe mich mit Ihnen hier, um anschließend in den Bau zu gehen? Ich bin doch nicht bescheuert. Zumal es Ihnen wirklich schwerfallen dürfte, mir irgendeine Straftat nachzuweisen. Aber lassen wir das. Sie brauchen mir nicht zu erklären, was Sie alles herausgefunden haben. Das weiß ich schon. Wir treffen uns hier, weil ich tatsächlich vorhabe, Ihre Wissenslücken zu füllen. Aber das kann ich nicht alleine. Dafür brauchen wir noch jemanden anderes.«

»Und wer wäre das?«

»Dietrich.«

Ich schüttelte den Kopf. »Dumm gelaufen. Der hat sich verpisst. Genauso wie Wittgenstein und Hoffmann.«

Er drehte sich herum. »Kommen Sie mit«, sagte er und ging zu seinem Auto.

Als wir alle um den Wagen herumstanden, öffnete er den Kofferraum.

»Schauen Sie mal, wen ich gefunden habe«, sagte Castrop und deutete ins Innere des Kofferraums.

Darin lag Dietrich.

Genau so, wie ich ihn am liebsten sah.

Gefesselt und geknebelt.

Und ängstlich.

»Okay, jetzt haben Sie ein Bier bei mir gut«, sagte ich.

Castrop zeigte mit dem Finger auf Dietrich. »Ich weiß einiges. Aber der Arsch hier, der weiß fast alles.«

»Okay«, sagte ich. »Wie haben Sie sich das vorgestellt? Was wollen Sie?«

»Ich werde Ihnen Dietrich überlassen. Sie und Ihre Freunde haben vollkommen andere Möglichkeiten, ihn zum Reden zu bringen, als ich. Ich wiederum habe Zugang zu gewissen Kreisen, die Ihnen verschlossen bleiben würden. Gemeinsam können wir die Verantwortlichen zur Strecke bringen. Alleine haben wir keine Chance. Übrigens sind die gerade dabei, aufzuräumen.«

»Dann sind Sie auch auf deren Liste«, sagte Helen.

»Darauf können Sie wetten.«

117

»So weit, so gut.«
Leonard Wittgenstein

Hoffmann rief einfach nicht zurück. Wählte er dessen Handynummer, sprang nach einigen Sekunden die Mailbox an. Natürlich hinterließ Wittgenstein ihm keine Nachricht mehr.

Er war sich sicher, dass seinem alten Weggefährten etwas zugestoßen war.

Fragte sich nur, ob es ein Unfall war, oder ob ihre Auftraggeber dahintersteckten.

Er wollte es nicht auf die brutale und endgültige Weise herausfinden.

Also packte er zusammen, checkte aus und ließ sich zum Flughafen bringen.

Während er dies tat, dachte er fieberhaft nach.

Was wusste Hoffmann über seine Fluchtpläne?

Hatte er ihm zu irgendeinem Zeitpunkt versehentlich etwas verraten?

Erinnerungen waren trügerisch. Sie gaukelten einem die verzerrte Variante der Realität vor. Aus Grün wurde Blau, aus Hamburg plötzlich Berlin.

Ein Neurologe hatte ihm vor vielen Jahren einmal erklärt, wie das passierte. Er hatte etwas von neuronalen Vernetzungen und einem Bereich des Hirns erzählt, in dem nach neusten Erkenntnissen die Erinnerungen abgespeichert wurden. Der Hirnrinde.

Jedes Mal, wenn eine Erinnerung aufgerufen wurde, erfolgte ein neuer Speicherprozess. Erinnerungen befinden sich in einem instabilen Zustand und werden immer wieder umgeformt.

Das bedeutete, dass sich über einen biochemischen Prozess

auch die Verbindungen zwischen den Gehirnzellen verändern.

»Wir erinnern uns nicht an die Originalversion, sondern an deren Überarbeitung durch das Gehirn«, hatte der Neurologe ihm erklärt.

Wittgenstein raufte sich die Haare, bedeutete dies doch nichts anderes, als dass er jedes Mal, wenn er versuchte, sich an ein bestimmtes Ereignis zu erinnern, diese Begebenheit schon dadurch veränderte, indem er versuchte, sie zu rekapitulieren.

So würde er nicht weiterkommen.

Am besten und sichersten wäre es, mit einer seiner falschen Identitäten Venezuela zu verlassen.

Egal wohin, Hauptsache weg von hier.

Zwei Stunden später stand er in der Abflughalle des Simón Bolívar International Airport und starrte auf die Anzeigetafel, auf der die Abflüge der nächsten Stunden standen.

Wo sollte er hinfliegen?

Panama City?

Miami?

Aruba?

Dann entdeckte er eine Stadt, die ihm spontan zusagte.

Havanna.

Abflug in zwei Stunden.

Flugzeit etwas über drei Stunden.

Dort würde er ohne Probleme untertauchen können.

Er prägte sich den Schalter ein und machte sich auf den Weg.

Achtzig Minuten später saß er im Flugzeug.

Dreißig Minuten später hob der Flieger ab.

»So weit, so gut«, murmelte er.

118

»Ich finde die Idee großartig.«
Helen Eichborn

Bevor wir aus Neuruppin in Richtung Büro fuhren, zog sich Helen kurz zurück, um ungestört ein Telefonat zu führen. Sie wollte unbedingt, dass der Spezialist für Mikroexpressionen aus München zur Unterstützung nach Berlin kommen sollte.

Der hatte uns schon hilfreiche Tipps gegeben, als wir Özgür verhört hatten. Der saß übrigens jetzt gemeinsam mit Costello in U-Haft. Ob, und wenn ja was für eine Anklage erhoben würde, entzog sich meiner Kenntnis. Im Moment interessierte es mich aber auch nicht.

Auch die Bormann-Brüder waren in Haft. Den beiden Ex-Soldaten, die für Castrop Soldaten rekrutierten, konnte nichts Strafbares nachgewiesen werden. Allerdings wurden durch eine Empfehlung des Bundesamtes für Verfassungsschutz die Einrichtungen, in denen die beiden gearbeitet hatten, geschlossen.

Von unterwegs informierten wir Schranz und Kerni darüber, dass wir Dietrich in Gewahrsam hatten. Um kein Aufsehen zu erregen, entschieden wir, ihn zunächst in unsere Zentrale zu bringen. Dort würden wir ihn befragen und entscheiden, wie mit ihm weiter verfahren werden sollte.

Kernberger und Schranz würden im Laufe des Tages dazustoßen.

Wir brachten Dietrich in einen Besprechungsraum und ließen ihn erstmal alleine.

Der Spezialist aus München wurde mit einem Hubschrauber der Flugbereitschaft des Innenministeriums nach Berlin geflogen und würde in etwa drei Stunden hier ankommen.

Drei Stunden, die Dietrich im eigenen Saft schmoren sollte.

Es vergingen dreieinhalb Stunden, da wir noch diverse Vorbereitungen treffen mussten.

Dirk Arnheim, der Fachmann aus München, hatte sein Equipment mitgebracht und musste das alles zunächst aufbauen und installieren.

Dann konnte es losgehen.

Wir mussten uns noch kurz beraten, weil nicht klar war, wer von uns das Verhör führen sollte.

Ich war der Meinung, dass ich es machen sollte, da ich schon eine Art von Beziehung zu ihm aufgebaut hatte.

Helen war skeptisch. »Deine Beziehung zu Dietrich besteht darin, dass du ihm die Nase gebrochen hast.«

Ich nickte begeistert. »Ja, genau.«

»Sie glauben, Angst wäre hilfreich?«, wollte Arnheim von mir wissen.

»Sie nicht?«

Er schüttelte den Kopf. »Wenn Sie eine ... Beziehung dieser Art zu ihm haben, so ist sie vorbelastet. Negativ vorbelastet. Das könnte das Ergebnis meiner Analysen verfälschen. Es wäre sinnvoller, wenn jemand mit ihm spricht, der ihm unbelastet gegenübertritt.«

Ich dachte kurz darüber nach. »Na gut.«

Helen atmete einmal tief durch, dann machte sie sich auf den Weg zu Dietrich.

Sie betrat den Verhörraum, der eigentlich ein kleiner Besprechungsraum war, und stellte sich Dietrich vor.

»Möchten Sie etwas trinken? Kaffee, Wasser?«

»Nachdem ich hier eine Ewigkeit gewartet habe und zuvor weiß Gott wie lange in einem Kofferraum gelegen habe, wäre eine Toilette hilfreich.«

»Kein Problem. Kommen Sie mit.«

Sie geleitete Dietrich zu den Toiletten. Wenig später saßen sie sich wieder im Besprechungsraum gegenüber.

»Herr Dietrich, ich will ganz offen zu Ihnen sein. Es sieht nicht gut für Sie aus. Wir können zweifelsfrei beweisen, dass Sie Teil einer Verschwörung sind, die zum Ziel einen Sturz der Regierung hat. Um das zu erreichen, wurden mehrere Anschläge verübt, denen hunderte Unschuldiger zum Opfer gefallen sind. Sie werden lebenslänglich ohne Aussicht auf vorzeitige Entlassung ins Gefängnis gehen.«

»Und warum bin ich dann hier?« Er sah sich um. »In einem Büro eines privaten Unternehmens. Wenn das, was Sie behaupten, zutreffen würde, wäre ich doch wohl eher in Moabit, oder?«

Arnheims Stimme kam aus dem winzigen Lautsprecher in Helens Ohr.

»*Er glaubt selbst nicht, was er da sagt. Er ist unsicher.*«

Das hieß wohl, dass er sich fragte, warum er hier war und nicht im Gefängnis von offiziellen Beamten verhört wurde.

»Sie sind hier, weil wir als Privatunternehmen mit dem Segen des Innenministeriums vollkommen andere Möglichkeiten haben, Sie zum Reden zu bringen. Wir müssen uns an keine Regeln halten. Für uns gibt es keine Dienstvorschriften. Verstehen Sie, was das bedeutet?«

Der Adamsapfel von Dietrich machte Purzelbäume.

»*Oh ja, er versteht, was das heißt.*«

Helen füllte einen Plastikbecher mit Wasser und schob ihn zu Dietrich rüber.

Der trank gierig und bekleckerte sich dabei, ohne es zu beachten.

»Sie bluffen«, sagte er schließlich.

Helen nickte, als würde sie ihm zustimmen. »Es ist nur allzu verständlich, dass Sie das so sehen. Denn die Alternative wäre wirklich furchtbar.« Sie holte ein Schriftstück aus der Mappe, die vor ihr lag und reichte es an Dietrich weiter. »Lesen Sie. Hiermit erklärt der Innenminister der Bundesrepublik Deutschland, dass wir bei der Wahl unserer Verhörmethoden freie Hand haben und keinerlei rechtliche Konsequenzen zu befürchten haben. Egal, zu welchen Mitteln wir greifen.«

Dietrich las.

Er nahm sich bei der Lektüre sehr viel Zeit.

Schließlich legte er das offizielle Schreiben auf die Tischplatte und sah Helen an. »Das heißt gar nichts. Ich glaube nicht, dass Sie ein Geständnis von mir durch Anwendung von Gewalt erzwingen würden.«

»*Das glaubt er nicht, das hofft er.*«

»Mein Mann hat Ihnen schon einmal die Nase gebrochen. Er wartet nur darauf, dass ich ihn auf Sie loslasse. Aber das ist es nicht, was wir vorhaben. Wir sind schließlich keine Barbaren. Sobald wir das Gefühl haben, dass Sie wertlos sind für uns, werden wir Sie gehen lassen.«

Seine Augenbrauen gingen eine Etage nach oben.

»*Er schwankt zwischen Hoffen und Bangen.*«

»Sie lassen mich gehen. Einfach so.«

»Ja. Vorher bekommen Sie natürlichen einen Peilsender verpasst. Und dann wird in den Onlineausgaben der gängigen Medien ein Artikel erscheinen. Mit einem Foto von Ihnen. Tenor des Artikels wird sein, wie überaus wertvoll die Informationen waren, die Sie uns gegeben haben. *Dann* lassen wir Sie gehen.«

»Das können Sie nicht machen«, rief er entsetzt. »Die werden mich töten.«

Helen nickte. »Davon gehen wir aus, ja. Deshalb auch der Peilsender.«

»Sie wollen mich als Köder benutzen, um an die Killer heranzukommen«, sagte Dietrich leise.

»Ja. Ich finde die Idee großartig.«

»*Jetzt haben Sie ihn.*«

»Nehmen wir mal an, ich rede. Was hätte ich davon?«

Helen warf einen Blick auf ihre Uhr. »Innerhalb der nächsten zwei Stunden wird der Innenminister hier sein. Mit ihm können Sie die Rahmenbedingungen besprechen. Aber das wird nicht geschehen, wenn Sie bis dahin keine Kooperation gezeigt haben.«

Dietrich dachte darüber nach. »Okay. Fangen wir damit an, dass Sie mir erzählen, was Sie wissen, oder zu wissen glauben. Dann werde ich Ihre Lücken füllen.«

119

»Ich werde von Leuten verfolgt, die mich töten wollen.«
Leonard Wittgenstein

Wittgenstein erreichte Havanna und ließ sich von einem Taxi in die Innenstadt bringen. Da der Fahrer Englisch sprach, konnte er Wittgenstein ein gutes Hotel empfehlen und ihn direkt dort absetzen.

Eine Stunde später saß er auf dem Balkon seines Zimmers, sah hinab auf das bunte Treiben der City und dachte nach.

Er hatte keinerlei Erfahrungen damit, auf der Flucht zu sein.

Das, was er wusste, hatte er aus Büchern oder Fernsehsendungen.

Ihm war klar, dass das nicht genügen würde.

Schließlich waren diejenigen, die ihm auf den Fersen waren, Profis.

Er hatte versucht, an alles zu denken, was ihm bekannt war.

Angefangen mit neuen Identitäten inklusive Kreditkarten und Sozialversicherungsnummern, bis hin zu mehreren

Bankkonten unter seinen neuen Namen, oder sogar unter vollkommen anderen Identitäten, bei denen er jedoch Vollmacht besaß.

Auch hatte er immer versucht, sich den Überwachungskameras zu entziehen.

Denn ein neues Gesicht hatte er nicht.

Wollte er auch nicht haben.

Je länger er über seine Situation nachdachte, desto klarer wurde ihm, dass er eigentlich keine Chance hatte, das alles zu überleben. In der Geschäftswelt stand er im oberen Drittel der Nahrungskette.

Er war ein Jäger.

Jetzt und hier befand er sich ganz unten – jetzt war er die Beute.

Er wusste einfach nicht, wie er sich zu verhalten hatte, um zu überleben.

Dann hatte er einen Einfall: Wenn es ihm selbst nicht gelang, sein Leben zu schützen, dann würde er sich Leute kaufen, die diesen Job für ihn übernahmen.

Bodyguards.

Davon gab es in einem Land wie Kuba doch bestimmt jede Menge.

Er stellte sehr schnell fest, dass dem nicht so war.

Er fand im Internet nicht eine einzige Firma, die Personenschützer anbot.

Aber dafür entdeckte er eine deutsche Sicherheitsfirma, die über eine Außenstelle in Miami verfügte.

Und das war nicht weit weg von Kuba.

Er rief die Zentrale in Norddeutschland an, machte die Dringlichkeit seines Anliegens deutlich, und nachdem er seinen Namen genannt hatte, stellte man ihn zum Geschäftsführer durch.

Wittgenstein schilderte dem Mann seine Situation.

»Wenn ich Sie richtig verstehe, befinden Sie sich in akuter Lebensgefahr«, stellte der Geschäftsführer fest.

»Das ist richtig.«

»Ich weiß, wer Sie sind, Herr Wittgenstein. Dennoch muss ich Ihnen diese Frage stellen; sind Sie in illegale Aktivitäten verstrickt?«

»Nein.« Die Lüge kam ihm glatt von den Lippen.

»Verstehe. Ich kann Ihnen vier Männer aus Miami schicken. Aber Sie müssen wissen, dass das sehr aufwendig und entsprechend teuer sein wird.«

»Wenn Sie wissen, wer ich bin, dann wissen Sie auch, das Geld keine Rolle spielt.«

»Natürlich. Normalerweise fangen wir bei einem neuen Auftraggeber mit der Erstellung eines ausführlichen Sicherheitskonzeptes an. Ich befürchte, dies wird bei Ihnen in der Kürze der Zeit nicht möglich sein.«

»Ich werde von Leuten verfolgt, die mich töten wollen. Das ist die Ausgangssituation. Können Sie dieser Herr werden?«

»Ja, das können wir.«

»Dann schicken Sie diese Männer zu mir. So schnell wie möglich.«

»Verstanden. Ich brauche noch Ihre Adresse in Havanna und eine E-Mail-Adresse. Ich sende Ihnen dann einen Vertrag mit unseren Konditionen zu. Normalerweise würde ich auf die Anzahlung warten, aber bei Ihnen mache ich eine Ausnahme.«

»Herzlichen Dank.«

Von der stillen SMS, die jedes Mal, wenn sein Handy eingeschaltet war, seinen aktuellen Standort an eine dritte Person sendete, wusste er nichts. Davon hatte er noch niemals zuvor etwas gehört.

Aber es gab sie.

Und sie tat das, wozu sie entwickelt worden war.

Sie sendete Wittgensteins Aufenthaltsort an Jonathan.

Kaum in Venezuela angekommen, machten er und Monika sich auf den Weg nach Kuba.

120

»Nicolas, keiner mag Klugscheißer.«
Innenminister Schranz

Jetzt würde sich zeigen, ob Dietrich über Informationen verfügte, die für uns den Durchbruch bedeuten würden. Mein Instinkt sagte mir, dass der Arsch lediglich versuchte, selbigen zu retten.

Helen erzählte ihm fast alles.

Angefangen beim versuchten Anschlag mit Ebola durch Sanders Organisation, bis hin zum vereitelten Anschlag mit verseuchtem Wasser. Sie erwähnte Özgür, die Bormanns, Claasen, das Verschwinden des BKA-Präsidenten Scheuer und von unserem Verdacht, dass Kanzleramtsminister Gehlsen in die Verschwörung verstrickt war. Was sie ihm nicht verriet, war unser Kontakt zum Architekten und der Verdacht gegen Bundeskanzler Schlüter.

Das war unsere Falle, die wir ihm stellten.

»Als Sie Gehlsen erwähnten, war für Bruchteile von Sekunden so etwas wie Schadenfreude in seinem Gesicht zu erkennen. Entweder ist dieser Mann unschuldig und er hat sich darüber gefreut, dass Sie ihn verdächtigen, oder aber er mag den Kerl nicht und findet es gut, dass Sie ihm auf der Spur sind.«

Helen sah Dietrich scharf an. »So, jetzt sind Sie an der Reihe. Verfügen Sie über Informationen, die uns weiterbringen?«

»Selbstverständlich.«

»Stellen Sie ihm diese Frage noch einmal. Aber diesmal deutlicher, verbindlicher.«

Helen setzte sich kerzengerade hin. »Herr Dietrich, haben Sie Informationen, die uns helfen, die Verantwortlichen dieser Verschwörung zu identifizieren und zu verhaften?«

»Sag ich doch. Ja, habe ich.«

»Er sagt nicht die Wahrheit. Tut mir leid, aber er lügt.«

»Dann erzählen Sie mal«, forderte Helen ihn auf. So schnell wollte sie nicht aufgeben.

»Wittgenstein und Hoffmann sind die Drahtzieher hier in Deutschland. Castrop ist derjenige, der in Deutschland die Rekrutierung der Soldaten koordiniert. Torsten Seifert und Gunnar Abel sind ehemalige Soldaten, die für Castrop in regionalen Büros geeignete Soldaten anwerben.«

Das meiste davon wussten sie schon. Es war zwar gut, eine Bestätigung zu erhalten, aber sie hatte sich mehr erhofft.

»Wo sind Wittgenstein und Hoffmann?«

»Das weiß ich nicht«, antwortete Dietrich.

»Wer sind die wirklichen Bosse?«, wollte sie von ihm wissen.

»Das wissen nur Wittgenstein und Hoffmann«, sagte Dietrich.

Helen stand ruckartig auf. »Sie lügen. Sie haben gar nichts für uns. Sie versuchen nur, Ihren Arsch zu retten.« Mit diesen Worten verließ sie den Raum.

Wenige Augenblicke stand sie bei mir und Arnheim im Nebenzimmer. »Scheiße, wir haben gar nichts.«

Ich wollte gerade antworten, als mein Handy klingelte. Es war Schranz.

»Ich hatte gerade ein interessantes Gespräch mit dem Geschäftsführer eines Sicherheitsunternehmens aus Norddeutschland. Der hat vor Kurzem mit Wittgenstein gesprochen, der bei ihm Bodyguards mieten wollte. Er ist in Havanna und jemand ist ihm auf den Fersen. Er sagt, die wollen ihn umbringen. Der Geschäftsführer wollte den Auftrag schon annehmen, da hat er von dem internationalen Haftbefehl gegen Wittgenstein erfahren und uns informiert.«

»Dann sollten wir versuchen, ihn zu kriegen, bevor es die anderen tun.«

»Ich habe ihn um Unterstützung gebeten. Das musste ich tun, da ich den Behörden in Kuba nicht vertrauen kann.«

»Auf Kuba.«

»Wie bitte?«

»Man sagt nicht *in* Kuba, sondern *auf* Kuba. Weil es eine Insel ist«, erklärte ich.

»Nicolas, keiner mag Klugscheißer. Jedenfalls hat er die von Wittgenstein bestellten Personenschützer nach Havanna geschickt. Das sagt man doch so, oder? Nach Havanna?«

»Ja, super. Und dann? Ich meine, wie kriegen wir Wittgenstein nach Deutschland?«

»Die vier werden ihn in die Deutsche Botschaft bringen. Das wird er gar nicht merken, da es eine Einfahrt im hinteren Bereich gibt. Dort wird Wittgenstein von Beamten des Bundesnachrichtendienstes in Empfang genommen. Die werden ihn dann unverzüglich nach Berlin bringen.«

»Das sind großartige Neuigkeiten. Denn Dietrich weiß gar nichts. Der ist wertlos für uns.«

»Na ja, nicht ganz. Falls Wittgenstein nicht sofort reden will, haben wir seinen Kollegen Dietrich, der zumindest Wittgenstein belasten kann.«

»Richtig. Als Druckmittel gegen Wittgenstein könnten wir ihn benutzen. Dann hole ich ihn gleich wieder aus dem

Säurebad raus. Ein bisschen was von ihm müsste noch übrig sein.«

Schranz lachte, wurde aber schnell wieder ernst. »Ich frage mich, was wir machen, falls du mit deinem Verdacht richtig liegst.«

»Neuwahlen? Ausreisen?«

»Neuwahlen werden unumgänglich sein. Die Frage ist, aus welchem Grund? Wie verkaufen wir das den Bürgern?«

»Mit der Wahrheit?«, schlug ich vor.

»Ja, im ersten Moment klingt das richtig. Bei genauerer Betrachtung birgt diese Methode jedoch auch große Risiken.«

»Du sprichst von Vertrauen, oder?«

»Vertrauen in die Regierung, ja.«

»Was – meinst du – geschieht, wenn ihr es verschweigt und es dennoch rauskommt? Wäre das nicht viel schlimmer?«

»Das wäre es allerdings.«

»Dann macht einen Neuanfang. Aber richtig. Immerhin habt ihr Schlimmeres verhindert. Rainer, die Deutschen sind nicht blöd. Die wissen, dass es keine hundertprozentige Sicherheit geben kann. Niemals geben wird. Also mach reinen Tisch. Alles andere wäre der falsche Weg.«

»Ich denke, du hast recht.«

»Danke. Da wäre noch was.«

»Nämlich?«

»Was macht dich so sicher, dass die Jungs vom BND nicht auch zu den Verschwörern gehören?«

»Die nicht. Da bin ich mir zu einhundert Prozent sicher.«

»Ich hoffe sehr, dass du dich nicht irrst.«

»Tue ich nicht.«

»Gut. Einen Gedanken habe ich aber noch.«

Schranz lachte. »Und zwar?«

Ich erzählte es ihm.

»Das ist heikel«, sagte Schranz, nachdem ich geendet hatte.
»Ich weiß. Deshalb mache ich es ja auch, und nicht du.«

121

»Meine Güte, Sie haben wirklich viel erreicht in den ... letzten Stunden ...«
Bundeskanzler Schlüter

Wie erwartet erklärte sich Bundekanzler Schlüter sofort bereit, Schranz und mich zu empfangen.
Alles andere hätte mich überrascht.
Der Kanzler war alleine, als wir sein großes Büro betraten.
Er kam um den Schreibtisch herum auf uns zu und begrüßte uns überschwänglich.
Ich musterte ihn verstohlen. Eingefallene Wangen, dunkle Augenringe, unordentliche Frisur.
Offenbar schlief er zurzeit nicht all zu gut.
Wir setzten uns an den langen Arbeitstisch.
Schlüter sah uns erwartungsvoll an. »So, meine Herren, was gibt es so Wichtiges?«
»Herr Bundeskanzler«, begann Schranz, während ich in meiner Hosentasche herumfummelte. »Es ist uns gelungen, den Aufenthaltsort von Leonard Wittgenstein herauszufinden. In diesen Minuten erreichen ihn vier Personenschützer einer privaten Sicherheitsfirma, um ihn unversehrt in die Botschaft nach Havanna zu bringen. Dort wird er an Beamte des BND übergeben, die ihn unverzüglich nach Deutschland bringen werden.«
Schlüter ließ diese Neuigkeiten erst einmal sacken. »Das sind ... ohne Frage sehr gute Nachrichten ...«

»Darüber hinaus«, ergänzte ich, »haben wir Dietrich in Gewahrsam genommen. Wir sind gerade dabei, ihn zu verhören.«

Schlüter sah mich fragend an. »Dietrich … wer war nochmal Dietrich?«

Niemand hatte behauptet, der Kanzler wäre ein Blödmann …

Ich erklärte ihm, wer Dietrich war, obwohl er es genau wusste.

Er nickte. »Ah, ich erinnere mich.«

Nun kamen wir zu unserem Bluff.

Unserer eigentlichen Falle für den Bundeskanzler.

»Zu guter Letzt haben wir herausgefunden, wo sich der BKA-Präsident aufhält. In Kürze werden wir zuschlagen und auch ihn in Gewahrsam nehmen.«

Auch diesen dritten Schlag nahm er äußerlich unbeschadet auf.

»Meine Güte, Sie haben wirklich viel erreicht in den … letzten Stunden …«

»Ja. Wenn erst mal ein Dominostein fällt, dann gibt's eine Kettenreaktion«, sagte ich.

Er blickte auf die Tischplatte und nickte wieder. »Das ist wohl so …«

Schranz warf mir einen kurzen Blick zu und ich nickte unmerklich.

»Wir wollen Sie nicht länger aufhalten, Herr Bundeskanzler«, sagte er und stand auf.

Auch ich erhob mich. »Wir haben auch noch eine Menge zu erledigen.«

»Ja, sicher«, sagte Schlüter und stand ebenfalls auf. »Ich danke Ihnen für das Update.«

Wir verließen das Kanzleramt und kaum saßen wir im Wagen, aktivierte ich das technische Equipment, das ich hinter dem Vordersitz verstaut hatte.

Ich setzte einen Kopfhörer auf und lauschte.

Schranz sah mich gespannt an.

Schließlich grinste ich und erwiderte seinen Blick. »Es funktioniert.«

»Wir haben gerade eine Abhörwanze im Büro des Bundeskanzlers installiert«, sagte er fast schon ehrfurchtsvoll. »Das kann uns allen das Genick brechen ...«

»Oder ihm«, antwortete ich. »Und wenn ich wetten müsste, würde ich auf Schlüter setzen.«

Er sah mich an. »Und wie viel würdest du setzen?«

»Alles, was ich habe.«

»Okay ...«

»Du kannst jetzt übrigens die Botschaft in Havanna verständigen, dass sie bald Besuch bekommen.«

»Herrje, das hätte ich fast vergessen«, sagte Schranz und griff zum Handy.

»Wie kommt Wittgenstein eigentlich nach Deutschland?«, erkundigte ich mich eher beiläufig.

»Wir haben drei Sitzplätze in einer Lufthansamaschine nach Frankfurt gebucht«, erklärte mir Schranz, der sein Smartphone schon ans Ohr presste.

Ich riss die Augen auf und starrte ihn entsetzt an. »Echt jetzt? Seid ihr verrückt?«

»Nicolas, ich weiß nicht, wovon du ...«

Er ließ die Hand mit dem Smartphone langsam sinken. Seine Gesichtszüge entglitten ihm, als ihm bewusst wurde, welchen Fehler sie gemacht hatten.

Er hielt sich das Handy wieder ans Ohr.

»Hier spricht Innenminister Schranz. Ich muss umgehend den Botschafter sprechen.«

122

»Jetzt sind wir vollzählig.«
Innenminister Schranz

Gegen frühen Nachmittag kubanischer Zeit betraten zwei Beamte des BND die deutsche Botschaft, um Leonard Wittgenstein abzuholen. Ursprünglich wollten sie in ein Flugzeug der Lufthansa mit dem Ziel Frankfurt am Main steigen. Von dort wollten sie mit einem Hubschrauber weiter nach Berlin reisen. Beide freuten sich schon auf die gemütlichen Business-Class-Sitze. Als Botschafter Kessler den beiden sagte, dass sich der Plan geändert hatte, reagierten sie verärgert.

Der Botschafter erklärte den beiden Agenten, warum dies keine gute Idee war.

»Unsere Gegner waren in der Lage, sich in einen Kampfjet zu hacken und diesen zum Absturz zu bringen. Glauben Sie, es bereite den Terroristen Schwierigkeiten, das Gleiche mit einer normalen Passagiermaschine zu tun?«

Die beiden Agenten sahen sich an und schwiegen betroffen.

»Ich vermute, Sie haben sich um eine Alternative gekümmert?«, wollte einer der Beamten wissen.

Der Botschafter nickte. »Sie werden mit Wittgenstein ganz normal den Flughafen betreten. Zwei Beamte der kubanischen Flugsicherung werden Sie dann in einen separaten Bereich bringen. Dort wartet ein kleiner Jet auf sie, den das Innenministerium gemietet hat. Anonym, niemand kann dieses Flugzeug zum Ministerium zurückverfolgen.«

• • •

Vor dem Terminal für internationale Abflüge des Flughafens Havanna stand neben vielen anderen Menschen ein unscheinbarer Mann mittleren Alters, der in Begleitung einer attraktiven Frau war. Beide beobachteten unauffällig die Personen, die das Terminal betraten. Sie wussten, wie die Zielperson aussah, deshalb brauchten sie kein Foto. Sie wussten auch, dass die Zielperson in Begleitung von mindestens zwei Agenten sein würde.

Was sie nicht wussten, war, in welches Flugzeug sie steigen wollten.

In den nächsten vier Stunden gab es sechs Maschinen, die sich auf den Weg nach Europa machen würden. Eine davon würde die Zielperson nehmen.

Plötzlich versteifte sich die Frau unmerklich. Fast nicht wahrnehmbar wies sie mit dem Kinn in Richtung Straße. Die Augen des Mannes blickten gelangweilt in die entsprechende Richtung.

Da war die Zielperson.

In Begleitung von zwei Männern, die graue Anzüge trugen.

Arbeitskleidung des Bundesnachrichtendienstes.

Die Frau betrat das Terminal.

Der Mann wartete, bis die drei Männer ebenfalls das Gebäude betreten hatten, dann folgte er ihnen in einem Abstand von vier Metern.

Ihr Plan war, herauszufinden, welchen Flug die drei nehmen würden. Anschließend würden sie die Daten des Fluges weitergeben. Um den Rest kümmerten sich dann die Hacker der Organisation. Fakt war, dass dieses Flugzeug den Zielflughafen niemals erreichen würde.

Zu ihrer Überraschung steuerten die drei keinen der Check-in-Schalter an.

Vielmehr wurden sie von zwei Sicherheitsbeamten des Flughafens abgepasst und zu einem Seitenausgang gebracht, der nur autorisierten Personen mit entsprechenden Chipkarten zur Verfügung stand.

Tatenlos mussten sie mitansehen, wie die Zielperson verschwand.

•••

Wittgenstein und seine Begleiter wurden zu einem abgesperrten Bereich des Flughafens gebracht. Dort stand schon ein Learjet mit laufenden Turbinen auf sie. Sie betraten den Jet über eine ausgefahrene Treppe und nahmen Platz. Nachdem sie sich angeschnallt hatten, fuhr der Jet in Richtung Startbahn. Die Flugzeit würde rund zehn Stunden betragen.

In Frankfurt liefen die Vorbereitungen bezüglich Wittgensteins Ankunft auf Hochtouren.

Auf keinen Fall durfte die Zielperson Berlin erreichen.

Unter keinen Umständen.

Plan A, das Flugzeug, in dem sich die Zielperson befand, zu hacken, um es zum Absturz zu bringen, war fehlgeschlagen. Die Zielperson saß in keiner der in Frage gekommenen Maschinen. Offenbar war man auf diese Art von Angriff vorbereitet gewesen.

Also würden sie versuchen, die Zielperson zu eliminieren, wenn sie das Flugzeug am Zielflughafen verließ.

Das Problem war, dass sie nicht wussten, welchen Flughafen die Zielperson ansteuerte.

Frankfurt, München, Düsseldorf und Berlin kamen in Frage.

Wien und Paris waren auch möglich, aber es war unwahrscheinlich, dass der BND diesen umständlichen Weg wählen würde.

Es blieb ihnen nichts anderes übrig, als diese vier deutschen Flughäfen zu überwachen.

In einem waren sie sich sicher: Das endgültige Ziel von Wittgensteins Reise war Berlin.

Das große Problem, vor dem sie standen, war die Tatsache, dass es sich bei jedem Flughafen um einen Hochsicherheitsbereich handelte.

Überall Sicherheitspersonal und an jeder Ecke gab es Überwachungskameras.

Normalerweise hatte man für einen Anschlag dieser Kategorie mehrere Wochen, wenn nicht Monate, als Vorbereitungszeit. Hier waren es nur Stunden.

Aber sie hatten ein Ass im Ärmel.

Ein Informant aus Regierungskreisen in Berlin gab ihnen die entscheidenden Informationen.

Ihre Zielperson saß in einem Learjet auf dem Weg nach Frankfurt. Berlin wäre einfacher gewesen, aber es schien dem BND zu riskant zu sein, die Hauptstadt anzufliegen, da dies zu auffällig gewesen wäre. Also hatte man sich entschieden, Wittgenstein von Frankfurt aus mit einem Hubschrauber nach Berlin zu bringen.

Schnell wurde deutlich, dass der Frankfurter Flughafen als Anschlagsort nicht in Frage kommen würde. Aber sie wussten ungefähr, wo die Zielperson das Flugzeug verlassen und den Hubschrauber besteigen sollte. Allerdings stellten sie rasch fest, dass es von keinem höher gelegenen Standort aus ein freies Schussfeld auf diese Stelle gab.

Nun boten sich den Männern noch drei weitere Möglichkeiten, die Zielperson auszuschalten.

Option eins: Abschuss des Hubschraubers.

Option zwei: Zuschlagen, sobald der Hubschrauber gelandet war.

Option drei: Zielperson ausschalten, wenn diese sich auf dem Weg vom Hubschrauberlandeplatz zum Zielort befand.

Sie entschieden, alle drei Varianten vorzubereiten.

Es bleiben noch sechs Stunden Zeit dafür.

Nicht viel.

Zumal sie nicht exakt wussten, welche Route der Hubschrauber wählen würde, wo der landen sollte und wohin die Zielperson nach der Landung gebracht werden sollte.

Sie hatten nur Vermutungen.

• • •

Das Flugzeug aus Havanna landete in Frankfurt fünfzehn Minuten früher als geplant.

Die Maschine der Lufthansa setzte sanft auf, bremste stark ab und steuerte dann in Richtung Osten. Dort befand sich ein kleiner Bereich, in dem Hubschrauber starten und landen konnten.

Nach wenigen Minuten stoppte der Jet. Sofort wurde die Tür geöffnet und eine Treppe ausgefahren.

Wittgenstein verfolgte das alles mit unbewegter Miene. Als es soweit war und sie das Flugzeug verlassen konnten, wandte er sich an einen der BND-Agenten.

»Ihnen ist hoffentlich klar, dass meine Auftraggeber längst wissen, dass ich hier in dieser Maschine sitze und sie alles unternehmen werden, um mich an einer Aussage zu hindern, oder?« Er sah den Beamten eindringlich an. »Die werden mich töten und niemand wird sie daran hindern können.«

Der Beamte antwortete nicht.

Kaum war die Tür nach außen offen, verließen die beiden BND-Agenten und Wittgenstein das Flugzeug.

Im Laufschritt legten die drei die kurze Strecke bis zum Hubschrauber zurück, sprangen hinein und nur Augenblicke später hoben sie ab.

• • •

Die Männer, die am Flughafen postiert waren, meldeten den Abflug der Zielperson und schoben damit den schwarzen Peter an die nächste Gruppe.

Knapp einhundert Kilometer nördlich des Flughafens Frankfurt hob daraufhin ein Kampfhubschrauber Tiger vom Stützpunkt Stadtallendorf ab. Hier war die die Division Schnelle Kräfte stationiert. Zu ihr gehörten unter anderem auch das Kommando Spezialkräfte.

Der Tiger war bewaffnet mit einer 30 Millimeter Maschinenkanone GIAT AM-30781, die bis zu 2500 Schuss pro Minute abfeuern konnte. Unter den Stummelflügeln des Tiger waren auf jeder Seite jeweils zwei Luftabwehrraketen des Typs FIM-92 Stinger angebracht.

Der Pilot des Tiger wurde über Funk über die aktuelle Flugroute des Hubschraubers informiert, in dem die Zielperson saß.

• • •

Der Pilot des Hubschraubers, der Wittgenstein nach Berlin bringen sollte, erfuhr wenige Minuten nach dem Abflug vom Start des Kampfhubschraubers.

Er verständigte umgehend das Innenministerium.

Da sie mit einer Attacke wie dieser gerechnet hatten, waren sie vorbereitet.

Acht Minuten, nachdem der Pilot Meldung gemacht hatte, gesellten sich zu seinem noch drei weitere, identisch aussehende Hubschrauber mit derselben Kennung.

Sie flogen in einer Linie und tauschten ab und zu die Plätze, sodass nach wenigen Minuten niemand mehr sagen konnte, in welchem Hubschrauber Wittgenstein saß.

In dieser Formation flogen sie mit einer Geschwindigkeit von rund 210 Kilometer pro Stunde Richtung Nord-Ost.

Zwischen Bad Vilbel und Hanau, auf Höhe von Maintal, kam der Tiger in Sichtweite.

Jetzt lösten die vier Hubschrauber ihre Formation auf und trennten sich.

• • •

Der Pilot des Kampfhubschraubers gab Meldung. »Delta zwei an Delta eins. Kein eindeutiges Ziel auszumachen. Es sind jetzt vier Hubschrauber, die in unterschiedliche Richtungen fliegen. Breche Mission ab.«

»Delta eins an Delta zwei. Schalten Sie alle Ziele aus.«

Der Pilot traute seinen Ohren nicht. »Schlechte Verbindung. Bitte wiederholen Sie den Befehl.«

»Ich sagte, schalten Sie alle Ziele aus.«

Der Pilot dachte im Traum nicht daran, diesem irrsinnigen Befehl Folge zu leisten.

Die Rede war von *einer* Zielperson gewesen, die eine Gefahr für die nationale Sicherheit darstellte.

Mehr Informationen hatte er nicht erhalten.

Für den Abschuss von vier Hubschraubern war das eindeutig zu wenig.

»Negativ. Zwei der Hubschrauber befinden sich schon über bewohntem Gebiet.«

»Verstanden. Mission abbrechen.«

Damit war auch diese Option gescheitert.

• • •

Unmittelbar nachdem klar war, dass der Tiger keine Gefahr mehr darstellte, fanden sich die vier Hubschrauber wieder zu ihrer alten Formation zusammen und setzten ihren Weg nach Berlin unbehelligt fort. Sie landeten auf einem abgesperrten Teil des Flughafens Tegel.

Hier starteten und landeten unter anderem die Flugzeuge von ausländischen Staatsgästen der Bundesregierung, aber auch Flugzeuge von Ministern und des Kanzlers. Alle Personen verließen die Hubschrauber und liefen in einen Hangar.

Dort warteten bereits sechs identische SUVs auf sie.

Wenige Augenblicke später verließen die Wagen den Hangar und fuhren in einer Kolonne vorbei an der Flughafenwache und durch eine Wohnanlage, die früher einmal den französischen Alliierten gehörte. Deshalb hatten sämtliche Straßen hier französische Namen wie Avenue Jean Mermoz.

An einer Kreuzung blieben die Fahrzeuge stehen.

Hier trennten sie sich das erste Mal.

Drei Fahrzeuge bogen links ab in die Seidelstraße.

Die anderen drei fuhren nach rechts.

Spätestens jetzt hätten etwaige Verfolger ein Problem.

An der Kreuzung Seidelstraße und Berliner Straße trennten sich die drei Fahrzeuge, die links abgebogen waren, erneut. Ein Wagen fuhr geradeaus, einer bog links ab, der dritte fuhr nach rechts.

Die anderen drei SUVs fuhren mittlerweile auf der Scharnweberstraße.

An der Kreuzung Antonienstraße trennten auch sie sich.

Jetzt hätten ihre Verfolger schon sechs Fahrzeuge benötigt, um die Verfolgung fortzusetzen.

Hatten sie aber nicht.

• • •

Nach einer Stunde erreichte der letzte SUV sein Ziel.

Das Innenministerium der Bundesrepublik Deutschland.

Er fuhr direkt nach einer Kontrolle in die Tiefgarage und parkte neben den anderen Wagen, die vor ihm angekommen waren.

Zu diesem Zeitpunkt saß Leonard Wittgenstein schon in einem Besprechungszimmer unweit vom Büro des Innenministers.

Der wartete noch auf andere Gäste.

Erst wenn die angekommen waren, würde er mit Wittgenstein reden.

Der Justizminister war als Erster da. Er wurde sofort in das Büro von Schranz vorgelassen.

Schranz gab ihm eine Zusammenfassung der Ereignisse.

Justizminister Fehlbein wurde immer blasser, je mehr er von seinem Kollegen erfuhr.

»Großer Gott«, sagte er leise, als Schranz geendet hatte.

»Ja.«

Er hob den Blick und sah Schranz forschend an. »Und Sie haben tatsächlich eine Wanze im Büro des Kanzlers versteckt?«

Schranz schüttelte den Kopf. »Nicht ich. Ein Zivilist.«

»Dieser Eichborn.«

»Richtig.«

»Strafrechtlich eher grenzwertig ...«

»Glauben Sie wirklich, dass Schlüter Interesse an einem Prozess haben wird?«

»Wenn Ihre Vorwürfe zutreffen, wohl eher nicht ...«

»Das denke ich auch.«

Schranz' Telefon klingelte.

Es war seine Sekretärin, die ihm mitteilte, dass der Generalbundesanwalt angekommen war.

»Jetzt sind wir vollzählig.«

123

»Sie haben eine Menge herausgefunden.«
Leonard Wittgenstein

Nachdem Wittgenstein in ein sicheres Haus gebracht worden war, sagte er seinen Schutzengeln, dass er zwar bereit sei, ein umfassendes Geständnis abzulegen, er aber nur mit einer einzigen Person reden würde.

Mit mir.

Ich weiß nicht warum, aber das hatte ich irgendwie befürchtet.

Also brachten mich zwei Beamte des Innenministeriums zu ihm.

Er saß in einem gemütlichen Wohnzimmer, das bestimmt nicht seinen Ansprüchen genügte, aber wenn man bei dem Versuch erwischt wurde, das eigene Land ins Chaos zu stürzen, musste man darauf gefasst sein, auf die eine oder andere Annehmlichkeit zu verzichten.

Für eine ziemlich lange Zeit.

Als ich das Zimmer betrat, applaudierte er leise. »Meinen Glückwunsch, Herr Eichborn. Sie haben Ihrem Land zwar keinen Gefallen getan, aber dennoch wurden Sie von einer Menge Leute kolossal unterschätzt.«

»Das passiert mir immer wieder«, antwortete ich, während ich ihm gegenüber Platz nahm. »Wirke ich auf andere irgendwie ... grenzdebil?«

Er lachte. »Nein, eigentlich nicht.«

Plötzlich hatte ich ein ganz komisches Gefühl. Wittgenstein wirkte mir zu gelassen, fast heiter. In Anbetracht seiner äußerst eingeschränkten Zukunftsperspektiven ein sonderbarer Zustand.

»Was wollen Sie von mir?«

Er sah mich forschend an. »Bislang habe ich bei Ihnen nur eine Schwäche ausgemacht.«

»Ach ja?«

»Ja.«

»Und welche?«

»Ihre Eitelkeit.«

»Aha.«

Er nickte. »Ja. Wären Sie nicht so eitel, hätten Sie dieses Gespräch abgelehnt. Es gibt nichts, was Sie für mich tun könnten.«

»Und warum bin ich dann hier?«

»Lassen Sie uns die Antwort auf diese Frage zurückstellen. Zunächst wüsste ich gerne, ob Sie auch nur ansatzweise wissen, worum es hier eigentlich geht.«

»Ich mache es kurz: Sie und Ihre Geschäftspartner wollten das Land in Angst und Schrecken versetzen, um so für den Sturz der aktuellen Regierung zu sorgen. Ihr Ziel war es, gemeinsam mit Ihren Mitverschwörern, darunter auch der Bundekanzler, ein Kabinett einzusetzen, das nach ihrem Gusto schalten und walten sollte. Die Erpressung der Bormann-Brüder und Claasen war etwas, das Sie nicht vorhergesehen haben. Claasen hat da auf eigene Rechnung gearbeitet.«

Wittgenstein wackelte mit dem Kopf. »Sie haben eine Menge herausgefunden, Eichborn. Aber wissen tun Sie nichts. Oder nur sehr wenig. Irgendwie beruhigend.«

»Dann klären Sie mich doch auf. Deshalb sitzen Sie doch hier. Um alles zu gestehen, die Mitverschwörer zu verraten, um so an einen Deal heranzukommen.«

Wittgenstein lachte.

Es war kein gekünsteltes Lachen, sondern ein ehrliches, offenes Lachen.

Das machte mir tatsächlich Angst.

Er beruhigte sich wieder und sah mich aus funkelnden Augen an. »Eigentlich wollte ich Sie zusammen mit dem Innenminister hierher bestellen. Aber davon habe ich Abstand genommen, weil Schranz mit Personenschützern hier aufgetaucht wäre. Das hätte die Sache komplizierter gemacht als unbedingt nötig.«

Allmählich verlor ich die Geduld. »Okay, Arschloch; warum bin ich hier?«

»Um mit mir zusammen zu sterben, Sie eitler Vollidiot.«

124

»Das ist Wittgensteins Rache an euch.«
Clemens Hagedorn

Helen saß zusammen mit Kernberger und Patrick im Besprechungsraum ihrer Firma. Telefonisch zugeschaltet war Hagedorn. Sie hatten dem Architekten gerade eine Zusammenfassung der letzten Ereignisse gegeben.

»Okay«, sagte dieser gerade. »Dann ist es also vorbei.«

»Ja«, bestätigte Helen. »So sieht es aus.«

»Und Wittgenstein ist in Gewahrsam der Behörden, richtig?«, wollte der Architekt wissen.

»In einem sicheren Haus. Nicolas ist gerade bei ihm.«

»Warum das denn?«

»Wittgenstein hat den Behörden mitgeteilt, dass es zwar bereit ist, vollumfänglich zu gestehen, dies aber nur Nicolas gegenüber tun wird.«

»Das ist merkwürdig«, sagte Hagedorn langsam.

Helen war alarmiert. »Warum?«

»Weil es keinen Sinn ergibt. Bei dem, was Wittgenstein vorgeworfen wird, kann allenfalls der Justizminister, oder aber der Bundeskanzler einem Deal zustimmen. Natürlich in Absprache mit dem Bundesanwalt. Nicolas kann da überhaupt nichts bewirken. Oder hat er sich vor seinem Treffen mit Wittgenstein mit dem Justizminister oder dem Innenminister abgesprochen?«

»Soweit ich weiß, hat er das nicht getan.«

Hagedorn schwieg und die anderen warteten, bis der mit seinen Überlegungen fertig war.

Patrick und Helen tauschten besorgte Blicke aus.

»Da stimmt irgendetwas nicht«, sagte der Architekt schließlich. »Habe ich das vorhin richtig verstanden, der

Pilot des Kampfhubschraubers, der Wittgenstein abschießen sollte, hat bei seinem Verhör ausgesagt, dass er den Befehl erhalten hat, alle vier Hubschrauber abzuschießen, da nicht bekannt war, in welchem Wittgenstein saß. Das ist nur aus einem Grund nicht geschehen; der Pilot hat diesen Befehl verweigert. Richtig?«

»Ja, das trifft zu«, antwortete Kernberger.

»Und das war nur der Versuch, von dem wir erfahren haben«, fügte Patrick an.

»Ich gehe auch davon aus, dass die Verschwörer mehrere Optionen in Betracht gezogen haben«, bestätigte Hagedorn. »Da gibt es jemanden, der Wittgenstein ausschalten will. Jemanden mit sehr viel Einfluss. Immerhin konnte er einfach so einen Kampfhubschrauber losschicken. Wir müssen davon ausgehen, dass wir die wahren Köpfe der Verschwörung überhaupt nicht kennen. Wittgenstein und dieser Hoffmann sind es jedenfalls nicht. Und diese Köpfe werden weiter versuchen, Wittgenstein und alle anderen Mitwisser auszuschalten.«

»Und wenn die so einflussreich sind, dann sind sie eventuell auch in der Lage, die Adresse des sicheren Hauses herauszufinden, in dem Wittgenstein gerade sitzt«, sagte Patrick.

»Und Nicolas ist auch da«, fügte Helen an.

»Das ist Wittgensteins Rache an euch«, sagte Hagedorn. »Er weiß, dass er mit sehr hoher Wahrscheinlichkeit getötet werden wird. Und er wollte, dass Nicolas dasselbe Schicksal erleidet.«

Hagedorn hatte den Satz noch nicht beendet, da waren Helen und Patrick schon aus dem Zimmer gelaufen.

125

»Was ist denn das für eine Scheiße?«
Jochen, BKA-Beamter

Ich rannte aus dem Zimmer und suchte die zwei Beamten, die hier auf Wittgenstein aufpassen sollten. Den einen fand ich in der Küche.

»Habt ihr Waffen hier?«

Er drehte sich zu mir herum und glotzte mich an. »Hä?«

»Ich will wissen, ob ihr Waffen hier habt.«

»Jeder von uns trägt ’ne P30. Was ist denn los?«

»Wir werden angegriffen.«

Er sah sich um. »Wie jetzt? Keiner weiß, dass wir hier sind.«

»Die Typen, die Wittgenstein umbringen wollen, wissen es. Gibt es hier außer den beiden Pistolen noch andere Waffen?«

Der Typ zwängte sich an mir vorbei in den Flur und rief seinen Kollegen. »Jochen! Komm mal.«

Jochen kam. »Was’n los?«

»Eichborn sagt, wir werden angegriffen.«

Er sah mich an und schüttelte den Kopf. »Höchst unwahrscheinlich.«

»Euer Optimismus in allen Ehren, aber es stimmt. Die Drahtzieher der Anschläge haben ihre Leute überall. Sogar im Kanzleramt. Und die werden Wittgenstein nicht am Leben lassen.«

»Ich dachte, er ist der Drahtzieher«, sagte der eine.

»Er ist einer von ihnen. Aber nicht der Boss«, antwortete ich ungeduldig. »Haben wir noch mehr Waffen hier?«

Die beiden wechselten einen kurzen Blick.

Dann nickte Jochen in Richtung Küche. »Vorratsraum. Ist zum Waffenschrank umfunktioniert worden.«

Ich wandte mich um und ging in die Küche.

»Was machen Sie da?«

»Na was wohl. Ich brauche Waffen.«

»Ne, ne, die sind nur für BKA Beamte«, sagte Jochen doch tatsächlich.

Ich drehte mich um. »Willst du mich verarschen? Hier tauchen bald bis an die Zähne bewaffnete Killer auf, und du willst nicht, dass ich euch unterstütze, weil ich kein Beamter mehr bin?«

»Hör mal, weißt du, was ich für Ärger kriege, wenn ich dir einfach so 'ne Waffe aus unserem Bestand gebe?«

»Wenn du das nicht tust, kriegst du bald gar nichts mehr, weil du eine Kugel im Schädel hast, du Vollpfosten.«

»Ich ruf in der Zentrale an«, sagte Jochen und schnappte sich sein Handy.

Er runzelte die Stirn. »Kein Empfang. Was ist denn das für eine Scheiße?«

»Das ist ein Störsender von denen. Sie sind schon da«, erklärte ich ihm.

»Wer ist schon da?«, wollte der andere wissen.

»Die Heiligen Drei Könige«, schnauzte ich ihn an. »Herrgott, die Killer, Mann!«

»Lass uns in den Überwachungsraum gehen«, schlug Jochen vor.

Wir gingen in ein Zimmer, gleich neben dem Wohnraum. Hier standen lauter Monitore auf kleinen Tischen, die die Aufnahmen der Überwachungskameras zeigten. Vier Monitore übertrugen, was draußen geschah. Der Rest was drinnen passierte.

Zumindest sollten sie das tun.

Machten sie aber nicht.

Alle Bildschirme zeigten nur Schnee.

»Scheiße«, sagte Jochen.

126

»Will ich wissen, wer die zwei anderen sind?«
Innenminister Schranz

»Wie lange brauchen die von der GSG 9, bis sie hier sein können?«, fragte Helen über die Freisprecheinrichtung.

»Zu lange«, antwortete Kernberger, der inzwischen auch im Auto saß.

Schranz war ebenfalls dazugeschaltet.

»Verdammt«, rief Helen. »Wir brauchen Unterstützung.«

Patrick und sie fuhren zur Adresse des sicheren Hauses. Die hatten sie zuvor von Kernberger erhalten.

»Was ist mit MEK oder SEK?«, wollte Schranz wissen.

»Tolle Idee«, antwortete Patrick. »Aber wir wissen nicht, auf wessen Seite die stehen.«

»Scheiße«, rief Schranz.

»Ich bin mit Scholli auf dem Weg zum sicheren Haus. Wir werden in ca. zwanzig Minuten da sein.«

»Habt ihr genug Waffen dabei?«, wollte Helen wissen.

»Wir könnten damit eine ganze Armee ausstatten«, knurrte Scholli.

»Aber ihr seid nur zu viert. Das reicht nicht, wenn die mit einer kleinen Einheit auftauchen. Und das werden sie sicher tun«, gab Schranz zu bedenken.

»Wir werden zu sechst sein«, antwortete Helen. »Und im Haus sind zwei Beamte plus Nicolas. Also sind wir zusammen neun. Das muss dann einfach reichen.«

»Will ich wissen, wer die zwei anderen sind?«, wollte Schranz wissen.

»Nein, willst du nicht«, antwortete Helen und unterbrach die Verbindung.

Nur Sekunden später klingelte Helens Handy.

Sie überholte in einem waghalsigen Manöver einen langsam vor ihr fahrenden Wagen, der das mit wütendem Hupen quittierte und nahm das Gespräch an.

»Ja?«

»Ich bin's«, sagte Fjodor. »Wir sind gleich da. Was sollen wir machen?«

»Wartet auf uns. Wir brauchen noch etwa fünf Minuten.«

Sie unterbrach die Verbindung und gab Gas.

127

»Dann nehmen wir den Weg besser nicht.«
Thomas, BKA-Beamter

Jochen gab den Zahlencode in das Digitaldisplay des Safes ein und öffnete die ziemlich große Tür. Dahinter verbargen sich sorgfältig gestapelte Waffen. Ich erkannte drei HK MP 7, mehrere Pistolen und zu meiner großen Freude auch zwei Remington 870.

Diese umgangssprachlich auch Pump Gun genannten Vorderschaftrepetierflinten gehörten eigentlich nicht zur Standardausstattung der Polizei, mir waren sie jedoch mehr als willkommen.

Ich schnappte mir eine der Flinten sowie zwei Pistolen.

Jochen sah mich skeptisch an. »Können Sie damit überhaupt umgehen?«

Ich lud die Flinte durch, kontrollierte dann eine Pistole und das dazugehörende Magazin und lud auch sie durch. »Ja, kann ich.«

Wir eilten zurück zu dem anderen Beamten, der immer noch im Überwachungsraum saß und gaben ihm seine Waffen.

»Okay, wie viele Ausgänge hat das Haus?«, wollte ich von den beiden wissen.

»Einen Vorder- und einen Hinterausgang«, sagte Jochen.

»Und wo ist der Notausgang?«

Beide sahen mich entgeistert an.

»Woher wissen Sie, dass es ...?«

»Ich war jahrelang beim BKA, da weiß man so was«, gab ich Auskunft.

»Der Notausgang ist in einem der Schlafzimmer. Hinter dem Kleiderschrank führt eine Treppe in den Keller. Von dort geht's dann raus auf die Parallelstraße«, sagte Jochen.

»Dann los«, sagte ich. »Holen wir unseren Gast und hauen wir ab.«

»Moment«, meinte Jochen. »Wenn diese Typen wissen, wo das Haus ist, sie also über Insider-Informationen verfügen, dann wissen sie bestimmt auch vom Notausgang, oder?«

Oh ... guter Hinweis.

»Äh, ja. Das ist wohl so«, gab ich zu.

»Dann nehmen wir den Weg besser nicht. Die warten da bestimmt schon auf uns«, sagte Thomas.

»Welche Optionen haben wir noch?«, wollte ich von den beiden wissen.

»Wir gehen in den Safe Room«, sagte Jochen. »Da drin sind Essen und Wasser. Und das Beste: Er ist von außen nicht zu öffnen.«

Thomas nickte begeistert.

»Das stimmt so nicht«, sagte ich. »Man kann den Raum von außen durchaus öffnen. Das muss auch so sein, weil es möglich ist, dass jemand verletzt wird und darin Zuflucht sucht. Wäre doch blöd, wenn der bewusstlos wird und die, die ihn retten wollen, müssen ihm beim Sterben zugucken, weil sie nicht reinkommen.«

Jochen und Thomas wechselten einen Blick.

»Er hat recht«, sagte Thomas schließlich.

»Okay, Jochen, Thomas, ich schlage Folgendes vor. Wir haben mit dem Notausgang drei potenzielle Eingänge. Jeder von uns postiert sich vor einem davon. Dadurch haben wir einen strategischen Vorteil, denn die wollen rein, wir sind aber schon drin. Wir schießen auf alles, was sich bewegt. Vielleicht kommen sie rein, aber nur zu einem sehr hohen Preis.«

Jochen und Thomas sahen sich an.

Ganz offensichtlich waren sie wenig begeistert von meinem Vorschlag.

Thomas ergriff das Wort. »Diese Typen, die wahrscheinlich bald hier auftauchen, die wollen doch nur diesen Wittgenstein, oder? Liefern wir ihn doch einfach aus.«

Jochen war ganz angetan von dieser Idee. »Genau. Der Typ ist eh kriminell ohne Ende. Hat's nicht anders verdient. Wir schnappen uns Wittgenstein, fesseln den Arsch und deponieren ihn vorne am Eingang. Die kommen rein, finden ihn, nehmen ihn mit und wir sind fein raus.«

Ich konnte nicht fassen, was ich da hörte.

Ich bin ja weiß Gott kein großer Freund von Dienstvorschriften und Regeln. Und das Leben eines Verbrechers hat bei mir keinen höheren Stellenwert als das eines unbescholtenen Bürgers. Aber deshalb überlasse ich doch nicht einfach einen Menschen seinem Schicksal, nur weil ich Angst davor habe, in Gefahr zu geraten.

Darüber hinaus ging es hier auch um meinen Arsch.

»Also, erstens mal nehmen die ihn nicht mit, sondern jagen ihm eine Kugel in den Kopf. Und zweitens wollen die auch mich.«

Schon wieder tauschten die zwei einen Blick aus.

Mir schwante Übles.

Ich war denen doch scheißegal. Denen war es wichtiger,

die eigene Haut zu retten, als unseren Kronzeugen zu beschützen. Dabei war ich ihnen im Weg.

Super. Ich hatte nicht nur Feinde vorm Haus, sondern auch drinnen.

Ich hob meine Remington und zielte auf die Lücke zwischen den beiden.

»Waffen ganz langsam fallen lassen. Eine falsche oder hektische Bewegung und ich knalle euch ab.«

»Bist du bescheuert?«, wollte Jochen von mir wissen.

Ich schüttelte den Kopf. »Nein, bin ich nicht. Aber ich kann euch nicht mehr vertrauen. Also geht ihr zwei jetzt genau dahin, wo ihr eh hinwolltet. In den Safe Room.«

Thomas grinste. »Bist du lebensmüde? Alleine hast du keine Chance.«

»Lieber lasse ich mich von denen abknallen als von euch. Und jetzt runter mit euren Waffen und bewegt eure Ärsche in den Kinderhort.«

Beide legten ihre Waffen auf den Boden. Anschließend trotteten sie in Richtung Safe Room, in dem sie dann verschwanden.

Jetzt war ich alleine.

128

»Sie sind da.«

Helen Eichborn

Helen und Patrick erreichten das Safe House im Berliner Stadtteil Reinickendorf und stellten ihren Wagen in einer Querstraße ab. Dort trafen sie auf Fjodor und Karoline.

Beide waren schwer bewaffnet.

»Wie gehen wir vor?«, wollte Karoline wissen.

»Das Haus hat zwei Eingänge. Einer vorn, der andere hinten. Darüber hinaus gibt es noch einen geheimen Notausgang. Wir müssen davon ausgehen, dass die Killer wissen, dass es ihn gibt.«

»Diese Killer«, meinte Fjodor. »Woher wissen wir, dass sie heute zuschlagen werden?«

»Weil Wittgenstein morgen Vormittag verlegt wird. Er kommt dann in die JVA Moabit. Und das wissen die anderen mit Sicherheit«, antwortete Helen.

»Alles klar«, sagte Fjodor. »Das leuchtet ein.«

»Wir sind zu viert, haben aber drei mögliche Eingänge. Schlechtes Verhältnis«, stellte Karoline fest.

»Kernberger und Scholli werden in Kürze auch da sein. Dann können jeweils zwei einen der Eingänge überwachen. Allerdings gehe ich davon aus, dass die mit einer kleinen Armee anrücken und jeden der Eingänge stürmen werden«, sagte Helen.

»Das wird ein Spaß«, meinte Karoline.

Helens Telefon klingelte.

»Ja?«

»Wir sind auf der Gotthardstraße auf Höhe des Septimerbeckens. Wo seid ihr?«, wollte Kernberger wissen.

»Wir stehen in der Julierstraße. Die ist …«

»Ich weiß, wo die ist«, unterbrach Kerni. »Wartet auf uns.«

Wenige Minuten später trafen sie ein.

»Okay«, meinte Scholli und lud seine Waffe durch. »Wie ist der Plan?«

• • •

Nachdem ich die beiden Blödmänner in den sicheren Raum gebracht hatte, ging ich zurück zu Wittgenstein. Der saß, die Ruhe selbst, immer noch am selben Platz.

»Und?«, wollte er wissen. »Schon einen Plan ausgeheckt?«

»Mein Plan ist es, nicht erschossen zu werden, Arschloch.«

»Oha, das wird schwer.«

Wittgenstein schien sich köstlich zu amüsieren.

Er sah sich um. »Wo sind Dick und Doof?«

»Woanders«, knurrte ich.

»Haben sich verpisst, oder? Mein Gott Eichborn, das ist nicht Ihr Tag heute, oder?«

»Ich stelle Ihnen diese Frage nur ein einziges Mal: Wollen Sie leben oder sterben?«

»Als ob das in Ihren Händen liegen würde«, sagte Wittgenstein.

Ich drehte mich zur Tür. »Alles klar, ich wünsche Ihnen, dass Sie bekommen, was Sie verdienen.«

Ich trat aus der Tür und wollte sie schließen.

»Eichborn, warten Sie.«

Ich wandte mich ihm zu.

»Denken Sie wirklich, wir haben eine Chance?«

»Ich werde hier und heute nicht sterben.«

• • •

Das sichere Haus des BKA war ein einzeln stehender Flachdachbungalow.

Der Haupteingang war auf der südlichen Seite des Hauses; hier hatten sich Fjodor und Karoline hinter einer Hecke an der Grundstücksgrenze versteckt. Rechts des Einganges konnte man das Grundstück betreten. Es gab weder Zaun noch Mauer.

Nur sehr große und üppig grüne Bäume.

Hier gelangte man zum hinteren Eingang des Hauses.

Den übernahmen Helen und Patrick. Auch sie fanden Deckung durch eine hohe und dichte Hecke. Der sogenannte Notausgang führte Richtung Norden unterirdisch zu einem etwa zwanzig Meter entfernten Einfamilienhaus. Dahinter lag ein kleines Einkaufszentrum, dann kam die Hauptstraße.

Kerni und Scholli wollten sich hier in Stellung bringen, aber Helen hatte mit dem Kopf geschüttelt. »Schaut euch mal um. Links und rechts vom Safe Haus befinden sich bewohnte Gebäude. Die müssen evakuiert werden. Und das müsst ihr machen, denn ihr habt Dienstausweise.«

»Warum das denn?«, maulte Scholli.

»Weil das hier fürchterlich in die Hose gehen kann. Stellt euch vor, die Killer nehmen Zivilisten als Geiseln, dann ...«

Helen kam nicht dazu, den Satz zu beenden. Kernberger und Scholli hatten auch so verstanden.

»Du hast recht«, sagte Kernberger. »Aber danach werden wir den Notausgang übernehmen.«

Helen nickte. »Den wird er aber nicht nehmen. Ich kenne ihn recht gut.«

Kerni und Scholli grinsten sie an und verschwanden.

Alle waren über Sprechfunk verbunden. Die Mobilfunknetze funktionierten noch immer nicht, aber die Frequenzen des Sprechfunks betraf das nicht.

Etwa zehn Minuten, nachdem sie sich postiert hatten, es war mittlerweile halb eins am Morgen, fuhren zwei dunkle Lieferwagen vor das sichere Haus. Sie hielten auf einem Wendehammer, der sich an der Vorderseite des Hauses befand.

Kaum standen die Fahrzeuge, da wurden die Schiebetüren von innen geöffnet und mehrere Männer in dunkler Kleidung sprangen heraus und verteilten sich um das gesamte Gebäude.

Helen beobachtete und zählte. Dann machte sie über Funk Meldung.

»Sie sind da. Ich zähle zehn schwerbewaffnete Männer. Drei sind am Vordereingang. Der Rest ist auf dem Weg zu euch.«

»Verstanden.« Karoline.

»Verstanden.« Kerni. »Das erste Haus ist evakuiert.«

Die drei Männer am Haupteingang gaben den Code ins Schaltfeld ein und öffneten die Tür.

Dann brach die Hölle los.

129

»Da kommen Sie nie drauf.«
Leonard Wittgenstein

»Und wie wollen Sie verhindern, dass die uns umbringen? Eines kann ich Ihnen versichern: Die sind hochmotiviert und sehr gut bezahlt.«

»Aber auch nur Menschen. Ich denke, sie werden davon ausgehen, dass wenn sie angreifen, wir automatisch den Notausgang nehmen werden. Da haben sie die meisten Leute postiert. Wir werden uns jedoch auf den Vordereingang konzentrieren. Bevor die wissen, was los ist, sind wir da raus.«

»So wie Sie das sagen, klingt das nach einem Kinderspiel.«

Ich schüttelte den Kopf und schulterte eine zweite Remington. »Nein. Wenn wir keine Unterstützung bekommen, liegt die Wahrscheinlichkeit, dass wir hier mit heiler Haut rauskommen bei vielleicht zwanzig Prozent.«

»Das ist eine beschissene Quote«, maulte Wittgenstein.

»Ich hatte schon schlechtere.«

Er sah mich prüfend an. »Das glaube ich Ihnen sogar.«

»Na dann. Kommen Sie mit, oder bleiben Sie hier. Mir ist das egal.«

»Kriege ich auch eine Waffe?«

»Ja klar, damit Sie mir in den Rücken schießen.«

»Es wäre vielleicht an der Zeit, davon auszugehen, dass auch ich hier mit heiler Haut rauskommen möchte.«

»Aber davon bin ich doch überzeugt. Gerade deshalb bekommen Sie keine Waffe.«

Ich wandte mich um und ging vorsichtig in Richtung Haupteingang.

Der Flur war etwa fünf Meter lang und unmöbliert. Ich schaltete das Licht aus und wartete.

Da es sich bei der Eingangstür um ein massives stahlverstärktes Teil handelte, konnte ich nicht hören, was sich draußen tat. Aber links über der Tür gab es eine kleine Lampe.

Als sie ihre Farbe von rot auf grün änderte, wusste ich, dass sie gleich aufgehen würde.

Und tatsächlich, langsam wurde die Tür aufgeschoben.

Ich wartete, bis der erste Mann fast vollständig im Flur stand, dann feuerte ich ihm eine Ladung aus der Remington entgegen.

Ich zielte hoch.

Und ich traf.

Der Typ schrie auf und flog im hohen Bogen zurück.

Ich spürte wie das Adrenalin durch meinen Körper floss und lud durch.

Ohne groß nachzudenken rannte ich auf die Tür zu.

Nur für den Fall, dass der nächste vorhatte, nach innen zu kommen, feuerte ich die nächste Ladung in Richtung Vorgarten.

Dann erreichte ich die Tür und einen Augenblick später stand ich draußen. Durch die Umgebungsbeleuchtung konnte ich einen schwarz gekleideten Mann erkennen, der hinter einem Baum in Deckung gehen wollte.

Ich nahm ihn ins Visier und wollte schießen.

Plötzlich blieb er stehen, drehte sich einmal um die eigene Achse und fiel zu Boden.

Was ich komisch fand, da ich noch gar nicht auf ihn geschossen hatte.

Dann hörte ich Schüsse hinter mir.

Die kamen aber nicht aus dem Haus.

Offenbar hatte ich Unterstützung bekommen. Nur wusste ich nicht, von wem.

Als nächstes hörte ich Wittgenstein, der um Hilfe schrie.

Ich drehte mich herum und lief zurück ins Haus.

Dort traf mich die erste Kugel.

In die linke Schulter. Wie immer kam der Schmerz mit Verzögerung.

Die Wut aber war sofort da.

Ich nahm alles wie in Zeitlupe wahr.

Wittgenstein lag auf dem Boden.

Von irgendwo kam Blut her.

Vor ihm stand ein Typ, der eine Pistole in der Hand hielt.

Auch er schien verwundet zu sein.

Was mir egal war.

Ich zielte hoch und gab ihm eine volle Ladung meiner Lieblingswaffe.

Er hatte keine Chance.

Wittgenstein wimmerte. Kurz hoffte ich, dass ich nicht auch ihn getroffen hatte.

Dann tauchten vor mir zwei neue Gegner auf. Sobald sie mich sahen, schossen sie.

Ich ließ mich fallen, lud durch und schoss. Lud nochmal durch und schoss erneut.

Die Wirkung der Remington war wirklich furchterregend. Und man konnte praktisch nicht danebenschießen. Den Linken traf ich in Oberkörper und Gesicht. Den Rechten im Unterleib und Oberkörper. Beiden fielen um. Leider hatten sie noch die Gelegenheit, auf mich zu schießen.

Zu meinem großen Ärger trafen sie mich auch.

Eine Kugel drang in meine linke Schulter ein. Eine zweite in meinen linken Oberschenkel.

Sorgen bereitete mir die Kugel, die mich in die rechte Seite traf.

Wo saß nochmal die Leber?

Aber es war zu meinem Glück nicht einfach, mit einer Pistole gezielt zu schießen, während einem mehrere Ladungen einer Pump Gun entgegenflogen.

Ich kroch zu Wittgenstein.

Er sah beschissen aus. Verlor viel Blut.

Draußen ging die wilde Schießerei weiter.

Ich hörte einige Schüsse, die sich weiter entfernt anhörten. Dann glaubte ich tatsächlich, die Rotorengeräusche eines Hubschraubers wahrzunehmen.

Wahrscheinlich halluzinierte ich schon.

»Ich werde es wohl nicht schaffen«, röchelte er und hustete Blut.

Ich sah mir seine Wunden an. So, wie es aus seinem Mund blubberte, hatte es ihn an der Lunge erwischt. Der arme Kerl erstickte an seinem eigenen Blut.

»Nein, werden Sie nicht«, bestätigte ich und blutete ebenfalls langsam aus.

»Scheiße …«, flüsterte er und schloss die Augen.

Ich rüttelte an seiner Schulter. »Wittgenstein, nicht einschlafen. Erst verraten Sie mir, wer dahintersteckt.«

Er öffnete die Augen und lächelte mich an. Seine Zähne waren blutrot.

Er sah aus wie einer dieser Vampire aus dem Kino.

»Da kommen Sie nie drauf«, sagte er leise.

Dann sprach er weiter.

Kurz bevor er für immer die Augen schloss, packte er mit erstaunlicher Kraft meinen Arm. »Kennen Sie den Ausdruck: Folgen Sie dem Geld?«

Ich nickte.

Er atmete schwer. »Es ... es ist nur ein einziges Unternehmen ... verstehen Sie ...?«

Ich schüttelte den Kopf.

»Folgen Sie ... folgen Sie den Unternehmen ... es ist ... es ist nur ... eins ...«

Dann starb er.

Ich hatte keine Ahnung, was seine letzten Worte zu bedeuten hatten.

130

»Wir haben da spezielle Räume.«
Innenminister Schranz

Ein Krankenwagen brachte mich ins Humboldt-Klinikum in Reinickendorf. Helen saß neben mir und hielt meine Hand. Insgesamt wurde ich dreimal getroffen.

Ich hatte viel Blut verloren und redete wahrscheinlich nur Unsinn.

Aber das tat ich auch, wenn ich gesund war.

Ich versuchte Helen zu erzählen, was ich von Wittgenstein erfahren hatte, aber es gelang mir nicht, zusammenhängende Sätze zu formulieren.

Als ich mich darüber aufregte, gab mir der Notarzt ein Beruhigungsmittel.

Sie brachten mich in die Notaufnahme und danach in den OP.

Den Rest verschlief ich.

• • •

Innenminister Schranz, der Justizminister und der Generalbundesanwalt machten sich gemeinsam mit zwei Beamten des Staatsschutzes auf den Weg ins Kanzleramt.

Sie forderten die Sekretärin des Kanzlers auf, umgehend vorgelassen zu werden.

»Der Bundeskanzler ist in einer Telefonkonferenz und darf nicht gestört werden«, sagte die sichtlich erschrockene Frau.

Der Generalbundesanwalt ignorierte die Aussage der Sekretärin und wandte sich der Bürotür zu. In seiner Funktion war er derjenige, der jetzt den Ton angab.

Er repräsentierte die oberste Strafverfolgungsbehörde der Bundesrepublik Deutschland, wenn es um die innere Sicherheit ging. Und um die ging es in diesem Fall.

Der Vorwurf, der im Raum schwebte, war der des Hochverrats.

Er öffnete die Tür zum Büro des Bundeskanzlers und die anderen folgten ihm.

Als der Bundeskanzler sah, wer da in sein Büro kam, legte er langsam den Hörer auf.

»Meine Herren, was für eine Überraschung. Hatten wir einen Termin?«

Generalbundesanwalt Trenkel trat einen Schritt vor. »Herr Bundeskanzler, gegen Sie wird der schwere Vorwurf des Hochverrates erhoben. Wir möchten diese Angelegenheit so diskret wie möglich behandeln und hoffen auf Ihre uneingeschränkte Kooperation.«

»Hochverrat? Das ist ja lächerlich.«

Innenminister Schranz öffnete seine Aktentasche und entnahm ihr ein Tablet.

Er ging zum Schreibtisch des Kanzlers, legte das Tablet darauf und startete eine Aufnahme.

Die Stimme des Kanzlers war laut und deutlich zu hören.

»Schlüter hier. Eben gerade haben Schranz und Eichborn

mein Büro verlassen. Sie haben Wittgenstein. Haben Sie gehört? Die haben ihn …«

Es entstand eine Pause, in der Schlüter ganz offensichtlich seinem Gesprächspartner am anderen Ende zuhörte.

»*Nein*«, sagte der Kanzler nun wieder. »*Es beruhigt mich nicht, dass Sie Hoffmann schon ausgeschaltet haben und wissen, wo Wittgenstein sich aufhält. Und wissen Sie, warum mich das nicht beruhigt? Weil Schranz es auch weiß. Und weil Wittgenstein in Kürze ein Flugzeug betreten wird, das ihn nach Deutschland bringen wird. Die ganze Sache ist außer Kontrolle geraten.*«

Wieder entstand eine Pause.

»*Selbstverständlich kann ich in Erfahrung bringen, in welches Flugzeug er steigen wird.*«

Pause.

»*Sie haben aber nicht vor, die Maschine in die Luft zu jagen, oder? Das mit der Kirche in Rostock war schon grenzwertig.*«

Pause.

»*Ja, auch das kann ich herausfinden. Hören Sie, Wittgenstein darf unter keinen Umständen eine Aussage machen. Geschieht dies, sind wir alle erledigt.*«

Pause.

»*Tun Sie das. Tun Sie um Gottes Willen alles, um ihn zum Schweigen zu bringen.*«

Damit endete die Aufnahme.

Trenkel räusperte sich. »Herr Bundeskanzler, wir haben diese Aufnahme und das umfassende Geständnis von Leonard Wittgenstein. Möchten Sie sich zu den Vorwürfen, die gegen Sie erhoben werden, äußern?«

»Ich will meinen Anwalt sprechen«, sagte Schlüter tonlos.

»Selbstverständlich. Draußen stehen zwei Beamte des Staatsschutzes. Die werden Sie begleiten.«

»Wohin bringen Sie mich?«

»Zunächst ins Innenministerium«, antwortete Schranz. »Wir haben da spezielle Räume.«

»Spezielle Räume ... aha ...«, sagte Schlüter, der in den letzten Minuten um Jahre gealtert schien.

»Dort werden wir Ihnen gestatten, Ihren Anwalt anzurufen.«

• • •

Nachdem Schlüter unauffällig aus dem Kanzleramt eskortiert worden war, kontaktierten Schranz und Justizminister Fehlbein den Vorstand und das Präsidium der Regierungspartei und baten sie umgehend ins Kanzleramt.

Das Präsidium bestand aus dem Parteivorsitzenden, dem Generalsekretär, fünf Stellvertretenden Vorsitzenden, dem Bundesschatzmeister sowie sieben weiteren Mitgliedern des Präsidiums. Hinzu kamen die Ehrenvorsitzenden sowie der Präsident oder Vizepräsident des Deutschen Bundestages und der Vorsitzende der Fraktion im Bundestag. Auch der Präsident des Europäischen Parlaments und der Vorsitzende der Fraktion des Europäischen Parlaments gehörten dem Präsidium an.

Der Bundeskanzler hätte unter normalen Umständen natürlich auch dazugehört.

Die Ministerpräsidenten der Länder, soweit sie der regierenden Partei angehörten, nahmen beratend an den Sitzungen des Präsidiums teil. Sie hätten bei der nun anstehenden Krisensitzung dabei sein sollen, aber aufgrund der Dringlichkeit wurden sie per Videokonferenz dazugeschaltet.

Als alle anwesend waren, gab ihnen Innenminister Schranz einen ausführlichen Bericht über die Ereignisse, die letzten Endes dazu geführt hatten, dass er und der Justizminister nun diese Sitzung einberufen hatten.

Der Schock unter den Männern und Frauen der Parteispitze war groß.

Schnell bildeten sich zwei Gruppen.

Die einen wollten die ganze Sache unter den Tisch kehren.

Die anderen wollten das nicht.

Die, die es vertuschen wollten, waren in der Mehrheit.

»Das wird nicht funktionieren«, sagte Innenminister Schranz.

»Und aus welchem Grund nicht?«, wollte der Parteivorsitzende wissen.

Er war der Wortführer der Gruppe, die es vertuschen wollte.

»Ganz einfach: Weil ich es nicht zulassen werde.«

Die darauffolgende Diskussion dauerte fast eine Stunde.

Am Ende setzte sich Schranz durch.

Das Argument, das am Ende den Ausschlag gab, war ebenso einleuchtend wie simpel.

»Die Wahrheit findet immer ans Licht. Wenn wir es vertuschen, müssen wir den Bürgern Lügen ohne Ende auftischen. Wir müssen lügen, wenn Fragen kommen wie: Was ist mit dem Kanzler? Was ist mit Scheuer? Diese Lügen werden Konsequenzen haben, da es einfach zu viele Mitwisser gibt, deren Identität wir nicht kennen. Vertuschen wir, machen wir uns noch angreifbarer, als wir es ohnehin schon sind. Sagen wir den Bürgern aber die Wahrheit; und ich meine die ganze Wahrheit, also alles, was sich ereignet hat, dann verlieren wir vielleicht den Zuspruch von ein paar tausend Wählern. Lügen wir, und es kommt heraus, verlieren wir sie alle.«

Einzig der Parteivorsitzende und der Generalsekretär sprachen sich dagegen aus.

Als sie spürten, dass sie keine Chance hatten, ihre Parteifreunde umzustimmen, kündigten sie ihre Rücktritte an.

Sie würden dem Bundespräsidenten unverzüglich vorgezogene Neuwahlen vorschlagen.

Man entschied sich dazu, in einer Woche erneut zusammen zu kommen.

Diesmal sollten die Ministerpräsidenten persönlich erscheinen.

Bis dahin wollte man Vorschläge vorbereiten, welche Person die Partei als Kanzlerkandidaten ins Rennen schicken sollte.

131

»Und was machen wir nun mit unserem Wissen?«
Helen Eichborn

Zwei Wochen später wurde ich aus dem Krankenhaus entlassen. Helen und Patrick holten mich ab. Zuhause erwartete mich eine herzzerreißende Willkommensparty mit dem Innenminister, dem Russenmafiosi Fjodor, der Serienkillerin Karoline, und vielen anderen Personen, die mir wichtig waren.

Sogar meine Eltern waren da.

Wie ich bemerkte, betrachtete meine Mutter Fjodor als ihren persönlichen Sklaven.

Sie nannte ihn immer noch Frodo und schickte ihn unentwegt los, um ihr etwas zu trinken oder zu essen zu besorgen.

Ich hatte lange über das nachgedacht, was Wittgenstein mir verraten hatte, bevor er starb.

Bislang hatte ich nur mit einer einzigen Person darüber gesprochen.

Clemens Hagedorn, dem Architekten.

Denn das, was Wittgenstein mir erzählt hatte, war einfach zu verrückt, um wahr zu sein.

Ich wollte, dass Hagedorn Nachforschungen anstellte. Er sollte überprüfen, ob es Indizien gab, die die Behauptungen von Wittgenstein untermauerten.

Und er sollte eine Analyse starten.

Könnte dieser Plan tatsächlich funktionieren?

Und würde er den erhofften Effekt haben?

Zwei Tage, bevor ich entlassen wurde, erhielt ich das Ergebnis.

Jetzt würde ich mit einigen Personen reden müssen.

Die Gelegenheit ergab sich aber erst am Tag nach meiner Entlassung aus dem Krankenhaus.

Innenminister Schranz, Kernberger, Scholl, Patrick und Helen. Sie sollten nun erfahren, was Wittgenstein mir erzählt hatte.

Und was von Hagedorn überprüft und analysiert wurde.

Ich startete mit zwei Fragen. »Haben wir inzwischen herausgefunden, für wen die Typen arbeiten, die das Safe House überfallen haben?«

Kernberger schüttelte den Kopf. »Nein. Die Identität der Männer ist mittlerweile bekannt. Sämtliche Männer, die an der Attacke beteiligt waren, sind ehemalige Soldaten, die offiziell als tot gelten. Im Einsatz gefallen oder vermisst und für tot erklärt. Sie kommen aus verschiedenen Ländern der EU. Die, die den Angriff überlebten, haben bislang nicht ein einziges Wort gesprochen. Sie haben nicht einmal nach einem Anwalt verlangt. Sie sitzen da und schweigen.«

Das wunderte mich nicht. Ich stellte meine zweite Frage: »Wer von euch glaubt, dass Wittgenstein und Hoffmann die alleinigen Drahtzieher der Verschwörung sind?«

Patrick antwortete als erster. »Ich denke zwar, dass sie durch ihre finanziellen Möglichkeiten in der Lage waren, eine Menge Schaden anzurichten, aber das war meiner Meinung nach mindestens eine Hausnummer zu groß für sie.«

»Dem schließe ich mich an«, sagte Kernberger.

Ich sah ihn an. »Warum?«

»Weil ihre Kontakte nicht bis in die höchsten Kreise gingen.«

»Na ja, immerhin waren Wittgenstein und der Kanzler irgendwie verwandt«, gab ich zu bedenken.

»Das ist ein Kontakt, kein Netzwerk«, konterte Kerni.

Ich nickte. »Richtig. Was ich euch jetzt sage, entspringt nicht meiner wilden Fantasie. Es ist das, was Wittgenstein mir sagte, kurz bevor er starb. Und ich habe diese Angaben von Hagedorn überprüfen und analysieren lassen. Es ist kein Humbug, soviel kann ich jetzt schon sagen.«

»Himmel, machst du es spannend«, beschwerte sich Schranz.

Ich sah ihn an und irgendetwas an meinem Gesichtsausdruck veranlasste den Innenminister dazu, trocken zu schlucken und zu schweigen.

»Ich weiß nicht, wie ich es in Worte fassen soll, deshalb falle ich gleich mit der Tür ins Haus. Wittgenstein und Hoffmann standen ziemlich weit unten in der Nahrungskette dieser Verschwörung. Wie ihr wisst, versucht der amerikanische Präsident, schon seit er ins Amt gewählt wurde, einen Keil zwischen die EU zu treiben. Es gibt auf der einen Seite die Staaten, die er toll findet, allen voran Polen, Ungarn und Großbritannien. Und dann die Staaten, die ihm ständig widersprechen und ihm nicht blind folgen. Deutschland, Frankreich …«

»Ich finde die Richtung, die du einschlägst, beunruhigend«, sagte Schranz leise.

»Ich auch«, antwortete ich. »Und dann haben wir noch internationale Beratungsfirmen, die in allen wichtigen Regierungen des Erdballs ein und aus gehen. Sie beraten nicht nur die Top Unternehmen des Erdballs, sondern auch Ministerien und Regierungschefs. Dadurch haben sie fast uneingeschränkten Zugang und Einfluss ohne Ende. In den letzten Jahren gab es immer wieder Berichte, in denen ihre Machenschaften öffentlich gemacht wurden. Dabei kam auch heraus, was für irrwitzige Honorare sie einstreichen. Milliarden von Steuergeldern jedes Jahr. Das Problem ist, dass sie durch ihre engen Kontakte zu Regierungen und Ministerien Einblick in sehr sensible Bereiche erlangen. Und dass sie sich unentbehrlich gemacht haben. Sie sind wahre Influencer geworden, die Regierungen weltweit beeinflussen und sogar erpressen.«

»Weil sie wissen, wer wo welche Leichen im Keller hat«, sagte Schranz tonlos.

»Richtig. Und das nutzen sie aus. Und in dem US-Präsidenten haben sie jemanden gefunden, der nur allzu gerne auf sie hört.«

»Weil es Geschäftsmänner sind, und keine Politiker«, schlussfolgerte Patrick.

»Genau. Der Idiot hört nur auf Leute, die ihm genau das sagen, was er hören will. Und das tun diese Berater. Und sie haben ihm eingeflüstert, sie wüssten, wie sie die Staaten gefügig machen könnten, die ihm und seinen irrsinnigen Plänen im Wege stehen.«

»Deutschland, Frankreich …«, sagte Schranz tonlos.

»Vor allem Deutschland. Wir sind sozusagen die eiserne Lunge Europas. Solange wir funktionieren, atmet der Rest auch. Kollabieren wir, klappen die anderen auch zusammen.«

»Scheiße …«, sagte Kerni.

Schranz nickte.

»Und was machen wir nun mit unserem Wissen?«, wollte Helen wissen.

»Wir wehren uns«, sagte ich.

132

»Für die Bürger bist du ein Held.«
Nicolas Eichborn

Eine Woche später löste der Bundespräsident den Bundestag nach einem Misstrauensvotum gegen den Bundeskanzler auf. Innerhalb der nächsten sechzig Tage würde es Neuwahlen geben.

Schranz wollte Helen und mich unbedingt sprechen, also luden wir ihn zu uns nach Hause ein.

In den letzten Wochen hatte ich kaum Gelegenheit gehabt, einem meiner Lieblingshobbys nachzukommen; dem Kochen. Also bereitete ich für unseren Ehrengast ein opulentes Abendessen vor.

Als Vorspeise gab es Datteln im Speckmantel und Ziegenkäse mit Honig auf Rucola-Salat.

Zum Hauptgang servierte ich Kaninchen in Knoblauchsauce mit frischem Baguette.

Zum Nachtisch gab es selbstgemachtes Tiramisu.

Nach dem Essen zogen wir uns auf die Dachterrasse zurück, um zu rauchen.

Also Helen und ich rauchten. Schranz trank einen Brandy. Endlich kam er dann zum Grund seines Besuches.

»Ich werde der Kanzlerkandidat der Partei«, sagte er ganz ruhig.

»Rainer … ich meine … wow. Herzlichen Glückwunsch«, sagte ich.

Helen nahm ihn einfach nur in den Arm.

»Was wirst du tun?«, fragte ich dann.

Schranz sah mich an. »Nach dem, was Wittgenstein dir erzählt hat, kann ich kaum ablehnen. Außer uns weiß es noch niemand. Das ist auch gut so. Zumindest jetzt noch.«

»Aber willst du überhaupt Kanzler werden?«

»Gute Frage. Eigentlich nicht. Und das ist wohl der Grund, weshalb sie mich haben wollen. Sie sagten, es müsse jemand an die Spitze, der nicht wirklich politische Ambitionen hat, sondern der das Wohl der Bürger als oberste Prämisse ansieht. Und politische Ambitionen hatte ich nie. Ich schulde niemandem etwas, bin unbefleckt, was Seilschaften oder Lobbys betrifft.«

»Der ideale Kandidat für einen Neuanfang«, sagte Helen. »Vor allem in Anbetracht der Dinge, die wir erfahren haben.«

»Zumal du als derjenige giltst, der die Verschwörung gegen alle Widerstände niedergekämpft hat. Für die Bürger bist du ein Held«, fügte ich hinzu. »Du kannst zumindest für eine gewisse Zeit tun und lassen, was du willst.«

Er wurde tatsächlich etwas rot. »Das war nicht meine Idee, das nach außen hin so darzustellen ...«

Ich winkte ab. »Wir haben nicht mitgearbeitet, um dafür Anerkennung einzusacken.«

»Aber die hättet ihr verdient.«

»Und«, wollte Helen wissen, »die haben doch bestimmt schon im Verborgenen Umfrageergebnisse, oder?«

»Ja. Es sieht so aus, als könnte ich tatsächlich gewinnen.«

»Na dann: Prost«, sagte ich und hob mein Glas.

»Und ist das der Grund, weshalb du uns heute Abend mit deiner Anwesenheit ehrst?«, wollte Helen wissen.

Schranz schüttelte langsam den Kopf. Dann sah er mich an und ich spürte sofort, dass es einen anderen Grund gab.

Mir wurde ein klein wenig mulmig.

Ich kannte ihn inzwischen sehr gut. Daher wusste ich, was dieser Blick zu bedeuten hatte.

Schranz hatte einen Plan. Und der hatte mit mir zu tun.

»Es gibt noch einen Grund, weshalb sie mich nominiert haben. Nämlich der, dass ich ausgewiesener Experte in Sachen Sicherheit bin. Dies wird ein großes Thema sein. Nicht nur im Wahlkampf. Es muss sich einiges ändern. Obwohl niemand außer uns weiß, wer hinter der Verschwörung steckt, spüren alle, und ich meine wirklich alle, wie fragil unsere Sicherheit ist. Werde ich gewählt, wird sich einiges ändern. Unter anderem werde ich ein Kabinett aufstellen, das aus wirklichen Fachleuten bestehen wird. Als einer der wichtigsten Punkte sehe ich es aber an, einen Nationalen Sicherheitsberater zu installieren. Der Nationale Sicherheitsberater muss im Kanzleramt angesiedelt werden und wird mir alleine und direkt unterstellt werden.«

Schranz nahm einen Schluck Brandy und schwieg einen Moment. Wahrscheinlich wollte er uns Zeit geben, das Gehörte einzuordnen.

Dann fuhr er fort. »Der Sicherheitsberater wird gleichzeitig Sekretär des Bundessicherheitsrates sein, der unter anderem über Rüstungsexporte entscheidet. Um die Kontinuität zu wahren, darf er kein Politiker sein. Er sollte sich einen Namen in Fragen der inneren und äußeren Sicherheit gemacht haben, denn beide Bereiche gehören untrennbar zusammen. Er muss sich ein Team von Experten zusammenstellen. Unter anderem Völkerrechtler, Diplomaten, Militärs, Rüstungsexperten, Wirtschaftler und geopolitisch und geostrategisch denkende Persönlichkeiten, die ihre Aufgaben hauptamtlich versehen. Vor allem aber muss er unsere Geheimdienste umkrempeln.«

Helen nickte. »Das klingt vernünftig. Warum gibt es diese Position nicht schon längst?«

»Der Grund sind Partikularinteressen einzelner Ressorts und Einrichtungen, die nach dem Motto arbeiten wollen: Wissen ist Macht. Teilen ist ein Machtverlust. In den einzelnen Diensten, Ressorts und Behörden fehlen offensichtlich die Fähigkeit und der Wille, über den Tellerrand hinaus zu sehen. Bislang fehlte der politische Wille, diese Hindernisse zu beseitigen.«

»Ich bin mir sicher, du wirst das ändern«, sagte ich und nahm einen großen Schluck Bier. »Auch wenn ich keine Ahnung habe, was Partikularinteressen sind. Klingt irgendwie unanständig.«

Schranz ignorierte meine Bemerkung. »Nicolas, ich würde mich freuen, wenn du mir dabei helfen würdest«, sagte er und prostete mir zu.

»Klar. Wann immer du uns brauchst, sind wir da.«

Helen lächelte schwach. »Nicolas, ich glaube, Rainer meint etwas Anderes.«

»Ich weiß. Aber ich will das nicht hören.«

»Für den Fall, dass ich die Wahl gewinne und Bundeskanzler werde, möchte ich, dass du mein Nationaler Sicherheitsberater wirst.«

»Ich weiß dein Vertrauen zu schätzen, aber ich befürchte, mit dieser Idee tust du dir keinen Gefallen ...«

Er kicherte. Tatsächlich. »Ich glaube, ich weiß, warum du das sagst, Nicolas. Du denkst, du bist nicht der Richtige, weil Diplomatie nicht deine Stärke ist, stimmt's? Aber ich brauche in dieser Position jemanden, dem ich absolut und blind vertrauen kann. Darüber hinaus ist es entscheidend, dass der Sicherheitsberater weiß, was geschehen ist und wer dafür verantwortlich ist. Wie du sicher erkennst, gibt es da nicht viele Kandidaten. Um es auf den Punkt zu bringen: Du bist der einzige Kandidat.«

»Und was genau soll ich als Sicherheitsberater tun?«

»Ich will ganz ehrlich sein; das wird eine Herkulesaufgabe. Denn zum einen musst du genau die Aufgaben übernehmen, die ich gerade erwähnte. Zum anderen musst du einen Weg finden, die wahren Drahtzieher der Verschwörung zu identifizieren und Beweise gegen sie zu sammeln.«

Ich hob eine Augenbraue. Inzwischen konnte ich das auch. »Du weißt, dass Wittgenstein gesagt hat, dass der US-Präsident da mit drinsteckt, oder?«

»Ja. Und als Sicherheitsberater wirst du auch Kontakt zu seinem Stab, möglicherweise sogar zu ihm persönlich haben. Es gibt in der US-Regierung durchaus Leute, die uns wohlgesonnen sind, ihm aber nicht. Zu denen wirst du Kontakte aufbauen.«

Ich raufte mir die Haare. »Oh, Mann, Rainer. Ich weiß nicht ...«

»Sag, was dir zu denken gibt.«

Ich sah zu Helen, dann zu ihm. »Ich bin nicht gut in Beziehungsaufbau. Ich neige eher dazu, die Leuten vor den Kopf zu stoßen, indem ich sage, was ich denke.«

»Wo ist das Problem?«, wollte er wissen.

»Ich will deiner Kanzlerschaft keinen Schaden zufügen.«

»Nicolas, schaden kann es mir nur, wenn die Verschwörung nicht hundertprozentig aufgeklärt und die Schuldigen nicht ihrer gerechten Strafe zugeführt werden. Und um das zu gewährleisten, brauche ich dich. Und zwar an meiner Seite. Als Sicherheitsberater. Darüber hinaus wird es Zeit, dass Deutschland sich positioniert. Selbstbewusst. Stark. Und wenn du deshalb den einen oder anderen vor den Kopf stoßen musst, dann in Herrgotts Namen, tue das. Du hast meinen Segen.«

»Ist das ein Schreibtischjob?«

»Das entscheidest du. Aber eine gewisse Innendiensttätigkeit ist es schon.«

»Die hast du jetzt auch«, schaltete sich Helen ein.

»Was ist mit meinem Team?«, wollte ich wissen.

»Ich wäre froh und dankbar, wenn sie ein Teil des Ganzen wären.«

»Und das geht?« Ich war skeptisch.

»Bislang klappte das ausgezeichnet. Und jetzt werde ich Bundeskanzler. Also ja, das geht.«

Ich blickte zu Helen.

Sie nickte mir zu. »Ich finde, du solltest das machen.«

»Lass mich bitte darüber nachdenken, okay?«

Epilog

Das deutsche Volk reagierte erstaunlicherweise relativ gelassen auf die Nachricht, dass es einem Putschversuch gerade noch so entgangen war. Das war wohl der beste Beweis dafür, dass wir tatsächlich in einer merkwürdigen Welt lebten.

Der ehemalige Bundeskanzler Schlüter wurde wegen Hochverrats zu einer Freiheitsstrafe von zehn Jahren verurteilt. Ein Novum in der Geschichte der Republik.

Dietrich erhielt eine fünfzehnjährige Haftstrafe.

Castrop verschwand von der Bildfläche. Das Veteranenheim von Abel und Seifert blieb geöffnet. Aber die beiden wurden ebenfalls zu einer mehrjährigen Haftstrafe verurteilt.

Der Kommandeur der Division Schnelle Kräfte, der den Kampfhubschrauber auf die Jagd geschickt hatte, kam vors Militärgericht und würde auch so schnell nicht mehr in Freiheit gelangen.

Der ehemalige Präsident des BKA tauchte wieder auf, behauptete, ein Opfer zu sein, verlor seine Pension und seinen guten Ruf und verschwand in der Versenkung.

Uns allen war klar, dass wir die wahren Drahtzieher der Verschwörung nicht erwischt hatten. Aber wir wussten jetzt, wo wir zu suchen hatten.

Der Tag der Bundestagswahl war dann auch nicht mehr aufzuhalten und die ersten Hochrechnungen, die dem gemeinen Volk um 18:00 Uhr präsentiert wurden, zeigten, dass der nächste Bundeskanzler tatsächlich Dr. Rainer Schranz sein würde.

Helen grinste mich an. »Soll ich dir ein Geheimnis verraten? Ich finde, nationaler Sicherheitsberater klingt extrem sexy.«

»Du findest, ich sollte das machen?«

»Du hast dich doch schon längst entschieden, Liebling.«

»Rainer braucht mich …«

Helen grinste noch breiter »Sag ich doch.«

»Wenn ich ihn brauche, ist er auch immer da …«

»Liebling, mach es. Du wirst klasse sein in diesem Job. Vor allem, wenn du dich mit deinem amerikanischen Kollegen triffst. Ich mag mir gar nicht vorstellen, wie das ablaufen könnte.«

»Kannst du bitte einmal ernst bleiben? Das ist eine wichtige Entscheidung.«

Helen sah mich sehr ernst an. »Niemand ist für diesen Job besser geeignet als du.«

»Meinst du?«

Helen nickte. »Du und Schranz, ihr werdet das Land sicherer machen. Davon bin ich überzeugt. Und diese Sicherheit brauchen wir beide mehr denn je.«

»Und Patrick und du werdet den Laden weiter schmeißen. Und wenn ihr Hilfe braucht …« Ich stutzte. »Wie meinst du das: *Diese Sicherheit brauchen wir beide mehr denn je*?«

»Ich bin schwanger.«

Mir sind noch nie zuvor spontan die Tränen gekommen. Das änderte sich jetzt.

»Ein kleiner Eichborn …«, sagte ich und schluckte.

»Freust du dich?«

Ich nahm Helen in den Arm. »Mehr, als ich in Worte fassen kann.«

»Ich liebe dich«, sagte Helen leise.

»Und ich liebe dich.«

Nachwort

Es gibt sie tatsächlich, diese Berater-Konzerne, die weltweit sämtliche Top-Unternehmen und Regierungen beraten. Kritisch wird es meiner Meinung nach dann, wenn das Verteidigungsministerium externe Berater damit beauftragt, die Digitalisierung der Bundeswehr durchzuführen. Natürlich ist es bedenklich, dass die Bundeswehr bis 2014 komplett analog aufgestellt war. Aber Fremdfirmen zu beauftragen, diese hochbrisante Arbeit zu verrichten, ihnen Zugang zum Netzwerk zu gewähren, ist mehr als leichtsinnig.

Wer kann schon beurteilen, was genau sie da tun?

Gerade weil das Ministerium nicht über die qualifizierten Leute verfügt, um die Digitalisierung selbst durchzuführen, gibt es auch niemanden, der beurteilen kann, was die externen Berater da eigentlich machen. Keiner dort ist in der Lage, potenzielle Gefahrenquellen ausfindig zu machen und gegenzusteuern. Ich wette, niemandem würde es auffallen, wenn der eine oder andere Berater für sich im System eine Hintertür einbaut, die ihm jederzeit und unbemerkt Zugang verschafft.

Ich behaupte nicht, dass dies wirklich geschehen ist.

Ich sage nur, dass es durchaus vorstellbar ist.

Und das ist schon schlimm genug.

Danksagung

Nach einem kurzen Ausflug ist die Eichborn-Serie wieder in ihre ursprüngliche Heimat zurückgekehrt. Und fühlt sich damit pudelwohl. Ich danke dem Verleger Burkhard Bierschenck, der niemals den Glauben an diese Serie verloren hat. Mein Dank gilt des Weiteren meiner Lektorin Sarah-Janina Hannemann, die einen wirklich sehr guten Job gemacht hat. Es bringt viel Spaß, mit dir zu arbeiten.

Dank gilt auch meinen Lesern, die nicht müde werden, die Geschichten rund um Nicolas und Helen zu lesen und die jedem neuen Roman entgegenfiebern. Das macht mich sehr stolz und glücklich. Nicht zuletzt danke ich meiner Frau, die mich immer noch liebt. Und natürlich danke ich meiner kleinen Tochter, dem einzigen Menschen, der mich anschreien kann und ich es schön finde.